A magia *do* amor

KEITH STUART

A magia do amor

Tradução de
Raquel Zampil

1ª edição

Editora Record
RIO DE JANEIRO • SÃO PAULO
2023

CIP-BRASIL. CATALOGAÇÃO NA PUBLICAÇÃO
SINDICATO NACIONAL DOS EDITORES DE LIVROS, RJ

S92m

Stuart, Keith
    A magia do amor / Keith Stuart ; tradução Raquel Zampil. - 1. ed. - Rio de Janeiro : Record, 2023.

    Tradução de: Days of wonder
    ISBN 978-65-5587-444-0

    1. Romance inglês. I. Zampil, Raquel. II. Título.

23-82014
CDD: 823
CDU: 82-31(410.1)

Gabriela Faray Ferreira Lopes - Bibliotecária - CRB-7/6643

Copyright © Keith Stuart 2018

Publicado originalmente na Grã-Bretanha em 2018, por Sphere, um selo da Little, Brown Book Group.

Texto revisado segundo o Acordo Ortográfico da Língua Portuguesa de 1990.

Todos os direitos reservados. Proibida a reprodução, no todo ou em parte, através de quaisquer meios. Os direitos morais do autor foram assegurados.

Direitos exclusivos de publicação em língua portuguesa somente para o Brasil adquiridos pela
EDITORA RECORD LTDA.
Rua Argentina, 171 – Rio de Janeiro, RJ – 20921-380 – Tel.: (21) 2585-2000, que se reserva a propriedade literária desta tradução.

Impresso no Brasil

ISBN 978-65-5587-444-0

Seja um leitor preferencial Record.
Cadastre-se no site www.record.com.br e receba informações sobre nossos lançamentos e nossas promoções.

Atendimento e venda direta ao leitor:
sac@record.com.br

Para mamãe, papai,
Catherine e Nina

Nota do autor

Enquanto escrevia este livro, pude contar com o apoio, a assistência e o conhecimento da incrível equipe de cardiologia do Great Ormond Street Hospital. Eles me ajudaram a produzir o que espero que seja um retrato autêntico de uma condição cardíaca séria e, felizmente, muito rara. No entanto, esta é uma história de ficção, não um livro teórico, então há momentos em que me afastei da precisão médica estrita. Quaisquer erros ou omissões são meus e somente meus.

Tom

Magia existe, sim. Sempre acreditei nisso. Não estou falando da mágica de tirar coelhos da cartola ou de serrar pessoas ao meio (e juntar as metades depois, senão deixa de ser mágica e, tecnicamente, vira assassinato). Também não me refiro à magia dos contos de fadas, com suas princesas e bruxas e os sapos que se transformam em homens lindos — ainda que os contos de fadas tenham um papel importante na nossa história aqui. Falo da noção de que coisas inacreditáveis e incríveis são possíveis. Elas têm como se tornar realidade com determinação, esforço e amor. Foi assim que tudo começou. E foi assim que enfrentamos tudo pelo que passamos.

Talvez eu devesse começar com o diagnóstico da Hannah, mas não, não vamos falar disso ainda. Esta é uma história sobre magia, então vou começar com um momento mágico. Ou meio que mágico. Sério, tudo vai fazer sentido, confie em mim. Nosso ponto de partida vai ser duas semanas após o diagnóstico, no aniversário de cinco anos da Hannah — porque às vezes a vida é assim: você planeja um grande dia e então, de repente, *pá!*, recebe uma péssima notícia sobre a sua filha... não, continue, eu insisto. Naturalmente, não expliquei tudo para a Hannah, como poderia? Ela, no entanto, já era inteligente, mais inteligente que eu — inteligente o bastante para olhar nos meus olhos e compreender a essência do que os médicos tinham me dito e do que estava por vir. Estávamos no ponto do ônibus em frente ao hospital, o sol de inverno reluzindo no acrílico arranhado do teto do abrigo. Eu me esforçava para engolir, mas tinha a sensação de estar com uma bola de boliche na garganta. Ela ergueu os olhos para mim.

— Tá tudo bem — disse ela. — Tá tudo bem.

E estendeu seu pequeno punho para que eu batesse nele com o meu. Bati.

Enfim.

Enfim.

Onde é que eu estava mesmo?

Ah, sim, pensei, tenho que fazer algo especial para o aniversário dela — alguma coisa que nos tire deste lugar. Perguntei o que ela queria. Ela deu de ombros e respondeu:

— Só quero brincar de Lego com meu amigo Jay.

Nenhuma dificuldade aí, pensei.

— E quero fadas — acrescentou ela. — Posso querer fadas de verdade?

Hannah tinha um livro que adorava — uma coleção de contos de fadas que havia herdado das antepassadas da minha mãe. Era muito antigo, ou seja, não tinha nada da sutileza neurótica das versões modernas: crianças morriam na floresta, anões eram comidos por bruxas, lobos mutilavam lenhadores — só coisas horríveis. Hannah amava aquilo. Mas amava principalmente as fadas — não só aquelas fadinhas dos vestidos fofos das lojas de fantasia com suas asas cor-de-rosa cintilantes e varinhas de cristal, mas os seres feéricos da velha guarda também; os que pregam peças, saltitam pela floresta e aprisionam humanos em clareiras mágicas. Sempre que chegávamos ao fim de uma história, ela suspirava e dizia: "Mas essas criaturas não são de verdade, né?" Eu respondia que eram, sim, mas que só pessoas especiais conseguiam vê-las. Era só uma brincadeira, nossa rotina da hora de dormir. Na noite do aniversário de cinco anos dela, Hannah perguntou a mesma coisa, como sempre fazia, só que dessa vez eu disse: "Olhe pela janela mais tarde. Quem sabe você dá sorte?" Ela riu para mim, cética, e cobriu a cabeça com o edredom até eu me levantar para sair. Mas eu sabia que havia ficado curiosa, porque era sempre curiosa.

Então beijei o alto da cabeça dela, os cabelos cacheados bagunçados e embaraçados porque nem eu nem ela conseguíamos penteá-los direito; e saí do quarto, fechando a porta ao passar — mas deixei uma fresta, o suficiente para espiar. E, realmente, quando ela pensou que eu já tinha ido embora, saiu de baixo do edredom e foi na ponta dos pés até a janela...

Nesse ponto, devo informar que eu era gerente de teatro e, antes disso, fui ator. Quando eu tinha oito anos, meus pais me levaram para ver *Dick Whittington* no Natal e pronto: fiquei viciado. Implorei que me levassem de novo na noite seguinte e na outra. Na adolescência, enquanto meus amigos eram vidrados em David Bowie, Pink Floyd e The Clash, eu era obcecado pela Royal Shakespeare Company, pelo Royal Court Theatre e pelo Old Vic. A magia dos palcos sempre foi a minha mágica preferida, os milagres que acontecem quando você coloca artistas diante de uma plateia. Tenha isso em mente para o que vem a seguir.

Do outro lado da janela de Hannah, a noite estava quase totalmente escura, as estrelas ocultas por uma distante camada de nuvens. Nossa casa dá de fundos para um campo e, durante o dia, às vezes víamos gente passando a cavalo, seguindo a trilha que leva até a floresta. À noite, porém, não havia nada além da escuridão e das luzes da distante cidadezinha vizinha piscando, a quilômetros dali.

Vi que Hannah estava agora na ponta dos pés junto à janela, a silhueta de seu corpinho contra a escuridão lá fora. De repente, sua cabeça virou para a direita. Atrás da sebe alta nos fundos do jardim do nosso vizinho havia um brilho curioso, alaranjado e quente como uma fogueira — só que não havia ruído de fogo crepitando, apenas uma música muito suave, que quase se perdia no vento forte.

Então, indistintas a princípio, mas aos poucos se tornando mais altas, havia vozes também. E estavam cantando.

Ouvi Hannah arquejar, e então ela esfregou os olhos com a manga do pijama antes de olhar para fora outra vez. Ela não recuou, não se afastou da janela — ficou parada ali, como se estivesse em transe, conectada ao que estava acontecendo lá fora, o que quer que fosse. Então, à medida que a música foi ficando mais alta, ela saiu de seu devaneio.

— Papai! — gritou.

Mas não havia medo em sua voz; não era nem choque, nem surpresa. Era alegria.

— Papai — chamou de novo. — Eu tô vendo! Elas vieram!

— Vendo o quê? — perguntei.

Eu já estava entrando no quarto, fingindo não fazer a menor ideia do que estava acontecendo. Ela agarrou minha mão e me arrastou até a janela.

— As fadas — disse ela. — Tem fadas aqui!

E, de fato, dançando ao longo da trilha nos limites do jardim, acenando e sorrindo ao passar, havia uma fila de lindas figuras com vestidos brancos luminosos e asas gigantes e esvoaçantes. Algumas seguravam lanternas suspensas por longos cajados, a luz da vela bruxuleando enquanto se moviam; outras estavam envoltas em xales de luzes pisca-pisca. Hannah observava, a princípio hipnotizada, e então batendo na janela, acenando, encantada. Quando uma figura parou, inclinou-se sobre o portão do jardim e jogou um beijo para a janela, ela ofegou. Era a primeira vez em uma semana que eu a via esquecer-se de si mesma e de todo o resto. Mesmo que apenas por um instante, aquilo apagou as trevas dos dias anteriores. As figuras dançavam e cantavam, a luz das lanternas formando um halo ao seu redor. Aos poucos, à medida que a caravana de fadas passava, a música se dissipou e o brilho se dispersou. A escuridão voltou, mas não tão profunda ou tão intensa como antes. Algo das fadas havia sido deixado ali, para sempre.

Vou te contar um segredo. Tecnicamente, elas não eram fadas de verdade. Se prestasse bem atenção, você identificaria que a música não era uma canção de ninar encantadora nem uma balada mística — era "When Two Become One", das Spice Girls, tocando em uma caixa de som poderosa. A questão é que, quando você gerencia um teatro, uma das vantagens é o acesso irrestrito a atores amadores empolgados, que respondem positivamente ao pedido: "Vocês podem passar dançando pela nossa casa no domingo à noite vestidos com collants brilhantes?" Nós também tínhamos um estoque de adereços de cena razoavelmente abastecido, então conseguir lanternas vitorianas em um curto espaço de tempo não era um problema para nós tanto quanto seria para alguém que dependesse de uma loja para isso.

Enfim, eu havia descoberto um jeito lúdico de trazer luz para a nossa escuridão — e tinha funcionado. Depois de um tempo, Hannah saiu da janela e disparou para a escada, determinada a ver o espetáculo de perto. Mas, quando chegou à porta dos fundos, as fadas já tinham ido embora (como havíamos combinado), fugindo para o beco algumas casas adiante. Até hoje não sei se ela acreditou que as fadas eram reais ou se sabia que era um espetáculo, mas, quando a alcancei, ela estava parada no vão da porta aberta, a brisa soprando seu cabelo nos ombros. Ela olhou para mim e agarrou minha mão.

— De novo — disse ela. — De novo!

Acho que, a partir daquele momento, ficou claro que Hannah seria uma adepta do escapismo, do encantamento teatral — estava em seus genes, no fim das contas. Quanto a mim, eu soube que havia uma maneira, mesmo que trivial e momentânea, de ajudá-la a lidar com o que havia acontecido, e com o que estava por vir. Tive certeza de que o faz de conta seria importante.

Sendo assim, passei a planejar todo ano algo do tipo para o aniversário dela. Uma pequena peça, uma pequena surpresa. Tornou-se uma espécie de ritual para afastar a realidade dos exames e das avaliações diagnósticas que ocorriam todo outono.

Os anos se passaram, mais rápido do que eu poderia imaginar, e, quando ela estava com treze anos, decidiu que queria passar o aniversário com os amigos. Um passeio pela cidade, pizza, vídeos. Isso ia acontecer em algum momento. Nem todo o faz de conta do mundo consegue fazer o tempo parar.

Três meses antes do aniversário de dezesseis anos de Hannah, comecei a me perguntar se daria tempo de fazer só mais um espetáculo. Parecia importante — como se uma pequena parte do futuro dependesse disso. Eu tinha essa sensação persistente de que algo terrível estava por vir — precisávamos estar preparados, e essa era a única maneira de fazer isso. Eu acreditava muito na magia do teatro, sabe? Já te contei isso?

Verão de 2005

Hannah

Não morra no palco. Nem pense nisso. Tô falando muito sério, porra.

Este é o divertido discurso motivacional que passa pela minha cabeça enquanto ando sob os holofotes ofuscantes do teatro pela primeira vez; pela primeira vez de verdade, pelo menos. Como atriz.

Eu já estive aqui antes, obviamente, muitas vezes. Quando seu pai é gerente de um teatro, você quase literalmente cresce no palco — o que parece muito glamouroso até você descobrir que este palco em particular fica numa cidadezinha mercantil em Somerset, na velha Inglaterra, e não em, digamos, Nova York. Além disso, minha estreia está sendo com o grupo de teatro da cidade, não com a Royal Shakespeare Company, e, já que estamos sendo totalmente honestos, a peça não é *Hamlet* nem *Casa de bonecas* nem qualquer outra coisa que eu venha fingindo ler para a aula de teatro do programa de certificação do ensino médio. A peça é uma "farsa irreverente", escrita nos anos setenta por um cara de quem eu nunca ouvi falar — meu pai a chama de *Continue sendo um idiota machista*, mas esse não é o título de verdade. De qualquer forma, o público ainda digere bem esse tipo de coisa, então é o que temos para hoje. Pelo menos Sally, diretora de criação do grupo de teatro, adaptou o roteiro para os tempos modernos — o que significa que tirou as piadas racistas. Mas as machistas ficaram, porque, aparentemente, não há nada de errado com elas desde que as interpretemos com ironia. Aprendi muito sobre o que os adultos consideram aceitável desde que entrei para o grupo de teatro no ano passado. Eu não saio muito, então tiro minhas lições de vida de onde posso.

Na minha hora de entrar em cena, as coisas já estão a todo vapor. O cenário é uma sala de estar suburbana dos anos setenta, com um sofá verde-limão, carpete felpudo e mesa de centro de bambu. Ted está ótimo no papel principal, como um contador neurótico e perturbado, encarando a aposentadoria de frente e tendo de lidar com uma vida doméstica moribunda. Sally não poderia ter escolhido melhor ator para o papel, porque ele é, na vida real, um contador neurótico e perturbado encarando a aposentadoria de frente e tendo de lidar com uma vida doméstica moribunda. Natasha interpreta sua mulher, embora seja pelo menos vinte anos mais nova e seja cem vezes mais descolada que Ted para se casar com ele. Ela trabalhava como Relações Públicas para uma galeria de arte em Londres, mas ela e o marido decidiram deixar aquela vida corrida de lado quando Ashley, a filha deles, nasceu. Ela montou uma "microagência" para galerias e artistas no West Country, mas agora está de licença-maternidade do segundo filho, e isso a está deixando um pouco maluca. Ela me disse que morar em Somerset é como estar presa num cruzamento entre *Feitiço do tempo* e *Amargo pesadelo*. Procurei *Amargo pesadelo* no Google — não parece ter sido um elogio. Dora, nossa figurinista, achou uma peruca grisalha para ela numa loja de aluguel de fantasias, e Margaret — a mais velha do grupo de teatro, com 81 anos — disse que aquilo fazia Natasha parecer uma messalina francesa. Margaret é a pessoa mais grossa e cínica que já conheci, e é também uma das minhas melhores amigas. Já te contei que não saio muito? Enfim, também tive de pesquisar "messalina" no Google e essa é a minha palavra favorita agora.

Então é nesta cena que estou prestes a entrar: um casal neurótico de classe média na Grã-Bretanha dos anos setenta, prestes a dar um jantar para os novos vizinhos, que parecem extremamente elegantes e respeitáveis. Mas então a filha adolescente dos anfitriões — eu, no caso — chega em casa bêbada, vinda de uma festa, e eles têm de escondê-la no armário embaixo da escada. Estou com um vestido chamativo feito inteiramente de poliéster e eletricidade estática, e é quando estou tentando alisar a saia que Sally faz um sinal para mim, da área pequena e escura dos bastidores. Está quase na hora da minha deixa.

Inspiro profundamente algumas vezes.

Sinto meu coração batendo forte e não quero pensar nisso agora. Escuto o efeito sonoro que imita uma campainha e entro em cena, atravessando as cortinas pretas na extremidade do palco, e então me vejo diante da plateia, com fileiras de pessoas que gastaram dinheiro de verdade buscando entretenimento.

Ai, merda, aqui vamos nós.

A primeira coisa que noto é que há um estranho crepitar no ar, uma espécie de tensão que circunda tudo e que parece fazer toda a minha pele formigar — das duas, uma: ou é a expectativa da multidão ou a eletricidade sendo gerada por este risco de incêndio ambulante de poliéster que estou usando. Tento bloquear essa sensação e me concentrar no que estou fazendo: dando risadinhas e encolhendo os ombros, num gesto de desculpas, quando meus pais me perguntam que diabos tem de errado comigo. Então passo cambaleando por Natasha, cuja peruca saiu do lugar, ficando meio de lado, inclinada sobre o olho direito. Em seguida, caio de bunda no móvel que serve de apoio para bebidas e comidas. Ouço algumas risadas vindas da plateia, o que é um alívio, porque tenho zero experiência com álcool. Nas aulas de teatro estamos aprendendo sobre o ator e diretor teatral Konstantin Stanislavski, que disse que as melhores atuações vêm da "memória emocional" do artista — você precisa buscar coisas que já vivenciou. Mas a única memória emocional que tenho de bebidas alcoólicas é ver meu pai cair do banco de um pub no aniversário dele de 37 anos e abrir a cabeça. Então vi muitos capítulos da novela *Hollyoaks* na televisão e dei uma busca em "adolescentes bêbadas" no Google Imagens. Nunca mais cometo um erro desses.

Agora estou no palco, caída em cima daquele móvel horrendo. Ted e Natasha jogam água de uma jarra na minha cara, tentando me fazer ficar sóbria — e a plateia continua rindo. É divertido, está tudo indo bem.

Então, de canto de olho, vejo papai — ou Tom, como é conhecido por todas as outras pessoas — me olhando da lateral do palco. Ele está com a roupa de sempre: calça jeans, camisa, gravata e blazer, tudo preto. O cabelo está todo espetado, e o gel brilha com a luz. Minhas amigas Jenna e Daisy dizem que ele parece um pop star "maduro" — ainda bonito, mas com uns quilinhos extras e uns fios brancos espalhados pela cabeça. Fisicamente, a gente não se parece muito. Vendo pelas fotos, sou muito mais parecida com a mamãe — meio magricela, aparência ok, olhos cinzentos, maçãs do rosto bem definidas que ficam parecendo inchadas se eu passar muito blush. Ah, e o cabelo encaracolado rebelde, a que Jenna se refere como uma "explosão numa fábrica de saca-rolhas". (O que é bastante útil quando se está representando uma bêbada.) Seja como for, a expressão no rosto do meu pai é a mistura familiar de orgulho e incentivo em altíssimo grau de sempre. Essa é outra coisa que minhas amigas falam dele: que não é como os outros pais, porque ele sempre parece feliz, não é obcecado por esportes e presta atenção de verdade quando elas falam. Ele se *dedica*. Aparentemente, esses são quesitos raros na paternidade, o que é muito triste.

Papai me traz aqui desde que eu era bem pequena, assim que começou a trabalhar como gerente. Ele me colocava no palco e encenava histórias para mim. Praticamente me ensinou a ler sentada aqui, com um único refletor apontado para nós, enquanto mergulhávamos nos livros de contos de fadas (pelos quais eu era obcecada e ainda sou) e nos livros infantis com histórias que giravam em torno do teatro e que faziam parte do currículo básico de formação de jovens atores, como *Swish of the Curtain*, *Ballet Shoes* e *The Town in Bloom*. Esses eram os melhores dias. Ele me pegava na escola e me trazia direto para cá, e, enquanto se reunia com alguma companhia teatral em turnê, planejando o espetáculo, eu saltitava pelo palco ou disparava pelos corredores, gritando e cantando. Então, a cada aniversário meu, a gente planejava a encenação de uma pequena peça para familiares e amigos, com a participação do grupo de teatro. Virou meio que uma tradição. Aquilo era tudo para mim quando eu era mais nova. Parece que faz um século.

É claro que eu estava desesperada para atuar numa peça de verdade, mas papai sempre tentava me desencorajar. "Não podemos permitir que as pessoas achem que existe nepotismo nas artes", dizia ele. "Os críticos vão nos destroçar como cães selvagens." Duvido muito que a crítica de teatro do jornal da cidade fosse capaz de destroçar qualquer coisa, quanto mais uma pessoa — sendo ela uma senhora doce, de setenta anos, com uma queda por Noël Coward. Mas papai era inflexível. No ano passado, ele se recusou a me deixar interpretar Cecília em *A importância de ser prudente* porque disse que havia alguns movimentos perigosos — tipo, nada a ver.

Quando eles decidiram montar essa peça em particular, e nela havia uma personagem com quinze anos, eu literalmente implorei a Sally que me desse o papel. Ela disse que tudo bem, mas que eu teria de pedir permissão ao papai por "motivos de saúde". Para ser sincera, eu não tinha muitas esperanças. Sei que é porque ele se preocupa comigo e não porque acha que vou ser péssima como atriz de verdade e que vou fazer com que ele passe vergonha e perca a credibilidade em seu império teatral. O ideal, para ele, seria me manter trancada num quartinho e nunca mais me deixar sair. Não, pera, isso seria esquisito. O ideal, para ele, seria me enrolar em plástico bolha e... ai, sei lá, tanto faz, você entendeu. E não é como se eu tivesse grandes ambições de ser uma superestrela de cinema. Eu não tenho absolutamente nenhuma ambição; ambições não são *nem um pouco* a minha praia.

Depois de uma cena inteira sobre um suflê que não cresceu (cena esta que, sei lá por quê, acaba numa piada de sogra de muito mau gosto), Margaret faz uma participação especial como uma vizinha intrometida, parada na porta da frente, de camisola, os cabelos grisalhos desgrenhados enrolados em bobes. Ela normalmente pinta os cabelos com cores vivas e os tingiu de arco-íris para a Parada Gay de Londres no ano passado, quando, sei lá como, tirou uma foto com *Sir* Ian McKellen. Na peça, ela vem reclamar do barulho e ameaça chamar a polícia até que Ted lhe dá uma garrafa de xerez. Para o ensaio geral, eles usaram uma garrafa de xerez de verdade, mas Margaret bebeu tudo antes do intervalo. Dessa vez, eles encheram a garrafa com chá gelado — para evidente decepção dela.

Em seguida, o personagem de Ted precisa me esconder dos vizinhos e, para isso, me arrasta até o armário embutido sob uma escada nos fundos do palco. A propósito, não se trata de um armário de escada totalmente de mentirinha; ele foi construído exclusivamente para a peça por Kamil, o diretor de adereços de cena do grupo, que dá um curso de marcenaria na faculdade e leva o teatro muito a sério. Ele trabalhou naquilo por semanas, então orgulhosamente nos apresentou uma escada de madeira de verdade, completa com armário embutido e rodinhas para fácil deslocamento. É uma peça tão sólida que, se a jogássemos de um penhasco, provavelmente continuaria intacta depois de atingir o fundo. O mesmo não poderia ser dito da pessoa trancada lá dentro.

Foi mal, às vezes fico meio Wandinha. Principalmente quando estou sendo arrastada pelo palco. É estranho ser carregada assim na frente de uma plateia cheia de pessoas rindo, mas Ted é muito profissional e toma todos os cuidados para não me segurar em nenhum lugar que possa ser o passaporte dele para a cadeia.

— Tá tudo bem? — sussurra ele enquanto me empurra para dentro do armário. Seu rosto cinzento e magro, ligeiramente abatido, é uma máscara de preocupação, e os óculos estão escorregando da ponta do nariz. Faço que sim com a cabeça de leve. Parecendo tranquilizado, ele tenta bater a porta, mas meu braço ainda está no meio do caminho. Ai, obrigada, Ted! Ele levanta meu braço machucado e bate a porta com tanta força que a escada balança. É a deixa para uma gargalhada geral.

Agora tenho de ficar aqui dentro durante vinte minutos, o que não é muito bom porque está escuro, é apertado e não tem ar... Uma péssima combinação para alguém com um problema de saúde como o meu. Também estou com muito calor. Mais cedo, Margaret disse que estava quase morrendo congelada, então foi até a sala da caldeira para tentar ligar o aquecimento. Talvez tenha ligado no máximo. Talvez seja por isso que estou encharcada de suor. Tento ignorar minha frequência cardíaca acelerando. Respire fundo. Respire fundo. Estamos no teatro e o espetáculo precisa continuar, mesmo você estando trancada dentro de um forno. Felizmente, Kamil instalou um pequeno olho mágico na porta para que eu consiga ver o que está acontecendo. Avisto outros dois atores do grupo, Rachel e Shaun, entrando no palco no papel dos vizinhos, vestidos com modelos ridículos comprados em brechó numa tentativa de imitar as roupas que as pessoas de classe média alta dos anos setenta usavam. Mas não é só isso que eu noto. Na entrada para os bastidores parece haver uma grande poça de água. Pequenos riachos percorrem o chão pelo canto da parede na minha direção. Por um segundo, me pergunto se se trata de um efeito especial de última hora que meu pai incluiu sem me falar nada — mas então vejo Shaun olhando, nervoso, para o vazamento e cutucando Rachel com o cotovelo. Tem alguma coisa errada. Fios de água deslizam em direção à área principal do palco, e eu me pergunto: Será que isso é perigoso? Com todas essas luzes e cabos espalhados por aí.

Ai, meu Deus, isso parece a cena de abertura de um episódio de *Casualty*. O elenco inteiro está prestes a ser eletrocutado.

Enquanto isso, na peça, os vizinhos acham que foram convidados para uma festa de *swing*, e não para um jantar social. Assim que Ted e Natasha deixam o palco para "buscar os canapés", Rachel e Shaun concluem que isso deve ser um código e começam a tirar a roupa. O público está gostando de verdade, rindo às gargalhadas. Como não poderia deixar de ser, nessa hora chega o vigário, interpretado por James, que tem 27 anos, é todo sarado, e também o ateu mais devoto que já conheci. Ele vê o casal seminu e desmaia no sofá. Natasha grita:

— Vou pegar uma bebida forte para o senhor, isso não é o que parece. — E, então, abre a porta do armário, e eu desabo no chão, xingando alto.

Tudo acontece muito rápido e não dá tempo de avisar a ninguém, discretamente, que parece que estamos sendo vítimas de um alagamento. O vigário tenta me ajudar a levantar, mas eu caio em cima dele (minha parte favorita da peça) e nos embolamos no chão do palco, sem que um consiga se desvencilhar do outro. Tento sussurrar para James: "Acho que está alagando tudo", mas Natasha me puxa para cima, quase deslocando meu braço, e James sai engatinhando pela porta.

No *grand finale*, meus pais correm atrás de mim ao redor de uma mesa enquanto os vizinhos, envergonhados, se vestem. Eles finalmente conseguem me pegar e me jogam numa cadeira à mesa de jantar, no momento exato em que dois policiais aparecem, respondendo a relatos de uma possível orgia ou assassinato violento. Eu desmaio, enterrando o rosto numa pavlova de morango. A enorme sobremesa cenográfica enche meu nariz e meus olhos de chantilly, que ficou rançoso por causa do calor gerado pelas luzes.

E, então, a peça acaba. Há alguns instantes tensos de silêncio enquanto as luzes se apagam, mas que são seguidos por aplausos entusiasmados. Eu me dirijo à frente do palco, pegando as mãos de

Ted e Natasha e balançando-as com exagero. Por alguns segundos, me sinto parte integrante de verdade desse grupo pequeno e bizarro. Mais tarde, no pub, os atores vão reviver cada fala, cada reação do público, como sempre acontece após uma apresentação, seja ela boa, como esta, ou ruim, como aquela tentativa imprudente de encenar *Equus* durante um evento de cavalos e pôneis.

Olho para a plateia, na esperança de localizar Jenna e Daisy, ou talvez minha professora de teatro. Mas todos os rostos são parecidos e difíceis de distinguir por trás das mãos que aplaudem. Ted está me abraçando, assim como Natasha, e eles me dão tapinhas nas costas, e então Natasha chega muito perto e diz alguma coisa, e eu tenho que me inclinar e me aproximar ainda mais dela para ouvir.

— Você tá me ouvindo, Hannah? — pergunta ela. — Hannah?

Tenho vontade de dizer: "Tô ótima. Sou uma ESTRELA." Mas então percebo que não consigo sentir as pernas, e uma névoa escura surge na minha visão periférica, em espirais. Eu cambaleio ligeiramente para trás.

De muito longe, sinto uma mão no meu braço e outra nas costas, mas parece que estou caindo através delas. O mundo é um carrossel confuso de formas borradas. De repente, temo que o público esteja vendo o que está acontecendo. Ai, meu Deus, que humilhação. Tenho uma estranha e alucinógena visão do papai ao lado do meu túmulo fazendo um tributo fúnebre: "Ela morreu da mesma forma que viveu — como Tommy Cooper." Agora *sei* que tem alguma coisa muito errada porque isso é estranho pra caralho.

Por fim, consigo dizer:

— Ai, só me faltava essa agora. — Porque não é a primeira vez que isso me acontece, não mesmo.

As luzes do teatro parecem estrelas acima de mim. Elas nadam na escuridão. Então, de repente, o nada.

Bem-vindos ao meu mundo.

Tom

Quando Hannah tinha quatro anos, começou a se queixar de cansaço o tempo todo. Não era mais só no fim da tarde, ou depois da creche, mas o dia todo. Ela havia parado de saltitar de um lado para o outro com os amigos; parecia pálida. Pensei que fosse uma virose ou algo relacionado às dores do crescimento, alguma coisa assim. Marquei uma consulta com um clínico geral esperando ouvir o que os pais sempre ouvem: é só ficar de olho, não há razão para se preocupar. Nosso médico era totalmente da velha guarda — calvo, alto e severo, com a expressão acolhedora de um carrasco medieval. A pessoa entrava com todo cuidado no consultório e ele se recostava na cadeira, os braços firmemente cruzados, um olhar de reprovação gravado no rosto enrugado que dizia: "Vamos lá, diga logo, me convença de que você não é um hipocondríaco inveterado." A pessoa então listava os sintomas e ele sacudia a cabeça, como se ela tivesse imaginado a coisa toda, e em seguida dizia que ela ia sobreviver, e a pessoa ia embora devidamente repreendida. Foi isso o que aconteceu quando o procurei, aos 31 anos, com espasmos de dor na lombar que me impediram de ficar em pé por três dias. Foi isso o que ele me disse ao procurá-lo com dores no peito quando a Hannah tinha três anos e eu enfrentava dificuldades em, de repente, lidar com a paternidade sozinho. Um gesto da cabeça, algumas palavras de repreensão pelo blefe e então um abrupto retorno ao computador, que era a deixa para que você saísse do consultório imediatamente.

Então, no dia em que levei Hannah e listei seus sintomas, esperava que, como de costume, ele não fosse dar a menor bola para aquelas queixas e quase não me dei ao trabalho de me sentar; mas, depois de me fuzilar com os olhos por alguns segundos, ele fez algo que eu não esperava. Colocou Hannah em uma cadeira, pegou o estetoscópio e auscultou seu peito. Ele a ouviu por muito tempo, apoiando o aparelho no torso dela, em pontos aparentemente aleatórios.

— Tá frio! — queixou-se Hannah, se contorcendo. Ele não disse nada.

Por fim, ele se sentou, tirou o estetoscópio dos ouvidos e se virou para o computador. Lá vamos nós, pensei. Eu já estava me levantando, pronto para seguir em direção à porta.

— Vou encaminhá-lo para a unidade de cardiologia do Hospital North Somerset — disse ele.

Parei e voltei a me sentar na cadeira ao lado de Hannah. Ela subiu de lado no meu joelho.

— Por quê? Qual é o problema? — perguntei.

— Há algum histórico de doença cardíaca na família?

O relógio na parede tiquetaqueava alto. Dava para sentir o cheiro de café instantâneo misturado ao leve e sempre presente odor de álcool antisséptico. Não entendi direito o que ele estava me perguntando.

— Acho que não. Não sei. Por quê?

Ele começou a digitar no teclado.

— Ela tem um sopro no coração. Normalmente, não é nada com que se preocupar, mas quero que seja examinada. Por via das dúvidas.

— Por via das dúvidas...?

De repente, entediada, Hannah se contorcia, tentando descer do meu colo.

— Bom, como eu disse, provavelmente não é nada. Prefiro não arriscar nenhum diagnóstico nesse momento. Você deve receber uma carta com a data da consulta dentro de quinze dias.

Deixei Hannah escapar do meu colo e ela correu para a porta, os dedinhos finos puxando a maçaneta. Levantei-me da cadeira lentamente, confuso e intimidado demais para pedir outras informações. Enquanto me encaminhava para a porta, percebi que ele se virou em nossa direção. Olhei para trás com uma preocupação crescente.

— Até logo, Sr. Rose. — Foi tudo o que ele disse.

Mas a expressão em seu rosto, o tom de sua voz... eram o mais próximo que ele já havia chegado de simpatia. Ele nunca tinha se despedido antes.

Ao sair dali, com a minúscula mão de Hannah na minha, senti um peso terrível, como se de repente estivesse sendo envolto num pesado manto negro.

Alguns segundos se passaram antes que eu percebesse que aquilo era terror.

Tudo isso voltou à minha mente quando me ajoelhei ao lado de Hannah no palco, os outros se reunindo à nossa volta enquanto eu chegava bem perto para verificar a respiração dela. Tá tudo bem, eu pensava, isso já havia acontecido antes, era apenas algo chato com o que tínhamos que lidar — como o clima britânico ou o automobilismo na televisão. O que mais ocupou a minha mente foi tentar pensar em algo divertido para dizer quando ela voltasse a si. Algo sobre a comédia fazer a pessoa morrer de rir? Eu não sabia. O importante era que brincaríamos com isso. Não seria assustador. Ficaria tudo bem.

Em algum lugar, ouvi Ted gritando para o público, garantindo que era apenas a emoção e o calor dos holofotes. Ele pediu que saíssem e agradeceu a presença de todos.

Então, sim, aquela tinha sido uma noite interessante no Willow Tree Theatre. Vendo pelo lado positivo, todos os atores compareceram, tivemos público e a maior parte desse público ficou acordada até o fim da apresentação. Não poderia ter sido melhor. Pelo lado negativo: Hannah desmaiou e tivemos um dilúvio bíblico. Isso, como dizem, é o *show business*.

Minha mente continuou revivendo os minutos anteriores. O que havia acontecido? A peça acabou bem, o elenco inteiro veio para o palco. Ted estava relaxado e sorrindo, para variar, gesticulando para a mulher, Angela, no meio da plateia. Natasha agitava aquela peruca grisalha ridícula na direção do marido, que trouxera a filha, embora eu tivesse explicado que talvez não fosse uma peça apropriada para uma menina de sete anos. ("Ashley é uma menina de sete anos muito madura", Natasha havia me assegurado. "E ela aprendeu tudo sobre festas de *swing* com a avó." Não pedi detalhes.) No centro estava minha própria filha, Hannah, neste pequeno palco, como uma atriz de verdade pela primeira vez, absorvendo com avidez o máximo de crédito e aplausos que lhe era possível. E então, de repente, ela parou de se mexer, o rosto pálido e ausente. O barulho da plateia pareceu abafado e eu fiquei só olhando, incapaz de me mexer, enquanto ela caía. Parecia que ambos estávamos numa espécie de sonho.

— Tenho um pouco de água — disse Shaun, estendendo um copo para mim. — E, hã, por falar em água...

Mas eu não estava ouvindo.

— Hannah — falei. — Vamos lá, querida, para de monopolizar os holofotes.

— Não é melhor chamar uma ambulância? — perguntou Natasha, a mão pousando de leve no meu ombro.

— Ela vai ficar bem — falei baixinho.

Vi um movimento discretíssimo perto dos olhos dela, apenas uma contração, mas mesmo assim inconfundível.

— Hannah — insisti. — Hannah, volta.

Sally, minha melhor amiga, já tinha visto isso. Ela se ajoelhou ao meu lado e afastou o cabelo de Hannah da frente do rosto.

— Podemos chamar um médico? — perguntou, a voz suave e acolhedora.

Esperei alguns segundos para que algo mais acontecesse, algum tipo de movimento — um braço saltando, os dedos de Hannah segurando os meus —, mas nada.

— Acho que sim — respondi. — Acho que sim.

Sally estava se levantando e eu me preparava para explicar o que ela deveria dizer aos paramédicos quando uma voz clara, capturada pela estranha acústica do palco, ressoou pelo auditório.

— Vocês são *tãããooo* dramáticos — disse a voz.

Olhei para baixo, deparando com Hannah acordada, a cabeça ligeiramente erguida, os olhos vidrados ganhando foco, a boca se curvando num sorriso grogue. Ela tentou se sentar e eu ajudei, o vestido ridículo estalando com estática contra o meu blazer. Ela caiu um pouco para trás e eu a apoiei; Sally também estava lá, com a mão nas costas de Hannah. Houve um suspiro de alívio audível vindo dos outros integrantes do grupo. Shaun ofereceu gentilmente o copo de água a Hannah e ela o pegou com um movimento brusco do braço, derramando quase metade, mas levando o restante à boca e bebendo ruidosamente.

— O que aconteceu? — perguntou ela.

— Você desmaiou — respondeu Ted. — Durante os aplausos.

Ela olhou para mim, tirando os cabelos encaracolados e rebeldes da frente dos olhos.

— Ai, merda — disse ela. — Foi mal, pai. Eu sinto muito mesmo.

— Que papo é esse? — repliquei, pegando o copo vazio da mão dela. — O público adorou! Desmaiar foi um golpe de mestre. Eles voltarão em massa. — Mas eu sabia que ela não estava pensando na peça. Sempre que isso acontecia, onde quer que estivéssemos, ela sempre pedia desculpas. E eu sempre dizia que deixasse de ser boba, e nós simplesmente mudávamos de assunto. Tínhamos nos acostumado a isso. Afinal, éramos gente de teatro. E o show tem que continuar.

— Eu preciso trocar de roupa — disse Hannah. — Antes que esse vestido exploda. — Ela se levantou com dificuldade, e Sally e eu, com cuidado, tiramos nossas mãos dela, como se retirássemos um bloco realmente difícil da torre de Jenga.

— Vou com você — disse Sally.

— O Phil não tá te esperando? — perguntei a ela. Phil era o marido de Sally, um construtor alegre, bronco e muito admirado.

— Ah, você sabe — disse Sally. — Ele não é muito de teatro.

— Mas ele estava aqui antes, não estava? Eu vi vocês dois depois do ensaio geral.

Ela pareceu que ia responder, mas então se virou para a Hannah.

— Vem, vamos voltar pro camarim.

Era curioso — Sally e eu éramos muito amigos havia anos; no entanto, ela quase nunca mencionava Phil e eu raramente o via. Eu sabia que ele era antiquado, que não queria que Sally trabalhasse depois do nascimento de Jay, o filho deles. Talvez ele desaprovasse amizades platônicas entre homens e mulheres. Talvez pensasse que o grupo de teatro fosse um antro de paixões sexuais. Ele só precisaria comparecer a uma reunião para que essa ideia fosse totalmente descartada.

Hannah e Sally atravessaram devagar o corredor até a sala dos atores. Os outros ficaram por ali em silêncio, me olhando, mas tentando não fazer isso de forma *tão escancarada*. Eu podia sentir o medo e a incerteza irradiando deles. Eu sabia que precisava fazer algo para dissipar a tensão.

— Tá tudo bem, pessoal — falei, por fim. — Tá tudo bem. Ela vai ficar bem. É só uma daquelas coisas. Ted, você estava hilário hoje. Natasha, trabalho maravilhoso com a peruca, continue assim.

Rachel, a cena do flerte com o vigário foi brilhante, muito bem. Shaun, excelente agarrar o traseiro, como sempre. Ah e... sem querer botar mais drama nessa noite, alguém sabe de onde tá vindo toda essa água?

— Ah, sim, eu estava tentando te falar sobre isso — disse Shaun. — A caldeira tá com vazamento. Bom, é mais uma erupção, na verdade. Parece que um cano estourou. Eu desliguei a água, mas os bastidores viraram um lago.

Sendo um ex-construtor, Shaun era particularmente útil sempre que parte do teatro dava defeito, desabava ou inundava, o que acontecia com uma frequência cada vez maior. Com os cabelos cortados bem rentes, as tatuagens e as camisas da Fred Perry, ele parecia o tipo de sujeito que espancaria frequentadores de teatro num pub, mas, graças à sua inteligência inata e a um professor de inglês extremamente determinado, ele havia cultivado um interesse improvável pelo teatro britânico do pós-guerra. Ele é a única pessoa que eu conheço que pode citar *Olhe para trás com raiva* enquanto aplica o isolamento em um loft. Quando o irmão abriu uma empresa de táxi, Shaun o convenceu a chamá-la de "Carros Godot", com o slogan: "O que *você* está esperando?"

— O que te parece? — perguntei a ele, tentando sutilmente afastá-lo dos outros.

— É difícil dizer, não sou encanador. Abri as portas dos fundos, então grande parte da água tá escoando por lá. Tenho um camarada que pode dar uma olhada, mas só amanhã de manhã.

— Estaremos prontos para amanhã à noite?

Shaun deu de ombros.

— Me faça essa pergunta amanhã.

Era hora de trazer as coisas de volta ao normal. Eu me dirigi ao restante do elenco.

— Vamos lá — falei. — Está na hora de vocês se trocarem e irem pro pub.

— Você vem pra reunião de balanço? — perguntou Natasha.

— Não, vou levar a Hannah pra casa. Sally fará as honras. Foi uma excelente apresentação. Vai ser um fim de semana de sucesso.

Enquanto o elenco seguia para a sala dos atores, Ted me deu um tapinha gentil nas costas.

— Estamos aqui — disse ele. — Se precisar de nós.

No carro, a caminho de casa, Hannah se manteve calada ao meu lado, olhando pela janela para as ruas noturnas vazias. Ela estava de novo com suas roupas, o celular na mão. Dei um tapinha em seu joelho e, quando ela olhou para mim, sorrimos um para o outro.

— Tem certeza de que não quer dar uma passada no hospital? — perguntei. — Ou no McDonald's? Ou no pub?

— Me leva pra *casa* — disse ela. — Eu só... — Mas sua voz sumiu na noite.

— O quê? — perguntei.

Ela balançou a cabeça. Quando colocou o cabelo atrás da orelha, percebi que estava usando os brincos de argola que dei de presente no seu aniversário de 14 anos, os que comprei em uma pequena joalheria em Bath enquanto ela estava no hospital. Por fim, ela olhou para mim.

— Nada nunca vai ser normal, né, pai? Sejamos honestos.

O caminho estava vazio e percorríamos as ruas silenciosas despercebidos. De ambos os lados havia fileiras de casas vitorianas, suas luzes quentes contra a escuridão invasora. Passamos pela igreja, o cemitério estendendo-se atrás dela, avançando pelo campo. Hannah estremeceu.

— Vamos fazer alguma coisa amanhã cedo — falei. — Vamos até Dorset, tomar o café da manhã em uma cafeteria à beira-mar, ler jornal e quadrinhos, comer uma montanha de peixe frito com batatas fritas.

Hannah sorriu para mim, e eu conhecia muito bem aquela expressão — era simpática e benevolente, um pouco como um pai sorriria para o filho que tivesse acabado de pedir para fazer sua festa de aniversário em Marte. Então ela voltou a atenção para o celular e começou a digitar. Os adolescentes de hoje...

Quando paramos diante de casa, nosso gato gordinho estava sentado no muro, aparentemente à nossa espera.

— Malvolio, seu balofo danadinho! — exclamou Hannah ao sair do carro. Ele caminhou preguiçosamente na direção dela e percebi que, enquanto o acariciava, ela se apoiava discretamente no batente do portão com a outra mão.

Eu havia adiado sua estreia no teatro por vários anos, mas a verdade é que ela sempre fora uma excelente atriz.

Hannah

Hoje de manhã, ainda me sentindo ligeiramente envergonhada por ter desmaiado no palco durante os aplausos, dei uma busca no Google por "grandes desastres teatrais". Descobri que, durante uma produção de *Macbeth* de 1948, a atriz Diana Wynyard tentou fazer a cena de sonambulismo de Lady Macbeth de olhos fechados e despencou quase cinco metros no fosso da orquestra. Isso fez com que eu me sentisse um pouco melhor.
    Ela ficou bem, a propósito.
    Sinto que devo explicar a razão de ter desmaiado. Como uma emocionante trama secundária da minha principal condição médica, que não vou abordar nesse momento porque hoje é sábado, eu tenho uma arritmia. Isso significa que às vezes meu coração pula uma ou duas batidas; na verdade, às vezes pula várias, como o baterista de uma banda *indie* de merda. Então fico tonta e às vezes desmaio. Fazia anos que isso não acontecia, e é muito irritante que tenha acontecido justamente quando eu estava no palco. Também sei que isso assustou o papai — mesmo que ele finja que não. Imagino que agora ele esteja deitado na cama, pensando na melhor coisa a fazer para me proteger, e tenho quase certeza de que isso significará o fim do meu papel de protagonista em *Continue sendo um idiota machista*.
    Na verdade, a breve conversa entre diretor e filha que eu vinha esperando acontece às 9h38. Estou sentada à mesa da cozinha

comendo uma fatia grossa de torrada e ouvindo Regina Spektor. Papai entra, desliga a música e se senta à minha frente.

— Hannah — diz ele, animado, batendo as mãos no tampo da mesa. — Estive pensando...

— Você esteve pensando que eu não deveria fazer a peça hoje à noite — digo, dando uma mordida na torrada e fingindo olhar mensagens no celular. — Nem amanhã. Sabe, só por segurança.

— É só que...

— Pai, não.

— ...é muito quente lá em cima, no palco, e é estressante, e tem gente te empurrando de um lado para o outro e te trancando em armários, e tem aquela parte em que enfiamos seu rosto em uma pavlova.

— Eu sei — digo, correndo os olhos pelas mensagens de texto infinitas e incompreensíveis de Jenna, que desenvolveu uma linguagem própria para confundir os pais. — Eu estava lá.

Ele tira o celular da minha mão delicadamente e o coloca em cima da mesa. Odeio quando ele faz isso.

— A próxima produção é no outono. Vamos providenciar para que você consiga um papel incrível, mas que seja um pouco menos frenético. Que tal?

Suspiro pesadamente e olho para ele. Eu costumava fazer o que ele pedia quando me lançava seu olhar de pai preocupado, mas isso estava começando a me irritar.

— Não — digo. — Nada feito.

— Hein?

Ele não esperava por isso. Até faz um *double-take* digno de comédia.

— Vou fazer a peça. Você me escalou e eu vou fazer.

— Mas Hannah...

— Pai, eu desmaiei quando as cortinas fecharam... foi só isso. Vou beber mais água hoje à noite, vou pegar leve. Mas você não pode simplesmente me tirar. Você não entende? Não pode mais fazer isso.

Ele parece abatido. Não é comum discutirmos, isso quase nunca acontece. E, quer dizer, eu sei que esse cara acabou de ver a filha cair de cara na frente de 85 pessoas — o que deve ser difícil. Além do mais, eu não contei a ele, mas venho me sentindo muito cansada. As últimas semanas do ano letivo foram um sacrifício, eu quase caindo no sono à tarde, me espetando com um compasso para me manter acordada nas aulas de matemática (embora eu não fosse a única, sendo bem sincera). Mas não vou ceder. Estou muito pê da vida. Preciso me manter firme.

Nós dois abrimos a boca para falar ao mesmo tempo quando chega outra mensagem. Pego o celular, aliviada com a distração. É do Jay, o filho da Sally, perguntando se pode vir aqui. Conheço Jay desde os quatro anos; frequentamos a creche juntos e todas as séries escolares que se seguiram, aprisionados em uma amizade da qual não podíamos escapar. Sally e papai são melhores amigos e, quando seus pais são amigos, vocês tendem a ser colocados no mesmo grupo, quer gostem ou não. Felizmente, Jay é ok. É um adolescente grande e burro, que fica pulando de um lado para o outro como um labrador. Não somos mais tão colados, mas ainda andamos juntos. Ele joga videogame, eu leio quadrinhos e nos sentimos à vontade ocupando o mesmo sofá por horas a fio. Ultimamente, porém, ele se tornou muito sensível e eu não sei o porquê. Ele passa tempo demais se preocupando se é ou não um leproso social nojento. Bom, ele com certeza poderia melhorar sua higiene pessoal de vez em quando, e seu cabelo *grunge* ridiculamente longo está fora de moda há uns dez anos, mas as pessoas gostam dele — elas gostam dele porque, neste mundo extremamente cínico, ele é um feixe de energia e entusiasmo. Ele também é relativamente bonito, acho, mas tenho dificuldade em pensar nele "desse jeito" — em parte porque, bom, nós crescemos juntos, então eca, mas também porque ele tem essa mania de me tratar como uma espécie de herdeira doentinha em um melodrama vitoriano. Não há literalmente nada de sexy nisso — a menos que você tenha algum tipo de fetiche estranho por anáguas ou alguma doença bizarra. O que eu não tenho.

— O Jay quer vir aqui — digo, com a voz arrastada.

— Ótimo! — diz papai, feliz com a mudança de assunto e já depositando suas esperanças no poder restaurador de andar com meninos. — Estou indo ao Sainsbury's, então vou trazer um lanche pra vocês!

Decido que não vou deixá-lo escapar tão facilmente.

— Você sabia — digo — que durante uma produção de *Macbeth* de 1948 a atriz Diana Wynyard caiu de uma altura de quase cinco metros no fosso da orquestra durante a cena do sonambulismo? Ela estava de volta ao palco na noite seguinte. Só pra você saber.

— A Peça Escocesa — replica papai.

— Hein?

— Você a chamou de *Macbeth*, mas deve chamar de...

— Ah, não enche — digo.

Ele sorri e, mesmo sem querer, eu também.

Decido tomar um banho de banheira e, enquanto estou ali deitada, tentando não sentir nem ouvir meu batimento cardíaco, tentando não ficar obcecada com seu ritmo *staccato*, ouço papai gritar um tchau e a porta da frente bater. Durante quase uma hora, fico submersa sob bolhas fortemente perfumadas, pensando no verão que está por vir e no que vou fazer. Papai provavelmente vai insistir em uma série de viagens temáticas, geralmente para lugares ligados ao teatro. Enquanto outras famílias vão para a Espanha e a Itália, nós visitamos Aldwincle em Northamptonshire para ver o local de nascimento de John Dryden ou assistir às peças de mistério na Catedral de York. Está tudo bem, as coisas sempre foram assim. Mas isso não é... normal, acho. Me pergunto quando devo começar a dizer a ele para ir sozinho.

Estou me vestindo quando ouço papai voltar do supermercado. Por vinte minutos ele anda pela casa, fazendo barulho, só Deus sabe por quê, e então sai novamente. Quando desço as escadas, encontro um bilhete:

> Escondi algumas guloseimas pela casa para você e Jaybo. Divirtam-se. Te vejo mais tarde — estou no teatro, investigando a enchente com Shaun. Não se preocupe, tenho óculos de natação e snorkel. Bjs, pápis.

Guloseimas? Jaybo? Pápis?! Mais *cringe* que isso, impossível.

Poucos minutos depois, a campainha toca, seguida por uma série de batidas fortes e depois mais dois toques. É o Jay. Eu atravesso nossa minúscula sala de estar com a mesa de centro bamba coberta de jornais e as prateleiras deformadas pelas pilhas de textos de peças publicadas pela Faber & Faber e clássicos da Penguin. O papel de parede com estampas espalhafatosas típicas dos anos sessenta está descascando e há manchas de mofo nos cantos, mas papai nunca faz nada a respeito. "É o estilo elegante de Joe Orton", diz ele. Então eu lembro a ele que Joe Orton foi espancado até a morte pelo cara que morava com ele.

Quando abro a porta, lá está Jay, de bermuda cargo e camiseta do Blink-182, com o boné de beisebol dos New York Yankees virado para trás. Eu o faço entrar rapidamente para poupá-lo de mais humilhação pública.

— Eiii — diz ele, segurando uma mochila esfarrapada. — Eu trouxe meu PlayStation 2. Que comecem os jogos!

— Eu não vou jogar "Medal of Honor" — aviso. — Nem a porra do "FIFA". Papai disse que deixou "guloseimas" espalhadas pela casa pra gente. Não sei o que ele quis dizer, mas acho que devemos dar uma olhada.

— Maravilha — diz ele. — Seu pai é legal. Estranho, mas com certeza legal.

— Pois é.

— As únicas coisas que meu pai deixa pela casa são post-its lembrando a mamãe das tarefas que precisam ser feitas.

— Que ótimo.

— E você, como você tá se sentindo? Caramba, deve ter sido muito assustador ontem à noite.

— Tô bem, Jay. Não pergunta de novo.

— Entendi.

Procuramos pela sala de estar, levantando as almofadas do sofá e espiando por trás dos livros e embaixo da poltrona. Encontramos dois tubos de batatas Pringles, um saco gigante de balas de gelatina azedinhas da Haribo e uma garrafa de dois litros de Coca de cereja. Corremos até a cozinha, abrindo os armários e vasculhando os pacotes de macarrão e vidros de *passata* de tomate que constituem nossa dieta básica. Na geladeira encontramos uma enorme pizza com vários tipos de proteína e um pão de alho — e também um DVD do filme *Manequim* dos anos 1980. Jay avista um saco de confeitos de chocolate na máquina de lavar, mas, quando se inclina no tambor para pegá-lo, uma calcinha perdida cai em sua mão, fazendo-o gritar e recolher o braço, jogando-a do outro lado do cômodo. Caímos na gargalhada.

— Jesus — diz ele. — Sua calcinha estava dando em cima de mim.

— Vai sonhando — digo.

E então, por alguns segundos, o clima fica muito estranho.

Assim que ele se recupera, coloco o disco no aparelho de DVD e nos sentamos em extremidades opostas do grande sofá molenga, a mesa de centro carregada com nossos mimos ultracalóricos. Tenho que admitir que não sou muito de filmes; eles são rápidos e barulhentos demais para mim. Talvez tenha a ver com o meu estado de saúde. Mas *Manequim* é uma puta obra-prima. Descobrimos, para nossa surpresa, que é sobre um cara que se apaixona por uma princesa do Egito Antigo que está presa dentro do corpo de um manequim de vitrine. É totalmente aleatório. A princesa é interpretada por Kim Cattrall de *Sex in the City*, a que eu costumava assistir com Daisy quando os pais dela não estavam prestando atenção — basicamente como uma forma de educação sexual.

— Não se fazem mais filmes como esse — diz Jay, entre punhados de bonecos de açúcar.

— Isso porque não estamos *completamente* malucos — digo. — O que acontecia nos anos oitenta? O que tinha de errado com essas pessoas?

— Mamãe era tipo punk ou algo assim. Já vi fotos; o cabelo dela era espetado em todas as direções... era doido.

— E ficava legal nela?

— Parecia um zumbi.

— Meu Deus. Os anos oitenta foram assustadores.

Estamos nos divertindo, fazendo comentários maldosos sobre as roupas de todo mundo, que são realmente hilárias, e coloco a cabeça no ombro dele, rindo. Mas, quando o filme acaba, Jay liga o console na TV e começa esse novo jogo militar de tiro, que é exatamente como todos os outros jogos militares de tiro que eu já vi. Enquanto ele está lançando granadas contra um helicóptero aparentemente indestrutível, vou para a cozinha ligar o forno para a pizza. Imediatamente, eu o ouço pausar o jogo, e ele me segue como um cachorrinho triste.

— Algum problema? — pergunta, com um tom áspero de preocupação genuína.

— Não, eu só não gosto desse jogo.

— Mas a *Official PlayStation Magazine* deu nove de dez para ele.

— Não tô nem aí, Jay.

— Eu quase ganhei a luta contra o helicóptero.

— Jay, sério. Eu não quero ficar sentada assistindo àquela gente toda... matando e morrendo.

As palavras pairam no ar como uma maldição.

— Ai, meu Deus — diz ele. — Foi mal. Foi mal mesmo. Nem passou pela minha cabeça.

Bato a porta da geladeira, frustrada.

— Ai, que droga, Jay, eu não estava falando *disso*! Não tem nada a ver comigo. Eu só não tô interessada em soldados fanáticos explodindo coisas e gritando "Eu te dou cobertura" uns para os outros, o que quer que isso signifique.

— Tudo bem — diz ele —, mas se acalme. — Ele estende a mão para tocar meu ombro e eu recuo, furiosa.

— Não! — digo, fervendo.

— O quê?! — grita ele, claramente magoado.

É só uma conversa breve e insignificante, mas a preocupação enjoativa e sufocante dele me reafirma que nada nunca vai acontecer entre nós. Não daquela forma. É aceitável que o papai me trate assim, ele é contratualmente obrigado a cuidar de mim, mas eu realmente não preciso de *dois* homens me tratando como um enfeite de porcelana — especialmente quando eles mal conseguem cuidar de si mesmos. Eu me afasto dele, indo para a sala de estar, onde me jogo no sofá, ocupando-o inteiro para que ele não possa se sentar ao meu lado.

Como se fosse uma deixa, a porta da frente se abre e papai entra. Ele está com um agasalho de capuz velho e jeans rasgado — ambos cobertos de óleo e sujeira. Lembro que ainda estou chateada com ele por causa da peça, então lhe dou um aceno sem sorriso em vez de um oi.

— Oi — diz ele. — Cadê o Jay?

— Na cozinha. O que aconteceu com você?

— Ah, eu estava trabalhando na caldeira com o Shaun. Tenho más notícias. — Ele parece ter ensaiado isso durante todo o trajeto até em casa. — Ela precisa de algumas peças novas que não podemos trocar até segunda, então a água tá desligada, o que significa que não podemos abrir pro público... É um risco para a saúde e a segurança. Tivemos que cancelar.

— Ah, é mesmo? — digo. — Que conveniente.

— Hannah! — Dessa vez seu tom não é de desculpas, ele está ligeiramente zangado... o que, para o papai, na verdade é muito zangado. — Essa decisão custou caro. Não fiz isso por sua causa.

— Claro que não.

Jay aparece na porta.

— Oi, Sr. Rose.

— Ah, Jay! Como você tá?

Silêncio e tensão. Os dois estão tentando interpretar a atitude do outro, e a minha também, em um fogo cruzado de olhares constrangidos. É como aquela cena no final de *Cães de aluguel*, quando todos apontam armas uns para os outros — só que somos de classe média e britânicos, então é apenas um monte de ansiedade implícita. Por alguns segundos, eu realmente gostaria que houvesse uma mulher adulta por perto para decifrar os dois.

Por fim, dou um suspiro alto, reinicio o jogo do Jay e explodo completamente aquela merda de helicóptero.

Tom

Na manhã da segunda-feira, pego o carro e vou para o teatro, cantando ao som de Bobby Darin. Parando no estacionamento vazio, sinto aquele arrepio familiar de empolgação. Mesmo depois de uma inundação desastrosa, a visão daquele lugar enche meu coração de ânimo.

Para ser totalmente honesto, não é um prédio bonito. Na verdade, é uma monstruosidade de concreto dos anos setenta, de uma feiura quase maldosa. Se um estacionamento de vários andares transasse com um lar de idosos, o Willow Tree Theatre seria o filho medonho desse amor. No entanto, há algo de mágico e transformador em uma apresentação ao vivo — mesmo numa espelunca como esta. A proximidade entre atores e público; a tensão no ar entre eles — nenhuma TV de tela plana ou computador de conexão banda larga pode competir com isso. As pessoas costumavam vir para se chocar, desafiar e educar. Agora, elas vêm principalmente para ver adaptações da Disney e musicais modernos, improvisados a partir dos maiores sucessos de artistas pop há muito desaparecidos. Mas tudo bem. Se as pessoas querem ver *Reflex: A história do Duran Duran*, vamos apresentá-la. E todas as vezes que eu entrava em nosso pequeno auditório, quer estivéssemos exibindo Shakespeare ou um tributo à banda Shakespears Sister (não existe nenhum, obviamente, mas, se existisse, eu provavelmente o teria programado), sentia o potencial energético absoluto do espaço vazio.

Hoje à noite teríamos nossa *master class* de *breakdance* para pessoas de mais de 35 anos com o MC Neat Trix, que, na verdade, se chama Greg e trabalha em um armazém frigorífico em Shepton. Um ótimo rapaz. Mais adiante na semana, desde que a caldeira pudesse ser consertada, receberíamos a *Broadway Bonanza*, uma seleção de cenas de musicais clássicos apresentada por uma companhia de dança da cidade. Uma mina de ouro para a bilheteria. De vez em quando, trazíamos um clássico ou alguma obra-prima aclamada do teatro moderno, especialmente se tivesse aparecido no programa de certificação do ensino médio — isso sempre nos rendia uma grande quantia em financiamento —, mas nunca tínhamos certeza de que alguém apareceria além de uns trinta adolescentes entediados se pegando ou trocando mensagens de texto durante toda a apresentação. Estava cada vez mais difícil contratar companhias de teatro interessantes. A prefeitura estava sorrateiramente cortando seu apoio às artes, então tínhamos que ficar na nossa e fazer o melhor que podíamos. Aparentemente, quando este lugar foi construído, na década de setenta, atores famosos de verdade vinham aqui. Margaret nos contou que participou de uma produção de *Mãe Coragem e seus filhos* com Brian Blessed. Parecia improvável, mas a maioria de suas histórias do *showbiz* eram assim. Ela dizia que tinha aparecido em vários programas de televisão do final dos anos sessenta e setenta, mas procurei por Margaret Wright na Base de Dados de Filmes na Internet e não encontrei nada. Não sabíamos se ela estava compartilhando lembranças reais ou fazendo piadas de muito mau gosto. Ela dizia coisas como "Dennis Waterman uma vez me deu um tapa em um episódio do *Esquadrão Sem Limites*" e depois fingia estar perplexa quando todos caíamos na gargalhada.

Passei pelas portas de vidro deslizantes e entrei no saguão. Com o carpete berrante cor de ameixa e as paredes cinzentas e nuas, parecia a área de recepção de um centro de lazer lá de 1978. Nas paredes havia fotos emolduradas de apresentações passadas, incluindo um

Hamlet resumido (sem o menor sentido, mas totalmente coberto em 75 minutos) e uma desastrosa versão musical de *A mulher de preto*. Havia um pequeno bar com algumas mesas amontoadas, que também fazia as vezes de café nos dias em que tínhamos funcionários suficientes para operá-lo. A bilheteria, que parecia um *bunker* nuclear, abrigava um computador da época da Guerra Fria que mal conseguia lidar com as reservas feitas pela internet. Meu escritório ficava no andar de cima, perto dos banheiros. O lugar era praticamente uma representação física do meu cérebro: uma confusão caótica de parafernália teatral e lembranças de família. Todas as superfícies estavam repletas de catálogos de companhias itinerantes, cópias bem manuseadas de *O palco* e fichários lotados de nem sei o quê. Eu tinha oito fotos emolduradas de Hannah na minha mesa, acompanhando sua vida desde criancinha (sentada no palco vestindo um tutu) até a adolescência (sentada no palco com uma camiseta do Joy Division). Eu me sentia muito confortável aqui, em parte por causa de todas as lembranças, e em parte por causa da sofisticada cadeira ergonômica giratória que a prefeitura comprou para mim quando os convenci de que sofria de dor aguda na lombar. Foram duas horas muito bem gastas preenchendo formulários.

Meu contato com a prefeitura, na verdade, era mínimo. Desde que eu participasse das reuniões de orçamento e não fizesse uma produção com nudez total de *Os romanos na Grã-Bretanha*, eles nos deixavam em paz. O Willow Tree era um pequeno posto teatral avançado do outro lado da galáxia — como *Jornada nas Estrelas: A nova missão*, mas com um orçamento para maquiagem ligeiramente menor.

Quando meu laptop ligou, olhei pela janelinha ao lado da mesa bem a tempo de ver Ted chegando de bicicleta com sua calça de veludo cotelê e blazer xadrez, parecendo um político do Partido Trabalhista da cidade ou um professor da Universidade Aberta. Ele trabalhou a vida toda como contador em uma fábrica de plásticos em Bristol antes de se aposentar há três anos. Seus dois filhos eram adultos e já haviam saído de casa fazia tempo e ele tinha grandes planos de viajar pela Europa com a mulher, Angela. Em sua garagem, coberta por lençóis, ele mantinha uma velha motocicleta Triumph com um *sidecar* que sempre teve a intenção de restaurar; o sonho deles era ir com ela até a Finlândia para ver a aurora boreal. Mas a irmã de Angela desenvolveu demência e eles precisavam ficar por perto. Então, em vez de ir em direção ao horizonte em uma peça clássica da engenharia britânica, ele começou o trabalho voluntário no teatro, mantendo certa ordem nos livros contábeis. Isso o tirava de casa, dizia ele. Quando Henry David Thoreau escreveu "A maioria dos homens leva uma vida de tranquilo desespero", tenho certeza de que estava imaginando Ted em sua bicicleta.

— Bom dia — disse ele ao entrar, desajeitado, no escritório e se sentar, tirando imediatamente um laptop da bolsa de couro surrada que o pai tinha lhe dado quarenta anos atrás. Ted é bom em guardar artefatos inúteis, por isso se provou tão útil no teatro. — Então — continuou em tom objetivo. — O que Shaun disse sobre o nosso dilúvio bíblico?

Ele perguntou como quem não quer nada, mas eu sabia que aquilo não era só curiosidade. Este era o contador Ted em sua versão muito séria. Este era o Ted do dinheiro. E eu sabia que o que estava prestes a dizer seria um transtorno.

— Bom — comecei. — Ele e o amigo conseguiram bombear o excesso de água no sábado e depois instalaram os desumidificadores, então a maior parte da água já se foi. Mas a caldeira tá desativada por enquanto, e há danos causados pela água no piso do corredor e no palco.

— Vou começar a preencher os formulários do seguro — disse ele. — Eles disseram qual foi a causa?

— Bom, o amigo encanador do Shaun disse que não era especialista em caldeiras industriais dos anos setenta, o que provavelmente seria o pior tópico em um programa de perguntas e respostas na televisão, né?

Ted não estava para piadas.

— Mas — prossegui — ele disse que pode ter sido um aumento de pressão. Perguntou se a caldeira tinha levado alguma pancada ou se alguém havia mexido nela, mas eu disse que não, óbvio que não... Quem mexeria numa caldeira? Quer dizer, isso tem alguma importância?

— A seguradora vai perguntar — disse Ted.

— É mesmo? Eles não vão só pagar?

Ele olhou para mim com uma mistura de tolerância zero e pena.

— Não, Tom. Eles nunca só pagam. Eles procuram motivos para *não* pagar. É assim que os seguros funcionam.

— Sério? Que safadeza!

— Tom... — Ele tirou os óculos e esfregou os olhos, como um pai frustrado tentando explicar equações de segundo grau a uma criança não muito inteligente. — Precisamos de todas as informações que conseguirmos. Quer dizer, tem alguma possibilidade de alguém ter entrado e tentado alterar a configuração? Margaret estava reclamando do frio durante o ensaio técnico. Eu não descartaria a hipótese de ela ter ido até a caldeira com uma chave inglesa.

— Não vamos transformar isso numa investigação. Não quero começar uma lista de suspeitos, pelo amor de Deus.

Agora havia uma estranha tensão no ar, então sintonizei a Rádio 4. Ted pegou sua bolsa e tirou dela um pacote de biscoitos de chocolate. Ele os estava colocando na mesa quando notou um pequeno post-it preso ao pacote. Dizia: *Te amo, Teddy. Bjs, A.* Ele ficou todo vermelho e tirou o post-it do pacote, constrangido.

— É da Angela — esclareceu, um tanto desnecessariamente. — Temos tido uns problemas ultimamente. Estamos nos esforçando.

Ted parecia estar prestes a se abrir sobre seu casamento, uma atitude atípica, então abaixei o volume do rádio, para o caso de ele se sentir desencorajado com Melvyn Bragg perguntando a um historiador sobre a Lei das Fábricas de 1833 e seus efeitos na indústria vitoriana.

— O casamento é uma forma de contabilidade, né? — observou ele. — Você faz um balanço entre o positivo e o negativo, e tudo dá certo. Definitivamente, estamos no lucro.

Esperei, aguardando mais detalhes, mas aparentemente não viria nenhum.

— Isso é bom, fico feliz — respondi. — E parabéns pela metáfora de contabilidade.

Voltamos a atenção para os nossos computadores. Ted digitou em seu teclado por alguns segundos, mas então ergueu os olhos com uma expressão interrogativa.

— Você sente falta dela? — perguntou. — Da Elizabeth, digo.

Para ser franco, a pergunta me pegou de surpresa, vindo assim, do nada. Ele não costumava ser tão direto assim. Tive de pensar um pouco antes de responder.

— Eu não sinto falta *dela* exatamente — falei. — Mas, sabe, sinto falta de... alguma coisa. Sinto falta de *alguém*. Isso faz sentido?

Nesse instante, Hannah entrou intempestivamente, com uma mochila pendurada no ombro e um par de fones de ouvido gigantescos em volta do pescoço.

— E aí, manezada — cumprimentou ela. — O que tá rolando? Ah, biscoitos de chocolate.

Ela tentou pegar o pacote, mas Ted, brincando, os tirou do alcance dela.

— Você já almoçou, mocinha? — perguntou ele.

— Eu já, mas *ele* não — disse ela, tirando uma caixa de sanduíche da sua mochila e deslizando-a sobre a minha mesa. — É por isso que tô aqui. Você esqueceu seu almoço de novo. Você é um caso perdido. Aposto que morreria de fome se não fosse por mim.

— Vou buscar um pouco de chá para nós — disse Ted.

Ele foi para a pequena área da cozinha ao lado e Hannah pegou três biscoitos, afundando-se na poltrona surrada no canto do escritório. Muitas vezes ela parava ali a caminho do centro da cidade, geralmente inventando alguma desculpa para a visita, mas, no fundo, acho, só querendo ficar aqui por um tempo. Ela começava a ler quadrinhos ou enviar mensagens de texto para os amigos até ficar entediada, então ia embora. Hoje, porém, ela ficou ali sentada, me olhando. Tentei ignorá-la, fingindo ler alguns e-mails, mas, enquanto a chaleira fervia e Ted juntava canecas e saquinhos de chá ruidosamente, ela continuava me encarando. E comendo os biscoitos. E me encarando.

— Ei, pai — disse ela, por fim. — Você tá bem?

— Sim, tudo certo. Só tô tentando resolver esse negócio da inundação.

— Não, quer dizer, você tá *bem*?

Por fim, percebi o que estava acontecendo. Girei minha cadeira executiva para encará-la, as mãos entrelaçadas como um vilão de filme de James Bond.

— Você ouviu a nossa conversa ainda agora? — perguntei.

— Agora quando?

— Pouco antes de você entrar. Você ouviu Ted perguntar sobre Elizabeth e eu.

— Elizabeth e *mim* — corrigiu ela. — Mas, sim, ouvi tudo.

— Tá tudo bem — falei. — Eu estava apenas entrando no jogo do velho sabichão.

Ela franziu o rosto em uma expressão cética e estava claramente prestes a interrogar seu triste pai quando Ted voltou com três xícaras de chá. Ele então ligou direto para a seguradora. Foi uma conversa longa e interminável, na qual o tema falha humana e responsabilidade, e a natureza exata e a extensão do dano pareciam continuar surgindo — mas pelo menos isso interrompeu a inquisição de Hannah. Ela acabou indo embora irritada.

— Obrigado por trazer meu almoço — gritei para ela.

— Essa conversa ainda não acabou — gritou ela de volta.

Ted passou o restante do dia trabalhando em silêncio nos documentos de solicitação do seguro online. Minha mente estava ocupada por uma imagem recorrente de água fluindo em cascata pelas portas do palco como naquela cena em *O iluminado*, com o sangue saindo do elevador. Eu não estava pensando em Elizabeth. Não mesmo. E eu sabia que, quando chegasse em casa naquela noite, Hannah também teria esquecido do assunto.

Hannah

Mais tarde, naquela noite, papai e eu estamos em casa, traçando comida chinesa de delivery em frente à televisão. Ele claramente pensa que esqueci sobre Elizabeth, mas está enganado. Há algo martelando na minha cabeça. Está lá há um tempo, me cutucando nos recessos da mente, mas, o que aconteceu comigo na sexta à noite, e depois daquela conversa que ouvi com o Ted... Preciso de respostas.

Minha única lembrança dela é uma cena. Um adeus cheio de lágrimas. Estou segurando a mão do papai e estamos parados na porta da frente. Há um táxi lá fora. Alguém está pedindo muitas desculpas. É só disso que lembro. Me pergunto do que ele se lembra. Me pergunto se ele já superou.

— Vamos fazer algo amanhã — diz ele, de repente, com um tom de voz muito alto e animado. — Você tem alguma programação?

— Encontrar Jenna e Daisy, acho. Pai, você não tá respondendo à minha pergunta.

— Tive uma ideia: vamos brincar de Duvido Você Usar.

— Ai, meu Deus, isso é sério?

— É! Vai ser divertido!

Duvido Você Usar era uma das nossas brincadeiras favoritas quando eu era mais nova. As regras eram simples: tínhamos de ir a brechós e comprar para o outro as roupas mais ridículas que conseguíssemos encontrar; então, tínhamos que ir a um restaurante usando o que o outro havia escolhido. Foi por causa dessa brincadeira que papai uma vez me levou ao melhor restaurante francês de Bath vestido com uma calça de agasalho verde-limão e uma camiseta rosa bem justa do S Club 7, enquanto eu usava um terninho masculino de casamento de três peças e uma touca do Pokémon (própria do modelo).

— Pai, não, já tô muito velha pra essa brincadeira idiota.

— Vamos lá, precisamos exorcizar a frustração com a inundação e celebrar o início das férias de verão com algo especial. Além disso, se você não brincar comigo de Duvido Você Usar, vou insistir em conversar sobre as matérias do seu *A-level* pro ano que vem todas as manhãs durante as próximas seis semanas. Nos mínimos detalhes.

Ai, merda. Ele encontrou a carta da escola.

— É, eu encontrei a carta da sua escola — diz ele.

A carta era do coordenador da série, dizendo aos alunos que passassem as férias pensando em seus *A-levels*. Junto a ela havia um questionário pedindo que indicássemos as disciplinas que estamos pensando em fazer e também — e essa é a parte divertida — onde acreditávamos que estaríamos em cinco anos. Meu Deus, tanto faz. Pensei em escrever "comendo capim pela raiz". Como já devo ter mencionado, às vezes fico meio Wandinha.

— O Sr. Devon escreveu que você está prestes a tomar uma das decisões mais importantes da sua vida escolar — diz ele. — O que eu quero saber é por que a carta estava amassada na sua lixeira?

Eu fecho a cara para ele. Uma carranca de 1,21 gigawatt. Uma carranca que poderia lançar mil aeronaves... na direção contrária.

— Vou jogar seu jogo idiota — digo.

Ele abre um sorriso triunfante. O fato é que foi uma conclusão inevitável, de qualquer maneira — nós temos uma regra: não se pode recusar a brincadeira Duvido Você Usar. Se um de nós a propõe, o outro tem de aceitar. É tudo uma questão de apoiar o outro, não importa o que aconteça — mesmo que "apoiar", nesse caso, signifique apenas se humilhar em público. É o tipo de coisa que você tem que fazer às vezes, acho.

    Mas ele está cantando vitória antes da hora. Terei minha vingança pela peça cancelada e por aquela carta sobre os *A-levels*. Ele me trata como uma princesinha preciosa. Mas não sou mais a Branca de Neve. Agora sou a maldita Rainha da Neve.

Tom

Burramente, achei que tinha sido muito inteligente ao desviar a conversa do tema Elizabeth. Mas vi alguma coisa nos olhos de Hannah — uma determinação silenciosa e reflexiva — e, ah, a ironia das ironias, eu nunca a tinha achado tão parecida com a mãe. Me lembrou de um olhar que vi vinte anos atrás numa biblioteca universitária em Manchester.

Hannah estava visivelmente pensando em algum esquema, como uma jogadora de xadrez planejando diversos movimentos à frente. Eu não sabia se eu seria um peão ou o adversário.

No dia seguinte, estávamos na rua principal, experimentando roupas em brechós. Escolhi para ela uma jardineira jeans com uma lavagem desbotada e uma blusa extravagante de cor salmão brilhante, que parecia uma peça que Penelope Keith poderia ter rejeitado no departamento de figurino da série *The Good Life*, por ser cafona demais. Era a minha jogada de sempre, ridícula e espalhafatosa, mas inofensiva.

No entanto, para ela, isso era guerra. Quando chegamos à loja Pet Rescue, ela estava dando uma olhada nas blusas, quando seu rosto se iluminou. Olhou em volta para se certificar de que eu não tinha visto, depois apontou para uma calça jeans prata, bem justa, pendurada em uma arara próxima.

— Experimenta essa — ordenou ela.

Quando saí gingando do provador, Hannah tinha nas mãos seu golpe de misericórdia: um moletom branco com as palavras *BITCH, PLEASE* escritas na frente, em letras muito grandes, douradas e cintilantes. Eu estava prestes a protestar, mas ela me interrompeu.

— Já comprei — disse ela.

Fomos para um café porque Hannah disse que seus pés estavam doendo e eu passei os primeiros dez minutos perguntando onde íamos comer naquela noite, sem que ela respondesse. Enquanto estávamos lá, duas garotas da idade de Hannah se aproximaram da mesa. As duas estavam vestindo conjuntos esportivos de plush, em diferentes cores pastel.

— Oi, Hannah! — gritou uma delas.

— Ah, oi — respondeu Hannah, sem entusiasmo. — Pai, essas são Emilia e Georgia.

— Oi! — falei, imediatamente tentando avaliar a dinâmica social. Elas eram amigas? Rivais? Apenas conhecidas? Em momentos como este, os pais de meninas adolescentes precisam aprender a interpretar o subtexto, a linguagem corporal, o tom e o humor a fim de humilhar as filhas da maneira mais divertida. Olha, depois *daquela* blusa, a bola estava em jogo, no que me dizia respeito.

— Oi — disse Emilia, dando de ombros com nervosismo. Georgia estava no celular, indiferente à conversa. — Então, você vai à festa da Nath hoje? Vai ser bem legal.

— Provavelmente não. — Hannah suspirou.

— Mas *Callum* vai estar lá — disse Emilia, arrastando as palavras.

Hannah lançou-lhe um olhar que, embora tenha durado menos de um milissegundo, muito obviamente transmitia as palavras: "*Que porra é essa? Meu pai tá sentado bem aqui. Cala a sua boca, ou te mato com minhas próprias mãos.*"

— Ah, tá — disse Emilia, recuando.

Eu me perguntei se deveria me meter na conversa de maneira sensível e madura. Pensei em perguntar "Então, quem é Callum?", enquanto cutucava Hannah e piscava lascivamente. Mas não fiz isso. Achei que poderia usar essa generosidade como vantagem.

Houve um silêncio longo e embaraçoso.

— Tudo bem. A gente se vê! — disse Georgia.

E as garotas se afastaram.

— Elas são da escola — disse Hannah. — Não são minhas amigas de verdade.

— Entendo — falei. — Agora, aonde vamos hoje à noite? Ou preciso correr atrás delas e contar que você não pode ir à festa da Nath porque tem uma reunião das bandeirantes?

— Pode dizer até coisa pior — replicou ela.

E não cedeu.

Foi só meia hora antes da nossa reserva para o jantar que ela finalmente falou. Íamos a um lugar chamado Virago. Um café feminista, batizado em homenagem à famosa editora de livros feministas. Olhei para meu moletom novo e pensei: Vou ter que passar a noite com os braços cruzados ou vou para casa de ambulância.

Encaixado entre um florista e uma farmácia de manipulação em uma rua estreita de paralelepípedos, transversal à rua principal, o Virago estava na moda em nossa pequena cidade. Piso de ardósia, vigas de madeira expostas, paredes forradas de estantes (repletas de livros da Virago, naturalmente). Era uma estufa quente e úmida, lotada de casais conversando e grupos barulhentos comendo tigelas fumegantes de massa e pizzas vegetarianas imensas. No balcão, as pessoas se reuniam sentadas em banquetas ou em pé em grandes grupos, bebendo e rindo, a maioria delas integrante da comunidade timidamente alternativa de ricos na faixa dos trinta e quarenta anos. As mulheres usavam vestidos *boho* e calças jeans *flare*, os homens em sua maioria optando por coletes *vintage*, botas de bico fino e boinas *flat cap*, como figurantes de uma série de época numa tarde de domingo sobre uma família da máfia ligeiramente cafona. Reconheci alguns frequentadores do teatro — mas apenas das noites em que encenamos peças de prestígio ou shows de música *folk*, em vez de comediantes excessivamente falantes ou tributos ao Bananarama. Logo que entramos, avistamos Natasha e o marido, Seb, que se levantavam para ir embora, e assim que nos vimos eles fizeram sinal para nos sentarmos à pequena mesa deles.

— Suas pernas estão embrulhadas em papel-alumínio — disse Natasha. — E por quê tá com os braços cruzados assim? O que tá tentando esconder?

Baixei os braços em etapas.

— Cacete! Trinny e Susannah ficaram doidonas e deram uma geral em você?

— Não, foi Hannah.

— Vocês dois... — disse ela, balançando a cabeça para nós.

— Podem ficar para um drinque? — perguntei. — Ou somos descolados demais pra vocês?

— Eu adoraria, querido — disse Natasha, envolvendo os ombros em uma *pashmina* de aspecto caro. — Mas a mãe de Seb ligou. O bebê tá acordado e Ashley também. Caos total. Ser mãe é como trabalhar como Relações Públicas: você nunca tá de folga e tem que ser gentil com todo mundo.

Quando eles saíram, nós nos espremenos em nossos lugares e fizemos um esforço para respirar, apertados como sardinhas entre outros clientes. Hannah me entregou um dos cardápios, composto de folhas de papel pardo nas quais os pratos estavam listados com letra de máquina de escrever. Eram todos releituras modernas e inteligentes de pratos clássicos italianos e americanos, com produtos locais e sem carne. No entanto, eu não estava lendo o cardápio, eu o estava apoiando contra o peito para formar uma barreira defensiva, para que ninguém pudesse ler meu moletom. Ainda estava muito preocupado em ser linchado por *beatniks* e metrossexuais furiosos. Passei os olhos pelo ambiente, verificando se havia expressões de horror ou nojo, mas então, de algum modo, meu olhar recaiu sobre uma mulher com uma camiseta do Iron Maiden, encostada na parede dos fundos. Parecia entediada, mas também linda e encantadora, e aparentemente estava com um homem mais velho e uma mulher mais jovem, mas eles estavam absortos numa conversa, voltados um para o outro. De repente ela me encarou, sorriu e fez um gesto na direção dos amigos, revirando os olhos de modo conspiratório. Desviei o olhar imediatamente, esperando que Hannah não tivesse percebido que eu estava olhando para alguém.

— Quem é *aquela*? — perguntou minha filha. — Ela é uma gata.

Hannah tinha percebido que eu estava olhando para alguém.

— Não sei. O que você quer comer?

— Nem tenta, não vamos mudar de assunto... rolou um clima entre vocês.

— O quê? Não rolou nada! Eu não a conheço, nem quero conhecer. Só quero comer sem deixar que ninguém veja esse moletom.

Finjo estudar atentamente o cardápio, mas, de canto de olho, consigo ver Hannah se virar para dar outra olhada em nossa nova conhecida.

— Vai lá falar com ela!

— Hannah, não.

— Vai lá, ela é a única mulher aqui que não tá vestida como fã do Jimi Hendrix.

Resolvi fingir que aquilo não estava acontecendo. O lugar começou a ficar muito quente. Devia ser todas aquelas velas, pensei. Examinei o cardápio com o que eu esperava que fosse um olhar de concentração clínica — imaginei que, se eu fizesse isso por bastante tempo, Hannah ficaria entediada.

— Hum, acho que quero o macarrão com queijo — falei, por fim. — Ou talvez o *nutburger*. O que será um *nutburger*? Você...

— Na verdade, foi mal, pai, mas você pode me arranjar um copo de água, bem rapidinho? — pediu Hannah.

Ergui os olhos e ela estava se abanando com o cardápio, respirando depressa, a outra mão no peito.

— Por favor — disse ela.

— Posso, sim, agora mesmo — falei, me pondo em pé de um salto.

Segui em zigue-zague o mais depressa que pude até o bar, abrindo caminho em meio à confusão de cadeiras e bolsas, pedindo licença entre as conversas. A lembrança daquela noite no teatro voltou com tudo.

Finalmente, consegui ultrapassar a última mesa e alcancei uma parte do bar relativamente calma, atrás apenas de uma mulher que havia chegado ao bar pouco antes de mim. Uma mulher vinda do fundo do salão. Uma mulher com uma camiseta do Iron Maiden. Ai, óbvio. Foi uma armação. Olhei para trás na direção da nossa mesa e vi Hannah se levantar e acenar para outra garota que estava se dirigindo ao pequeno jardim na lateral do café. Enquanto corria atrás da amiga, ela deu de ombros em um pedido de desculpas e ergueu os dois polegares para mim. Virei-me de novo para o bar e resolvi pedir alguma coisa para comer e voltar rapidamente para a mesa. Eu não precisava falar com ninguém. Eu nem precisava...

— É uma blusa e tanto — disse a moça do Iron Maiden, que agora estava aninhada ao meu lado no bar. — Uma escolha corajosa para esse lugar.

Olhei para baixo e imediatamente cruzei os braços sobre o *BITCH, PLEASE.*

— Ah, é — falei. — Foi meio que uma aposta.

Ela sorriu e olhou para os seus amigos.

— Essa deveria ser uma noite com o pessoal do trabalho — disse ela. — Mas metade do escritório não apareceu e o restante foi embora cedo. E agora ficamos somente eu e Romeu e Julieta ali.

— Certo...

Tentei chamar os atendentes do bar, mas estavam todos pegando pedidos de comida e servindo bebidas para o tsunami de clientes sedentos na outra ponta do balcão. Minha boca ficou seca de repente. Podia sentir o suor pinicando minha testa. Ela oscilou de leve para cima de mim.

— Opa, foi mal — disse ela. — Estamos bebendo desde as cinco da tarde. Que horas são agora?

— Oito e meia.

— Ai, droga. Meu nome é Kirsten, como você tá? Não, *quem é* você?

— Tom.

— Prazer em conhecê-lo, Tom, eu... Ah, espera aí, você tá usando uma calça prateada? Uau, você *realmente* perdeu a aposta. Talvez esteja na hora de pensar em não apostar mais, né?

— Acho que tem razão.

Eu agora estava tentando usar a Força para atrair um dos atendentes até mim para conseguir nossas bebidas e comida e escapar dali. Eu teria que adivinhar o que Hannah queria comer porque ela fugiu da cena do crime. Provavelmente pizza. Kirsten não parecia estar com pressa. Lentamente, ela puxou os cabelos para trás e os prendeu com um elástico. Sua pele era escura com tons dourados. Cheirava levemente a *White Musk*. Senti o ombro dela encostando no meu.

— O que você faz, Tom? — perguntou ela.

— Eu, hã, sou gerente de um teatro. Gerencio o Willow Tree Theatre, que fica mais adiante na rua.

— Eu conheço! Já estive lá. Assisti a um comediante lá no ano passado, Kevin alguma coisa.

— Ele era bom?

— Porra nenhuma, era péssimo. Foi mal. Mas é um teatro muito legal. Parece uma prisão stalinista. Deve ser um lugar interessante para se trabalhar!

— É, sim, eu...

De repente, havia uma atendente na minha frente e, sem esperar que ela perguntasse o que eu queria, desfiei meu pedido em uma longa e quase incompreensível cadeia de palavras. Não sei como, mas a garota entendeu. Enfim, eu poderia me retirar furtivamente e sozinho. Já conseguia sentir o gosto da liberdade.

Foi então que os colegas de Kirsten se aproximaram, se abraçando pela cintura.

— Encontramos uma mesa ali — gritou o cara.

Então ele apontou... para a mesa ao lado da nossa. Óbvio. Óbvio que era justo ao lado da nossa. Ela se virou para o bar para pedir uma bebida e eu corajosamente pensei em aproveitar essa oportunidade para me afastar. Mas, quando dei um passo, Kirsten, sem se virar, estendeu a mão e segurou suavemente meu braço.

— Espera, tô indo.

E assim voltamos para as mesas juntos, ela andando sinuosamente e sem esforço através da multidão insana, eu, esbarrando em todo mundo, sentindo-me acalorado e incomodado. Não conseguia processar o que estava sentindo. Quer dizer, ela obviamente era linda e confiante, estava entediada e... era confiante. Mas eu estava sem prática e fora de forma. Fosse o que fosse que estivesse acontecendo, eu não me sentia capaz de oferecer nada. Sentia como se tivesse sido enganado e levado ao processo de seleção para uma peça que fazia dez anos que eu não lia e não conseguia me lembrar das falas nem do personagem, nem mesmo de como atuar. Então, nos sentamos a nossas mesas e ela estava perto de mim, e havia aquela estática da expectativa entre nós, isso eu percebia.

— Você tem algum bom espetáculo programado? Deve ser empolgante. Sou designer gráfica; nosso escritório fica no prédio da antiga capela no centro da cidade. Conhece? Tô desenhando a embalagem de diversos chás de frutas orgânicos. Eles nos enviaram um engradado inteiro para experimentarmos. Ai, meu Deus, é tipo beber um refrigerante aguado, mas com pedacinhos de graveto flutuando dentro. Quem compra uma porcaria dessas de propósito?

Eu estava concordando com a cabeça, fingindo escutar, e então ouvi a última parte e sacudi a cabeça vigorosamente.

— Parece terrível. Eu...

Nesse momento, avistei Hannah espiando do jardim, sem dúvida verificando seu trabalho de cupido. Fiz um gesto desesperado de "vem pra cá". Ela fez uma pausa, mas acho que algum sinal de aflição no meu olhar comunicou que eu não estava brincando e que precisava de ajuda. Ela veio andando tranquilamente.

— Ah, Hannah — falei. — Desculpa, Kirsten, essa é Hannah, minha *filha*.

Achei que essa revelação de paternidade me livraria de Kirsten — talvez ela achasse que eu era velho demais ou, sabe como é, casado. Se eu ao menos ainda usasse a aliança... Mas, se a informação teve algum efeito, foi o de deixá-la encantada com a chegada de ainda mais companhia.

— Oi! — gritou ela, enquanto Hannah se sentava. — Seu pai gerencia um teatro!

— Eu sei! — disse Hannah, com um entusiasmo exagerado na voz. Em seguida, elas compartilharam um "toca aqui". Isso estava muito além do meu alcance.

Nossa comida chegou e, enquanto eu comia o macarrão com queijo derretido em silêncio, Hannah e Kirsten dividiam a pizza, conversando alegremente e de vez em quando olhando ou apontando para mim e depois rindo maliciosamente. Eu me concentrei em rezar para que Sally, por um milagre, chegasse e me resgatasse. Pelo menos era bom ver Hannah brincando e se divertindo sem preocupações — mesmo que fosse à minha custa.

Mas então aconteceu.

— E o que você vai fazer quando terminar a escola? — quis saber Kirsten.

Quem não conhecesse Hannah não conseguiria ver, mas uma sombra passou momentaneamente por trás do seu sorriso.

— Não pensei nisso ainda — respondeu, dando de ombros.

— Ah, qual é, você deve ter pensado! Quando eu tinha sua idade queria ser a Madonna ou um piloto. E a faculdade? Pai, fala pra ela que ela precisa ir pra faculdade!

Fiquei calado, mas troquei um olhar com Hannah.

— Vou adivinhar o que você vai estudar. Artes? Você parece uma artista.

— Não sei — disse Hannah, mais quieta agora, sua voz quase abafada pelo burburinho.

— Hã? — disse Kirsten, servindo-se de outra fatia de pizza. — Ah, design não?!

— Não, eu...

— Se virar designer, não trabalhe para as pequenas agências da cidade, é o meu conselho. Vá morar em Londres. Ou em Nova York. Ah, uau, você tem o mundo inteiro a seus pés. Isso é muito empolgante, né?

As pessoas pareciam estar se inclinando sobre nós agora, um círculo de corpos se compactando à nossa volta, esgotando o oxigênio. O ar estava quente e rarefeito, o barulho, penetrante.

— Não tenho certeza. Acho muito difícil pensar sobre o futuro. Vamos mudar de assunto — disse Hannah.

Eu conhecia aquela expressão facial; eu a tinha visto muitas vezes. A determinação e o medo, um girando contra o outro, como redemoinhos na maré. Ela olhou para mim e eu soube que já estava farta. Eu sabia que era superprotetor, sabia que Hannah às vezes achava ridículo e frustrante meu jeito de tentar orquestrar a vida dela, meu jeito de tentar controlar o elenco de personagens ao seu redor, mas era por causa *disso*. As pessoas cometem gafes e não sabem. Não sabem como as coisas são.

— Vamos — falei. — Vamos tomar um pouco de ar. Desculpa, Kirsten, foi bom conhecer você.

Eu me levantei, estendi a mão para Hannah e ela a agarrou, erguendo-se da cadeira.

— Foi mal — disse ela, mas não sei para quem.

— Falei alguma bobagem? — quis saber Kirsten.

— Não, ela só tá cansada.

— Ela tá mesmo pálida. Foi bom te conhecer também. Posso te dar meu cartão?

Ela levou a mão ao bolso de trás, mas já tínhamos nos virado para sair. Pus meu braço no ombro de Hannah para guiá-la e ela estava tremendo. Seguimos para a porta e eu ia afastando as pessoas para abrir caminho, a princípio com delicadeza, mas cada vez com mais força. Quando chegamos à saída e passamos ruidosamente por ela, éramos como mergulhadores de grande profundidade subindo à superfície pela primeira vez em horas, arquejando com o ar fresco e frio.

Hannah se encostou na parede, olhando para cima e não para mim, esfregando os olhos com as costas da mão e a manga da blusa barata. Andamos em silêncio para casa. Nós dois sabíamos que havia muito a ser dito, mas era uma conversa que sempre vínhamos evitando; uma que espreitava pelos cantos de cada dia. O hospital sempre fora positivo quanto ao seu prognóstico, mas eles nos ensinaram a não considerar nada como certo. A cada recaída, a pergunta não dita ressurgia: quanto tempo? De verdade, quanto tempo? Faltava menos de dois meses para o seu aniversário de 16 anos. Esse marco, esse rito de passagem. De repente, parecia cruelmente distante — quase que se poderia dizer fora do alcance.

— Foi mal por tentar arranjar alguém pra você — disse Hannah, entre calafrios. — Foi muita maldade da minha parte. Eu sabia que, se vestisse essa blusa, atrairia a atenção. Foi um experimento maligno.

— Para descobrir o quê?

Passamos pelo teatro, os faróis dos carros iluminando o edifício de concreto, fazendo-o parecer um estranho castelo expressionista.

— Você já esqueceu? — perguntou ela. — A mamãe?

— Uau — falei. — O que fez você pensar nisso?

— Tô sempre pensando nisso — respondeu ela. — Você não sabe fazer nada direito sozinho. *Alguém* precisa ficar de olho em você.

Tirei a blusa de moletom e a coloquei sobre os ombros dela, de maneira que o *BITCH, PLEASE* ficava claramente visível em suas costas.

— Toma — falei. — Você merece isso.

Ela riu e passou o braço pelo meu. Então levei minha filha para casa.

Hannah

Estamos todas no meu quarto: minhas amigas Jenna e Daisy e eu. Jenna está sentada de pernas cruzadas na cadeira da minha escrivaninha, enquanto Daisy está esparramada nos pés da cama com um vestidinho esvoaçante, com um ar etéreo e distante, como alguém saído de uma propaganda de perfume. Estamos aqui para falar de *Jane Eyre*. Mas passei a última meia hora contando a elas sobre ontem à noite no café Virago, e como tentei dar uma de cupido pro meu pai e uma mulher bêbada. A gente riu muito e agora elas estão me espremendo para tirar mais informações.

— Como você sabia que ela ia se interessar? — grita Jenna. — Como você sabia que ela não estava lá com o namorado?

— Hannah tem um talento para detectar almas solitárias e desiludidas — diz Daisy. — Ela é tipo aquele menino do *Sexto Sentido*.

— "Eu vejo gente solteira" — respondo. — "Andando por aí como gente comum."

— Callum é solteiro? — pergunta Daisy. — Você ficou olhando pra ele o tempo todo nas últimas duas semanas do semestre.

— Claro que não fiquei. Você está precisando de óculos.

— "Parece-me que a senhora protesta demais."

Conheço a Daisy desde o começo do ensino fundamental — ela tem um tipo grave de asma, e assim criamos um laço a partir de nossas medicações ultrainconvenientes. Ela é linda, loura e alta, mas também simpática e engraçada, o que é muito injusto. Todo mundo a adora e a odeia. Ela ama as Sugababes, séries dramáticas de TV americanas para adolescentes e seu novo celular. Agora Daisy está num intervalo entre namorados, mas o que não falta é gente interessada. De vez em quando, ela suspira e me pede para administrar a série de mensagens de flerte bizarras que recebe dos idiotas da nossa turma. Um dia, até um professor de inglês em fase de treinamento enviou uma mensagem para ela e a convidou para ver *Um conto de Natal*. Isso foi literalmente depois de uma aula apenas. Tudo bem, ele tinha só 25 anos, mas, mesmo assim, que babaca.

Jenna é completamente emo e nerd quando se trata de computadores. Ela usa jeans preto, camiseta preta e um casaco de capuz gigante preto, mesmo quando está 40 graus lá fora. É filha de mãe indiana e pai irlandês, o que, segundo ela, é um pesadelo cultural que envolve muita desaprovação por parte dos pais. Está numa turma diferente da nossa, então só a conhecemos quando começamos as aulas de teatro do programa de certificação do ensino médio no ano passado. Fomos colocadas no mesmo grupo nos exercícios de improvisação e instantaneamente nos identificamos enquanto fingíamos ser animais num zoológico.

Jenna é de longe a melhor atriz da turma — acho que é porque ela passa muito tempo mentindo para os pais. Eles não a deixam entrar no grupo de teatro, mesmo sendo a paixão dela, porque dizem que isso vai atrapalhar seus estudos. Ela parece estar sempre de castigo, então praticamente vive em salas de bate-papo e fóruns. Foi a primeira pessoa que conheço a ter banda larga porque gastava uma fortuna em internet discada e os pais deduziram que, se ela estivesse na internet, não estaria bebendo nem engravidando. Acontece que ela já teve uma série de namorados virtuais com os quais fica no jogo multiplayer "Final Fantasy XI". Nós não entendemos muito o que está acontecendo, mas tentamos apoiá-la quando ela nos diz que Olaf, o Megalord, a trocou por um elfo da floresta ou algo assim. Afinal, quem sou eu para julgar? Nunca tive namorado. Sou muito letárgica para lidar com garotos.

Seja como for, decidimos fazer encontros de leitura regulares para discutir os textos das aulas de inglês e de teatro, porque essa é a única parte da nossa preparação para o programa de certificação do ensino médio que podemos aguentar nas férias de verão. Quando finalmente chegamos ao texto, é a vez de Jenna falar.

— O que eu não entendo é: Jane passa o livro todo lutando contra o patriarcado, e então, no fim, o que ela faz? Basicamente se casa com o patriarcado.

— Rochester é o patriarcado? — pergunta Daisy.

— Bom, vamos lá: ele é rico e poderoso, é dono de uma mansão, tem empregados, negligencia a filha e mantém a mulher trancada no sótão. Então, sim, Daisy... ele é, sim.

— Mas Jane só se apaixona por ele de verdade quando ele tá fraco, e ela tem que se impor e salvá-lo — sugiro. — Portanto, ela vence o patriarcado e toma posse dele.

— Gostei do argumento — admite Jenna. — Eu adoro a Jane, mas ela tá sempre *pensando*, deve viver exausta.

— Além disso, todos os amigos e colegas de internato dela morrem de tuberculose — acrescenta Daisy. — Isso deve ser deprimente. As pessoas eram tão frágeis.

— Me identifico com essa parte — digo.

— Ai, merda, é verdade, desculpa.

— Não tem problema, tá tudo bem.

Voltamos a ler por um segundo até que Jenna começa a rir, enfiando a cara no livro aberto.

— Foi mal, é que lembrei de você desmaiando no palco.

— Ai, muito obrigada!

— Não, eu sei, óbvio que foi horrível, mas...

— Meu Deus, que mico! Eu tô com muita vergonha.

— Não fica! Você foi maravilhosa de qualquer jeito.

— Como você tá se sentindo agora? — pergunta Daisy.

— Não sei. Tô bem. Quer dizer, ando me sentindo muito cansada ultimamente, mas isso não é nenhuma novidade. Não contem pro meu pai.

— Eu me sinto exausta o tempo todo — diz Jenna. — Não sei por quê.

— Eu sei — replica Daisy. — Você vê oito episódios de *Buffy, a caça-vampiros* toda noite, até, tipo, três da manhã.

— Tô apaixonada pelo Spike. Por que os *meus* namorados não podem ser vampiros lindos e imorais?

— Você não quer dizer *imortais*? — pergunto.

— Eu sei exatamente o que quero dizer — responde Jenna.

— Que seja — suspira Daisy, cutucando o esmalte da unha. — Você nunca conhece esses caras de verdade.

— A gente devia assistir a um filme da *Jane Eyre* — digo, tentando nos trazer de volta aos trilhos. — Assim não precisamos ler de novo. Tem em DVD?

— Eu já assisti à versão em preto e branco com... como é mesmo o nome dele? Orson Welles. Foi uma merda.

— Isso é um clássico, sua tonta.

— Você é que é tonta. Vamos pegar a versão com a Kate Winslet.

— Ai, meu Deus, Jenna, ela não fez *Jane Eyre*, ela fez *Razão e sensibilidade*.

— Esse tá na nossa lista pra ler?

— Não! Jesus, quero sair desse grupo de leitura!

— Quando eu terminar a escola, não quero mais saber de livros — proclama Jenna. — Ninguém mais vai ler essas coisas daqui a dez anos. É besteira. Em dez anos, vou viver num mundo virtual.

— E qual é a novidade? — replica Daisy. — Daqui a dez anos *eu* vou estar em turnê pelo sul da Itália, numa van, com Matthew McConaughey. E você, Hannah?

As duas olham para mim. Eu me recosto e atiro o livro para o outro lado do quarto. Ele cai com um baque.

— O que foi? — pergunta Daisy.

— Nada! — digo, alto demais. — Só estou de saco cheio de ler essa droga. O que *Jane Eyre* pode nos ensinar, afinal? E por que papai colocou essa porra de questionário de volta no meu quadro de avisos?

Eu me levanto, arranco a carta do quadro e a jogo no lixo.

— O que você tá fazendo? — pergunta Daisy. — Você tem que entregar isso no próximo semestre!

— Hannah, você tá surtando? — pergunta Jenna.

— Não! Deixa pra lá, esquece, tô bem.

— Não tá, não. Somos suas amigas e queremos saber o que tá acontecendo.

— Tem a ver com o Callum? — Daisy dá uma risadinha. — Você quer que eu o chame pra sair com você?

— Ai, pelo amor de Deus, não! Não é nada. Vou buscar alguma coisa pra gente beber. O que vocês querem?

— Desde que não seja a bosta dos seus chás de fruta — diz Jenna. — Eles têm gosto de refrigerante misturado com água e areia. Eu quero água. Tô tentando me manter pura apenas bebendo líquidos claros.

— Seu pai tem vodca? — pergunta Daisy.

Quando saio do quarto, paro no patamar e as ouço falando baixinho. Jenna diz "Ela tá pálida" em seu sussurro ridiculamente alto. Daisy concorda. Desço porque não quero ouvir mais nada. Pegar suas amigas falando mal de você pelas costas é perturbador, mas pegá-las preocupadas com você pelas suas costas é assustador pra caralho.

Mais tarde, depois de elas terem ido embora, estou deitada na minha cama, ouvindo os sons do verão lá fora: pardais cantando na calha acima da minha janela aberta; o cachorro do vizinho latindo; crianças em algum quintal por aí, brincando em uma piscina de plástico. A vida continuando, mas tão quieta, tão distante, que posso me imaginar flutuando para longe disso tudo. Não sei se dormi ou apenas cochilei, mas, de repente, é fim de tarde e o céu azul se foi, substituído por uma demão tediosa de cinzas sombrios. As nuvens parecem penhascos recortados. Eu me levanto e minha cabeça gira. As cores desaparecem da sala.

— Ai, merda — digo.

Procuro meu celular, mas o deixei no andar de baixo. Saio para o patamar, tropeçando, e mergulho na direção do corrimão, mas, não sei como, erro. Puxa, penso, estou voando. Mas não é isso. Estou caindo. Os degraus vêm em minha direção tão rápido que me deixam enjoada.

Bum.

Fui. Não sou mais nada.

Uma voz diz:

— Papai. Socorro.

Tom

Saí do teatro no início da noite, a luz do sol adquirindo um rico tom de marrom dourado enquanto eu dirigia, a caminho de casa, pelas ruas arborizadas. Algumas centenas de metros adiante havia uma pequena fileira de lojas que por algum motivo havia se tornado um ponto de encontro oficial para os adolescentes. Passei olhando, para o caso de Hannah estar lá, mas vi apenas suas amigas Jenna e Daisy sentadas no muro ao lado da banca de jornal, conversando animadamente. Apertei a buzina de leve e o barulho assustou as duas, Jenna soltando um grito dramático, antes de me reconhecerem e acenarem. Encostei com o carro e apertei o botão para abrir a janela do carona.

— Perdão! — gritei enquanto elas vinham correndo até mim.
— O senhor quase me fez me cagar de susto, Sr. Rose! — gritou Jenna. — Quer dizer, o senhor quase me *matou* de susto. Foi mal.
— Tudo bem, Jenna. Hannah tá em casa?
— Tá — respondeu Daisy. — Estávamos estudando *Jane Eyre*.
— Ah, sei — respondi. — E como ela tá?
— Bem, acho — disse Jenna.
— Bom, ela parecia um pouco pálida e cansada — disse Daisy. — Ela pediu pra gente não contar nada, mas estamos um pouco preocupadas com ela.
— Acho que ela ainda está se recuperando de sexta à noite — falei. — Tenho certeza de que ela tá bem.

Estacionei na frente de casa e entrei na varanda. Havia algumas cartas fechadas no tapete — um extrato bancário e um envelope pardo da prefeitura, que parecia pouco importante. Peguei os envelopes e destranquei a porta da frente. Estava prestes a gritar oi, mas, quando a porta se abriu, olhei para dentro de casa e todo o ar foi sugado de meus pulmões.

Hannah estava encolhida no pé da escada, como se, de alguma forma, tivesse pegado no sono toda torta enquanto descia. Mas ela não estava dormindo. Seu rosto estava branco como cera, a respiração pesada e ofegante, e, de sua cabeça, escorria um filete de sangue, empoçando no degrau de baixo.

— Ai, meu Deus, Hannah — gemi.

Caí de joelhos ao lado dela, mas não sabia se a movimentava ou mesmo a tocava. Dava para ver um corte no lado esquerdo da cabeça, uma mecha de cabelo visivelmente encharcada de sangue, o ferimento escorrendo de um jeito horrível. Ela estava imóvel, como se estivesse morta. O pânico explodiu e percorreu meu corpo feito combustível em motor. Corri de volta para a sala e arranquei o telefone do suporte, digitando 999.

Oito minutos depois, uma ambulância parava diante da casa. Um paramédico, um sujeito grandalhão, ainda maior que Shaun, passou por mim e, num instante, estava na escada, os dedos no pulso de Hannah, depois no pescoço, a mão na cabeça, abaixando o rosto e aproximando-o dela. Ele perguntou qual era o nome dela e eu respondi.

— Hannah — chamou ele, bem alto. — Hannah, você está me ouvindo?

Uma paramédica apareceu carregando uma maca. Recuei para a porta da sala de estar, me sentindo impotente e desesperado. O homem pôs uma espécie de gaze na cabeça de Hannah e o sangue começou a empapar a gaze.

— Vamos levá-la — disse ele. Então se virou para mim. — Você vem?

— Vou. Vou, eu... Sim. — Olhei a sala à minha volta, procurando não sei o quê. Saí de casa sem fechar a porta da frente, seguindo-os sem pensar.

Mais tarde, descobri que nosso vizinho fechou a porta para nós. Havia uma multidão vendo a ambulância partir. Eu nem percebi.

Para o aniversário de seis anos de Hannah, perguntei se ela queria uma festinha no teatro. Parecia uma boa ideia porque tinha muito espaço e as crianças podiam fazer todo o barulho que quisessem — que era sempre muito alto. Ela fez que sim com a cabeça, mas seu coração não estava ali. Nos meses que se seguiram ao seu diagnóstico, tínhamos conseguido normalizar toda a situação. A profusão de comprimidos era apenas mais uma rotina diária. Mas, à medida que a marca de um ano se aproximava, a realidade daquilo tudo começou a voltar. Ela ainda não entendia direito o que estava acontecendo, mas sabia que era sério. Desesperado, eu me lembrei do ano anterior, de como ela tinha ficado encantada ao ver as fadas, e comecei a pensar: se temos um teatro, devemos fazer uma peça.

Eu sempre escrevi roteiros; durante a adolescência, devorei todos os guias de redação para teatro e roteiros da biblioteca da cidade, e depois fiz todos os cursos práticos disponíveis durante minha graduação em teatro. A maior parte dos meus colegas de turma era louca por cinema, gente que queria ser o próximo Fellini, Paul Schrader ou William Goldman, mas eu era obcecado por Harold Pinter, Jim Cartwright e Caryl Churchill — pela maneira como eles usavam a natureza íntima e confrontadora do teatro para expressar sua fúria política e emocional. Quando me formei na faculdade e ajudei a fundar a companhia de teatro itinerante mais fracassada da história do teatro britânico, foi com a intenção de escrever e interpretar obras originais. Isso foi em meados dos anos oitenta, quando o teatro ainda era realmente importante. Mas nunca deu certo para mim. O que provavelmente não é nenhuma surpresa.

Assim, Hannah tinha quase seis anos quando entramos no ônibus para seu primeiro check-up cardíaco anual. Nos sentamos em nossos lugares no ônibus e ela estava quieta e ansiosa, a cabeça apoiada na janela imunda enquanto seguíamos pela estrada movimentada em direção a Bath. Eu pensei: O que eu posso fazer? O que posso fazer para tornar as coisas suportáveis?

— Você quer uma peça de aniversário? — perguntei. — Se vamos dar uma festa no teatro, precisamos ter uma peça.

Pela primeira vez na viagem, ela virou o rosto para mim.

— Ah, quero! — disse ela. — Podemos fazer um conto de fadas?!

Uma levíssima centelha de entusiasmo.

— Claro que podemos — respondi, desesperado para alimentar essa centelha. — O que mais podemos fazer?

O médico nos disse que tudo parecia estável, mas a medicação e os check-ups anuais precisariam continuar. Foi difícil, para ela, aceitar. Quando voltamos, pedi ajuda para o grupo de teatro. A maioria deles disse que sim, que ficariam felizes em abrir mão de várias horas de seu tempo precioso para aprender, ensaiar e representar uma peça de dez minutos que ainda não havíamos escrito. Foi assim que tudo aconteceu. Era assim que esperávamos trazer Hannah de volta ao mundo.

Willow,

    Queria contar mais sobre as peças que papai costumava criar para meus aniversários no teatro. Sabe como todos os super-heróis têm histórias contando a sua origem? Olha, mesmo eu não sendo uma super-heroína, esta é a minha.

    A primeira que montamos foi A Pequena Sereia, *para o meu aniversário de seis anos. Eu tinha visto o filme da Disney, mas me lembro de ter detestado o jeito como eles transformaram o conto de Hans Christian Andersen em um filme todo correto, adorável e insosso. Eu preferia a versão mais sombria e triste do meu livro de contos de fadas antigo. O enredo é assim: uma jovem sereia dá sua voz para a bruxa do mar em troca de se tornar humana e se casar com um belo príncipe — mas o príncipe se apaixona por outra mulher e, de acordo com o feitiço da bruxa, a sereia deve morrer na manhã do casamento deles. No último minuto, suas irmãs ganham um indulto da bruxa: se ela apunhalar o príncipe no peito antes que ele se case, voltará a ser uma sereia e será salva. Ela se viu diante de um terrível dilema: sacrificar a vida dele ou a sua própria. Mesmo com seis anos de idade, essa tragédia cruel parecia mais verossímil para mim do que lagostas cantando e finais felizes.*

    Papai criou um esboço preliminar para a peça e Sally trabalhou com os atores, que improvisaram muito. Fazia parte da magia. No dia do meu aniversário, papai levou a mim e aos meus amigos para o teatro e o elenco também levou suas famílias; Ted e Angela prepararam chá e bolos para todos — parecia uma pequena celebração comunitária. Acho que foi uma coisa estranha de se fazer, mas pareceu normal para nós. Não, normal não, foi maravilhoso.

Tenho lembranças isoladas da peça. Lembro que havia lençóis azuis pendurados no fundo do palco, e todas as luzes tinham sido equipadas com filtros azuis e verdes para criar um visual submarino. Kamil construiu o casco de um navio de madeira para o príncipe navegar, e dois integrantes do grupo de teatro seguravam um pedaço de organza na frente do palco, balançando-o para que desse a ideia de ondas.

E o mais importante: lembro de ter arrastado Margaret para o grupo. Ela costumava vir ao teatro todos os dias e se sentar no café do saguão tomando chá, mas um dia papai perguntou se ela poderia cuidar de mim enquanto ele ajudava a descarregar algumas entregas; ela conversou comigo como se eu fosse adulta. Foi assim que a conheci e gostei dela. Implorei para que entrasse para o grupo de teatro de modo que eu pudesse aproveitar sua companhia durante os ensaios e ela cedeu, mas enfatizou que só queria se sentar no auditório e assistir. Todos concordaram. Eu me sentava ao lado dela com meus livros e esperava que ela os lesse comigo, e ela assim o fazia. Ela lia lindamente, fazendo vozes diferentes para os personagens, enchendo as páginas de vida e humor. Meu pai a ouviu e a encorajou a fazer um teste para um papel, mas Margaret não quis. "Eu só quero assistir", dizia ela. "Só quero ficar aqui."

No entanto, quando começamos a planejar a peça, pedi ao papai: "Por favor, pede pra Margaret ser a bruxa do mar." Ele riu e disse que não poderia — que talvez aquele não fosse um convite lisonjeiro para se fazer a uma senhora mais velha. Então eu mesma pedi. "Você seria boa porque a bruxa do mar é engraçada e danadinha." Ela concordou. "Parece mesmo comigo", disse ela. Quando o papai descobriu, ficou zangado por eu ter pedido a ela, mas Margaret fez sinal para que ele relevasse.

— *Não me senti ofendida, de jeito nenhum* — *disse ela.* — *Se a minha menina precisa de uma bruxa, ela terá uma bruxa.*

Papai perguntou se ela tinha experiência como atriz e ela respondeu:

— *Um pouco, mas isso foi há muito tempo. Não tenho certeza se ainda consigo decorar as falas. Minha memória adora me pregar peças.*

Papai disse a ela que não se preocupasse, que era apenas uma peça curta para amigos e parentes. Acrescentou que não haveria muitas falas e que o plano era improvisar à medida que a peça se desenrolava. Lembro de ouvi-lo dizer: "Se alguma coisa der errado, nós todos ajudamos. Sempre fazemos isso."

Margaret não tinha certeza se daria certo alguém do público atuar na peça. Lembro muito claramente da resposta do papai.

— *Olha, essa é a magia do teatro* — *disse ele.* — *Todos aqui são atores.*

Margaret nos contou uma de suas histórias, de quando compareceu à estreia de "Hair" em Londres, em 1968.

— *No final, todos nós subimos no palco com os atores. Dancei com Zsa Zsa Gabor.*

Não acho que papai tenha acreditado nela, mas riu mesmo assim. Ele disse a ela:

— *Dora está fazendo uma fantasia de bruxa do mar incrível para a nossa peça. Acho que vai servir em você.*

Por fim, Margaret falou que tentaria atuar novamente.

Willow, ela arrasou.

Dora havia criado uma espécie de vestido de baile monstruoso para a bruxa do mar, com uma saia preta volumosa que terminava em oito longos tentáculos feitos de poliéster com enchimento de espuma. Margaret se movia, ameaçadora, pelo palco, dizendo suas falas com a voz rouca, aterrorizando e encantando a todos, inclusive o elenco, e principalmente Rachel como a Pequena Sereia. No fim, Margaret foi até o papai e agradeceu.

— Nunca pensei que fosse atuar de novo — disse ela. — Foi uma surpresa maravilhosa.

Seu retorno ao teatro teria sido a parte mais memorável da noite, não fosse pelo que aconteceu depois, no fim da produção. Foi algo que eu tinha conseguido esquecer por muito tempo, algo que não acredito que ninguém tenha imaginado que poderia acontecer.

No clímax da peça, a Pequena Sereia tem que tomar uma decisão: matar o príncipe ou permitir que o casamento prossiga e, assim, ela mesma morrer. Bom, nós sabemos o que deve acontecer, não é? A sereia não consegue se forçar a ferir mortalmente seu precioso príncipe; em vez disso, ela mergulha no mar e se dissolve, com o coração partido.

Era assim que nossa produção deveria terminar. Mas não foi o que aconteceu. Capturada pela emoção do momento, uma voz vinda da plateia gritou para a Pequena Sereia:

— Não, não morra!

Era a minha voz, Willow. E, antes que eu me desse conta, estava correndo para o palco...

Quer saber o que aconteceu depois? Vou ser cruel e deixar você em suspense. Vai ter que continuar lendo minhas cartas para descobrir.

Hannah

Estou no hospital, em Bath. Não lembro como cheguei aqui nem do que aconteceu, mas sei que teve alguma coisa a ver com a escada e que agora tenho seis pontos na cabeça. Papai me encontrou no corredor, coberta de sangue, como uma vítima num filme de terror. Devo estar a cara do Frankenstein, mas ainda não me olhei no espelho.

Isso tudo foi ontem. Hoje de manhã, depois de uma péssima noite de sono, fui levada à Cardiologia para fazer uma série de exames, porque, aparentemente, "não é bom" desmaiar duas vezes num curto intervalo de tempo. Quando se tem problemas no coração, você passa a conhecer muito bem dois aparelhos: o de ecocardiograma e o de eletrocardiograma. O primeiro é como a ultrassonografia que fazem nas grávidas — só que não estão procurando um bebê, estão em busca de válvulas com vazamento no coração, o que é muito menos fofo e empolgante, e eles também não te dão uma foto pra levar pra casa. Para o eletrocardiograma, você fica deitada, tremendo, numa sala branca e vazia, enquanto uma enfermeira cola sensores gelados por todo o seu peito para que possam analisar o ritmo do seu coração. Você tem que vestir a camisola do hospital de trás pra frente, o que a deixa exposta e constrangida. Mas você acaba se acostumando.

Agora estou numa cama na unidade de Cardiologia, ligada a um monitor Holter, que se parece com um Game Boy, mas mede o ritmo cardíaco em vez de permitir que você jogue Tetris. Você fica com essa coisa por 24 horas, então, sério, seria muito legal se tivesse mesmo Tetris nela.

Eu me sinto dormente. Pode ser do anestésico local por causa dos pontos, mas não acho que seja. Acho que é algo mais sério. Aos 15 anos, eu devia estar batendo perna no centro da cidade com meus amigos, largada em frente à TV ou obsessivamente trocando o nome no meu perfil do MSN. Não devia estar em uma enfermaria, ligada a um monitor cardíaco. Porém, aqui estou eu, observando o tempo correr no relógio até meu pai voltar.

O que eu tenho é uma cardiomiopatia. Só aprendi a falar essa palavra direito aos nove anos. Para ser ainda mais específica, tenho uma cardiomiopatia dilatada. É uma doença que afeta as paredes do coração, e isso significa que os batimentos são irregulares e o sangue não é bombeado com muita eficiência. Às vezes, as pessoas não sabem que têm a doença; podem até nunca saber. Às vezes, as pessoas morrem de repente. Estou em algum ponto entre essas duas possibilidades extremas — embora, infelizmente, eu esteja mais inclinada para a extremidade errada. O lado da morte. Se a medicação funcionar e eu fizer check-ups regulares, tenho uma chance de ficar bem. Mas também existe a possibilidade de algo dar errado de repente e *bum*, parada cardíaca. Quando se é jovem, seu pior cenário deveria ser as garotas populares não quererem ser suas amigas ou seus pais não deixarem você ir ao show daquela *boyband* no seu aniversário. *O meu* pior cenário é desmaiar no meio da aula de educação física e nunca mais acordar.

Foi mal. O hospital sempre me deixa meio deprimida.

Papai foi pra casa ontem à noite, mas reaparece assim que o horário de visita começa, às 11 horas, acenando do outro lado da porta da enfermaria. Ele tem o sorriso de sempre, mas seu rosto parece amassado e cansado, e seu cabelo está todo desgrenhado, como o do Nikki Six saindo da reabilitação. Quando o deixam entrar, ele vem correndo e estende os braços para mim. Eu o abraço, tentando não chorar de alívio ao vê-lo. Então, ele acidentalmente esbarra na minha cabeça e eu me encolho de dor.

— Ai, querida, perdão! Como você tá?

Decido não derramar toda a minha angústia existencial em cima dele. Em vez disso, eu me recomponho entrando no modo adolescente alienada.

— Tá tudo bem. Morrendo de tédio, mas bem. Eles tão esperando os resultados dos exames. O que você andou fazendo?

— Estava sentado lá embaixo, no café. Cheguei aqui às sete, mas você estava dormindo e depois fazendo os exames. Li o *Guardian* todo, de ponta a ponta. Estou me sentindo muito antenado.

— Você passou a manhã toda lá embaixo?

— Passei, claro. Você tá aqui. Aonde mais eu iria?

— Pai, você é tão mané.

Nesse instante, vejo o Dr. Peter Vernon se aproximando. Ele é o meu cardiologista (gosto de falar assim porque fica parecendo que eu mesma o contratei). Ele trabalha com muitas crianças bem mais novas e as incentiva a chamá-lo de Doutor Pete. Eu não faço isso porque soa esquisito vindo de mim. Em vez disso, eu o chamo de Dr. Pete Venkman, ou só de Venkman, como o personagem de Bill Murray em *Os Caça-Fantasmas*, e ele parece não se incomodar com isso — acho que não pode se incomodar porque, em geral, está me receitando medicamentos incrivelmente fortes ou explicando o quanto meu coração está enfraquecido. Seria indelicado da parte dele reclamar, nessas circunstâncias. De qualquer maneira, ele está na faixa dos quarenta anos, tem cabelos louros e pele queimada de sol. Parece um surfista que saiu do mar direto para a carreira médica. Todas as pacientes na unidade de Cardiologia quase desmaiam quando ele passa — embora, é claro, todas estejam mesmo correndo esse risco por causa da arritmia, então deixa pra lá.

Ao se aproximar, ele puxa uma cadeira, deixa-se cair nela devagar e olha para mim com seus olhos emotivos.

— Oi, Hannah — diz ele.

— Oi, Venkman — respondo. — E aí?

Ele está batucando com a caneta na prancheta, olhando suas anotações, e então torna a olhar para mim e depois de novo para as anotações. Batucando, batucando. Essa é sua tática para ganhar tempo. Involuntariamente engulo em seco — com um certo exagero, como um personagem de desenho animado pensando "ai, merda, aqui vamos nós".

— Então... pessoal — diz ele, por fim. — As notícias... não são perfeitas.

— Não são perfeitas? — repito, e dou uma risada. — É como daquela vez que a Apollo 13 fez um voo espacial "não perfeito"?

Sinto a mão do meu pai na cama, cutucando a minha. Ele segura meu dedo mínimo. O tempo avança e se espalha feito tinta espessa.

— Deixa eu adivinhar — digo, incapaz de parar de falar. — Não passei no exame de apneia do sono?

Venkman nem se dá ao trabalho de fingir um sorriso.

— Dei uma olhada nos resultados do eco e do eletro — continua ele. — Hannah, estamos vendo um aumento na dilatação das paredes do coração e uma taquicardia ventricular bastante grave.

— Certo. Pode me dar a notícia na minha língua?

— Seu batimento cardíaco está particularmente rápido e irregular... é por isso que está sofrendo esses desmaios. E...

— E o que isso quer dizer? — pergunta meu pai, antes que Venkman possa falar mais alguma coisa. — O que fazemos?

Venkman faz uma pausa e seu rosto assume uma expressão incrivelmente séria. Sabe nos filmes de gângsteres, quando alguém está prestes a trair um velho amigo, e lança um olhar de profunda tristeza a essa pessoa, segundos antes de lhe dar um tiro na cara? É essa expressão mesmo.

— Bom, por enquanto vamos mudar a medicação, ver se isso ajuda a estabilizar as coisas. Vou ser honesto, é um pouco preocupante, mas vamos acompanhar tudo bem de perto.

Papai aperta meu dedo com mais força. Subitamente vejo em minha cabeça um *slideshow* de todos esses momentos na minha vida até agora; essas conversas difíceis e breves, quase sempre em salas pequenas e abafadas, separadas da agitação das enfermarias. As lembranças são tão vívidas que posso visualizar todos os especialistas que consultei, suas expressões, os pôsteres nas paredes à nossa volta, o tecido surrado das cadeiras desconfortáveis. Quando alguém está lhe dizendo que você está muito doente, seu cérebro começa a gravar com detalhes de um filme em alta resolução: você se lembra do que estava vestindo, do frio congelante do ar-condicionado, do que estava fazendo com as mãos.

— Olha, não adianta especular agora — continua Venkman. — Precisamos definir a medicação, fazer mais exames e depois ver como vai ser a evolução.

Tenho um milhão de perguntas, mas não posso fazê-las na frente do papai. Ele não precisa saber de todos os fatos sobre a gravidade da situação. Venkman entende. Ele vai passar aqui mais tarde e conversar comigo a sós. É assim que funcionamos. Quando se tem uma doença dessa gravidade, você aprende muito rápido que precisa proteger seus pais. Então, por enquanto, deixo que Venkman se afaste, atravessando a enfermaria, e depois passe pelas portas. A prancheta, com todos os gráficos, observações e tristes conclusões, está bem presa em sua mão.

— Isso é tudo bobagem — digo.

Olho para o papai e ele fica calado por um tempo, os olhos se alternando entre mim e as máquinas que cercam a minha cama. Seu rosto não tem expressão, e seus pensamentos estão, por um instante, completamente inacessíveis. Quando eu era criança, ele fazia promessas idiotas sobre como íamos derrotar essa coisa, ou como tudo ia ficar bem. Era mais fácil naquela época; ele tinha um milhão de maneiras geniais de fazer com que eu me sentisse melhor. Voltávamos para casa e fazíamos um castelo com lençóis, e depois nos sentávamos comendo doces e lendo histórias, brincávamos de Duvido Você Usar, assistíamos a um musical, nos sentávamos em um café fingindo ser espiões, membros exilados da realeza ou super-heróis, montávamos peças de aniversário. Agora, ele não consegue pensar em nada tranquilizador para dizer ou fazer — e essa é a coisa mais triste que aconteceu essa semana.

Em vez disso, ele se levanta da cadeira, senta-se na cama e, sem dizer nada, me abraça. Eu me agarro a ele, sentindo a textura áspera de seu casaco no meu nariz. Aqui estamos, só nós dois. Mais uma cama de hospital, mais um pequeno drama. Quando enterro o rosto em seu ombro, posso ouvir meu coração batendo e sinto raiva dele.

Eu me afasto.

— Você pode, hã, pode ir pra casa pegar umas coisas pra mim? — peço. — Umas revistas em quadrinhos pra eu ler? Muitas. É tão chato aqui.

— Não sei. Não quero deixar você sozinha.

— Pai, você pode não ter notado, mas tô cercada por uma equipe médica.

— Mesmo assim, acho que é melhor eu ficar.

— Olha, eu preciso de algum tipo de distração ou vou enlouquecer. E você precisa almoçar.

— Tô bem.

— Pai! Vai pra casa ou vou disparar o alarme e pedir que te expulsem.

Ele não se mexe, então eu me sento e ergo o dedo na direção do botão de alarme na parede.

— Tô te avisando — digo. — Não me faça apertar esse botão. As enfermeiras ficam *muito* pê da vida se você aperta e não tá morrendo.

— Você venceu. Eu vou! Mas acho que o grupo do teatro quer vir te ver mais tarde. Você consegue lidar com aquela multidão?

— Claro, mas não posso falar por mais ninguém aqui.

— Pelo menos eles não vão ter que enfrentar a Margaret.

Margaret tem fobia de hospitais. Tem algo a ver com o marido — aparentemente ele passou seus últimos dias de vida numa enfermaria enorme e apavorante, sabe-se lá onde, ficando cada vez mais fraco sem que ninguém notasse. Uma vez ela fez o papai prometer que, se algum dia ela ficasse gravemente doente, ele não a deixaria morrer num hospital — o que, convenhamos, foi um pedido esquisito para se fazer a ele, que tem a própria filha continuamente prestes a morrer num hospital. Típico de Margaret. Sem tato, como sempre. Meu Deus, eu quero muito vê-la.

— Ela te *disse* que não vem? — pergunto, pateticamente.

— Não, mas você sabe como ela é. Lembra da Promessa? De qualquer forma, todos os outros virão. Já vão causar caos suficiente sem ela.

— Que merda, vou ser expulsa daqui.

— Vou pedir que se controlem.

— Não, não peça.

Uma enfermeira passa e sorri para nós. Papai a observa por um segundo, pensando.

— Sabe, eles estão animados pra preparar alguma coisa pro seu aniversário — diz ele. — Como nos velhos tempos. Richard se ofereceu pra fazer a iluminação, Dora está a postos com a máquina de costura. Só precisamos escrever alguma coisa incrível.

— Uhum — digo. Mas não estou ouvindo de verdade. Não estou pensando no meu aniversário, nem em reviver nossa tradição boba. Por enquanto, não estou fazendo nenhuma suposição sobre onde estarei em uma semana, muito menos em um mês.

Ele se levanta da cama e olha para mim de novo.

— Tem certeza de que vai ficar bem? — pergunta. Ele parece um pouco magoado com a minha indiferença. Ou talvez esteja pensando o mesmo que eu: que estou numa canoa furada, sem remo, indo direto para a merda de um abismo.

— Pai, vai.

— Não demoro. Eu te amo.

— Também te amo. Agora, se manda.

Ele anda até a porta, mas, antes de sair, olha para mim e acena. Seus olhos estão vermelhos. Ele vai para casa e vai ver o lugar onde caí. Vai ter de enfrentar isso sozinho. Penso naquela noite no Virago. Eu *quase* arrumei alguém para ele. Faltou muito pouco. Prometi a ele que não faria nada assim de novo, mas isso foi antes. Agora estou no hospital e ele está em casa. A casa vai estar silenciosa. O silêncio o assombrará até ele voltar para cá. Não consigo suportar esse pensamento. Ele não fica bem sozinho.

Tom

Como pai ou mãe, você não tem como evitar planejar a vida dos seus filhos. Assim que eles são colocados em seus braços, você já começa a se fazer AS PERGUNTAS. Como serão quando crescerem? Eles encontrarão um amor? Alcançarão o sucesso profissional? Então você começa a planejar esse futuro, poupando dinheiro para o primeiro carro, a primeira casa, o primeiro acidente de esqui sem seguro num país estrangeiro. Mas às vezes a vida puxa o freio de mão, fazendo o estômago subir à boca, vira numa via inesperada e, de repente, seus planos se espalham pela rua como lixo.

Assim, lá estava eu, voltando do hospital a caminho de casa, as palavras do cardiologista se repetindo na minha cabeça. Nossa reação ao diagnóstico inicial, há uma década, foi de desafio. Foda-se, vida! Isso é o melhor que você pode nos dar? Honestamente, já atuei em peças de Ibsen suficientes para saber que o destino zomba de todos nós e você tem que lidar com isso da melhor forma possível. O roteiro de Hannah parecia uma tragédia, mas estávamos determinados a interpretá-lo como uma comédia romântica de Hollywood que celebrava a vida.

Eu mal prestava atenção no caminho, seguindo em piloto automático pelas ruas silenciosas ao meio-dia. Quando estacionei, levei vários segundos para perceber que havia parado acidentalmente no teatro. Decidi então que podia muito bem entrar, verificar a correspondência, fazer um solilóquio, qualquer coisa, na verdade.

Qualquer coisa que adiasse a minha ida para casa. Usei a entrada principal, destrancando as portas automáticas e deixando que se abrissem, deslizando, na minha frente. O cheiro familiar de detergente e cerveja velha inundou minhas narinas e, com ele, as lembranças do saguão repleto de espectadores reunidos em grupos, com seus trajes elegantes, pedindo gim-tônica, examinando seus programas. Eu estava prestes a subir para o meu escritório quando Sally irrompeu do corredor que levava aos bastidores, carregando dois sacos de lixo cheios debaixo do braço. Ela pareceu levar um susto ao me ver.

— Ai, meu Deus! Pensei que fosse o Phil! — exclamou ela, deixando cair os sacos, um de cada lado.

— Phil? O que ele estaria fazendo aqui?

— Ah, ele tá de folga hoje, consertando a calha de casa. Consertos domésticos sempre o deixam de mau humor, então tô me escondendo aqui, arrumando as coisas. Como tá a nossa Hannah?

— Ela precisou levar seis pontos e foi pra Cardiologia pra fazer exames agora de manhã. Eles dizem que houve uma deterioração.

— Ai, Tom...

— Já passamos por isso antes. Um dia de cada vez e coisa e tal.

— Como ela tá reagindo?

— Ah, sabe, com um distanciamento cínico. A adolescente típica. Ela me mandou ir em casa buscar suas revistas em quadrinhos.

— Óbvio.

— Eu só quero manter as coisas funcionando.

— Você vai fazer isso. Sempre faz.

Ficamos ali em silêncio por um instante, até que um homem de terno cinza emergiu da porta do auditório e se aproximou. Olhei para ele com curiosidade. Tinha um rosto anguloso e sem charme, os olhos vazios de um peixe eviscerado.

— Ah, este é o Sr. Benton, da seguradora — disse ela com um sorriso dolorido. — Ele está aqui para avaliar os danos.

— Olá, Sr. Rose? — Ele estendeu a mão. Estava mole e úmida.
— E então? — falei. — Algo em que eu possa ajudar?
— Vou preparar meu relatório e entraremos em contato.
— Algum problema?
— Entraremos em contato.

Ele se afastou, tirando um celular do bolso do casaco. Ficamos observando-o falar enquanto entrava num Ford Mondeo no estacionamento. O motor arrancou e ele se foi. Sally olhou para mim, esperando algum tipo de reação.

— Tá na hora de começarmos a planejar a peça de aniversário da Hannah — exclamei.

Seu rosto assumiu uma expressão pensativa.

— Olha, tem certeza de que ela vai querer isso?
— Tenho!
— Mas... sério. Talvez ela esteja ficando um pouco velha pra isso... Ela não vai querer passar o dia com a gente brincando num teatro, né?
— Ela vai! Vai sim! Ela estava desesperada pra subir naquele palco na semana passada. Este lugar está em seu sangue. Isso vai desviar nossa atenção disso tudo.

Sally parecia tensa e hesitante.

— É melhor eu ir — disse ela. — Vamos todos pro hospital mais tarde. Vejo você lá?
— Sim, com certeza. Obrigado, Sal.

Em casa, peguei a mala pequena embaixo da minha cama e a levei para o quarto de Hannah. E me peguei batendo na porta, como um idiota, então lentamente a empurrei, temendo invadir sua privacidade. Estava tudo arrumado, como sempre; algumas peças de roupa na cama desarrumada, mas quase tudo em ordem. Este sempre foi o quarto de Hannah, de criança a adolescente. As paredes brancas exibiam as pequenas cicatrizes dos adesivos de fotos antigas há muito retiradas. Agora havia grandes pôsteres de quadrinhos e bandas de rock, e um quadro de avisos abarrotado de horários escolares e fotos de amigos e parentes. Estendi a mão e toquei uma foto minha e de Hannah, tirada no Festival de Edimburgo alguns anos atrás. Parecia que estávamos morrendo de frio, mas felizes, diante de um teatro. Vimos uma dúzia de peças, a maioria delas horrível. Ela escreveu resenhas para seu blog. Lembro de dizer: "Quem sabe você não vai ser uma crítica quando crescer." Ela não respondeu. Mesmo naquela época ela já não gostava de falar do futuro.

Examinei sua estante. As três prateleiras de cima estavam abarrotadas de coleções de contos de fadas: livros de Andrew Lang, traduções modernas dos Irmãos Grimm e Hans Christian Andersen, antologias de Angela Carter. As quatro inferiores eram só quadrinhos. Centenas deles. Essa era sua outra obsessão literária. Começou quando comprei para ela, aos sete anos, um exemplar de algo chamado *Liga da Justiça da América*, depois de mais uma visita ao hospital. Eu não tinha a menor ideia do que era, simplesmente vi a Mulher Maravilha na capa e pensei que ela poderia ser um bom modelo a ser seguido. Hannah o leu tantas vezes que a revista se desfez em suas mãos. Tive que ir a uma loja de quadrinhos em Bristol e comprar para ela todas as edições anteriores. Existe, eu me dei conta, uma continuidade entre contos de fadas e aventuras de super-heróis: trata-se de histórias míticas do bem contra o mal, cheias de monstros aterrorizantes e poderes sobrenaturais; e, no fim, apesar de todos os pesares, a virtude vence. Eu podia ver por que tudo isso atraía Hannah. Mas não conseguia acompanhá-la. Não fazia ideia do que ela estava lendo hoje em dia. Peguei uma seleção aleatória e torci para acertar.

Eu estava procurando uma muda de roupa quando a encontrei. Escondida numa gaveta, sob pilhas de meias sem pares, uma foto impressa numa folha de papel A4 — uma foto minha com Elizabeth, muito tempo atrás, antes de Hannah nascer. Estávamos sentados num pub, nossas canecas de cerveja erguidas para a câmera. Não me lembro onde ela foi tirada, mas dá para ver claramente que estou com maquiagem cênica, então devia ter sido depois de alguma apresentação. Parecíamos felizes. O estranho era que eu não fazia ideia de onde Hannah a tinha encontrado. Eu não via a foto original fazia anos. Desde que Elizabeth foi embora. Eu a recoloquei no lugar. Antes de sair do quarto, dei uma olhada em sua cesta de lixo. Peguei a carta que falava dos *A-levels*, alisei-a com cuidado e a coloquei de volta no quadro. Então desci a escada, seguindo para a porta. A casa nunca me pareceu tão vazia.

No caminho de volta ao hospital, passei pelo teatro e fiquei pensando no Sr. Benton vasculhando a sala da caldeira. O que exatamente ele estava procurando? Bom, não tinha importância. A visita deve ter sido apenas uma formalidade; não haveria nada de errado. A seguradora pagaria e tudo daria certo. Com certeza, tudo daria certo.

Hannah

Uma hora depois de o papai sair para pegar minhas coisas, há um tumulto do lado de fora da enfermaria e sei que tenho visita. As portas se abrem bruscamente e ouço uma voz estridente gritar:

— Eu não entro num hospital desde 1994!

Ai, meu Deus, é a Margaret! Ela veio! Pela primeira vez depois de muitas horas tenho vontade e energia para me sentar na cama. Ela me avista e acena feito louca.

— Pelo jeito esses lugares continuam deprimentes — grita ela, sua voz explodindo pelo ambiente antisséptico e controlado, como alguém que acelera um Rolls-Royce ao ultrapassar um cortejo fúnebre. Alguns dos outros pacientes a olham com cautela, enquanto ela passa voando por suas camas, indiferente. — Jurei que nunca mais voltaria, exceto numa maca com uma etiqueta no dedo do pé. Isso prova o quanto eu te amo, querida.

Ela dá um beijo de batom no meu rosto e se senta na poltrona ao lado da cama. Está com uma espécie de terninho de veludo cor de salmão, os cabelos rebeldes, tingidos de lilás, mal e porcamente presos sob um chapéu vermelho de abas molengas — um visual que talvez tenha como melhor definição "chique estilo programa de proteção à testemunha". E então os demais integrantes do grupo de teatro enxameiam à nossa volta, me abraçando e procurando um lugar para sentar. O afeto deles é como um doce. Sally e Natasha se empoleiram na cama, virando o conteúdo de uma sacola plástica cheia de revistas e barras de chocolate sobre os lençóis engomados. Ted puxa outra cadeira, ainda com o capacete de ciclismo; Jay chega por último, de camisa xadrez e jeans, olhando a tela do celular. Ele tropeça no cadarço e quase derruba uma pequena bacia reniforme das mãos de uma enfermeira que passava. Sally se inclina para a frente e segura meu braço, sua expressão séria não combinando com este estranho quadro.

— Como você tá? A gente tá incomodando você?

— De jeito nenhum — respondo. — Eu estava morrendo de tédio. Foi mal, é só força de expressão.

— Fiz um cartão pra você — diz Jay, jogando uma coisa no meu colo.

É o desenho de um boneco palito em uma representação tosca de uma cama, com as palavras "Levanta daí, sua idiota preguiçosa" escritas no alto.

— Obrigada! Vou guardar pra sempre com carinho — digo.

— Ah, olha o Tom chegando — diz Sally.

Todos se viram e Ted automaticamente se levanta, oferecendo a cadeira ao papai, que se aproxima, carregando uma bolsa esportiva.

— E aí, como você tá? — pergunta ele. — Trouxe roupas e coisas pra ler.

— Chocolate, quadrinhos *e* cama — diz Natasha. — Acho que vou pra casa me jogar da escada.

— Obrigado a todos por terem vindo! — agradece papai.

— Bobagem — diz Ted. — Não há nenhum outro lugar em que preferiríamos estar.

— Posso pensar em muitos lugares onde eu preferia estar — diz Margaret. — Eles nem servem bebida alcoólica no café. Como as pessoas podem melhorar assim?

— Margaret — diz papai —, eu não esperava ver você aqui. Obrigado.

— Sim, mas eu ainda confio que você vai cumprir sua promessa — responde ela. — Se eu estiver com cara de morte, me tira daqui na mesma hora.

— Tudo bem — diz papai. — Quer dizer, isso é totalmente absurdo, mas tudo bem.

Em meio ao tumulto geral de afirmações e declarações positivas de todos, papai segura minha mão e a aperta.

— O cardiologista voltou? — pergunta ele.

— Ainda não — minto.

Venkman passou aqui logo depois que papai saiu e me explicou tudo. Aparentemente, meu coração está se esforçando de verdade; ele é um maratonista exausto. Talvez eu precise de um desfibrilador cardíaco interno, que Venkman descreveu como uma caixinha que seria implantada sob minha clavícula e daria um murro na cara do meu coração todas as vezes que ele parecesse querer parar. Venkman é bom com metáforas.

Por alguns minutos, porém, em meio ao falatório caótico, consigo esquecer tudo isso. Natasha nos conta sobre suas últimas tentativas de se integrar à sociedade campestre, fazendo sua filha agitada, Ashley, entrar para o clube Jovens Cavaleiros.

— Ela foi mandada pra casa por ficar correndo atrás dos cavalos. As outras mães não falam comigo. Somos párias.

— Por que você não coloca Ashley no grupo de teatro infantil? — sugere Sally. — Ela gostou da peça naquele dia e...

— Não, o grupo de teatro é *meu*! — exclama Natasha bem alto. — Desculpa, é que eu preciso de alguma coisa minha, alguma coisa que faça sentido pra mim, que não tenha a ver com as crianças, e onde não haja aquelas mães irritantes com suas galochas verdes. É pedir demais? Hora da confissão, pessoal: eu nunca fui muito de teatro. Entrei para o grupo porque os encontros eram na única noite em que Seb podia ficar com as crianças. Era isso ou criar abelhas. Não me julguem.

Depois daquela bomba, Ted nos atualiza sobre suas tentativas cada vez mais desesperadas de levar Angela em uma viagem de férias ("ela recusou um fim de semana em Weymouth porque a irmã poderia sofrer uma queda"). Sua moto preciosa continua intocada na garagem — ou, como ele diz, "enferrujando em sua tumba". Jay nos conta o quanto seu pai está irritado e como é desbocado enquanto conserta o banheiro ("aquilo ali é como um filme de Tarantino com um ator só").

Não demora para que a enfermeira-chefe se aproxime.

— Tudo bem, pessoal — diz ela. — Vamos trazer o almoço em um minuto, então vocês vão ter que se despedir. Lamento.

— Mas acabamos de chegar... — queixa-se Margaret.

— Os horários de visita estão informados na porta. Somos o mais flexíveis possível, mas vocês são um grupo grande.

— Péssimo *timing* — diz Ted.

— A história de sua carreira de ator — retruca Margaret.

Há um breve tumulto de abraços e conversas de despedida; papai se inclina e beija minha testa, como sempre faz, e diz que me ama, como sempre faz. E eu concordo com a cabeça, da maneira que o tempo consagrou. Nossas mãos se unem e em seguida se afastam. Margaret pergunta se preciso de seus comprimidos para dormir, mas eu declino educadamente. Então todos saem juntos, como uma espécie de gangue de rua de classe média e meia-idade. Antes de ir, Sally se inclina e me dá um beijo na bochecha.

— Logo, logo você vai pra casa — diz ela. — Quando se sentir disposta, vamos tomar um café e fofocar.

— Vai ser muito bom.

— Ótimo. É melhor eu alcançar o Jay. Não quero que ele seja atropelado por uma ambulância de novo.

Recolho as revistas, os quadrinhos e as barras de Mars da cama, me mantendo ocupada. Sem a multidão, a enfermaria recupera seu silêncio inquietante e parece de alguma forma mais escura e menor.

Sinto como se ela estivesse se fechando em torno de mim, como a cena do compactador de lixo em *Star Wars*, só que não tenho robôs para me resgatar — embora eu tenha, sim, uma irritante caixa que apita ao lado da cama e faz, 24 horas por dia, uma imitação do R2-D2. Enquanto o monitor cardíaco executa a melodia de bipes ritmados, a tela mostra uma miscelânea de números flutuantes e linhas denteadas animadas, como um videogame muito ruim. É estranho pensar que essas linhas representam literalmente a minha vida. Isso é a existência reduzida a seus elementos mais básicos e brutos: os espasmos eletrônicos de um músculo do tamanho de um punho. Exceto que o meu não é tanto um punho, mas um aperto de mão molenga.

Do outro lado da enfermaria há um garoto mais novo, adormecido ou inconsciente, seus pais sentados, assustados e calados, ao seu lado, de mãos dadas, tranquilizando-se mutuamente. A mulher se levanta, verifica se tem dinheiro na bolsa e se dirige para a porta. Talvez vá comprar um café ou alguma coisa para os dois comerem; o homem a observa sair. Está sorrindo para ela.

Eles são um time, vão passar por isso juntos, aconteça o que acontecer. Eles têm um ao outro.

Algumas horas depois, estou no carro com papai, a caminho de casa, segurando uma sacola cheia de remédios. Agora tenho beta-bloqueadores para controlar o ritmo do meu coração, uma pitada de Enalapril, que é um inibidor da enzima conversora da angiotensina (só joga no Google, pelo amor de Deus), e depois há um diurético novo e empolgante para impedir o meu organismo de reter líquidos. Como presente de despedida, é um pacote muito decepcionante. Os efeitos colaterais incluem cansaço, tontura, problemas renais e — o meu favorito — pesadelos completamente irracionais e insanos que fazem aqueles filmes de terror sobrenaturais japoneses parecerem episódios do Pokémon.

No dia seguinte ando pela casa, me sentindo separada do mundo, me sentindo contaminada — pelo quê, eu não sei. Pela janela do meu quarto, a rua parece distante e artificial, como um *set* de filmagem. Uma rajada de vento poderia levar tudo pelos ares. Reúno energia para ir encontrar Sally num café, um casebre escuro no antigo *cottage* de um tecelão no fim da rua principal, com piso de ardósia preto, fogão a lenha e grandes mesas de cavalete antigas, os bancos forrados com almofadas estampadas. Vim aqui pedir a ajuda de Sally com uma coisa que está na minha cabeça há anos, mas que acontecimentos recentes transformaram em prioridade. Primeiro, porém, preciso transpor as perguntas ultrassérias de sempre sobre a minha saúde.

— Como você tá? — Sally suspira, segurando com as duas mãos seu *latte* gigante. — Quais são as últimas notícias?

Olha, Sally, penso, é a velha história de sempre: meu coração pode continuar batendo, pode piorar ou pode parar. As pessoas querem garantias, mas não existe nenhuma, e é angustiante ver a expressão delas quando isso se torna evidente. Talvez eu consiga encontrar uma seção "Perguntas mais Frequentes" na internet sobre como explicar sua doença cardíaca de um modo socialmente aceitável. Talvez eu possa escrever uma.

— Não tô *maravilhosamente* bem — consigo dizer, por fim. — Mas o que posso fazer? Por um lado, tô pensando no meu programa de certificação do ensino médio, preocupada se vou lembrar de alguma coisa sobre equações de segundo grau, lagos em ferradura ou particípios passados. Por outro, tô pensando: meus coágulos podem estourar na semana que vem, então, que importância isso tem, afinal? Ai, meu Deus, isso é tão... entediante. Basicamente, a máquina que faz o sangue percorrer meu corpo tá com defeito e vai ser assim pra sempre. Fim da história. Uma enfermeira me disse uma vez que, se eu pudesse ver meu coração, ele pareceria uma bolsa murcha. Na verdade, ela até fez um desenho pra mim.

— Minha nossa, e o que você fez?

— Tirei o lápis da mão dela e acrescentei a logo da Louis Vuitton.

Há uma pausa. Sally ri e põe a mão sobre a minha. Está quente por causa da caneca de café. Pelo menos não preciso protegê-la tanto quanto o papai, mas há um limite do que posso contar a ela. Quando realmente preciso desabafar sobre as barras mais pesadas, só existe uma pessoa a quem eu sempre recorro.

— Enfim, preciso conversar com você sobre uma coisa — digo num tom mais alegre, na esperança de elevar os ânimos.

— Pode falar.

— Como posso começar?... Você deve ter percebido uma coisa no papai: ele não sabe fazer nada direito sozinho. E depende muito de mim. Bom, olha, hã, do jeito que as coisas tão, não acho que isso seja muito bom.

— Ah, Hannah... — protesta Sally. Mas eu a encaro e ela se cala.

— Então, é — continuo. — Sally, ele precisa tomar jeito. Ele precisa encontrar alguém. Mas é tonto demais para ver ou fazer isso.

— Alguém? — diz Sally, parecendo um tanto surpresa. — Você quer dizer... uma namorada?

— É — respondo. — É uma ideia tão esquisita assim?

Consigo me lembrar vagamente do papai tendo alguns encontros no passado. Era só uma noite aqui, outra ali — ele tentava sair escondido, quando pensava que eu estava dormindo, recrutando silenciosamente diversas babás discretas. Mas nenhum desses relacionamentos furtivos durou. Na época eu era nova demais para perguntar o porquê, mas, bom, hoje eu entendo. Era obviamente por *minha* causa. E ainda é. Isso parece totalmente egocêntrico, mas é óbvio que sou o sol no centro do sistema solar dele — e o que acontece se esse sol fica sem combustível nuclear, infla até se tornar um gigante vermelho e depois explode? (Pelo menos a minha revisão de física está indo bem.) Decido não explicar isso a Sally; a metáfora do sol morrendo é um pouco deprimente, até mesmo para mim.

Sally pondera por alguns instantes.

— Concordo — responde ela, por fim. — Seu pai *é* um tonto.

— Obrigada — digo.

— E ele definitivamente precisa de alguém na vida dele. Todos nós precisamos.

— Exato. E, sendo egoísta por um segundo, ele fica em cima de mim um pouco *demais*, sabe? É sempre "vamos fazer essa coisa maluca", "vamos jogar aquele jogo ridículo", "vamos a uma produção de teatro experimental esquisita em Stokes Croft". Às vezes eu só quero ficar com meus amigos sem fazer nada, e me sentir entediada e cínica como uma adolescente normal. É como... se ele não conseguisse desapegar de como a gente era. Quando eu era criança.

— E qual é o seu plano? Você não vai inscrever seu pai num daqueles programas de namoro na TV, vai?

— Não, de jeito nenhum! Pelo menos não num primeiro momento. Só se bater o desespero. Eu ia começar com amigas de amigos; descobrir se alguém em Somerset tá solteira e disponível. E depois, sabe, arranjar um encontro. Sei lá. Em todo caso, é aqui que você entra.

— O quê? Como?

— Você conhece mulheres da idade dele. As únicas que eu conheço que são velhas como ele são as mães dos meus amigos e atrizes amadoras, e essas duas categorias estão vetadas.

— Velhas como ele? — repete Sally. — Você sabe que *eu* tenho a mesma idade do seu pai?

— Você entendeu o que eu quis dizer.

Olho para ela de novo e lamento, não pela primeira vez, que ela seja casada. Sally até que é bem bonita. Está sempre com os cabelos castanhos, que chegam à altura dos ombros, presos num rabo de cavalo e usa jeans legais e camisetas justas, e tem olhos amendoados incríveis. Poderia se passar por uma mulher de trinta anos, talvez até menos. Não parece alguém que tem um filho adolescente. O marido, Phil, é um puta de um sortudo.

— Vou pensar — diz ela. — Mas não sei se ele vai ficar à vontade com isso.

— Ah, *eu sei* que não vai — digo. — Mas ele teve dez anos para cuidar disso sozinho e não chegou a lugar nenhum, então estamos nos preparando para assumir o controle de sua vida amorosa.

— E se não houver ninguém adequado? Quer dizer, por mais que pareça improvável...

— Fase dois — digo. — Sites de encontros na internet. Eles cresceram muito, agora não são só para pervertidos solitários.

— Você realmente pensou em tudo.

— Bom, tô com tempo livre.

— É verdade.

— E o problema é que não sei quanto tempo mais eu tenho.

Deixamos isso pesar no ar por um momento. Observo os baristas trabalhando, resolutos, por trás do balcão, girando e apertando botões na máquina de café grande e fumegante, que chia ritmicamente. Uma imagem surge em minha mente, a de um monitor cardíaco, pairando acima de um leito de hospital. A linha está reta, o bipe parou. Alguém o desliga. A máquina é levada silenciosamente dali.

— Você vai me ajudar? — pergunto a Sally. — Basicamente, se alguma coisa acontecer comigo, não quero que meu pai fique sozinho, porque ele é um perigo para si mesmo e para os outros. É isso. Foi mal. Desculpa se isso parece uma bobagem.

— Não, imagina, não parece uma bobagem. E com certeza vou ajudar. Mas você vai sair dessa.

— Enfim — digo, com um suspiro —, o importante é que vou colocar o papai de novo na pista, e o primeiro passo é contar isso a ele.

Tom

— Pai, pai, você tá me ouvindo? Pai?

Estávamos sentados no saguão do pequeno cinema independente da cidade. Estavam exibindo um novo filme da Disney, mas tínhamos escolhido ver um longa francês pretensioso sobre as férias desastrosas de uma família na Dordonha. Minha filha tinha acabado de passar dois dias no hospital e me pareceu que assistir a um filme francês pretensioso seria a maneira perfeita de se reaclimatar à vida real. Eu estava perdido em pensamentos, olhando pela janela, observando a agitação do trânsito noturno.

— Pai! — gritou Hannah.

— Hã, desculpa. O que você estava dizendo?

Ela revirou os olhos de forma exagerada.

— Eu disse que tenho pensado em namoro.

Lá vamos nós, pensei. Preciso lidar com isso direito.

— Ah, é mesmo? — repliquei. — Você convidou alguém pra sair? É o Jay?

— O quê? Não! Ai, eca! Não tô falando de mim, tô falando de você!

— Ah, Hannah, isso de novo?

— É, pai, isso de novo.

Não pude deixar de me remexer na cadeira, nervoso, como um espião estrangeiro ansioso antes de um interrogatório torturante.

— Tô bem — falei. — Não preciso de nada disso agora.

— Olha, talvez a questão não seja o que *você* precisa.

— Como assim?

— Ai, meu Deus, eu preciso desenhar? Olha, você teve uns cinco encontros na última década, e eu sei por quê. Não é porque você é uma pessoa horrível... embora obviamente isso seja uma questão. É por minha causa, é por causa de tudo *isso*. — Ela ergueu o braço com a etiqueta do hospital ainda presa no pulso. — Mas não é justo, não é justo me usar como desculpa.

— Hannah, não é isso. Não é essa a questão.

— Você precisa ter uma vida além de mim.

— Eu tenho. Tenho o...

— E além da droga do teatro.

— Eu sei, eu vou, eu...

— Mas eu quero ver, pai! Quero *saber* que você está bem... que você vai ficar bem... se alguma coisa acontecer.

— Eu não posso... não consigo pensar nisso. Sinto muito, Hannah.

Uma lembrança me vem à mente. A faculdade. Segundo ano. Eu tinha acabado de me mudar para uma casa com quatro estudantes de teatro. Muito rapidamente, aprendi uma lição de vida valiosa: não vá morar numa casa com quatro estudantes de teatro. Ou, melhor, com qualquer quantidade de estudantes de teatro. Nunca. Por uma semana, todos nos amamos com uma paixão gloriosa. Era como uma espécie de comunidade hippie linda, só que com muito mais gente exibida. Em um mês, porém, a casa havia se transformado num turbilhão violento de discussões de bêbados, transas questionáveis e drogas recreativas de má qualidade. Pelo resto do ano, passei o menor tempo possível lá.

Em vez disso, ficava na biblioteca com os alunos de verdade, fingindo estar estudando. Elizabeth era uma presença constante. Ela se sentava à mesma mesa todos os dias com uma imensa pilha de livros de economia intimidadores, fazendo anotações em grande velocidade num bloco A4. Ela usava óculos de armação preta e grossa e roupas práticas, mas não tinha uma aparência cafona nem fofa; ela era formidável. Vindo de uma cidadezinha no meio do nada em Somerset, de uma família de vagabundos e contadores de histórias depravados, eu nunca tinha visto ninguém como Elizabeth. Então ficava à toa por ali, tentando parecer invisível e charmoso ao mesmo tempo. Um dia, perguntei se podia me sentar ao lado dela, pois a biblioteca estava muito cheia. Não estava. Ela, porém, disse sim, de qualquer maneira; falou comigo com uma eficiência brusca, como se eu fosse um garçom pedindo para tirar sua mesa. Pronto. Eu estava apaixonado. Três anos depois (para encurtar a história), ela me disse sim de novo — só que dessa vez eu estava apoiado num dos joelhos, estendendo um anel de diamante barato, e seus pais nos olhando, incrédulos. Talvez eu volte a essa história mais tarde.

Então, o estudante de teatro sem perspectivas e o gênio financeiro se casaram. Era a clássica história dos "opostos se atraem" — a comédia romântica perfeita. Mas é por isso que as comédias românticas tendem a terminar com o casamento, em vez de começar por ele. Porque as forças que unem duas pessoas diferentes podem facilmente inverter a polaridade e separá-las, e então — surpresa! — você é um pai solteiro. Mas, pelo lado positivo, eu tinha Hannah, então tudo foi maravilhoso. Cara, essa foi uma década confusa.

Enfim, essa lembrança era claramente um lembrete de que conheci minha mulher porque a fiquei cercando na biblioteca da faculdade. Essa não é uma opção para um gerente de teatro quarentão. Seria estranho. Eu precisava de uma saída para essa conversa e, se tem uma coisa que aprendi sobre adolescentes, é que o constrangimento é uma excelente tática para mudar de assunto. O constrangimento é a bomba de fumaça da comunicação entre pais e filhos.

— Então, quem é Callum? — perguntei.
— O quê? Quem? Quem é o quê? Por quê?
Viu?

— Quando estávamos no café — falei. — Sua amiga mencionou o Callum.

— Ela não é minha amiga.

— Ela mencionou o nome dele e você olhou pra ela de um jeito que, se você fosse a Medusa, a teria transformado em pedra.

Hannah cravou uma colher em seu chocolate quente e a girou com violência.

— Ele é só um garoto idiota da minha turma de inglês. Ele fica lá sentado e não fala nada, exibindo um sorriso imbecil no rosto como se estivesse julgando todo mundo. E então ele escreveu um ensaio sobre *Jane Eyre* e anseios românticos, e o Sr. McAlpine o leu em voz alta na sala porque... ah, deixa pra lá.

Com isso, ela jogou a colher na mesa. Sem querer, consegui uma distração perfeita.

— E era bom? — perguntei.

Ela me olhou, balançando a cabeça incrédula.

— Era uma merda de lindo — disse ela. — Era sobre como, numa visão basicamente apocalíptica da Grã-Bretanha vitoriana, essa história de amor floresce como o nascimento de uma galáxia. Enfim, Emilia disse a todos que eu estava chorando, e eu não estava nada, mas você sabe como é: de repente todos estão "Oooh, Hannah tá apaixonada". Tremenda palhaçada. Não tô nem um pouco interessada nele... nem em qualquer outra pessoa daquela escola patética.

— E é *você* quem vai me ensinar sobre namoro no século vinte e um?

— Eu não disse que ia te ensinar.

— Então você vai deixar que eu cuide desse assunto?

— Não exatamente. Vamos ver como as coisas rolam.

— Hannah?

— É que eu não tenho certeza se você é confiável.

— Para encontrar alguém para amar?

— Você não precisa de alguém para amar, precisa de ajuda. Você não sabe fazer nada direito sozinho, preciso de alguém que vá cuidar de você. É puro egoísmo.

— Você é má. Você é uma garota má.

— Mas você vai pensar nisso? Em namorar, digo.

— Depois do que aconteceu no Virago? Algum de nós pode enfrentar isso de novo?

— O Virago foi só um treino. Os resultados foram... muito interessantes. Pai, só pensa no assunto, tá? Por favor?

Eu olhei para ela e suspirei, então recorri a outra tática para mudar de assunto.

— Então, precisamos começar a pensar na sua grande peça de aniversário de dezesseis anos. Faltam só algumas semanas! Estou pensando em gelo. Eu já pesquisei: uma pequena pista de patinação no palco não é tão cara quanto parece e... Hannah?

Ela estava olhando para o balcão, para as máquinas de pipoca, para o pequeno amontoado de cinéfilos de classe média perto da porta da sala dois.

— Não sei, pai.

— Tem razão. Gelo pode ser um pouco demais, principalmente por causa dos quadris da Margaret.

— Não, quer dizer, não sei sobre a peça. Não sei de nada além da próxima semana, ou de amanhã...

— Hannah, como assim?

— Você sabe. O Dr. Venkman disse... Olha, eu só... Não consigo pensar no futuro. Não consigo nem imaginar chegar lá. E, pai, não sou mais criança. Não posso viver num mundo de faz de conta. Tenho que ser realista.

As portas se abriram, o barulho das pessoas começou a entrar na sala de projeção, conversando animadamente sobre seus dias, suas vidas, sobre como exatamente as férias na Dordonha podem dar errado. Eu me virei para Hannah.

— Tá sendo uma semana difícil — falei.

— Tá sendo uma década difícil — zombou Hannah, mas, como se percebesse que tinha dito algo horrível, ela pareceu se sacudir fisicamente para sair daquele desânimo. — Vamos ver esse filme ou não? — perguntou ela.

Vimos. A família francesa vai para a Dordonha porque a filha está prestes a sair de casa para ir para a faculdade e o filho entrou para o exército. São suas últimas férias juntos e é um horror: chove sem parar, seu pequeno castelo tem goteiras no telhado e o gerador pifa. Então eles se sentam no escuro e começam a falar sobre suas vidas e esperanças, e percebem que não se conhecem nadinha. Na volta, o garoto é morto durante um exercício militar no Oriente Médio. Pensando bem, deveríamos ter escolhido o filme da Disney.

Era manhã de terça no escritório do teatro. Eu estava girando de um lado para o outro na cadeira fazia pouco menos de um minuto quando ouvi a campainha tocar na porta lateral. Achei que devia ser Ted ou Janice, a faxineira, ou talvez um dos voluntários do teatro, mas, quando desci, vi pelo vidro que era um homem que não reconheci, com uma prancheta na mão. Pelo terno, imaginei que poderia ser uma testemunha de jeová. Ele olhava para cima e para toda a extensão do prédio, como se tivesse chutado uma bola de futebol no telhado e estivesse pensando em como subir lá para pegá-la. Essa hipótese parecia improvável.

Abri a porta com um forte puxão, pois ela tendia a deformar e dilatar com o frio, como tudo mais no edifício.

— Oi — cumprimentei, tentando soar o mais normal e à vontade possível.

— Sr. Rose? — perguntou ele, que parecia ter uns cinquenta anos, com a barba bem aparada, óculos de armação de metal e o cabelo rareando no couro cabeludo.

— Sim, sou Tom Rose, o gerente. Posso ajudar?

— Sou da Chapels Surveyors. Estou aqui para avaliar o imóvel.

Ele disse isso de uma forma que sugeria que eu deveria saber do que ele estava falando. Mas não sabia. Fiquei olhando para ele por alguns segundos, pensando se ele não estaria no teatro errado — ou talvez eu estivesse. Com tudo o que estava acontecendo com a Hannah, eu não conseguia dar qualquer sentido aos meus pensamentos.

— Hã, eu... o senhor tem certeza de que está no lugar certo? Eu não chamei nenhum avaliador.

— Ah — disse ele. E por um segundo pareceu que tinha havido algum engano. — Bom, estou aqui a mando da prefeitura. Pediram que eu fizesse uma avaliação do prédio e do terreno onde está localizado.

De repente, tive a sensação de ter entrado num universo paralelo surreal e horrível, construído de surpresas desagradáveis. Isso, pensei, é como deve ser viver em *EastEnders*. Abri a boca para dizer algo, mas descobri que não tinha nada disponível, nem mesmo ar.

— Eu... eu...

— Vai levar apenas alguns minutos, não vou atrapalhar. Só tenho que dar uma olhada rápida — disse ele. Seu tom havia se tornado gentil e apaziguador, como se ele genuinamente temesse que eu estivesse tendo algum tipo de surto. Como devo ter parecido para ele? Eu não tinha tomado banho nem me barbeado, nem mesmo me olhado no espelho. Será que eu parecia doente? Ou assustador? As duas opções eram possíveis.

— Por quê? — A palavra saiu num guincho estranho e estrangulado, como um animal de laboratório angustiado prestes a ter um batom enfiado à força em sua goela. Se eu parecia assustador, certamente não soava assim. — Por que a prefeitura precisa que o imóvel seja avaliado?

Fez-se silêncio. Não acho que nenhum de nós pudesse processar plenamente o que estava acontecendo. Tínhamos nos tornado uma peça de Harold Pinter.

— Sr. Rose, estou aqui só para avaliar o imóvel. Posso te passar nosso contato na prefeitura... o senhor terá de falar com eles.

Ele escreveu um nome e um número num pedaço de papel e o rasgou de sua prancheta.

— Agora, se puder me deixar passar... — disse ele.

E tentou se esgueirar, mas algo me impeliu a bloquear seu caminho. O que eu estava fazendo? O que estava acontecendo?

— Não — falei. — Sinto muito.

— Eu tenho autorização da prefeitura.

— Desculpa, mas não tenho nada com isso. Não sei o que tá acontecendo, mas hoje não é um dia pra isso.

— Sou muitíssimo ocupado. Para mim, não é conveniente reagendar.

— Como posso dizer...? — comecei, literalmente sem saber o que viria depois, porque eu não tinha ideia do que estava prestes a falar. Aquilo parecia estar acontecendo sem a minha permissão. — O senhor não vai entrar hoje. Pode, por favor, se retirar?

— Sr. Rose...

— Insisto para que o senhor vá embora. Imediatamente. Por favor? — Eu podia sentir uma adrenalina absurda percorrendo meu corpo, como se tivesse tomado duzentas latas de Red Bull. Baixei os olhos para minhas mãos e vi que tinha fechado os punhos. Ai, meu Deus, pensei, vou agredir fisicamente um inspetor enviado pela prefeitura? Será que vou aparecer no noticiário local?

O homem deu um passo atrás e olhou rapidamente para a prancheta, como se checasse sua agenda procurando o item que dizia "12:05 — ser ameaçado pelo gerente de teatro de olhar desvairado".

— Vou informar a prefeitura sobre isso — disse ele por fim, então se virou e se afastou rapidamente.

No fim da tarde, tivemos a reunião regular do grupo executivo do Willow Tree Theatre. Sempre fazíamos essas reuniões no palco, com o intuito de nos lembrar o motivo de estarmos aqui, e que não se tratava apenas de uma reunião executiva normal. Arrumei nossas cadeiras em círculo no centro do espaço e peguei uma mesinha dobrável para o bolo e os biscoitos, que eram obrigatórios e devidamente fornecidos por Ted, que fazia um pão de ló surpreendentemente bom. Sugeriram cancelar a reunião, considerando tudo que estava acontecendo com Hannah, mas eu insisti. O show tem que continuar.

Sally liderou as discussões. Houve alguns problemas com reembolsos depois do cancelamento das apresentações do fim de semana, além de alguém ter torcido o tornozelo na aula de *breakdancing* na semana anterior, então tínhamos que verificar os formulários de saúde e segurança para ter certeza de que essas pessoas não poderiam nos processar em milhões de libras.

— Mais alguma coisa na pauta? — perguntou Sally. — Tom, a prefeitura entrou em contato sobre o seguro?

— Não, nada — respondi, colocando um biscoito de gengibre na boca. — Ah, tirando um inspetor que apareceu hoje de manhã para ver o teatro. Eu disse a ele que desse o fora. Tudo muito estranho. Esses biscoitos de gengibre e castanha são da Waitrose, Ted? São muito bons!

— Um *o quê* que apareceu no teatro? — interrompeu Ted com um tom brusco que era extremamente incomum para ele. Na hora entendi que tinha metido os pés pelas mãos.

— Um inspetor imobiliário. Ele disse que a prefeitura o havia enviado.

De repente, a atmosfera ficou tensa. Decidi continuar falando.

— Pensei que tivesse sido um engano. Quer dizer, não pode ter nada a ver com a caldeira, pode? A prefeitura nunca age tão rápido. Age? Ai, caramba. Vocês acham que eu deveria ligar pra lá?

— Sim, você deve ligar pra maldita prefeitura! — gritou Sally.

— Só tem um motivo pra eles mandarem um inspetor aqui, e não é pra construir um jardim de inverno pra gente — acrescentou Ted.

Peguei meu celular e o pedaço de papel que o inspetor tinha me dado e digitei o número no teclado. Chamou pelo que pareceram vários minutos. Coloquei no viva-voz para que todos pudessem ouvir.

— Gabinete comercial — disse uma voz de mulher do outro lado da linha.

— Oi, aqui é Tom Rose, do Willow Tree Theatre. Posso falar com o conselheiro Jenkins?

— Desculpe, mas ele não se encontra. Quer deixar um recado?

— Hoje de manhã recebi a visita de um inspetor que disse ter sido enviado para estimar o valor do imóvel. Ele disse que seu gabinete o contratou.

Houve uma pausa. Eu podia ouvir o ruído de teclas sendo digitadas.

— Por favor, aguarde um momento — pediu a voz.

Houve alguns segundos de silêncio com estática, então a música de espera começou — uma versão trêmula e mal gravada de "Spanish Flea", de Herb Alpert. Parecia estar sendo tocada por uma orquestra de jazz juvenil e mal ensaiada, presa em um contêiner cheio de abelhas. De repente, a voz do outro lado da linha voltou.

— O senhor deve ter recebido uma carta oficial — disse ela, parecendo frustrada com a minha incompetência em receber correspondências.

— Não recebi — falei. E então me lembrei da carta com aspecto de documento oficial que chegou outro dia, no dia do acidente de Hannah. Às vezes, a prefeitura enviava correspondências para o meu endereço residencial, graças a um erro aparentemente irreparável na base de dados deles. Optei por não mencioná-la.

Ouviu-se algo que pareceu um suspiro profundo do outro lado da linha.

— O gabinete comercial está considerando vender uma série de propriedades na área como meio de gerar capital para cumprir com outras responsabilidades estatutárias — disse ela num tom monótono, como se estivesse lendo a carta que eu não recebi... ou recebi, mas não abri. — O teatro é uma delas.

— Vocês estão vendendo o teatro? — perguntei.

— Não creio que essa decisão já tenha sido tomada. Eu não estou no conselho; o senhor terá de falar com...

— Mas eu sou o gerente. Quer dizer, quando vocês iam me contar?

— Como eu disse, o senhor deveria ter recebido uma carta explicando a situação com detalhes.

— Não recebi — falei. Mas minha garganta agora estava seca e se fechando e eu não conseguia pronunciar as palavras direito. Na minha cabeça, por dois milissegundos estranhos, vi Hannah como uma garotinha dançando pelo palco.

— Vou mandar uma cópia para o senhor — disse ela. — E vou pedir ao conselheiro Jenkins que ligue de volta. Até logo.

A linha ficou muda. Levei o celular à orelha e o sacudi, como se isso fosse trazer a pessoa de volta.

— Eles querem vender o teatro? — perguntou Sally, engolindo em seco.

— Não, óbvio que não — disse Ted. — Querem vender *o terreno*. Eles vão simplesmente demolir o teatro.

Ficamos ali nos encarando como ladrões de banco trapalhões que tinham acabado de disparar um alarme de segurança silencioso.

— Demolir o teatro? — repetiu Natasha, como se as palavras fossem um absurdo completo. — Mas eles não podem, podem?

Ted olhou para ela e deu de ombros. Por algum tempo, ficamos sentados em um silêncio deplorável. Sally pôs a cabeça entre as mãos.

— É estranho que eles tenham aparecido logo depois da seguradora — disse ela. — Vocês acham que isso é coincidência?

— Não — disse Ted. — Não acho. Talvez estivessem procurando uma desculpa para vender. Talvez tenham acabado de encontrar.

— Bom, essa certamente foi uma semana desafiadora — falei, sentindo o dever de não deixar o clima pesar. — Talvez eu deva abrir o outro pacote de biscoitos...

Olhei para Ted e ele me encarou. A expressão em seu rosto era inconfundível. Medo. Medo nu e cru. O tipo que nem mesmo os biscoitos conseguiam refrear. Fazia muito tempo que eu não via isso nos olhos dele. E, sem demora, também senti a mesma coisa.

Willow,

Vou te contar sobre a peça que encenamos no meu aniversário de oito anos, mas você precisa saber de algumas histórias dos bastidores primeiro. Por favor, tenha paciência.

Acho que posso afirmar que a HQ da Liga da Justiça da América que o papai comprou para mim quando eu tinha sete anos mudou a minha vida. Era um novo começo para a equipe de super-heróis da DC. Um escritor brilhante e esquisito chamado Grant Morrison decidiu recriar Superman, Mulher Maravilha, Batman (buuuu) e seus aliados como um panteão de deuses gregos modernos. Eles eram divindades todo-poderosas que combatiam apenas as maiores ameaças à humanidade. Eu não entendia tudo isso na época, mas as cores, os personagens, a pura força explosiva das histórias intrigavam minha pequena mente.

Essa também foi a HQ que colocou a Mulher Maravilha juntinho com os grandes heróis da DC e ela simplesmente arrasou. Ao se aproximar o segundo aniversário do meu diagnóstico, eu queria ser corajosa e invencível que nem ela. Então, a peça que íamos montar no meu aniversário daquele ano tinha que ser "A Rainha da Neve", a estranha e emocionante história de Hans Christian Andersen sobre a corajosa e jovem Gerda e a aventura para resgatar seu amigo Kai do castelo de gelo mortal da rainha. Lembro que essa foi a nossa produção mais ambiciosa. Papai chegou a contratar uma máquina de neve e um ventilador gigante para que pudéssemos tornar a jornada de Gerda através da Finlândia até o Círculo Polar Ártico ainda mais autêntica. Para o castelo da Rainha da Neve, onde Kai era mantido prisioneiro, Kamil construiu um edifício incrível com placas espelhadas e acrílico branco.

Fiquei muito impressionada e muito empolgada. Eu disse ao meu pai que, dessa vez, eu tinha que estar na peça, que não queria apenas ficar sentada, assistindo.

— Eu sei quem você quer ser — disse ele. — A menina ladra.

Ele estava certo. Na jornada de Gerda para o norte, ela é atacada por uma gangue de bandidos em uma floresta, mas um deles é uma menina durona que fica com pena dela e a deixa passar a noite no castelo dos ladrões. Ela é completamente louca. Ela tem uma rena chamada Bay acorrentada em seu quarto e centenas de pássaros engaiolados. Há um momento em que ela pega uma de suas pombas e a sacode até a ave bater as asas, depois grita "Beije-a" e a enfia na cara de Gerda. Ela dorme com um punhal junto ao peito e constantemente ameaça Gerda com ele. Eu a achei incrível. Era destemida e selvagem e, quando deu a Gerda sua rena, Gerda chorou de gratidão e a menina ladra disse a ela: "Não gosto dessa choradeira." Lembro de repetir essa frase para o papai e gritar: "Isso tem que entrar na nossa peça." Eu era uma colaboradora muito exigente.

Eu entendia que esta era uma história sobre amor e amizade e a maneira como essas coisas geralmente envolvem um tipo de coragem que não precisa ser falada. Desse espetáculo também tenho apenas alguns lampejos de memória. Rachel interpretou Gerda, envolta num casaco de pele, sob luzes azuis glaciais, lutando contra as lufadas de neve; Margaret era a Rainha da Neve, a bordo de sua carruagem, com um vestido branco esvoaçante e uma echarpe de pele no pescoço. Parecia mais a Cruella de Vil praticando snowboarding num feriado.

Mas o momento de que mais me lembro não foi durante o espetáculo, e sim durante o ensaio técnico. Ted e papai estavam no palco, *ajudando a definir os pontos da iluminação.* Richard havia criado um conjunto engenhoso de géis multicoloridos giratórios e os posicionou em duas luzes que apontavam para a parede no fundo do palco; quando ele abaixou as luzes do palco e acendeu essas duas, elas produziram lindos raios espiralantes de cor. A aurora boreal.

Ted olhou para cima, a princípio maravilhado, e então, não sei, seu rosto simplesmente se fechou. Ele parecia ter visto algo terrível, alguma espécie de fantasma.

Ele disse ao papai:

— Isso é o mais próximo dela que vou chegar.

Papai deixou de lado o roteiro e foi até o amigo.

— Você não sabe disso — disse ele. — A irmã de Angela pode melhorar. Ainda há tempo.

Ted balançou a cabeça.

— Às vezes você tem que aceitar as coisas. Quando se chega à minha idade, a gente se dá conta de que... os sonhos morrem. A gente não percebe a princípio, mas eles morrem. Deixam de existir.

Papai deu um tapinha nas costas dele.

— Vocês vão chegar lá — disse papai. — Ainda sou um sonhador; tenho centenas de sonhos. Não desista.

Ted sorriu e ergueu os olhos novamente para o espetáculo de luzes. Papai começou a se afastar, verificando sua lista de coisas a fazer, mas Ted se virou para ele.

— Obrigado — disse.

— Por quê?

— Por aceitar um contador velho e desinteressante. Por me deixar fazer parte desse lugar. Sempre sonhei em trabalhar num teatro.

— Pronto, tá vendo? — replicou o papai. — Seu sonho se tornou realidade. — Então ele saltou do palco e sorriu ao passar por mim.

Richard viu papai sair e gritou do fundo do auditório:

— Desligo a aurora boreal agora?

Mas Ted disse:

— *Não, deixe assim. Só mais um pouquinho.*
Ele ficou parado, observando o girar das luzes, sozinho no palco.

Sim, eu aprendi muito com "A Rainha da Neve". Aprendi que o escapismo do teatro significa coisas diferentes para pessoas diferentes. Eu queria ser a Mulher Maravilha e Ted queria ser livre.

Tom

Na noite seguinte, nos encontramos novamente no minúsculo pub White Horse, que fica na rua principal, reunidos em torno de uma antiga mesa de carvalho, em clima de conspiração. Tínhamos a velha guarda — Ted, Sally e Margaret — e também Natasha e Shaun, e alguns outros membros do grupo de teatro. Hannah tinha ficado em casa para descansar. A essa altura, eu já havia verificado a correspondência e descoberto que a carta da prefeitura era realmente sobre a visita do avaliador; eles me garantiam que nenhuma decisão tinha sido tomada e me sugeriam que ligasse para o conselheiro Jenkins se tivesse alguma dúvida — qualquer dúvida sobre a demolição do teatro que eu passara os últimos quatorze anos administrando. O pub estava vazio, descontando o nosso grupo, mas a sala com paredes revestidas de madeira era tão pequena que parecia quase lotada. Costumava haver pinturas vitorianas de cenas de caça às raposas decorando as paredes, mas o atual proprietário não queria apoiar esportes violentos, então essas pinturas foram retiradas e substituídas por aquarelas enfadonhas de artistas amadores locais, com as quais Margaret declarou-se capaz de lidar desde que fizesse muitos exercícios de respiração e não olhasse diretamente para elas.

— Então estamos ferrados? — disse Sally.

— Bom... — repliquei. — Eu não diria *ferrados*. Mas há uma chance de estarmos em uma situação difícil que pode ameaçar ligeiramente o futuro do teatro.

— Então estamos ferrados — repetiu Sally.

— Até agora, eles estão só inspecionando o edifício — disse Ted. — Provavelmente fazem isso o tempo todo, só para ter uma ideia do que possuem e o que podem negociar, se necessário. A inundação é que é a grande questão. Se eles puderem provar que o edifício vai ser muito caro para manter... bom, aí temos um problema. — Esse era o Ted que eu conhecia: profissional, sensato, racional.

— Não acho que eles vão demolir o teatro — disse Shaun. Ah, finalmente, pensei, uma nota de otimismo. — Afinal, é quase certo que o prédio está lotado de amianto, que é uma substância cara de descartar.

Ele olhou para os rostos horrorizados que o cercavam.

— Não tem perigo nenhum até você começar a derrubar tudo — disse ele. — Mas uma única partícula dessa coisa nos seus pulmões e...

— Obrigado pela sua contribuição, Shaun — respondi, ansioso para desviar a discussão dos produtos químicos cancerígenos ou, ainda, de demolições.

— Não acho que eles vão querer fechar um teatro, a menos que os benefícios fiscais sejam significativos — afirmou Ted. — Não é boa publicidade.

— Eles tentaram fechar um teatro em que trabalhei no início dos anos setenta — interveio Margaret, tomando um grande gole de seu segundo Dubonnet com limonada. — Fizemos um protesto nus diante do prédio. A polícia apareceu, mas disseram que não era função deles lidar com trinta atores pelados. Tinha peitos e pintos por toda parte, queridos. Parecia uma das festas de aniversário do Freddie Mercury. Fomos parar no noticiário noturno de Londres.

Shaun piscou para Natasha, que deu um tapa em seu braço. Sally revirou os olhos.

— Obrigada, Margaret — eu disse. — Vamos nos lembrar disso.

— Tom, por favor, não faça um protesto nu. A vida de Hannah já é suficientemente difícil — disse Natasha.

— Alguma outra questão? — perguntei, agora bastante determinado a mudar de assunto.

— Bom, temos o festival West Country chegando — disse Sally, folheando rapidamente as páginas de seu caderno. — Vamos passar para isso?

Foi uma boa saída — desviar a atenção para algo positivo e empolgante. O festival West Country, ou WestFest, era um festival anual de artes e música, que acontecia nos arredores de Shepton Mallet. Grupos de teatro locais eram convidados a apresentar esquetes e espetáculos, mas este ano as coisas seriam um pouco diferentes. Em uma concessão à empolgante nova era do iPod, pediu-se a cada grupo que produzisse três cenas de peças diferentes. As cenas deveriam ser tiradas de diferentes momentos da história do teatro, então Sally escolheu trechos de *A mulher do campo* (clássico *e* escandaloso, perfeito para um festival), *A gaivota* (o bom e velho Tchekhov) e *Noises off — uma peça pelo avesso* (porque, considerando seu retrato de uma apresentação desastrosa, funcionaria bem mesmo que a nossa fosse realmente um desastre).

No dia, seríamos chamados aleatoriamente ao palco para apresentar uma de nossas contribuições; em seguida, outro grupo seria chamado, e assim por diante — como uma mistura teatral aleatória. Aparentemente os organizadores acreditavam que esse tipo de abordagem seria "mais interessante para os jovens", embora, na realidade, os jovens estariam, naturalmente, na barraca de bebidas, ou assistindo às bandas locais no outro palco, ou — o mais provável — andando de um lado para o outro, mal-humorados, tentando encontrar sinal de celular. No entanto, eles estavam oferecendo pagamento aos participantes e, devido ao cancelamento da peça e aos consertos por causa do vazamento, o dinheiro viria bem a calhar.

— Então — disse Sally —, os ensaios estão indo bem, alugamos um micro-ônibus e o festival destinou duas barracas grandes para nós dormirmos. Mas preciso definir algumas regras básicas para o evento, e a primeira é sobre o consumo de álcool.

— Vou pegar as bebidas — disse Ted. — Embora Angela queira que eu esteja de volta antes das dez. Ela fica ansiosa quando chego tarde. O mesmo pra todos?

— Angela tá sempre ansiosa — disse Margaret.

Pelo restante da noite, em meio aos planos para a apresentação do grupo de teatro no festival, o tema da venda do teatro foi evitado. Mas estava lá, espreitando no fundo como um vilão de pantomima. Pouco antes de Ted ir embora, lembrei-me do outro motivo importante pelo qual eu queria que todos estivessem juntos.

— Vocês sabem o que mais está por vir — eu disse. — Nossa retomada das peças de aniversário de Hannah! Tenho algumas ideias em que tô trabalhando... acabei de encomendar alguns acessórios. Tô trabalhando com Kamil em um cenário bem ambicioso.

Foi um daqueles momentos de conversa de pub em que o lugar parece ficar em total silêncio — como em *Um lobisomem americano em Londres*, quando os dois meninos perguntam sobre a estrela na parede do Cordeiro Massacrado.

— Com certeza — disse Ted de uma maneira desconcertante e apaziguadora. — Mas vamos manter certa perspectiva... Precisamos descobrir o que está acontecendo com o prédio antes de fazermos grandes planos.

— Não está acontecendo nada com o prédio — eu disse, um pouco mais alto do que pretendia. — Você mesmo disse, eles estão apenas verificando suas opções. Foi o que você disse, Ted.

— Eu sei, mas...

Talvez fosse o calor opressor da sala cheia, talvez fosse a questão do telefonema, talvez eu me sentisse culpado por não ter visto a carta. Fosse o que fosse, fui tomado por uma raiva repentina e estranha.

— Mas o quê, Ted? Nosso tempo tá acabando, você não vê? Tem que ser algo bom! Tem que ser nossa obra-prima!

Alguns olhares ligeiramente surpresos foram trocados ao redor da mesa. Ted corou. Shaun olhava de um para o outro, como um espectador em um jogo de tênis. Eu estava prestes a falar, mas então o marido de Natasha, Seb, chegou com o bebê chorando no carrinho.

— Eu estava passando por aqui, tentando fazer esse aqui dormir — disse ele. — Pensei em entrar e dizer um oi, além de estragar sua noite.

— Tudo bem, querido, mas cadê a outra?

— A outra?

— Ashley! Nossa filha!

Ele pareceu genuinamente chocado por alguns segundos de desespero.

— Festa do pijama! — disse, por fim. — Ela foi pra uma festa do pijama. Jesus, você quase me fez enfartar.

— Será que... será que somos os piores pais de todos os tempos?

Com a tensão da noite devidamente quebrada, Natasha abraçou o marido, pegou o filho e o pôs no colo. Todos começaram a conversar, curtindo a companhia uns dos outros. Olhei para Seb e Natasha, embalando o filho, rindo juntos. Parecia um momento do qual iriam se lembrar. Pensei na minha própria vida, mas percebi que estava perdendo aquelas memórias fugazes, estava esquecendo da sensação — a própria ideia — de estar com alguém. Ah, meu Deus, pensei, estou me transformando em Philip Larkin.

Lá fora, quando estavam todos indo embora, Sally me parou sob o velho poste de luz vitoriano, um pouco além do brilho da placa iluminada do pub.

— Esses são tempos estressantes — disse ela.

— A prefeitura não vai fechar o teatro, agora tenho certeza disso.

— Não tô falando disso. E sim de Hannah.

— Estamos abalados. Só posso imaginar como ela se sente ultimamente. Eu costumava saber. Costumava realmente saber.

— Filhos são assim — suspirou Sally. — Quando pequenos, são seus melhores amigos. Grudam em você, fazem o que você manda; depois, quando você menos espera, são estranhos usando roupas caras que comem toda a sua comida e mandam você se foder. Você não consegue controlá-los, por mais que tente. Hannah está crescendo, Tom.

— Eu sei.

— Ela não vai mais querer ficar na companhia desses tristes atores amadores por muito tempo.

— É exatamente por isso que quero reviver a nossa velha tradição dos aniversários uma última vez. Porque, depois disso, tudo se resumirá a meninos, festas e grupos de teatro de adolescentes temperamentais. Bom, isso é o que farei, não sei Hannah.

— Mas você deveria falar com ela. Só perguntar o que ela quer.

— Eu sei o que ela quer.

— Tom, só... escuta Hannah.

No caminho de volta do pub para casa, passei pelo teatro escuro, imóvel e erguendo-se como uma terrível repartição pública ou um túmulo gigante. Não era difícil imaginá-lo fechado para sempre, abandonado, seu exterior feio incitando a bola de demolição. O pensamento me gelou até os ossos. Se o teatro fechasse, tudo estaria acabado. Como poderíamos montar uma peça para o aniversário de dezesseis anos de Hannah? Havia tantas lembranças contidas ali — nossas vidas, nossos sonhos. Se o teatro fosse tirado de nós, como as manteríamos vivas? Onde ficaríamos?

Eu me virei e estremeci. Claramente, a temperatura havia caído. Caíra muito de repente.

Hannah

Estou sentada no meio da plateia com Margaret, observando o grupo de teatro ensaiar para o WestFest. Não estou participando desse projeto porque, sabe, os estudos, as leituras da escola, a doença cardíaca com risco de morte, todas essas coisas. Então começo a perambular pela semiescuridão fria do auditório, tentando ler meus textos para a aula de inglês com uma lanterna enquanto silencio mensagens de Jenna e Daisy fazendo perguntas idiotas sobre Callum, embora Callum *não vá acontecer* de jeito nenhum.

Eu me pergunto o que ele está fazendo. Me pergunto onde ele mora e se está sentado em algum lugar lendo os textos definidos para o programa de certificação do ensino médio. Me pergunto por que estou pensando em um garoto que não conheço e para quem não dou a mínima.

Enquanto isso, papai está sentado com Sally na primeira fileira. Ambos têm pilhas de roteiros de peças no colo, mas também estão olhando para o laptop do papai, conversando e rindo juntos como crianças. A maioria dos outros membros do grupo de teatro está aqui, incluindo Rachel, nossa *superstar* esquiva e linda. Ela faz parte do grupo há anos, mas vive entrando e saindo, porque está envolvida com uns dez outros grupos de teatro, dança e canto. Ela está determinada a ser famosa, custe o que custar, e sua mãe a levou a todos os testes do *Pop Idol* e do *X Factor*. Ela já age como uma diva perfeita, chegando tarde aos ensaios, geralmente com uma comitiva de amigos e parentes. Ela é tão intimidante e brilhante que ninguém reclama.

Ela e Shaun estão começando a cena de sedução de *A mulher do campo* quando James, o vigário sexy da nossa farsa dos anos 1970, entra. Ele veste uma camisa de linho branca e calça cáqui e parece sarado. Ao avistar Margaret e a mim, segue ao longo da fileira de assentos e se senta na cadeira ao lado da minha. AH, MEU DEUS. Não sei qual loção pós-barba ele está usando, mas é a melhor que já senti. Jesus, como vou conseguir me concentrar em *Jane Eyre* agora?

— O que tá acontecendo? — sussurra ele.

— Shaun e Rachel tão fazendo a cena de sedução de *A mulher do campo*.

— Uuh, picante.

— Você é que tá dizendo.

— Você não deveria estar em algum estacionamento bebendo sidra branca de uma garrafa de plástico?

Eu rio, mas é irritante que ele me veja como uma adolescente idiota. Ele mal tem dez anos a mais do que eu, pelo amor de Deus. Me pergunto se ele tem uma namorada. Ele nunca fala da vida particular. É tão misterioso... Sei que ele era uma espécie de programador da web e que abriu a própria empresa aos dezoito anos porque já estava ganhando muito dinheiro. Ele se mudou para Londres, para um apartamento ostentoso, mas então houve o estouro da bolha da internet e ele voltou para a casa dos pais. Ele me contou que os clientes em Londres costumavam levá-lo ao National, ao Donmar e ao Royal Court, e que viu Shakespeare no Globe. Então, quando voltou, ele se juntou ao grupo de teatro. Que decadência. Ele e Natasha costumam falar sobre sua vida agitada na capital; toda noite em um bar diferente ou em um hotel pretensioso, em festas movidas a cocaína em navios de cruzeiro no Tâmisa. Agora ele parece um pouco perdido.

Vou falar com ele, mas paro porque ele está evidente e totalmente absorto no que está acontecendo no palco, o que é estranho, porque eles pararam a ação. Rachel está bebendo de uma garrafa de Evian, os olhos fechados, as costas arqueadas. Sally subiu até eles e está mostrando a Shaun onde se posicionar, a mão dela em seu braço tatuado. James observa, extasiado. Eu me viro para Margaret e ela está olhando para James também. Ela sorri consigo mesma.

— O que foi? — sussurro para ela.

— Eu conheço esse olhar — diz ela, gesticulando na direção de James. — Nosso rapaz aqui tá apaixonado. — E ela olha de volta para o palco.

Cacete, Rachel.

Antes que eu possa ter qualquer pensamento homicida motivado por ciúme, a porta nos fundos do teatro se abre com violência. O ruído da porta batendo contra a parede é tão forte que todos no palco param e se viram, incluindo o papai. É o marido de Sally, Philip, ali parado, com calça de corrida folgada e uma camiseta de rúgbi. Seu rosto está vermelho, sem dúvida por causa do constrangimento de sua entrada cacofônica. Ele abre um sorriso largo e acena para o palco, então avista Sally e gesticula com entusiasmo para ela.

— Posso pegar minha mulher emprestada? — pergunta ele, descontraído.

Sally pula do palco e se dirige rapidamente à saída. Eu a observo ir e ela parece meio envergonhada ou algo assim. Não sei dizer. Vejo que papai também a observa. Ela segue Phil em direção ao saguão e, quando volta, apenas um minuto depois, olha para papai, sem expressão, e dá de ombros. Ele sorri para ela com simpatia, mas parece que há algo mais. Ela enfia as páginas do roteiro na bolsa e praticamente marcha ao longo do corredor em direção ao palco.

— Certo, pessoal — grita ela. — Receio que eu tenha de ir, então vamos parar por aqui. James e Margaret, desculpa, teremos que trabalhar em sua cena de Tchekhov na próxima vez.

E, com isso, ela se vira e deixa o auditório quase correndo. Shaun e Rachel a observam ir, ligeiramente boquiabertos. Eles se voltam rapidamente para o papai, que os olha, dando de ombros, e começa a juntar seus próprios papéis. Enquanto os outros conversam no palco, ele se levanta e vem, por entre os assentos, até mim.

— Oi — diz ele, sentando-se na fileira à frente da minha, sem olhar para mim, mas para a porta atrás de nós.

— Oi.

Ficamos sentados em silêncio por alguns segundos e eu espero que ele diga mais alguma coisa, mas ele só fica ali parado com uma expressão sombria no rosto. Realmente não entendo a dinâmica do que está acontecendo aqui. Suspiro e volto ao meu livro. O que Jane Eyre faria nessa situação?

— Bom, então vou embora — diz James. Ele lança um olhar para o palco, e eu me pergunto se ele está observando Rachel, talvez considerando a possibilidade de convidá-la para um café. Nojenta. Mas então ele segue a fileira de assentos até a saída. Eu teria ido tomar um café com você, James.

— Então — diz papai, por fim —, essa coisa de namorar. Você acharia... seria estranho pra você se eu fizesse isso?

Fecho o livro e bato com ele no colo em falso horror.

— Pai, essa era a *minha* ideia!

Ele continua sem me olhar.

— Já faz muito tempo desde que sua mãe foi embora e, bom, talvez eu devesse voltar pra pista, como dizem.

— Pai, isso é literalmente o que eu te disse.

— Me ocorreu que não é justo da minha parte depender tanto de você.

Ah, meu Deus, homens...

— Me fala — peço. — O que fez você pensar nisso agora?

— Não sei. A questão é que não estou ficando mais jovem.

Silêncio. De repente percebo que Margaret está parada no corredor nos observando. Papai olha para trás e a vê também.

— Tchau, Margaret — diz ele.

Ela nos observa, estreitando os olhos, em dúvida.

— Devíamos ter feito *A tempestade* — diz ela. — Tchekhov é chato demais. Namorei um russo uma vez. Rosto bonito, modos agradáveis, mas bebia como um gambá; e também fedia como um deles. As aparências podem enganar muito, né? Especialmente no que diz respeito aos homens. — Com isso, ela se afasta.

Papai e eu nos entreolhamos um tanto perplexos.

— Então, qual o próximo passo? — pergunto.

— Não sei. Devemos interná-la?

— Não tô falando de Margaret! O próximo passo em relação aos seus encontros!

— Não faço a menor ideia. O que as pessoas fazem hoje em dia? Devo ir a um bar de hotel e puxar papo com alguém?

— Eca, não! Pai, você é um gerente de teatro, não o James Bond. Nem um cafajeste.

— O quê, então? Onde adultos conhecem outros adultos em uma pequena cidade mercantil?

— Bom, eu também não sei, pra ser sincera, mas vamos descobrir... Além do mais, posso ter falado sobre isso com Sally.

— Hannah!

— Ela conhece muitas mulheres!

— Nenhum dos outros sabe, né? Ah, meu Deus, você não disse nada pra Margaret, disse?

— Não! Pai! Não sou completamente maluca!

— Ótimo, certo, eu suspeitava disso, mas é bom ter sua confirmação.

Eu me levanto da cadeira na plateia do teatro, que range, e coloco a mão no ombro dele.

— Nós vamos conseguir — digo.

E deixo o auditório com um senso de propósito e determinação, como a Emma de Jane Austen, ou, melhor ainda, Alicia Silverstone em *As patricinhas de Beverly Hills*. Alguma coisa vai dar certo, penso comigo mesma. Alguma coisa tem que dar certo.

Tom

Um mês depois daquela ida fatídica ao clínico geral, aquela em que nosso médico misantrópico diagnosticou pela primeira vez o sopro cardíaco de Hannah, me vi sentado em uma pequena sala de tratamento no hospital com um cardiologista idoso. Falando baixo e com a expressão séria, ele me disse que minha filha tinha cardiomiopatia e que o espessamento da parede do coração poderia dificultar o bombeamento do sangue para o corpo dela. Eu assenti, obediente, meus olhos indo para a porta. Hannah aparecia em vislumbres através do painel de vidro, brincando com uma enfermeira. Ele disse que as pessoas com essa doença muitas vezes nem apresentavam sintomas e viviam numa ignorância abençoada, mas o caso de Hannah era um pouco mais grave. Não entendi o que ele estava tentando me dizer; não entendi nada até ouvir a frase "com potencial limitação à vida". Ainda assim, sua voz era tão suave, suas palavras, tão cautelosas, que não consegui entender o significado por completo. E, mais uma vez, apenas assenti.

Não perguntei "Quanto tempo?". As duas palavras que formam a base de todas as cenas trágicas de prognóstico de Hollywood não me ocorreram naquele momento — elas vieram bem mais tarde. Por um ou dois segundos, esqueci minhas falas.

Depois, saí cambaleando para a ligeira agitação da enfermaria, segurando uma receita de betabloqueadores e um folheto com o símbolo de um coração na frente. Esse símbolo costumava significar amor, pensei. Quando me viu, Hannah correu para mim e eu a levantei nos braços e a abracei.

— A gente pode ir embora? — perguntou ela. — A gente pode tomar sorvete agora?

— Sim, o que você quiser — respondi.

— Me põe no chão, você tá me machucando.

— Desculpa, Hannah — eu disse, colocando-a no chão. — Desculpa mesmo.

— Seu bobão. Vamos. — Ela correu para as portas duplas.

— Espera por mim, sua pestinha — gritei, correndo atrás dela, os braços estendidos.

Ela riu, e eu também. Eu já estava mentindo para ela.

Despertei com um susto quando ouvi a porta da frente abrir e depois fechar. Eu estava deitado no sofá da nossa sala de estar, cercado por pilhas de papéis amarelados. No chão, havia duas caixas grandes cheias de arquivos e pastas do teatro. Ted me disse que eu deveria começar a procurar documentos oficiais da prefeitura, qualquer coisa que explicasse como o teatro era constituído e operado. Passei o dia todo analisando-os, esperando encontrar algum acordo vinculativo decisivo dos anos 1970 garantindo que o teatro fosse sustentado para sempre, independentemente de quaisquer negócios lucrativos que pudessem envolver o imóvel nos próximos quarenta anos. Até agora eu tinha descoberto muitas contas de serviços públicos; alguns programas antigos; um contrato de dez anos com uma empresa de dedetização; toda a correspondência de uma amarga disputa de 1986 com um grupo satírico de fantoches em turnê; uma carta do programa *Blue Peter* parabenizando o gerente anterior por um bem-sucedido bazar; e centenas de extratos bancários antigos, agora cobertos de mofo e irremediavelmente desbotados. A única correspondência da prefeitura era relacionada às contas anuais e a alguns contratos para a execução de reformas — nada que dissesse: ah, por sinal, prometemos que não vamos demolir o prédio.

Hannah e Sally entraram ruidosamente. Elas carregavam uma enorme caixa de pizza para viagem e duas garrafas de vinho tinto. Tive a estranha sensação de que os planos da minha noite estavam prestes a ser radicalmente alterados.

— Muito bem — disse Sally, colocando a pizza na pequena mesa da sala de jantar —, onde tá o seu laptop?

— Por quê? O que está acontecendo?

— Andamos fazendo umas pesquisas — disse Hannah, procurando meu computador. — Decidimos qual é o melhor site de namoro e vamos ajudá-lo a se registrar.

— Por que será que isso soa como uma ameaça? — perguntei.

Sally abriu uma das garrafas e casualmente serviu o vinho em três traças, entregando a menor para Hannah.

— Não se preocupe — disse ela. — Somos profissionais.

Hannah encontrou o laptop no aparador e o colocou na mesa ao lado da pizza, puxando uma cadeira para mim e alinhando outras duas ao lado dela. Tudo estava acontecendo em velocidade máxima, como se elas tivessem apenas cinco minutos para configurar um perfil no site de namoro ou o universo iria explodir.

— Falando sério, o que deu em vocês duas? — perguntei.

— Estávamos no café *planejando* — disse Hannah. — Estamos muito motivadas e temos muitas ideias. Então, vamos fazer a bola rolar. Senta aqui, não vai demorar.

— Ah, meu Deus — eu disse. — Tem mesmo que ser agora? Tô fazendo um trabalho importante para o teatro.

— Isso pode esperar — queixou-se Hannah, me arrastando para fora do sofá.

Pensei no outro dia, nas conversas que já tínhamos tido. Não seria nenhum grande sacrifício concordar com elas — e, de qualquer maneira, era improvável que esse cadastro levasse a algum lugar. Além disso, claramente não tinha como lutar contra esse furacão de intromissão romântica. Sentei-me à mesa, em frente ao laptop.

Hannah já estava digitando algo no Google. A página principal de um site de namoro surgiu na tela: a foto de um homem e uma mulher caminhando por uma trilha na floresta de mãos dadas. Dez de dez em originalidade.

— Conexão Perfeita ponto com? — lamentei. — É sobre namoro ou sobre melhorar seu *swing* no golfe?

— Tá vendo? — disse Hannah. — É exatamente por isso que precisamos estar aqui pra gerenciar o seu perfil.

— Sem piadas patéticas de pai — disse Sally.

— Ele *é* uma piada patética de pai — replicou Hannah.

Elas fizeram um "toca aqui" acima da minha cabeça. Bom, as coisas não podem ficar piores, pensei. E então Sally foi até o aparelho de CD e colocou a trilha sonora de *Dirty Dancing*.

Tivemos que inserir meus dados básicos e, em seguida, colocar uma variedade de fotos, "para mostrar diferentes aspectos de sua personalidade". Hannah não me deixou usar a foto em que estou vestido de Viúva Twankey na nossa montagem de *Aladim* de três anos atrás, nem minha foto posando com uma píton de dois metros e meio (estrela do *The Really Scary Wildlife Show*, que apresentamos na primavera e no qual quase perdemos uma tarântula em um buraco no palco). Em vez disso, ela e Sally escolheram algumas fotos normais, em comparação, incluindo uma que Hannah havia furtivamente tirado de mim sentado no café da Biblioteca de Bristol lendo *O arco-íris da gravidade*, que, na minha opinião, cruzava a linha que separa um "intelectual das artes" de um "grande e pretensioso imbecil", mas ela foi inflexível.

Em seguida, vinham um monte de perguntas pessoais. O que eu fazia para me divertir? Que lugares do mundo eu gostaria de visitar? Como seria um encontro ideal para mim? Era um turbilhão de coisas nas quais eu não pensava havia anos. O que eu faço para me divertir? Bom, brinco com um grupo de teatro amador e faço jogos idiotas com minha filha. Alguém procura isso em um possível parceiro?

— Só coloca que você gosta de visitar teatros, museus relacionados ao teatro e casas de dramaturgos famosos — sugeriu Hannah.

— Mas isso não vai me fazer parecer um artistazinho insuportável? — perguntei.

— E onde que essa impressão tá errada? — replicou Sally.

Digitei: "Visito teatros, galerias e museus. Vou a shows." Acrescentei a última parte para deixar claro que não tinha 75 anos.

— Pai, qual foi o último show a que você foi?

— Hã, bom, quem era naquele tributo ao *blues* que fizemos no teatro há algumas semanas?

— Faux Diddley?

— Isso.

Hannah deixou passar.

— Hummm, encontro ideal, encontro ideal... — repetiu Sally. — Deixa eu adivinhar... — Ela girou na cadeira e ficou me olhando por vários segundos, seus olhos castanho-escuros desconcertantemente fixos nos meus. Alguns fios de cabelo haviam se soltado do rabo de cavalo e emolduravam seu rosto. A boca estava franzida em um biquinho de contemplação séria. Por alguma razão, eu queria que ela acertasse essa resposta.

— Não olha — disse ela. — Essa eu vou digitar.

— Você não vai colocar nada ridículo, vai?

— Não! Confia em mim!

Ela se inclinou sobre mim, tão perto que eu podia sentir o cheiro do sabonete em sua pele, e digitou furiosamente na caixa de texto antes de pressionar a tecla *enter*, para que a próxima página carregasse. Ela sorriu para Hannah e então olhou de volta para a tela.

— Vamos lá, o que vem a seguir? — perguntou ela.

Em seguida, vinha uma lista aparentemente infinita de detalhes pessoais. Tipo de corpo ("prejudicado", disse Hannah), estado civil ("prejudicado", disse Sally), melhor característica ("eu", disse Hannah). Elas estavam se divertindo às minhas custas, mas eu deixei. Então chegamos à pergunta sobre filhos.

— Escreva: "Uma filha, parênteses, temporária, fecha parênteses" — disse Hannah.

— Hannah — eu disse.

— O que foi? Tenho direito de fazer piadas sobre isso.

A intromissão dessa realidade inimaginável ecoou pela sala, nos silenciando por um momento, expulsando todo o resto. Hannah terminou seu vinho e nos fuzilou com os olhos.

Sally colocou a mão no meu ombro.

— Vamos — disse ela. — Estamos quase terminando.

Depois de mais oitenta páginas de perguntas, o site finalmente pediu uma declaração pessoal que iria no topo do meu perfil, algo que me representasse como um parceiro romântico em potencial. As sugestões de Hannah e Sally foram as seguintes:

— Certamente melhor do que nada.

— David Duchovny das pobres.

— David Duchovny das cegas.

— O professor de inglês maluco por quem você tinha uma queda na escola.

Decidimos pular essa parte e incluí-la mais tarde. Sally olhou para o relógio e gemeu.

— Phil vai chegar em casa daqui a pouco. É melhor eu voltar.

Ela levou sua taça de vinho para a cozinha e Hannah a seguiu. Eu podia ouvir uma conversa murmurada da qual eu estava claramente excluído.

Sally saiu da cozinha, os braços estendidos para um abraço.

— Agora vem o jogo da espera — disse ela.

— Tenho certeza de que a caixa de entrada estará lotada de manhã — respondi. — Vou ter que contratar uma assistente pra fazer a triagem. Quem sabe Ted não faz uma planilha pra mim?

— Como quiser, Romeu.

Depois que ela foi embora, e enquanto Hannah estava ocupada na cozinha, voltei ao perfil, indo até a seção que Sally preencheu sobre meu encontro perfeito. Parei por um segundo, sem saber se, de alguma forma, ler aquilo não era uma invasão de privacidade, até que lembrei que era sobre mim mesmo.

Sally tinha escrito: "Uma tarde tranquila em um pub antigo do interior, lendo o jornal juntos, compartilhando a revista que o acompanha, lendo em voz alta nossas histórias favoritas. Depois ir ao teatro, seguido de um café e um bate-papo. Conversar, rir e ver algo que nos faz pensar um pouco."

Merda, pensei. Ela acertou em cheio.

Hannah

Bom, isso é estranho.

Estou aqui relaxando na loja local especializada em HQs, que também funciona como uma loja de discos de vinil de segunda mão, o que faz dela o lugar mais amigável para os otários da cidade. Com "relaxando" quero dizer que estou sentada em uma poltrona surrada num canto do ambiente pequeno e desordenado, lendo HQs que não posso comprar. Os proprietários, Ricky e Dav, não parecem se importar. Quando este lugar foi inaugurado há três anos, era a loja mais empolgante da cidade desde a chegada da Superdrug. Eu não sabia quase nada sobre quadrinhos além das revistas da Marvel e da DC que o papai comprava para mim, então fiquei superempolgada. Pensei que entraria e encontraria o Cara dos Quadrinhos dos *Simpsons* atrás do balcão, julgando todo mundo e sendo nojento. Mas Ricky e Dav não são nada disso. Eles cumprimentam todo mundo, dão boas indicações e não se importam se alguém entra só para comprar a edição mais recente do *Superman*. Eles se apaixonaram quando trabalhavam em uma das megalojas de HQs de Londres e decidiram dar o fora de lá e se estabelecer por conta própria. Ricky é um roqueiro mais velho que adora quadrinhos independentes e esquisitos; Dav é uma gótica que usa tops de renda preta ornamentados e botas Dr. Martens até os joelhos, mas estranhamente adora mangá *shojo*, os quadrinhos japoneses rosa brilhante e superfofos para meninas. Enquanto seu marido tentava me doutrinar com Art

Spiegelman e Daniel Clowes, ela me fez ler *Sakura Card Captors*, *Sailor Moon* e *Fruits Basket* — todas essas garotas lindas e mágicas que parecem doces e inocentes, mas têm muito drama, poder e emoção em suas vidas. Uau, me pergunto por que *isso* me atraiu. Então, é, Ricky e Dav competem pela minha educação em quadrinhos, como se eu fosse sua Padawan particular ou algo assim. Não sei por quê. Talvez seja porque não são muitas as meninas que entram aqui — embora eu já tenha conseguido doutrinar Jenna. Eles não reclamam quando nos sentamos e lemos tudo de *V de vingança* ou *Hopeless Savages* ou *Y: O último homem* pela décima sétima vez antes de colocar cada volume cuidadosamente de volta na prateleira cinco horas depois.

Hoje, Ricky está atendendo sozinho, com sua camiseta de Halo Jones e a jaqueta surrada de motociclista. Poucos minutos depois de eu chegar, ele vem andando devagar, carregando um punhado de revistas e me cumprimenta com um "toca aqui" ao passar.

— Oi, Hannah. O que você escolheu na nossa biblioteca de empréstimos hoje?

Eu levanto a revista. Estou lendo edições passadas da *Black Hole*, a estranha série de Charles Burns sobre uma doença sexualmente transmissível que transforma os adolescentes tarados de uma pequena cidade americana em mutantes. Eu acho que é metafórico.

— Hã, boa escolha — diz ele.

— Acho que vou até comprar.

— Aiiii, não, que susto! Não me mata de susto!

Ele leva a mão ao peito e finge desmaiar. Eu poderia ser muito cruel e dizer a ele que — ha-ha — tenho um problema cardíaco potencialmente fatal. Mas acho melhor deixar passar e me limito a fazer uma careta para ele. Ele se afasta, indo colocar suas revistas novas em exposição, depois volta para trás do balcão. No fundo, dois caras mais velhos estão examinando as prateleiras onde as revistas novas são expostas, silenciosamente adicionando cópias às grandes pilhas debaixo de seus braços. Ricky coloca *Scary Monsters*, do David Bowie, no sistema de som e os dois balançam a cabeça, aprovando. Ele sabe como fazer com que homens *geeks* fiquem e gastem.

Ouço a porta abrir e fechar e vejo a silhueta de uma figura magra entrando. Ricky grita "Oi" acima do barulho de "Ashes to Ashes", mas não há resposta vocal do novo cliente, só um aceno de mão. Eu penso, nossa, que grosseria, e levanto os olhos. Ah, merda, é o Callum. É o *Callum*. Ele está usando uma capa de chuva cinza comprida por cima de uma camiseta branca e umas botas militares gigantes — parece saído de um anime cyberpunk ou de um filme dos anos 1980 sobre adolescentes rebeldes. Por alguma razão, meu rosto começa a formigar e meu estômago de repente gira como se estivesse em um ciclo de centrifugação. A HQ quase cai das minhas mãos, que agora parecem dormentes e úmidas.

Não.

Fica quieto, corpo.

Eu não gosto de Callum. Ele é só aquele garoto irritante da minha aula de inglês. Fica *quieto*.

E, apesar disso, meus olhos, desobedientes, estão grudados nele enquanto ele atravessa a loja em direção às HQs novas expostas. Quero desviar os olhos, mas não consigo. Porque, obviamente, agora preciso saber o que ele vai olhar. Se for o *Homem-Aranha*, ele é basicamente uma criança; se for o *Demolidor*, é um masoquista. Eu me pego pensando: vai lá, pega o *Batman*, assim posso descartá-lo imediatamente como um babaca. Mas não é o que ele faz. Ele pega os *Jovens Vingadores*. Ah, seu filho da puta. Essa série foi lançada há apenas alguns meses e já está bombando. Adolescentes descolados se adaptando a suas habilidades, lutando e se apaixonando. É genial. Ele folheia as páginas com um leve interesse. Tento me concentrar na *Black Hole*... mas isso só serve para me lembrar de que a capa mostra uma garota seminua sendo ameaçada por uma cobra gigante. Estou a literalmente três metros desse garoto e tenho uma imagem erótica freudiana no colo. Quando olho para cima novamente, Callum está diante do balcão, entregando os *Jovens Vingadores*. Ele também está olhando para mim.

Olhando diretamente para mim.

Ele sorri — um meio sorriso dissimulado, uma espécie de sorriso malicioso, mas sem a crueldade implícita. Sua franja comprida cai sobre os olhos, como uma veneziana se fechando — tão rápido que não me vê retribuir o sorriso.

— Boa escolha — diz Ricky. — É uma ótima série. Allan Heinberg é um escritor brilhante.

— Valeu — diz Callum e se afasta do balcão. Não vou olhar; estou lendo minha revista. Eu o ouço parar. Não vou olhar. Seus passos vêm em minha direção. Não vou olhar. Estou lendo.

— Oi — diz ele, timidamente. — Seu nome é Hannah, né?

Eu levanto a cabeça. Seus olhos são verde jade e ele tem cílios impossivelmente longos. Seu rosto é anguloso e um tanto solene, mas também doce. Seu cabelo é tão escuro que me pergunto se ele o pinta.

— Hã, sim, é. Você é o Callum. — Digo a última parte como se o estivesse ajudando, dizendo quem ele é. Não sei por que fiz isso. Não sei o que estou fazendo. — Você vem sempre aqui? — pergunto. Ah, puta merda. Ele sorri.

— Não muito — diz ele. — Eles têm delivery, então só apareço quando quero algo novo. Isso deve ser bom, né?

Ele levanta os *Jovens Vingadores*. Faço que sim com a cabeça, tentando não parecer impressionada.

— É tolerável.

— *Isso aí* é bom? — pergunta ele, apontando para o meu colo.

Ah, meu Deus. Eu olho para baixo. Pronto, lá está ela — a garota de sutiã com a cobra.

— Sim, é meio estranho. Tô meio que me interessando por HQs independentes... sabe, *Ghost World*, *Love and Rockets*, *Hicks-*

ville. Não sei muito, mas tô tentando aprender. Também gosto de mangá. Alguns mangás.

Por que estou dizendo isso? Ele olha para sua HQ e dá de ombros.

— Acho que sou um pouco convencional — diz. — Os mangás não são só crianças de olhos grandes praticando artes marciais?

Sorrio para ele.

— A Marvel não são só homens musculosos se socando? — pergunto.

— *Touché!* — Ele sorri. — Você não gosta de super-heróis, então?

— Gosto muito! A primeira HQ que li foi *Liga da Justiça*. Amei *X-Men*. A *Mulher-Hulk* foi divertida, com todo aquele lance de quebrar a quarta parede. Gosto do que Greg Rucka tá fazendo com a Mulher Maravilha agora. Não curto muito, sabe, fascistas gigantes e musculosos. E você, além dos *Jovens Vingadores*?

— Ah, eu sou totalmente louco pelo *Homem de Ferro*.

Tento esconder minha decepção.

— Tô brincando — diz Callum. — Ele é horrível. É um fascista gigante e musculoso.

— Tony Stark é um cretino.

Pausa.

— Quer dar uma olhada nisso? — pergunto.

Tento entregar a ele um exemplar da *Black Hole*, que cai aberta em uma página que mostra um garoto fazendo sexo com uma garota que tem rabo. Ele enrubesce e recua, como se eu estivesse oferecendo a ele um saco de lixo cheio de fraldas usadas.

— Eu... talvez outra hora. Preciso ir.

Ele parece visivelmente abalado. Eu o apavorei com minha HQ erótica.

— Tá certo — digo, recolhendo a revista. — A gente se vê em breve.

— Espero que sim — diz ele.

— Espero que sim — repito, sem emoção, como se eu fosse uma espécie de papagaio robô. — Quer dizer, também espero. Foi o que eu quis dizer. Outra hora. Vou ficar aqui mais um pouco. Estou lendo HQs.

Por que não posso simplesmente desmaiar agora? Sério. Por que não posso simplesmente acordar no pronto-socorro sem me lembrar dessa última hora? Seria um livramento misericordioso.

Ele se afasta, dando alguns passos de costas enquanto acena para mim, e então se vira lentamente em direção à porta. Antes de sair, ele faz uma coisa legal: enrola a revista dos *Jovens Vingadores* e a coloca no bolso de trás. É um bom sinal, acho, através do véu da vergonha e do constrangimento — significa que ele não é um colecionador metido que chora se sua preciosa HQzinha ficar amassada na capa. Ele só quer ler. E então ele passa pela porta e desce a rua. Fico sentada olhando-o por vários segundos e, quando finalmente volto a mim, percebo que estou me abanando com uma HQ.

Você entende o que quero dizer. ESTRANHO. A interação toda foi um fracasso completo. Mas o que *realmente* me incomoda é por que isso me perturba? Estou ocupada demais para essa merda.

Olho para Ricky, que está me observando com um largo sorriso no rosto. Ele não diz nada, em vez disso faz o sinal de ok com o polegar e o indicador, enquanto balança a cabeça lentamente em uma aprovação de zoeira. Levo a HQ para trás, como se fosse atirá-la nele, e ele se abaixa teatralmente atrás do balcão.

Estou prestes a voltar à leitura — ou pelo menos fingir isso — quando meu celular vibra. É uma mensagem de Sally.

Acho que tenho um encontro pro seu pai. Bj.

Eu imediatamente me levanto e digito o número dela no teclado, caminhando rapidamente para a porta de modo a não ter que discutir isso na loja. Sally atende quando saio.

— Me fala que você não tá brincando — digo.

— Eu não tô brincando.

— Como? Onde você a encontrou? O que tem de errado com ela?

— Nada! Ela é do meu clube de leitura. O nome dela é Karen e ela se separou do marido no ano passado... é tudo muito triste. Mas ela tá pronta para voltar à ativa. Eu a deixei um pouco bêbada e vendi seu pai pra ela. Não literalmente.

— Como ela é?

— Perfeita. Muito bonita, engraçada, inteligente pra caralho. Ele vai gostar dela.

— Ai, cacete. O que fazemos agora?

— Bom, me deixa falar com ele. Sondá-lo. Temos só que manter a coisa toda casual. Os dois estão muito vulneráveis. Temos que ter cuidado.

— Igual a quando eles tentam fazer os pandas cruzarem.

— É, Hannah. É exatamente assim.

— Uau, que dia estranho esse.

— Por quê? O que mais aconteceu?

Eu me controlo a tempo: é com a mãe do Jay que estou falando. Não quero que ele saiba dessa coisa toda do Callum. Não que haja uma coisa. Mas. Não importa.

— Ah, nada — digo. — Só umas coisas. Coisas de amigos.

— Certo. Bom, não fala nada ainda. Vou verificar novamente com Karen. Você aja normalmente. O mais normal que puder.

— Obrigada, Sal.

Ela desliga e eu enfio o celular no bolso de trás do jeans. Eu poderia voltar para a loja e ler, mas agora me sinto estranhamente motivada e cheia de energia — uma sensação muito esquisita e estranha nos últimos tempos. Uma imagem me vem à cabeça, como uma foto, por um instante. Um menino com um casaco comprido, quieto, descolado e distante. O cabelo escuro cai sobre seus olhos. Ah, aqueles cílios. Que cílios. Percebo que estou sorrindo. Estou sorrindo tanto que minhas bochechas começam a doer.

Ah, pqp. Não pode acontecer nada com Callum — eu não preciso dessa complicação. Talvez eu ligue para Jenna ou Daisy e vá a algum lugar, faça alguma coisa. Talvez eu ligue para o papai. Preciso tirar Callum da cabeça. Sério. Não pode acontecer nada com Callum.

Tom

E então ali estava eu no restaurante italiano do bairro, que é *ligeiramente* sofisticado, numa noite de quarta-feira, sentado sozinho no pequeno bar, bebendo um gim-tônica. Esperando. De algum modo, eu havia conseguido me comprometer com um encontro com a amiga de Sally, e agora eu só precisava cerrar os dentes até acabar. Tudo pareceu uma boa ideia até eu chegar aqui — exatamente como daquela vez que fui ver uma produção de cinco horas do *Rei Lear* ambientada em uma lavanderia da década de 1960.

Não era exatamente uma noite movimentada no La Casa di Buon Appetito. Um grupo barulhento de homens de meia-idade ocupava uma mesa grande no centro do salão, gargalhando alto, os rostos rechonchudos vermelhos como o vinho que bebiam, sedentos. Um casal muito idoso estava empoleirado no canto, sem dizer nada um ao outro, silenciosamente levando a comida às bocas trêmulas. Um sujeito com cara de italiano em um terno *vintage* ocupava sozinho uma mesa perto da porta dos banheiros, lendo um jornal enquanto cutucava uma pizza. Imaginei que ele fosse um assassino de aluguel da máfia, esperando que sua vítima usasse o banheiro masculino para que ele pudesse ir logo atrás dela e garroteá-la ao lado do secador de mãos. Então me perguntei se esse pensamento não era um tanto racista. Olhei meu celular para ver se havia uma mensagem de Karen, um pedido de desculpas, avisando que não poderia vir; mas não, só uma mensagem de Hannah: "Não seja uma grande vergonha. Te amo, H."

Pensei em jogar o jogo da cobrinha no celular a fim de parecer casual e desinteressado, e não desesperado como me sentia, mas nesse instante a porta principal se abriu e uma mulher entrou sozinha. Era alta, cabelos louro-escuros, batom muito vermelho; o vestido branco era estampado com pequenas flores vermelhas. Ah, meu Deus, eu estava esperando jeans e uma camisa xadrez. Não esperava nada glamouroso e intimidador. Eu já estava me sentindo um peixe fora da água e o encontro ainda nem tinha começado. Ela correu os olhos pelo salão, então eles pousaram em mim e houve um momento de reconhecimento cauteloso: eu era, afinal, a única pessoa aqui que poderia ser a outra parte de um encontro às cegas — além do assassino de aluguel, que lançava olhares furtivos à mulher. Sorri e acenei. Para a mulher. Não para o assassino.

— Você é o Tom? — perguntou ela em um tom de voz alto e confiante, passando pelos caras de meia-idade, todos, sem exceção, observando-a ao passar.

— Sou! Sim, sou o Tom. Você é a Karen? A amiga da Sally?

— Sou! Ufa! Estou no restaurante certo e com o homem certo, isso tá indo bem.

Meu cérebro tentava rapidamente fazer deduções. Ela era obviamente atraente, obviamente inteligente, confiante, talvez estivesse recém-chegada à casa dos quarenta, era difícil dizer. Seus olhos brilhavam à luz fraca vinda dos candelabros esquisitos e baratos. Ela se referiu a mim como "o homem certo", mas isso obviamente estava ligado ao contexto do "homem certo em uma sala cheia de estranhos" e não ao "homem com quem quero passar o resto da vida". Antes que eu pudesse perguntar se ela queria uma bebida, um garçom surgiu ao nosso lado, aparentemente vindo do nada.

— O senhor e a senhora estão prontos para a mesa? — perguntou ele, sorrindo de um jeito sugestivo que me deixou desconcertado.

Será que ele sabia que estávamos em um encontro às cegas? Isso era assim tão óbvio? Ele nos conduziu a uma mesa perto da janela e nos entregou cardápios, o tempo todo mantendo o mesmo sorriso levemente torto.

— Uma bebida para a senhora? — perguntou ele com voz, sotaque e modos que me lembraram do Conde da *Vila Sésamo*. Esse provavelmente era outro pensamento racista e decidi não compartilhar a observação.

— Vamos pedir vinho? — perguntou ela.

Ai, não, a conversa sobre vinho. Qual é a etiqueta? Deixar que ela escolha? Insistir em identificar um vinho que harmonize perfeitamente com a comida? E se não soubermos o que estamos comendo? O que as pessoas bebem hoje em dia? Os vinhos do Novo Mundo ainda estão na moda?

Esse tempo todo ela estava examinando o cardápio de bebidas.

— Podemos pedir vinho — eu disse, animado. — Sou um cara fácil. — Ah, merda. Eu disse que sou fácil no primeiro encontro.

— Vamos querer uma garrafa do branco italiano — disse ela, devolvendo o cardápio ao garçom. — Tá quente demais para o tinto, não acha?

— Sim, com certeza — concordei.

Um momento de silêncio. Tomei um pequeno gole do gim-tônica. E depois mais um gole. E mais outro. Ah, não, eu estava parecendo um periquito alcoólatra com sede.

— Então — disse ela, por fim. — Você administra o teatro?

— Sim — minha voz tinha alívio até demais. — Eu o administro há mais de uma década. Você já assistiu a algum espetáculo lá?

— Alguns. Costumávamos ir pra Londres pra ir ao teatro, fazíamos disso um programa de fim de semana. Meu marido era um pouco esnobe. Desculpa, não que haja algo de errado com o teatro local, é só... Ah, meu Deus, desculpa.

— Não, tá tudo bem. Eu entendo. Aposto que o Royal Court Theatre não apresentará um tributo cômico a Perry Como no mês que vem. — (Nós íamos, é claro. O título era *Perry Como-é*.)

— Não. O que é uma pena.

— E você, o que faz? Sally não falou.

O garçom estava de volta, servindo nosso vinho e pairando sobre o ombro de Karen com o bloco de pedidos na mão. Pelo menos o serviço rápido significava que isso acabaria logo.

— Vocês já querem fazer o pedido? — perguntou ele, olhando para os dois cardápios intocados na mesa.

— Ainda não — disse Karen, me dirigindo um sorriso conspirador.

Então pegamos os cartões com laminação brilhante e nos pusemos a estudá-los. Não devo optar automaticamente pela pizza, pensei. Devo mostrar minha classe e sofisticação e pedir outra coisa, algo mais maduro que reflita minha compreensão e apreço pela culinária italiana.

— Eu sempre peço pizza — disse Karen. — Não consigo evitar.

Sorri para ela, sentindo-me subitamente mais relaxado, mais calmo. Pela primeira vez pensei que na verdade essa poderia ser uma experiência suportável, em vez de um experimento social digno de pesadelo. Nós dois pedimos a napolitana. Éramos praticamente almas gêmeas. O garçom assentiu, satisfeito, e então desapareceu.

— Bom, sim, você perguntou o que eu faço. Gerencio um estúdio de fotografia. Fazemos retratos de família, casamentos, esse tipo de coisa. Sabe aquelas fotos que você vê nos consoles das lareiras das pessoas, aquelas que são muito superexpostas com crianças em roupas elegantes escalando os pais, e todos sorriem feito doidos em um fundo todo branco? Nós fazemos isso.

— Ah. E é divertido?

— Não muito, não é o que eu tinha em mente quando fui pra faculdade de arte pra estudar fotografia, mas, sabe, a vida é assim, né?

— Acho que sim. Achei que eu seria o próximo Kenneth Branagh. — Ai, não, modo baixo-astral. — Então, qual é o livro que vocês estão lendo agora? Com o grupo de leitura?

— Ah — diz ela. — Estamos lendo *Casais trocados,* do John Updike. Não tenho ideia do porquê. Livro desgraçado.

— Eu não li.

— Não leia. Sério, não leia. É um estudo muito niilista de *baby boomers* ricos trocando de parceiros e sendo horríveis, no geral. Eu queria ler *Atlas de nuvens*, mas Sophie conseguiu o que queria, como sempre.

— Eu amo *Atlas de nuvens*! É a coisa mais incrível que li em anos.

— Eu não li. Quero ler.

— Posso te emprestar o meu.

Isso foi muito precipitado? A insinuação era de que nos veríamos novamente. Talvez ela tenha entendido isso como muito presunçoso, antes mesmo de nos servirem o prato principal. Eu disse a mim mesmo que não tinha importância, não tinha a menor importância, porque na verdade eu nem queria isso, certo?

— Estou lendo muito mais agora que estou sozinha — disse ela, antes de olhar, distraída, para a tela do celular. — Desculpa, só estou verificando se a babá não mandou uma mensagem.

— Ah, qual a idade dos seus filhos?

— Só tenho uma, Betty. Ela tem seis anos.

— É um ótimo nome.

— Meu marido que escolheu... por causa do filme *Betty Blue*. Pensando agora, isso provavelmente já era um mau sinal. Ele era totalmente obcecado pela Béatrice Dalle. Desculpa, preciso parar de falar nele.

— Não, tá tudo bem, eu...

Antes que eu pudesse completar a frase, uma pizza foi colocada na mesa na minha frente e outra diante de Karen. Eram enormes, ultrapassando as bordas dos pratos e pingando queijo derretido na toalha de mesa. Ambos olhamos para elas, perplexos.

— *Buon appetito!* — cantarolou o garçom antes de se afastar correndo em direção à mesa cheia de homens.

Nós dois pegamos com cautela o garfo e a faca, pensando em como atacar os discos monstruosos de queijo derretido diante de nós. Ela tornou a olhar o celular, e então, obviamente irritada consigo mesma, colocou-o na bolsa que havia deixado junto aos pés quando nos sentamos. O casal idoso passou por nós a caminho da porta, sorrindo afavelmente. O garçom acenou, despedindo-se deles. Notei que o assassino de aluguel da máfia havia desaparecido. Agora éramos apenas nós e os subgerentes bebedores de vinho.

Começamos a comer, ambos desesperados para não acabar com longos fios de mozarela quente e gordurosa pendurados na boca como baba em desenho animado. Pensei no que perguntar: algo não muito pessoal, mas não chato. Eu tinha esquecido todos os tópicos aceitáveis que Sally e Hannah me sugeriram. Devo mencionar a guerra no Iraque ou passar bem longe? Devo contar algumas histórias do teatro? Eu estava por minha própria conta na arena mortal e desconhecida do romance, e agora eu... e agora eu tinha uma mancha de pizza na frente da camisa. Limpei com o guardanapo e dei de ombros, olhando para Karen, que fitava o prato, o rosto franzido, concentrada.

— Isso é, hã, isso é legal — eu disse, sentindo as coisas começando a se desmantelar. — Quer dizer, faz tempo que não faço isso. Ter um encontro, quer dizer. Não "isso". Embora eu não faça "isso" há muito tempo também. Ah, meu Deus.

Eu estava em um primeiro encontro com uma completa estranha e havia acidentalmente feito alusão a sexo. Tomei um longo gole do vinho, enquanto pensava em algo não psicótico para dizer, mas levei mais tempo do que esperava e então me dei conta de que havia bebido a taça inteira. Será que isso podia ficar ainda pior? Ela olhou para mim e vi que seus olhos estavam turvos. Ah, sim. Podia piorar, sim. Agora ela estava chorando.

— Desculpa, desculpa. Não é você, sou eu.

— Quer que eu pegue uma água pra você?

— Não, tá tudo bem. É só que... Ah, merda. Meu marido e eu viemos aqui no nosso décimo aniversário de casamento, no ano passado. E... Ah, eu pensei que podia passar por isso, mas...

Ela pousou o garfo e a faca e, impotente, eu a observei enxugar os olhos com um lenço de papel.

— Ele saiu de casa há seis meses, assim, do nada. Um caso, óbvio. Óbvio que foi. Uma vaca do trabalho. Desculpa, você não quer ouvir isso.

— Quero, sim, tá tudo bem, eu sei. Sei como é.

E sabia mesmo. Mais ou menos. De certa forma.

— Dez anos. E ele simplesmente se foi. Gritou comigo. Dá para acreditar? Quando ele me contou, estava com raiva de mim; com raiva por isso ter acontecido. Minha mãe veio e dormiu lá em casa naquela noite. Dormimos todas juntas: ela, Betty e eu, na cama que ela e meu pai nos deram de presente de casamento.

Karen se calou abruptamente. Eu me concentrei em cortar uma fatia da minha pizza, mas então ela estava soluçando ruidosa e descontroladamente, seu corpo inteiro tremendo. O garçom, que estava vindo verificar se estava tudo bem com a gente, fez uma meia-volta tão súbita que provavelmente deixou marcas de queimado no chão de madeira. Os homens da outra mesa olhavam em nossa direção e sussurravam. Eu a encarava, um olhar estúpido e vazio no rosto, sem saber o que dizer ou fazer. Não sabia se me levantava de um salto e a abraçava, se a deixava ali, ou o quê.

Não demorou para que a questão fosse resolvida. Ela se levantou, pegou a bolsa, pareceu hesitar por um segundo, mas então tomou a decisão.

— Desculpa, preciso ir. Não tem nada a ver com... só que é muito cedo, acho.

— Tá tudo bem, tranquilo, de verdade. — Eu me levantei também, mas, por algum motivo, não larguei a fatia de pizza e, como não a cortei direito, o resto da pizza a seguiu — mas, quando começou a cair de volta no prato, eu a peguei instintivamente. Ela murmurou um pedido de desculpas, deu meia-volta e a bolsa derrubou sua taça de vinho cheia no chão com um barulho tilintante. Então ela seguiu para a porta e saiu, lançando-se na noite. Eu fiquei ali parado, olhando, ciente do fato de que estava no meio de uma poça de vinho, com uma pizza dobrada sobre o braço como uma toalha de mão. Fez-se silêncio à minha volta; os homens brincalhões estavam todos curiosos, sorrisos discretos surgindo em seus rostos — uma história para contar no escritório amanhã. O garçom apareceu quase imediatamente com um pano, esfregando-o no piso de carvalho polido.

— Sinto muito — eu disse. — Vou pagar, óbvio...

— Shhh — disse ele. E me olhou de baixo, uma expressão genuína de simpatia no rosto. — Tá tudo bem. Sem problemas. Não há nada pra pagar.

Inclinei-me para oferecer ajuda — e, nesse momento, um monte da cobertura da pizza escorregou para sua cabeça.

Poderia ter sido pior, pensei ao sair, minutos depois, fechando cuidadosamente a porta atrás de mim e me afastando, bem rápido, na noite ainda quente. Ela poderia ter assassinado a mim ou ao garçom; ou um caminhão poderia ter batido na parede e matado todos nós.

No caminho de casa, meu celular vibrou. Me perguntei se seria Karen com um pedido de desculpas final, mas era uma mensagem de Hannah. "Como tá indo? Preciso resgatar você? Lembre-se: nada de histórias do teatro." Pouco provável, pensei.

Tive pena de Karen, óbvio que tive. Eu reconhecia a crueza de sua emoção. Mas o que mais senti foi alívio. Agora eu poderia dizer a Hannah que toda essa ideia de namoro era um erro.

Comecei a construir uma narrativa da noite, algo que enfatizasse sua natureza desastrosa sem tornar Karen um objeto do ridículo. Já estava pensando em tudo em termos dramáticos. Eu já estava dirigindo a peça.

Hannah

— Assim, ao que parece, o encontro do papai terminou com a mulher fugindo do restaurante chorando... isso uns dez minutos depois de chegar. Então, é, tá tudo correndo exatamente como o planejado.

Estou sentada com Margaret em um pequeno café chamado Crumpets, explicando o sucesso romântico espetacular do papai. Este é um lugar a que só venho com ela, porque é totalmente antiquado e tradicional: xícaras e pires de porcelana, suportes de bolo de três camadas, toalhinhas de renda, garçonetes adolescentes vestidas como empregadas francesas, esse tipo de coisa. Nos encontramos aqui a cada duas semanas — não me lembro como ou por que esse hábito começou. Acho que ela sempre me tratou como adulta e eu sempre quis saber quantas de suas histórias do teatro dos anos 1960 e 1970 eram realmente verdadeiras. Mas é difícil arrancar dela algo sobre seu passado, além desse repertório de histórias impressionantes, então em geral acabamos fofocando sobre o grupo de teatro, sobre a cidade, a escola, as notícias, meninos, a inevitabilidade da morte. Acho que ela gosta de mim porque compartilhamos a mesma atitude fatalista. É estranho, mas, quando falamos sobre a vida, e mais especificamente sobre seu desfecho inevitável, fazemos isso como iguais — não nos damos ao trabalho de confortar uma à outra. Ninguém mais na minha vida age assim comigo — eles acham que precisam me proteger de qualquer menção à morte. Ou, mais precisamente, proteger a si mesmos.

— Não consigo imaginar o que seu pobre pai fez — diz Margaret, servindo uma grande porção de geleia em seu scone (sempre tomamos chá com creme). — Ele é tão charmoso.

— Meu Deus, espero que ele não tenha feito um solilóquio ou algo assim. Eu não duvidaria.

— O que ele falou sobre a noite?

— Não muito. Contou uma história elaborada sobre ter deixado uma pizza cair na cabeça do garçom e, em seguida, insistiu em mudar de assunto.

— Esse vai ser o fim do seu experimento?

— Você tá brincando? Não vou desistir assim tão fácil.

Fazemos uma pausa para cair de boca nos scones.

— Conheci meu marido em um baile organizado pelo seu grupo da igreja. Eu entrei de penetra, na esperança de beber de graça, e, em vez disso, eu o encontrei. Eu é que tive que tomar a iniciativa. Os homens são como gado: essencialmente imbecis, mas úteis e têm olhos bonitos.

— Por que você nunca fala dele?

— Ah, não há muito a dizer, querida. Apenas mais um longo casamento com altos e baixos. Não é uma narrativa emocionante. Ele era um homem simples, que se sentia feliz de ficar no segundo plano. Ele não se importava que eu desaparecesse em turnê por semanas. Ele cuidava da casa e do jardim e cozinhava para mim. Cheirava a fumaça de charuto e colônia de *bay rum*. Os outros detalhes estão desaparecendo, minha querida. Tudo tá sumindo.

Ela olha para o prato e depois para a janela. Algo brilha em seus olhos. Embora estejam afundados em suas órbitas enrugadas, eles brilham como joias.

— Estou velha demais, é isso. Eu me pergunto por quanto tempo serei útil no teatro. Receio ter começado a cometer erros.

É verdade que Sally começou a dar papéis menores, com menos falas, para Margaret. O elenco a observa com mais cuidado. Ela havia sofrido uma queda feia durante um ensaio de *A importância de ser prudente* no verão passado, e isso assustou alguns deles. Ela via isso nos olhos deles — o medo da fragilidade mortal; eu sabia porque também via nos outros.

— Se for o caso, vamos só colocá-la em uma cadeira de banho e levá-la pelo palco — digo.

Ela solta uma gargalhada alta.

— Eu seria excelente interpretando um patriarca moribundo. Tenho postura pra isso. É assim que eu gostaria de ir: no palco, fazendo o discurso final de Próspero em *A tempestade*, e então simplesmente resvalar.

— Isso seria *a sua cara*, Margaret.

— Seria, querida. Mas duvido que aconteça assim.

— Vou ver o que consigo fazer. Meu pai administra um teatro, sabe.

— Vou me lembrar disso. — Ela faz uma pausa de um segundo. — Mas talvez não me deixem voltar.

— Como assim?

— Tenho uma confissão a fazer. Na tarde de estreia da peça, eu estava com muito frio no teatro, lembra? Bom, fui à sala da caldeira e vi que o aquecimento obviamente não estava funcionando. Então comecei a girar todos os controles e a apertar os botões. É assim que eu fazia minha TV funcionar. Mais tarde, passei por lá e ouvi um barulho horrível de batidas vindo de dentro da sala; fiquei com muito medo para investigar. Achei que a coisa toda poderia explodir. Ah, querida, eu devia ter contado ao seu pai.

— Margaret, eu não acho que você causou a inundação ao girar uns botões.

Ai, meu Deus, penso comigo mesma. Margaret causou a inundação girando uns botões!

— Enfim... — continua ela. — O estranho é que, enquanto eu me afastava, ouvi a porta da sala da caldeira abrir e fechar atrás de mim. Eu me perguntei se alguém mais estava lá e...

Meu celular zumbe sobre a mesa. A interrupção parece romper o fluxo de pensamento de Margaret.

— Ah, eu só tô sendo boba, não se preocupa. Verifica aí sua mensagem. Sei o quanto se manter em contato é importante para vocês jovens.

— Mas Margaret...

— Não é nada, sinceramente. É bem provável que eu tenha imaginado.

Ela se levanta da cadeira. Vou ajudá-la, mas ela me dispensa com um gesto.

— Não, não, eu consigo — diz ela. — Só vou ao banheiro.

Ela se afasta e eu a observo, confusa, tentando imaginar o que ela estava prestes a me contar. Talvez esteja arrependida da confissão; talvez agora esteja inventando algum álibi bizarro envolvendo uma celebridade da TV dos anos 1960. Ou talvez realmente esteja ficando gagá. Então, o celular vibra novamente. Vejo duas mensagens de Daisy:

Kd vc? Tenho notícias amg

Noite indie no Duke's na sexta. A gnt tem q ir. Vai ser uma bosta. Daze Bj

Duke's é a única casa noturna da cidade, situada no primeiro andar de um pub no estilo Tudor na rua principal. Normalmente é uma zona proibida, um verdadeiro pesadelo, com as músicas mais tocadas nas paradas e bebidas com nomes como "Fodido até a morte", mas de vez em quando eles organizam um evento especial. Nunca vou, mas Daisy sempre me chama. Ela gosta que eu me sinta incluída. Estou digitando uma mensagem padrão de "valeu, mas não, obrigada", quando Margaret volta.

— É um garoto? — ela pergunta, deslizando pesadamente de volta à cadeira.

— Argh, não. É a Daisy. Ela tá tentando me convencer a ir a uma balada.

— E...?

— E eu nunca vou. É muito quente e barulhento e eu não bebo e...

— Você tem medo de se sentir mal?

— Talvez. Não sei. É tipo... todas aquelas pessoas se divertindo, elas podem simplesmente se entregar àquilo... Eu nunca me sinto parte de nada assim.

— Pelo menos seu quadril de plástico não iria ceder na pista de dança, querida. Considere-se uma garota de sorte.

— É, tem isso.

Sua expressão muda. É como se ela estivesse entrando e saindo do café — ou até mesmo do próprio tempo.

— Eu esqueci os passos de dança das antigas — diz ela, mais para si mesma. — Sabia todos. Tenho a sensação de que uma tomada foi desligada, tudo tá girando, sendo levado para longe.

— Margaret...

— Ah, tá tudo bem. Eu tô bem. Não somos exatamente deste mundo, somos, eu e você? Podemos dar um passo atrás e vê-lo como ele é.

— Como os super-heróis nos quadrinhos.

Eu rio disso, mas ela me olha, séria.

— Hannah, seu pai pode cuidar de si mesmo. Você sabe disso, né?

— Espero que sim.

Ela põe a mão sobre a minha.

— Criança, você sabe muito, mas não acredita em nada. A vida é extraordinária. Ela continua.

— Margaret.

— Sim, querida?

— Você vai comer o resto desse scone? Porque eu tô morrendo de fome.

— Você é incorrigível.

— Isso é um não?

— Pode pegar — diz ela. — Preciso mesmo ir agora. Tenho médico. Hoje em dia passo mais tempo lá do que em casa. Que chatice. E pensar que eu costumava ficar ansiosa para que jovens bonitos me pedissem para me deitar e relaxar.

— Puta merda, Margaret.

Ela se levanta de novo, dessa vez mais rápido e sorrindo. As garçonetes passam rebolando por ela como se ela fosse parcialmente invisível, como se pudessem atravessá-la. Ela aperta a bolsa com força contra o peito, os dedos finos quase esqueléticos; a safira de seu enorme anel de noivado lança reflexos nas paredes. Eu cobiço essa coisa desde que era pequena. Por algum motivo, penso em Callum e no que pode ter acontecido entre nós na loja de HQs. Foi um momento de constrangimento máximo ou de pura química? Será que ele vai ao Duke's? Sinto uma onda momentânea de empolgação com a ideia. Não estou preparada para esse tipo de sentimento.

— Vá à boate — diz Margaret, aparentemente captando meus pensamentos. — A sorte favorece os audazes.

Lá fora, o sol arde, as calçadas estão quentes e rachadas, as ruas fervilham com pessoas fazendo compras. Tento imaginar o que papai disse para aquela pobre mulher. Não acho que ele a teria chateado de propósito; ele não é um Valmont, é bobo demais para ser cruel.

Como ele vai sobreviver?

Hannah

Na manhã seguinte, papai está a todo vapor, fazendo as malas para o WestFest. Ele alugou um micro-ônibus para levar o elenco ao local do espetáculo, e o veículo está estacionado diante da nossa casa. Ele está em um estado pleno de agitação organizacional. Estou no meu quarto lendo e tentando ignorar o barulho, mas então ele enfia a cabeça pela porta.

— Você sabe onde tá minha calça xadrez? — pergunta ele. — Sumiu.

— Tá no cabide. Do brechó.

— O quê?!

— Pai, faça-me o favor, calça xadrez? Você parecia um péssimo cover de Rod Stewart.

— Que engraçado... na verdade, eu a ganhei na apresentação de um péssimo cover de Rod Stewart.

— Que seja. Ela era ridícula. Você poderia muito bem tê-la usado com uma camiseta com a frase: "Não liga pra mim, estou tendo uma crise de meia-idade."

— Você também a teria levado pro brechó.

Ele me abraça e então sai apressado com uma lista de tarefas amassada na mão. Eu o sigo, empenhada em tentar arrancar dele mais detalhes do encontro enquanto ele está distraído.

— Então — digo —, você tá pronto para falar sobre o que rolou na noite de quarta-feira?

— Ah, Hannah, tô muito ocupado — responde ele, a cabeça enterrada no guarda-roupa. Ele vai jogando as roupas em uma bolsa de viagem surrada, como se estivesse fugindo da máfia. — Nós só não éramos compatíveis.

— Não existe a menor chance de que você esteja... ah, sei lá... sabotando as coisas de propósito?

— Isso é uma calúnia absurda — diz ele. — Tem certeza de que fica bem sozinha por dois dias? Estaremos de volta no domingo, na hora do almoço. Vou manter meu celular ligado. Se precisar de mim, venho direto pra casa.

— Vou ficar bem.

— Tem certeza absoluta? Você parece cansada.

Para ser sincera, ainda me sinto um pouco destruída depois do incidente da maldita escada. Mas não quero que ele se preocupe e cancele a coisa toda. Viver com um pai superprotetor significa ter que tranquilizá-lo o tempo todo, garantindo que você está pegando leve, sem fazê-lo surtar com o fato de que você precisa pegar leve. É um fio de navalha emocional constante.

— Pai, vai embora.

— Jeff e Brenda sabem que você tá aqui sozinha. Eles vão aparecer amanhã para ver como você tá.

Jeff e Brenda são nossos queridos vizinhos idosos que papai mantém em alerta máximo desde que recebi o diagnóstico. Se vou ficar sozinha em casa por mais de umas poucas horas, ele avisa aos dois. Eles não parecem se importar — na verdade, Jeff fez um curso de treinamento em RCP só para o caso de um dia precisar entrar em ação. No entanto, ele é um pouco lento e também muito surdo, então acredito que até que ele percebesse que alguma coisa estava errada, se pusesse em movimento e entrasse no modo super-herói, eu já estaria morta há muito tempo.

— Ah, que droga! — digo. — Eu tava planejando uma festa louca com muito sexo e cocaína.

— Bom, tenho certeza de que Jeff e Brenda vão adorar participar. Desde que termine até a meia-noite e não fique nenhuma sujeira no jardim.

Ele vai para o banheiro, enchendo o *nécessaire* com uma quantidade exagerada de produtos de toalete para duas noites em um campo com um bando de atores amadores.

— Tem certeza de que não quer vir? Vai ser legal. Ted vai levar o *ukulele*.

— Não invista na carreira de vendedor, pai.

— Bom, você quer que eu providencie mais alguns lanches e DVDs? Você pode chamar suas amigas para dormir aqui. Poderíamos decorar a sala de estar com um monte de pufes, cobertores e luzinhas!

— Eu não tenho nove anos! — grito. — Vou ficar deitada, lendo HQs.

Ele me dá um abraço muito longo.

— Bem sensato — diz ele. — Essa é a minha garota.

Essa é a minha garota? Certo. Assim que o ônibus se afasta, mando uma mensagem de texto para Daisy, batendo com raiva nas teclas: "Sim, eu vou à balada." É só uma saída à noite com as minhas amigas. Preciso fazer coisas assim. Preciso me rebelar.

Tom

Era a manhã do festival West Somerset de Artes e Artesanatos e eu estava nervoso. Um pouquinho. Não por causa do evento em si, óbvio — sério, imagine Glastonbury, mas muito menor e sem bandas legais, drogas ou jovens estilosos; um Glastonbury inteiramente povoado por famílias de classe média um tanto presunçosas, usando galochas da Hunter e empurrando carrinhos de bebê na lama. Isso não era nada para se temer.

Não, eu estava nervoso por deixar Hannah.

Claro, ela tinha dormido uma ou outra vez na casa de amigas nos últimos quinze anos — óbvio que tinha. Mas essa era a primeira vez que *eu* me afastava *dela* — a uma distância que eu não poderia cobrir a pé. Então, sim, posso ter exagerado. Ao deixar um documento de cinco páginas listando os números de telefone de trinta contatos de emergência. Ao alertar todos os nossos vizinhos, não só Jeff e Brenda. Ao telefonar antes para os organizadores do festival a fim de verificar a probabilidade de ter sinal de celular. Ao ficar a maior parte da noite acordado, criando cenários desastrosos na minha cabeça. Ao tentar ligar para Venkman buscando conselhos. Às sete da manhã. Ao começar a lamentar em silêncio porém assertivamente o fato de ter concordado em levar todos a esse evento idiota.

Duas horas depois de me despedir de Hannah com um abraço, nosso alegre micro-ônibus se encontrava em uma fila comprida de veículos serpenteando ao longo da estreita estrada rural que levava à entrada dos artistas. Eu estava dirigindo; Sally estava ao meu lado segurando o mapa do local e o material oficial do participante. Atrás de nós, estavam oito membros do grupo de teatro e duas amigas de Rachel, todos espremidos entre dezenas de bolsas cheias de roupas e figurinos. Ted e Jay dividiam desconfortavelmente um assento, o último passando a maior parte da viagem olhando boquiaberto para Rachel e sua turma, todas vestidas com a parte de cima do biquíni e short jeans. Natasha conseguira um fim de semana sem as crianças e parecia feliz e ligeiramente aliviada com uma garrafa de vodca (alguém cometeu o erro de perguntar se ela havia pensado em trazer sua filha fofinha e teve de ouvir o discurso de "o grupo de teatro é *meu*"). James chegou de manhã com 22 latas de sidra barata, que não sobreviveram aos noventa minutos da viagem. Logo estavam todos ligeiramente tontos, especialmente James e Shaun, que passaram todo o trajeto discutindo sobre as melhores bandas da história da música enquanto fingiam brigar no banco de trás. Como não podia deixar de ser, também houve uma cantoria, cortesia de Ted e seu *ukulele*; em seguida, Rachel e suas *backing vocals* cantaram uma música identificada por Jay como "Don't Cha", das Pussycat Dolls. Natasha escorregou do seu assento.

Era um daqueles dias de verão perfeitos — o céu, uma extensão imaculada de azul, o sol, uma bola de calor tremeluzente. Quando chegamos ao local, a lama seca estalava sob os pneus e o ar estava pesado com o cheiro de esterco e churrasco. Pessoas alegres em casacos fluorescentes nos direcionaram para uma vaga de estacionamento em meio a um mar de motorhomes. Animados, pegamos nossas bolsas e caminhamos até um campo próximo, onde havia dezenas de barracas já montadas para atores e músicos. Tínhamos duas para compartilhar entre nós dez, o que seria interessante. Interessante também era o fato de que dormiríamos entre uma banda cover dos Wurzels e um grupo de teatro chamado Espetáculo dos Insetos Acrobáticos Mágicos. Quando chegamos, havia dois homens vestidos de formigas-de-fogo, sentados do lado de fora de sua barraca, comendo hambúrgueres e fumando.

— Acho que o melhor é termos uma barraca masculina e outra feminina — disse Ted.

— Estraga-prazeres! — replicou Rachel.

Mas foi decidido que esse seria o arranjo mais sensato. Depois de descarregar a bagagem e pegar nossos figurinos, deixamos o acampamento e entramos na área do festival, uma vasta extensão de pastos, pontilhada de forma aleatória com tendas, barracas de comida, de cervejarias, brinquedos de parques de diversão e barracas de mercadorias malucas. Para qualquer um interessado em comprar um chapéu de bobo da corte, comer um sanduíche superfaturado de porco apimentado numa baguete, em seguida, assistir a um grupo pop dos anos 1980, do qual se tem uma vaga lembrança, constantemente percorrendo um repertório intitulado, com muito otimismo, de "maiores sucessos", este era o lugar para se estar. Era um festival feito por e para pessoas que tinham apenas uma vaga noção do que era um festival, talvez aprendida com uma passada de olhos em um artigo do *Guardian*.

O "Teatro Aleatório" era uma grande tenda branca encardida na extremidade do espaço, ao lado da tenda de chá das Índias Ocidentais e de algo chamado galpão de sidra do Porco Bêbado. Pediram que chegássemos por volta das dez da manhã para uma breve instrução e, quando erguemos a aba na entrada da tenda, vinte minutos adiantados, já havia uma multidão considerável de atores amadores circulando no local. Aparentemente, cerca de vinte grupos de teatro da região estavam participando, e muitos deles pareciam ter estourado o orçamento anual de figurinos com essa ocasião. Imagine a cena da cantina de Mos Eisley em *Star Wars*, mas muitas vezes mais cheia. Havia vestidos elisabetanos chamativos, trajes militares vitorianos, togas e, por alguma razão, vikings. Quando dois homens passaram de terno preto e camisa branca, Shaun sussurrou "Pinter" para James e ambos assentiram, conspiradores.

Uma mulher com uma camiseta do festival pulou para o palco, que ficava no fundo da tenda, e gritou "Olá" em um microfone, o violento *feedback* cortando a alegre atmosfera como um machado atravessando manteiga derretida. Todos que ainda contavam com a audição se viraram para encará-la.

— Bem-vindos ao Teatro Aleatório! — berrou a mulher desnecessariamente no momento em que um homem de óculos, meio sem jeito, se juntou a ela. — Muito obrigada por participarem deste evento divertido e inovador. Meu nome é Ann e sou a coordenadora de artes. Este é Derek, nosso técnico.

Houve uma breve onda de aplausos. Derek acenou com a cabeça. Ele carregava um gigantesco *walkie-talkie* numa espécie de coldre preso ao seu cinto de utilidades.

— Como vocês sabem — prosseguiu ela —, cada grupo apresentará três cenas ao longo do dia, mas nenhum de nós sabe quando nem em que ordem. A cada cena foi atribuído um número e, quando esse número aparecer naquela tela ali, vocês terão cinco minutos para se vestir e entrar no palco. Está claro?

— Sim — gritou toda a plateia.

— Derek programou um gerador de números aleatórios para a ocasião, não foi, Derek?

— Bom, Ann, como expliquei, geradores de números aleatórios na verdade raramente são aleatórios e poucos deles passam pelo teste estatístico de aleatoriedade. Mas eu fiz um programa que será suficiente.

— Isso é... isso é ótimo! Obrigada, Derek.

Ela bateu palmas, o que levou todo mundo a imitá-la, então agora tínhamos uma tenda cheia de atores aplaudindo um gerador de números semialeatório. Aproveitei para verificar meu celular. Uma barrinha de sinal. Nenhuma mensagem.

— Ela tá bem — sussurrou Sally.

— Bom, o espetáculo começa às onze e termina às nove hoje à noite — gritou Ann. — Temos chá e café gratuitos para todos os participantes na tenda das Índias Ocidentais ao lado. À direita do palco estão os vestiários masculino e feminino... são só uns lençóis pendurados em um varal, então tentem ser discretos, por favor. E divirtam-se, todos!

Houve outra onda de aplausos.

— Ah, quase esqueci: o galpão de sidra do Porco Bêbado, na tenda ao lado, está oferecendo aos atores um desconto na sidra: uma libra pela caneca. Você só precisa mostrar seu passe de artista!

Dessa vez, houve aplausos entusiasmados e um êxodo em massa quase imediato da tenda.

— Será que isso é uma boa ideia? — observou Ted. — Um dia longo e quente, atores empolgados, bebida barata? Parece... — Mas Shaun, James, Rachel e as amigas já estavam se afastando e se dirigindo para a fila na tenda da sidra. — Deixa pra lá... — suspirou Ted para si mesmo.

Meia hora depois, o espetáculo começou. Um punhado de curiosos havia chegado ao festival, a entrada da tenda agora estava totalmente aberta, o interior oferecendo sombra, pufes gigantes onde sentar e — quem sabe — talvez até se divertir um pouco. A maioria dos atores também estava na plateia, bebericando suas sidras e conversando alegremente. A primeira apresentação foi uma cena turbulenta de *O caminho do mundo*, bem interpretada por um grupo de teatro da Cornualha, que tinha uma coleção magnífica de cintilantes trajes de época, que claramente estavam ansiosos para exibir, pois havia muito mais atores no palco do que o roteiro pedia. O público gostou da farsa irreverente e aplaudiu generosamente. No entanto, de maneira um tanto inadequada, em seguida veio uma sequência extraída de *Espectros*, de Ibsen, na qual Oswald conta à mãe que tem sífilis e está enlouquecendo. Por que os Seashore Players de Weston-Super-Mare acharam que essa cena seria adequada para um festival de verão ninguém entendeu, mas os atores — vestidos com blusas pretas de gola alta — a apresentaram com uma determinação implacável.

Durante uma cena de *History Boys* (apresentada por uma escola de meninas), dei uma escapulida e tentei ligar para Hannah. O celular levou uma eternidade para se conectar e, quando isso aconteceu, eu mal consegui ouvi-la.

— ALÔ? HANNAH?

— Ele... Pai!... Não... [barulho interminável]... O elenco?

— O QUÊ?

— ...[estática estranha]... na televisão... Mas... Só saí, tá tudo bem.

Tá tudo bem? O que tá bem? O que aconteceu?

— HANNAH, EU MAL CONSIGO OUVIR VOCÊ. TÁ TUDO BEM?'

— ...Caiu... Nada...

— O QUÊ? VOCÊ CAIU?

— NÃO! TÁ TUDO BEM! VOLTE PARA O SEU [...] FESTIVAL, SEU... [estática parecendo o zumbido de uma vespa furiosa].

Nesse momento, a linha ficou muda. Olhei para a tela, pensei em ligar novamente, mas em vez disso enviei uma mensagem. Eu podia ouvir risos e mais aplausos e agora havia um fluxo regular de atores com seus figurinos deslocando-se entre o teatro e a tenda de sidra — como formigas operárias alcoólatras. Avistei Rachel e suas amigas passando, cada uma levando duas canecas e rindo escandalosamente. O calor fazia tudo brilhar. Eu podia sentir o suor escorrendo pelas minhas costas. E me perguntei o que estava fazendo nesse campo a muitos quilômetros de casa.

Duas horas se passaram antes da nossa primeira apresentação. O gerador de números aleatórios não tão aleatório assim selecionou a cena de *Uma peça pelo avesso* — aquela que Sally escolheu astutamente para disfarçar a potencial incompetência do nosso grupo de teatro. No fim das contas, porém, eles não foram nem um pouco incompetentes. James foi ótimo como o diretor passando por dificuldades, Sally se destacou como a frustrada atriz de meia-idade

Dotty Otley, e Rachel representou brilhantemente a jovem estrela confusa Brooke Ashton, embora o tempo todo parecesse oscilar ligeiramente. A maior parte das falas foi engolida pela tenda cada vez mais barulhenta, mas houve aplausos e até um ou dois vivas no fim.

Ora, talvez isso dê certo, pensei. Talvez nem tudo se desmantele. Nesse exato momento, porém, tudo começou a se desmantelar.

A apresentação seguinte — a cena de sedução de *Ricardo III* — teve de ser abandonada porque alguém na plateia ficou gritando "Ele tá atrás de você" para Lady Anne. Ricardo III então desceu do palco e começou a socar o culpado até ser contido por dois membros do Coletivo Teatral de Totnes, que o agarraram por sua corcunda falsa. Alguém cambaleou e caiu nos lençóis que protegiam a área de troca de roupa, derrubando tudo e expondo três membros do coro de *Édipo Rei*. Uma briga estourou entre dois grupos de teatro de Bristol por causa de um roubo de talento que obviamente levou a semanas de ressentimento em uma lenta ebulição.

Sally se aproximou, espremendo-se entre atores barulhentos em trajes cada vez mais rasgados e desalinhados. Parte da plateia estava começando a deixar o local.

— Que loucura isto aqui — disse ela. — Vou ligar para Jay... Ele foi ver uma banda. Tenho que avisá-lo para não voltar. Tem homens adultos lutando. Alguns deles estão usando togas. É como se os Jovens Conservadores estivessem rediscutindo toda a sociedade.

James e Shaun vieram apressados e desabaram ao nosso lado, os rostos corados e animados, trazendo com eles um bafo de sidra. Os funcionários da segurança do festival estavam na entrada da tenda, tentando ajudar as pessoas a sair. Uma senhora idosa em um traje vitoriano completo passou por nós, murmurando sobre a desgraça de tudo isso.

— Parece que a sidra tem teor alcoólico de nove por cento — disse James. — Não admira que todo mundo esteja louco.

— Você viu a tela do gerador de números aleatórios? — gritou Shaun.

Todos olhamos. Em vez de exibir um número, agora havia a seguinte mensagem piscando: BLAIR É UM PENTELHO. Ann havia subido ao palco com um megafone, mas não conseguia se fazer ouvir. Derek o pegou das mãos dela.

— Quem adulterou meu gerador de números aleatórios? — berrou ele.

Alguém da plateia gritou:

— Não existe um gerador de números aleatórios.

Ann tomou o megafone de volta.

— Vamos fazer uma pequena pausa — gritou. Uma peruca com um penteado elaborado voou pelo ar e a atingiu no ombro. — Acho que alguns membros dos vários grupos estão sofrendo de insolação.

— Bom — disse Ted —, tenho certeza que eles vão colocar tudo de volta nos trilhos.

Ele se levantou e o restante o imitou. Eu também me ergui, com dificuldade. Estava me sentindo irritado com aquela coisa toda, mas aos poucos o poder ridículo da cena estava começando a prevalecer. Se Hannah estivesse aqui, teria achado tudo isso hilário. E, pensando nela novamente, de repente tive uma estranha sensação de dever de aproveitar a anarquia por ela, de me entregar à cena, como ela certamente teria feito — ainda que fosse só para poder contar a ela mais tarde. Uma onda de alegria vertiginosa brotou dentro de mim enquanto eu inspecionava a tenda. Dois homens desgrenhados, em trajes shakespearianos, agora estavam se beijando no palco enquanto os atores de Pinter protestavam com um segurança, brandindo suas armas de plástico. A idosa que vimos antes deixando a tenda estava de volta, segurando uma caneca de sidra e acompanhada por dois homens muito jovens em trajes de soldado rasgados. Ela usava um capacete de viking. Parecia uma cena de um filme do Derek Jarman. Notamos que, atrás do palco, duas vigas de suporte da tenda estavam começando a se inclinar perigosamente, trazendo o teto abaixo com elas.

— Nós literalmente derrubamos a casa! — gritou alguém, provocando sonoras gargalhadas.

Em segundos, técnicos apavorados começaram a remover rapidamente os equipamentos de iluminação. Ann saltou de volta para o palco, seu rosto uma máscara de pânico.

— Por favor, dirijam-se à saída — gritou ela. — Receio que o Teatro Aleatório esteja cancelado.

Enquanto nos juntávamos à multidão de atores que se dirigiam, aos tropeços, para o mundo lá fora, Ted colocou o braço nas minhas costas.

— Bom, acho que acabou — eu disse.

— Com certeza — respondeu ele.

— Nós não vamos ser pagos, vamos?

— Santo Deus, não.

— Esse dinheiro viria bem a calhar.

— É. É, viria.

— Vamos nos retirar?

— Acho que seria uma boa ideia.

Saímos do Teatro Aleatório, nosso grupo desorganizado pisoteando tropegamente a grama alta, tentando decidir o que fazer a seguir, quase esperando que a tenda desabasse em chamas às nossas costas. A gangue de Rachel se separou de nós para buscar mais sidra, arrastando Natasha com elas. Shaun e James queriam ir juntos dar uma olhada na tenda do cabaré. Ted, Sally, Jay e eu decidimos procurar algo para comer e encontramos uma van de fast food ao lado do Espetáculo dos Insetos Acrobáticos Mágicos. Compramos cheeseburgers gigantes e nos sentamos no meio de um pequeno público de jovens famílias para assistir. Os dois homens-formigas-de-fogo de antes ladeavam um trapézio enquanto uma mulher vestida com um traje elaborado de louva-a-deus caminhava graciosamente ao longo do arame alto. Na grama diante deles, várias pessoas vestidas de besouro davam cambalhotas, mortais e estrelas. A canção

"Ugly Bug Ball" da Disney tocava em um sistema de alto-falantes cacofônico. Era ao mesmo tempo incrivelmente estranho e absolutamente cativante.

— Bom, essa foi uma experiência interessante — disse Sally. — Eu estava convencida de que o tumulto no Teatro Aleatório seria a coisa mais estranha que eu veria hoje, mas isso só prova que estava enganada.

— Não acredito que perdi isso — disse Jay. — Eu estava assistindo a uma banda local horrível fazendo *covers* do Nirvana. Achei que Hannah viria.

— Ela ainda não está cem por cento — expliquei. — Precisa descansar.

Jay assentiu, mas não disse nada. Ted desapareceu por vários minutos e voltou segurando três garrafas geladíssimas de cerveja artesanal local.

— Bom, tá todo mundo bêbado — disse ele.

E ficamos sentados ao sol, bebericando de nossas garrafas, assistindo ao espetáculo bizarro. Os frequentadores do festival passeavam à nossa volta — pais de bermudas cargo e camisetas de rúgbi, mães com vestidos de verão e chapéus de abas largas e flexíveis, carregando crianças de colo de cabelos desgrenhados. O ritmo diminuiu, a mistura de álcool e luz do sol exercendo sua magia. Olhei para Sally e sorri.

— Que foi? — perguntou ela, constrangida.

— Não sei — respondi. — É só que a gente... a gente se mete em cada situação maluca...

— Verdade.

— Me pergunto se o Teatro Aleatório já está pegando fogo.

— Estou esperando uma equipe da SWAT descer de rapel de um helicóptero.

— Pobre Derek e seu gerador de números aleatórios.

— Ele é a verdadeira vítima em tudo isso.

Jay se virou para nós, limpando a boca com as costas da mão.

— Vocês sabiam que computadores não podem gerar números aleatórios de verdade? — disse.

Sally e eu nos entreolhamos com uma expressão irônica. Jay deu uma mordida enorme em seu cheeseburger.

Quando o espetáculo chegou ao fim, alguns aplausos educados soaram e, agora ligeiramente embriagado, enfiei os dedos na boca e assobiei. O louva-a-deus olhou em nossa direção e sorriu, fazendo uma profunda reverência, o topo de sua cabeça de papel machê quase tocando a grama.

Sally, Jay e eu caminhamos até o parque de diversões, onde quase vomitamos em um brinquedo giratório. Mandei uma mensagem com uma foto minha e de Jay com enormes sacos de algodão-doce. Hannah enviou uma resposta: Seus idiotas. Divirtam-se. Bjs. E eu *estava* me divertindo.

Alguns de nós voltaram para as barracas por volta das onze da noite, o céu agora escuro e muito estrelado; a temperatura caía. Alguém tinha acendido uma fogueira. Ficamos sentados perto dela, em silêncio. Era difícil descobrir quem estava ali na escuridão — as pessoas saíam furtivamente, indo dormir ou beber um pouco mais. Meu celular zumbiu no bolso e, quando olhei para ele, senti uma onda repentina de preocupação. Era o número de Hannah na tela. Por que ela estava ligando tão tarde? O que tinha acontecido?

— Alô? — respondi. — Hannah? Hannah? Você tá aí?

Eu podia ouvir vozes, mas elas pareciam distantes e ligeiramente abafadas.

— Alô?! — gritei.

Agora em pânico, mandei uma mensagem de texto para ela e fiquei olhando para a tela, como se assim pudesse fazê-la responder. Nada.

Eu estava prestes a ligar para os vizinhos quando chegou uma mensagem: "Desculpa, pai, sentei no celular enquanto via TV. Hannah. Bj."

Finalmente respirei. Ela devia estar assistindo a algum filme adolescente horrível com Jenna. Mandei uma mensagem boba para ela e tornei a relaxar, permitindo que o calor das chamas me acalmasse.

Eu estava quase dando a noite por encerrada quando alguém se sentou ao meu lado e me estendeu uma cerveja. Surpreso, peguei, sem olhar para cima, pensando que provavelmente era Ted, voltando para a saideira.

— Posso me sentar aqui? — perguntou uma voz que não reconheci. — É que as formigas gigantes estão ficando muito agitadas. É aquela maldita sidra.

Ergui os olhos, em choque. Era uma mulher de trinta e poucos anos, com cabelos ruivos que caíam em cachos espessos sobre os ombros. Ela vestia um moletom cinza largo e jeans. Os pés estavam descalços.

— Meu nome é Grace — disse ela. — Sou o louva-a-deus. Você estava na apresentação mais cedo?

— É, estava. Foi excelente. Obrigado pela cerveja.

Sem a fantasia esquisita, ela parecia muito menos assustadora.

— Desculpa se te assustei — disse ela.

— Ah, não, tudo bem. Pensei que você fosse o Ted.

— Ted?

— Meu contador. Bom, o contador do teatro. Eu administro um teatro. Posso começar de novo? Olá, sou o Tom.

— Olá, Tom, sou a Grace. Como em *Will e Grace*. Já assistiu a essa série?

— Sim, eu adoro! E você tem...

— O mesmo cabelo da Grace. Sim.

— E ninguém nunca disse isso antes, óbvio...

— Não, isso definitivamente nunca aconteceu.

Ficamos olhando para o fogo por um tempo. Pequenas partículas de cinzas incandescentes zumbiam à nossa volta como vaga-lumes.

— Vocês são atores, então? — perguntou ela por fim.

— É, deveríamos nos apresentar no Teatro Aleatório, mas, meu Deus, todo mundo ficou bêbado com aquela sidra. Foi chocante.

— Eles tiveram que chamar a polícia, não foi? — Ela riu. — Perdemos toda a comoção, ficando aqui na área das famílias. Muito injusto. Bom, Greg e Andy estão fazendo o possível para se atualizar.

Ela olhou na direção da sua tenda, onde as duas formigas gigantes estavam deitadas, apoiadas nas costas segmentadas, passando um baseado de uma para a outra, como uma estranha versão chapada da *Metamorfose* de Franz Kafka.

— Seu dia foi bom? — perguntei.

— Foi divertido, mas a fantasia pesa uma tonelada e a máscara faz parecer que a gente tá dentro de um forno. Além disso, o dia todo as crianças vêm te cutucar e perguntar se você é um inseto gigante de verdade. Às vezes me pergunto como foi que me meti nisso.

— E como foi que você se meteu nisso?

— Ah, sabe, aquela velha história: a garota estuda dança, se candidata a vinte milhões de testes enquanto trabalha em um Wetherspoon; dez anos depois, a garota se desespera e se junta à trupe de insetos acrobatas.

— Todos nós já passamos por isso.

— Então, agora, todo verão, percorro o país em turnê com esse grupo em uma van Transit, participando de festivais, festas e eventos corporativos.

— Você é boa no trapézio.

— Ah, sim, foram três meses passados na escola de circo. Você devia ter visto a cara do meu pai quando pedi que ele pagasse por *isso*.

— Também fiz parte de um grupo itinerante por um tempo. Fazíamos releituras pretensiosas de clássicos modernos. Isso foi logo depois da minha graduação. Éramos oito... e uma van Transit, óbvio.

— Óbvio.

— Era divertido. Muito divertido. Decorando o texto em postos de serviço de autoestradas, dormindo em hotéis baratos, quatro em cada quarto; de vez em quando fazendo adolescentes realmente prestarem atenção e acreditarem em uma velha peça de Terence Rattigan. Sem preocupações, sem responsabilidades, sem a menor noção sobre o futuro.

— E então...?

— Ah, bom, então me casei, tive uma filha linda...

— A clássica história.

— Quase. Minha mulher foi embora. Minha filha ficou... bem doente. Meus dias de itinerante acabaram. Agora eu dirijo um pequeno teatro a uma hora daqui. Esses caras são o grupo de teatro local.

Ergui o braço na direção de nossas duas barracas, mas então, ao completar seu arco ligeiramente bêbado, minha mão de alguma forma pousou nas costas de Grace. Ah, meu Deus, pensei, acabo de fazer o velho truque de "bocejar, esticar o braço e passá-lo pelo ombro", como um adolescente no cinema — mas por acidente. Para minha surpresa, ela se aproximou mais de mim.

— Vocês ficam aqui por perto? — perguntei.

— Não, estamos em Stockport — disse ela. — Vamos voltar para o norte congelante amanhã de manhã. É por isso que tenho que aproveitar ao máximo esse calor enquanto posso.

Vi formas se movendo na escuridão, para longe do brilho do fogo; outros campistas procurando pelo bloco de banheiros ou voltando da tenda de dança que deveria funcionar a noite toda. Mas que fechou à uma da manhã.

— Devíamos ter um violão? — disse Grace. — Devíamos estar cantando músicas do Bob Dylan?

— Bom, Ted tem um *ukulele*.

— Por outro lado, por que estragar uma noite perfeitamente agradável? — replicou ela.

A lua pairava acima de nós, brilhante e crescente, um apóstrofo cintilando no céu. O ar parecia denso e pesado, e eu estava incrivelmente ciente do corpo de Grace perto do meu.

— A esposa que foi embora — disse ela. — Ainda tá por aí?

— Não. Bom, quer dizer, ela ainda tá viva. Mas não. Nós não a vemos.

— E sua filha...

— É difícil. Ela tem um problema no coração. Não sabemos qual a gravidade. Quer dizer, sabemos que é grave. Só não...

— Eu sei — disse ela, baixinho. — Sei como é.

Ela não elaborou, mas eu a encarei, e seus olhos estavam me dizendo algo. Eu devia ter sido capaz de entender, mas não consegui.

— O show precisa continuar. — Ela riu, e deu um tapa de leve na minha perna. E sua mão ficou lá. — Com certeza, o show precisa continuar.

— Ei — eu disse. — Não estamos no palco. Isso não é um espetáculo.

De repente, me senti completamente inebriado — embora só tivesse bebido duas ou três cervejas o dia todo. Eu estava bêbado de *alguma coisa*. Havia aquela sensação no ar, o crepitar da possibilidade, invisível, mas ainda assim palpável. Alguma coisa estava acontecendo entre nós? Minha intuição estava um pouco enferrujada. Ela tomou um grande gole de sua cerveja, terminando a garrafa em algumas goladas. A luz do fogo bruxuleante lançava formas sobre nós; as sombras cobriam partes de nossos rostos como a maquiagem cênica escura e pesada. O cabelo dela refletia o laranja das chamas, absorvendo seu calor. Ela estava sorrindo.

— As fogueiras têm algo de especial, né? — disse ela, sonhadora.

Eu estava sem prática, mas me pareceu que o comentário estava levando a algum lugar. Inclinei-me até nossos rostos ficarem muito próximos. Ela não se mexeu. Fechei os olhos e me aproximei ainda mais.

— Hã, é melhor eu ir — disse ela. E, antes que eu pudesse responder, pôs-se agilmente de pé.

Ah, meu Deus, eu tinha interpretado tudo completamente errado. Tinha me enganado com a coisa toda. Tinha cometido um erro monstruoso. Acho que o horror estava rabiscado em meu rosto como uma pichação.

— É só que vamos embora muito cedo — disse ela em tom apaziguador. — Temos outro evento em Cheshire amanhã.

— Me desculpa, eu me enganei...

— Não, tá tudo bem, eu só não... Eu não estava... Boa sorte com o seu teatro.

— Eu realmente sinto muito.

— Tá tudo bem, de verdade.

Eu não conseguia pensar no que dizer ou em como sair dessa situação com dignidade. Considerei simplesmente entrar na fogueira como um sacrifício aos deuses do romance, que obviamente estavam furiosos comigo. Em vez disso, optei por ser muito educado e depois fugir correndo.

— Bom, foi um prazer conhecê-la, Grace — eu disse.

— Foi um prazer conhecê-lo, Toby.

Naquele momento horrível, reaprendi uma lição valiosa sobre a vida. Cada momento está aberto a interpretações, não existe uma realidade objetiva. Achei que estava experimentando as possibilidades mágicas de dois estranhos se conectando em uma fogueira; mas ela só estava conversando com um cara chamado Toby da barraca ao lado enquanto terminava sua cerveja. Como ator, eu deveria ter entendido isso. Eu me virei e peguei o celular. Havia uma mensagem de Hannah: "Estou com saudades, pai." Ah, Hannah, pensei, seu pai é um idiota e ainda não está pronto para isso.

Fui me arrastando para nossa barraca e me enfiei, me contorcendo desajeitadamente, no saco de dormir ao lado de Shaun e James, suspirando pesado ao me acomodar no chão duro.

— Tá tudo bem? — sussurrou Shaun.

— Acabei de passar por uma situação embaraçosa — respondi.
— Não sou bom em ler sinais, ao que parece.
— Eu conheço essa sensação — disse ele.
Mas estávamos bêbados e cansados demais para comparar experiências.

Hannah

Os pais de Jenna acham que ela está na minha casa e que vai dormir aqui. O que não é completamente mentira. Jenna realmente *está* na minha casa, e vai mesmo dormir aqui. Mas não vamos ficar em casa e ver *Buffy, a caça-vampiros* como dissemos. Vamos sair. Vamos a uma balada *indie* em um pub semirrural, que provavelmente estará cheio de góticos, punks e adolescentes cuja entrada não deveria ser permitida. É o evento social da década.

    Agora, porém, estamos no meu quarto, entrando no clima grunge apropriado com a banda Elastica tocando a todo volume no meu tocador de CD. Papai passou os últimos dez anos me doutrinando com sua coleção de música dos anos 1990, e agora isso finalmente vai dar frutos. Jenna está sentada na cama roubando todo o meu rímel e bebendo vodca de uma marca de supermercado, misturada com suco de frutas tropicais. Tomei alguns goles, mas achei horrível. Estamos vestidas de preto da cabeça aos pés, ela de jeans e uma clássica camiseta com a carinha sorridente do Nirvana, eu com regata, saia justa, meia-calça rasgada, coturno. Ela pintou as unhas com uma camada do esmalte preto horrível que compra no mercado, e pintou as minhas também. Parecemos a própria encrenca. A expectativa pela noite, a música estrondosa e o cheiro de álcool, tudo isso nos faz sentir um pouco piradas. Por alguns minutos, não penso no quanto estou doente, ou no quanto vou ficar doente nem *nada* sério ou entediante. É tão libertador.

— Meu pai tá surtando muito com o questionário da escola — diz Jenna.

É, foi bom enquanto durou.

— Meu Deus, Jenna, que empata-foda. Precisamos falar disso *agora*?

— Ele quer que eu faça uma planilha com minhas opções para que eu possa cruzá-las mais tarde com meus melhores resultados nos testes — continua ela, indiferente ao meu comentário. — Qual é, ainda nem fizemos nossos simulados! Na parte em que perguntam "onde você quer estar em cinco anos", vou escrever apenas "o mais fisicamente distante daqui". Jesus, a escola é uma merda. Pais são uma merda. O que foi que seu pai disse? Ele sabe que você jogou a carta fora?

— Sabe, ele pegou na lixeira e prendeu novamente no quadro.

— Rá-rá, pega no flagra.

— Na verdade não, joguei fora de novo.

— O quê? Por quê?

Aumento o volume do aparelho e o som de "Stutter" pulveriza nossos tímpanos.

— Porque o futuro que se foda! — grito.

E então começamos a dançar loucamente pelo quarto, empurrando uma à outra. Jenna muda para My Chemical Romance e enlouquecemos de vez, cantando "I'm Not Okay" com eles. Olho o celular para ver se papai mandou alguma mensagem. Ele tentou ligar mais cedo, mas eu estava sentada no parque lendo e mal consegui ouvi-lo, e então fui atacada por uma vespa furiosa e instintivamente joguei meu celular nela. Depois disso, recebi algumas mensagens dele — algo sobre uma orgia de bêbados na tenda do teatro. Parece que eles estão se divertindo muito. Ele merece um pouco de diversão.

Uma hora depois, encontramos Daisy na rua principal, em frente ao pub. Ela está com um vestido curto florido, combinando com uma meia-calça azul-celeste e esmalte verde.

— Que porra você tá vestindo? — pergunta Jenna quando nos aproximamos.

— O quê? Isso é grunge, né? — replica Daisy.

— Você tá parecendo a vó bêbada da Courtney Love — observa Jenna.

— Bom, isso já tá bom pra mim. Enfim, meninas, esse é o Dave — diz Daisy, gesticulando vagamente na direção do porteiro. Ele tem o cabelo cortado rente e tem cerca de 1,80 metro de largura. — Ele vai nos deixar entrar.

— Não fiquem bêbadas demais, moças — diz Dave. — É o meu emprego que está em jogo.

— Certo — diz Daisy, entrando e gesticulando para que a sigamos.

Dave mantém a porta aberta e sinto seus olhos fixos em nós enquanto passamos. Ele balança a cabeça positivamente e sorri; estamos sendo analisadas. Eu me pergunto se os homens entendem que nós *sempre* sabemos quando eles fazem isso... Enquanto os caras mais velhos seguram com cuidado suas canecas de cerveja ale, no bar principal, já podemos ouvir a música alta vinda da balada no andar de cima. À medida que subimos as escadas, a música vai ficando mais alta e o baixo já está me fazendo vibrar por dentro. Há alguns adolescentes mais velhos no corredor, conversando e checando o celular. Um casal que não reconheço está sentado no último degrau se pegando, obstruindo o caminho. Daisy cumprimenta com um "toca aqui" um cara com uma camiseta do Green Day. Ela parece conhecer todo mundo — ela é definitivamente a pessoa legal e centrada do nosso pequeno trio. Quando abre a porta, o barulho explode, vindo da escuridão, acompanhado por uma série de luzes de boate piscando. Já tem um pequeno grupo de garotos na pequena pista de dança, batendo uns nos outros ao som de alguma música *speed punk* que não reconheço. Pequenos grupos de pessoas de vinte e trinta e poucos anos estão sentados nas poucas mesas que não foram retiradas do entorno da pista, bebendo cerveja lager, mais leve, em copos plásticos grandes e gritando nos ouvidos uns dos outros. Quase todo mundo está de jeans e camisa xadrez. Há algumas mulheres mais velhas em uma mesa, cantarolando a música e rindo, obviamente recordando sua primeira vez ali. As paredes caiadas, o piso de carvalho antigo e as vigas escuras cruzando o teto criam um pano de fundo estranho para este encontro grunge.

Daisy dispara de imediato para o bar nos fundos, cumprimentando alguém que ela conhece; Jenna e eu ficamos para trás, nos adaptando ao barulho, procurando rostos familiares. Sob tudo aquilo sinto meu coração batendo. Tum... tum... tum.

— Vamos pegar uma bebida? — grito para Jenna.

— Eles vão nos servir? — grita ela de volta.

— Vamos descobrir.

Quando peço duas Heinekens (a primeira coisa que me vem à cabeça), o homem atrás do balcão me olha longamente, não convencido, mas mesmo assim me serve. Jenna olha para sua bebida com espanto, como se tivessem acabado de entregar a ela o Santo Sudário em um copo de cerveja.

— Se meu pai pudesse me ver agora, ele se cagaria — ela berra bem no meu ouvido.

Eu me viro, tomo um gole, faço uma careta e examino o ambiente.

Quase imediatamente, eu o avisto.

Ele está sentado a uma mesa perto do centro com dois caras mais velhos e uma mulher muito bonita. Callum está vestindo um cardigã azul-marinho fino sobre uma camiseta listrada justa, que combina com a calça de veludo cotelê marrom e os tênis da Converse. Ele não adotou nada do estilo grunge, o que me faz imediatamente consciente do fato de que estou igual a todas as outras pessoas no local, exceto ele. O DJ começa a tocar "Jesus Christ Pose", do Sound Garden. Callum pega uma garrafa de cerveja, se recosta na cadeira e toma um longo e prazeroso gole. Tenho a sensação de que vou derreter e escorrer pelas tábuas do assoalho.

— Para quem você tá olhando? — grita Jenna. — Você viu algum conhecid... ah, entendi.

Ela me cutuca com o cotovelo.

— O quê?! — replico.

Jenna balança a cabeça, sorrindo. Passo o resto da música fingindo não olhar para Callum, enquanto Jenna e Daisy gritam uma na cara da outra. Sinto que deveria participar da conversa em vez de ficar babando por um garoto, mas, antes que eu possa dizer qualquer coisa, a inconfundível linha do baixo de "Lithium", do Nirvana, começa, e Daisy nos arrasta para a pista de dança, respirando profundamente em sua bombinha de asma. Às vezes eu esqueço que ela é doente como eu. Enquanto estou me escondendo no teatro ou lendo HQs, ela sai para beber e transar. Ela sabe conviver com uma doença crônica muito melhor do que eu.

O pequeno espaço de dança de repente se transforma em um enxame de pessoas vestidas com camisetas de banda e jeans, pulando para cima e para baixo e esbarrando umas nas outras à medida que cada refrão vai atingindo seu *crescendo* desafiador. Ficamos na pista pelas próximas músicas, uma combinação pulverizadora de "Song 2", do Blur, "Basket Case", do Green Day, e "Battery", do Metallica. Alguns dos caras bem mais velhos estão na pista de dança também, movendo-se meio sem jeito pelas bordas, girando as carecas, alheios a tudo e a todos — transportados de volta aos dias em que ainda tinham cabelo de verdade. Não sei como, mas estamos em um grupo no meio da pista, esmagadas e lançadas contra gente que não conhecemos, um vapor saindo de nós, roupas encharcadas de suor, o cheiro de gente e desodorante permeando tudo. No início, é uma sensação de liberdade incrível, uma onda de euforia quando a cerveja encontra a música. Mas, no Green Day, minhas pernas já estão cedendo e, mesmo em meio à massa de corpos, posso sentir meu peito queimando e meu coração tocando sua própria percussão gaguejante. Tento dizer isso a Jenna, mas ela está em pleno êxtase por causa da dança, olhos fechados e cabeça baixa. Eu então começo a abrir caminho em meio aos corpos sozinha, minhas pernas lutando para se firmar no centro da massa agitada, o esforço fazendo meu corpo doer ainda mais. O primeiro indício de pânico.

Tenho a sensação de perder o controle por alguns instantes. Em um segundo estou na borda da pista de dança, no seguinte, estou no bar, respirando fundo, tentando manter a calma, tentando me recompor. Meu primeiro instinto é ligar para papai, mas o que ele pode fazer? Ele está em um campo em Somerset, a horas de distância. Se eu ligar e desmaiar, ele vai ficar totalmente desesperado. Só preciso relaxar. Preciso tomar um pouco de ar fresco, é isso. O DJ põe fim à sessão nostalgia e coloca "In The End", do Linkin Park. O salão explode. Faço menção de ir para a frente, mas minhas pernas parecem estar muitos quilômetros abaixo de mim e completamente desconectadas. Há uma pressão espiralante familiar na minha visão periférica. Estou prestes a voltar para o bar e pedir água quando vejo a mão de alguém na minha frente, me oferecendo um copo. É Callum. Eu pego e agradeço a ele, tomando pequenos goles enquanto tento agir com naturalidade ao mesmo tempo que me esforço para não desmaiar.

— Você não parece bem... Como posso te ajudar? — pergunta ele. Mas em vez de gritar no meu ouvido, ele articula as palavras com clareza e calma, sem emitir som.

— Preciso sair daqui — grito.

Ele pousa o copo no balcão, depois pega minha mão e tenta me puxar em direção à porta que dá para o patamar, mas sei que ali vai estar lotado de gente. Reúno energia para detê-lo e apontar para a saída de emergência do outro lado do ambiente. Antes que ele possa dizer qualquer coisa, já o estou arrastando para lá. Passamos por um grupo de góticos muito velhos, um de cartola e terno de agente funerário, outro cara com lentes de contato pretas bizarras, vestindo uma espécie de traje de couro do tipo usado no sadomasoquismo. Começo a pensar que estou tendo alucinações. Quando chegamos à porta, Callum empurra a longa barra de metal da saída de emergência, e então se vira para mim.

— Não vai abrir, tá trancada — grita ele. — Acho que é melhor a gente ir pro outro lado.

Balanço a cabeça. Cada vez mais desesperada, eu o afasto, me inclino para trás e, com toda a visão e força de que ainda tenho, dou um passo à frente e chuto a barra. Espero que a porta apenas vibre silenciosamente no batente, mas, para minha surpresa e alívio, ela se abre com violência, me lançando para a passarela de ferro. Sem pensar, começo a descer os degraus estreitos, o ar mais fresco da noite inundando meus sentidos. Quando chego ao pé da escada, giro e me recosto numa van, respirando pesadamente. Minhas mãos estão apoiadas nos joelhos, a cabeça baixa. Imediatamente, Callum está ao meu lado, a mão nas minhas costas.

Eu continuo concentrada em respirar.

— Tá melhor? — pergunta ele, por fim. Só que dessa vez posso realmente ouvi-lo. Ele está preocupado, mas calmo. Eu ainda luto contra a tontura.

— Tô — consigo dizer. — Meu coração é... é fodido, resumindo.

— Eu sei. Quer dizer, eu ouvi falar na escola. Quer que eu chame uma ambulância?

— Não. Só preciso de um minuto.

Meus olhos estão fechados. Posso sentir vagamente o cheiro de Callum. Uma mistura de cerveja com algodão-doce. Pelo menos não é Lynx, graças a Deus! Ouço carros passando na rua próxima, e há um casal discutindo em outro ponto do estacionamento, mas não consigo entender o que estão dizendo.

Quando finalmente abro os olhos, a escuridão rodopiante não ocupa mais a minha visão periférica. Estou voltando.

Lentamente eu me endireito. Callum move o braço e se afasta ligeiramente. Ficamos assim por um tempo. Juntos e em silêncio.

— Tô melhor — digo. — Ufa. Que merda. Bem melhor.

— Quer que eu chame suas amigas?

— Não! Quer dizer, ainda não. Tá tudo bem. Vou ficar bem. Você pode ficar aqui só mais um segundo?

— Sim, claro — diz ele.

O casal que discutia passa cambaleando por nós, agora de braços dados — e caminham direto para a rua. Um carro freia bruscamente e buzina para eles. Callum e eu os observamos gritando com o motorista, e então tudo fica silencioso. Ah, Deus, sobre o que podemos conversar?

— Você mostrou mesmo àquela porta quem é que manda — diz Callum. — Da próxima vez que eu me trancar fora de casa, vou ligar pra você.

Ele sorri e eu também.

— Eu só tava um pouco desesperada — replico. — Pode voltar agora, se quiser.

— Ah, por favor, não. Não gosto nem um pouco de música dos anos noventa.

— Então por que...?

— Vim com a minha irmã mais velha e o namorado dela. Eles gostam disso tudo. Ela conseguiu que eu entrasse porque conhece o DJ. Como é que você entrou?

— Tô com a Daisy. Ela tem esse jeitinho de conseguir entrar nos lugares.

— Ah, sim, óbvio. Gosto dela, é engraçada.

— Ah, *todo mundo* gosta da Daisy.

— Eu não falei nesse sentido.

— Não, tudo bem. Eu sei o que você quis dizer. Todo mundo tem um amigo incrivelmente popular, né?

— Eu não.

Brinco com as pulseiras prateadas que Jenna me fez usar e elas tilintam ruidosamente. Ele ergue os olhos brevemente para a porta corta-fogo. Eu me pergunto se ele está pensando em uma maneira de escapar.

— Posso te fazer uma pergunta muito séria? — diz ele, me olhando com uma expressão preocupada, a testa franzida.

Meu estômago se contrai, porque só consigo pensar: sei o que vem a seguir. O que exatamente *há* de errado com o meu coração? Quando foi que descobri? É fatal? Tenho medo de morrer? Quando comecei nessa escola, tive de fazer uma breve apresentação sobre cardiomiopatia para a turma toda. Alguns dos meninos decidiram que era tarefa deles me proteger, o que foi divertido por um tempo, até que algumas meninas começaram a ficar com ciúmes — sim, com ciúmes de alguém com um problema cardíaco potencialmente fatal. Durante algum tempo elas fizeram *bullying* comigo e uma delas jogou o chip do meu celular no vaso sanitário. Não falei sobre o meu problema novamente.

— Lá vai — diz ele. — E, sinceramente, você não precisa responder se não quiser.

Eu me preparo.

— Certo... — Ele limpa a garganta. — Qual é a sua HQ favorita, a número um de todos os tempos?

Involuntariamente, eu desato a rir; rio tão alto que ele dá um pulo.

— Ah, meu Deus! — exclamo.

— Sim, eu sei, é muito pessoal. Nós mal nos conhecemos.

— Você é um idiota.

— Só responde a pergunta.

— Ah, cara, isso é tão triste. Muito bem, a série *Fábulas* tá lá em cima porque eu tenho essa coisa com contos de fadas. Mas não vou te aborrecer com isso agora. Mas preciso dizer que *Ghost World* definitivamente é a favorita. Eu amo os personagens, a arte, toda aquela *vibe* ao mesmo tempo triste e engraçada. A maneira como Enid e Rebecca percorrem cafés e lojas, entediadas, solitárias e mal-humoradas porque simplesmente não há nenhum lugar para elas, assim, existirem em sua cidadezinha de merda. Não sei como Daniel Clowes entende o que é ser uma adolescente, mas ele entende. E você?

— Ah, eu não entendo nada sobre ser uma adolescente.

— Não! Tô falando da sua HQ favorita!

Ele respira fundo, de forma dramática, e em seguida recita em um longo fluxo:

— Agora estou gostando do *Demolidor*, especificamente do material de Brian Bendis, *Preacher*, *Monstro do Pântano*, *Os Supremos*...

— Ah, seeeei. — Balanço a cabeça deliberadamente. — Você tem uma queda por caras torturados. Saquei.

Imediatamente me arrependo de ter sido tão crítica, mas ele ri. Ele tem a mania de desviar os olhos quando ri. Isso é algo que agora eu sei sobre ele.

— Comecei a desenhar as minhas próprias HQs. Elas não são muito boas.

— Uau, posso ver?

Ele balança a cabeça e, de repente, de alguma forma, o clima muda.

— Acho que não. Eu nem deveria ter mencionado isso. Na verdade, é melhor eu voltar. Minha irmã vai ficar preocupada, achando que eu fugi de novo.

— De novo?

— É uma longa história.

— Você é um garoto-problema, Callum?

— Não sou interessante o suficiente para ser um problema.

— Deixa que eu decido isso.

Resolvo me afastar da van quando digo essas palavras, para enfatizar o quanto sou descolada e imperturbável, mas, quando vou me endireitar, minhas pernas cedem um pouco. Callum rapidamente passa o braço pelas minhas costas, me segurando pela cintura. Minha espinha chega a formigar.

— Pode entrar — digo. — Eu vou voltar pra casa. Acho que já ouvi música *indie* suficiente por uma noite. Você pode avisar Jenna ou Daisy que fui embora?

— Sim, aviso sim.

Mas ele mantém o braço na minha cintura, o rosto perto do meu, e não está indo embora, e eu não digo que vá. Sinto o ar quente e próximo, como uma presença física entre nós. Estamos nos encarando. E nesse momento ouço a voz do papai.

— Hannah? Hannah? Você tá aí?

No início, acho que estou tendo algum tipo de alucinação induzida pela culpa. Até que finalmente compreendo.

— Ah, merda, meu celular! — Eu o tiro do bolso. — Ah não, minha bunda ligou pro meu pai! — Aperto o botão para desligar a chamada. — Ah, merda, será que ele ouviu a gente? Ele vai ficar puto.

— Com o seu gosto em HQs?

— Não, isso não é engraçado! Eu não deveria estar na rua, deveria estar com a Jenna em casa!

— Só fala pra ele que você sentou no telefone enquanto assistia à TV bem alto.

— Ah, isso, meu pai *é* burro pra acreditar nisso.

— Desculpa.

— Não, eu quis dizer que ele é mesmo.

Digito numa mensagem exatamente o que Callum disse e então fico olhando nervosa para o celular, me preparando para ouvi-lo tocar. O que eu vou dizer? Em vez disso, recebo uma mensagem como resposta. Aliviada, mostro a mensagem para Callum: "Tá na hora de vocês irem para a cama!"

Ele me dirige um sorriso sugestivo.

— Ele tá se referindo a mim e a Jenna — digo.

Seu sorriso se torna malicioso.

— Ah, pelo amor de Deus! Olha, eu vou pra casa. Obrigada mais uma vez.

— Eu não fiz nada demais, mas estou às ordens.

Trocamos um aceno de cabeça, mas não nos despedimos. Ele caminha na direção da entrada do pub, parecendo dono da situação. Começo a subir a rua, mas quase tropeço em uma pedra solta no pavimento. Estou tremendo, nervosa, e há um nó em meu estômago — bom, é óbvio que é porque pensei que papai fosse me pegar no flagra, mas a perspectiva de deixá-lo zangado geralmente não me afeta assim.

— Ah, Hannah — grita Callum. Eu me viro para encará-lo. — Você quer, sei lá, marcar alguma coisa um dia desses? Em breve? Algo assim?

— Hã, claro — respondo.

— Ah, que bom. Ótimo. Te mando uma mensagem!

— Beleza! Traz os seus desenhos!

Já estou caminhando há cinco minutos pela rua quando consigo formar algum pensamento coerente. E há dez minutos quando me dou conta de que ele não tem o meu número.

Tom

Ted e eu estamos sentados em nossas cadeiras giratórias olhando a carta, mergulhando sombriamente biscoitos integrais em canecas de chá morno. Uma semana se passou desde o calamitoso festival de artes — e meu encontro desastroso com o louva-a-deus. Não contei a ninguém sobre esse episódio, porque não queria que todos soubessem que minha experiência romântica mais significativa nos últimos anos foi ser rejeitado por um inseto gigante. O teatro estava silencioso; não havia muito o que fazer além de nos preocupar com as duas notícias chocantes que tínhamos recebido nos dias anteriores. Primeiro, a seguradora entrou em contato para nos informar que, infelizmente (foi exatamente o que disseram), não pagariam o sinistro nessa ocasião. Ted ligou para o inspetor sorrateiro que havia perambulado pelo teatro; ele alegou que a inundação foi resultado de danos acidentais ou de erro humano, e não uma falha técnica, o que significava que o seguro não se aplicava. Isso era absolutamente ridículo. Sally já tinha entrado lá e lutado com a fera arcaica algumas vezes, mas não naquela noite, certo? E, se tivesse feito isso, ela teria dito alguma coisa.

Qualquer que fosse o caso, estávamos diante de um conserto de valor considerável, e nenhuma quantidade de tributos ao Culture Club ou noites musicais de Hollywood iria cobri-lo.

O segundo desastre era uma carta do departamento de planejamento municipal, pedindo-me que participasse de uma "reunião preliminar" sobre o futuro do teatro. O Grupo Executivo de Edifícios e Planejamento ouviria meus argumentos e, em seguida, faria suas recomendações diretamente à prefeitura. Depois, haveria outra grande reunião e uma votação. Parecia que estávamos entrando em uma versão digna de pesadelo do *Pop Idol*, mas na qual os concorrentes perdedores eram destruídos por uma bola de demolição.

— Isso não é bom, é? — perguntei a Ted no instante exato em que meu biscoito quebrou e metade dele afundou no chá. — O destino está conspirando contra nós.

— Você pode pescá-lo com uma colher — respondeu ele.

— Não, Ted, eu estou falando do seguro e da carta da prefeitura.

Tentei pescar o biscoito com uma colher de chá, mas ele já havia amolecido demais e os restos molengas desapareceram sob a superfície. Era claramente um mau presságio. Será que os deuses falam conosco por meio de biscoitos? Eu não consideraria isso impossível.

— Se estivéssemos em um musical de Gene Kelly, eu me levantaria e gritaria: "Vamos organizar um espetáculo e salvar o teatro!" — eu disse.

— Acho que meus dias de sapateado já chegaram ao fim. — Ted deu de ombros. — Além do mais, não temos orçamento para isso. Ou, nesse momento, um teatro funcionando.

Ficamos em silêncio e me senti satisfeito que o restante do dia transcorresse tranquilo, em parte porque não queria pensar nas repercussões do vazamento e em parte porque hoje à noite eu tinha outro encontro com que lidar. Quando cheguei em casa, depois do festival, descobri uma mensagem no site de namoro enviada por uma mulher chamada Vanessa, que sugeriu um "encontro casual". Sua foto parecia ter sido tirada em alguma cidade indiana movimentada; ela usava uma camisa cáqui e óculos escuros, e parecia uma daquelas mulheres aventureiras da década de 1930 que escalavam montanhas e pilotavam aviões com expressão severa e imponente. Amelia Earhart estava me chamando para sair. Ela estabeleceu algumas regras básicas:

nada de falar sobre trabalho ou política. Isso me levou a acreditar que ela poderia ser uma espiã, o que era uma premissa intrigante o suficiente para eu enviar uma resposta, mesmo *sem* Hannah em cima de mim, me ameaçando com um porrete. Eu não esperava uma resposta porque ela era visivelmente bonita e séria. Mas em menos de uma hora a resposta chegou. Marcamos um encontro. Ou havia uma verdadeira falta de homens qualificados na área sudeste de Somerset, ou eu era um partido melhor do que pensava.

— Uh-oh, ela quer ir ao cinema ver *Sr. & Sra. Smith* — contei a Hannah.

— Ah, parece que esse é bom! E você não vai precisar falar muito, o que reduz a chance de falar algo idiota. É uma situação em que todos ganham.

— É, mas um filme romântico estrelado por dois dos atores mais atraentes de Hollywood não vai simplesmente estabelecer padrões impossíveis para nosso próprio encontro? Brad Pitt, pelo amor de Deus? Estou mais para William Pitt.

— Quem?

— Meu Deus, ainda ensinam história na escola nos dias de hoje?

Assim, depois que saí do teatro, tendo instruído Ted a começar a solicitar orçamentos para o conserto, parei na cidade para comprar uma camisa séria. Quando estava lá, vi James sentado sozinho e desamparado na área externa de um café, digitando aleatoriamente em seu celular. Aproximei-me dele, ziguezagueando entre os compradores sentados por ali desfrutando da oportunidade de serem cem por cento europeus tomando café ao ar livre.

— Olá, James — eu disse, alto o suficiente para fazê-lo derrubar o celular na mesa de metal com um estrondo.

— Ah, oi — respondeu. — Eu só tava tentando enviar uma mensagem para uma pessoa. Acho que quem inventou o texto preditivo era muito bom em interromper a conversa dos outros.

Silêncio constrangido.

— Comprei uma camisa — eu disse. — Para um encontro. Tenho um encontro.

— Ah, muito bem — disse ele com entusiasmo genuíno.

— Esperando alguém? — perguntei com uma piscadela conspiratória, que pretendia sugerir uma afinidade entre dois homens cheios de vigor envolvidos em confusões românticas, mas provavelmente só pareceu muito esquisita.

— Não. Meu Deus, não. Tô só sentado, lendo e pensando.

— Ah, pobrezinho — eu disse, sentindo uma inveja genuína.

— Quer dizer, eu gosto de uma pessoa. Gosto dela há anos, mas não... não vai dar em nada. Então acho que tô no mesmo barco que você.

— Ah, amor não correspondido. Como ator, você precisa se lembrar desse doce sofrimento. Da próxima vez que tiver um papel romântico, é material para compor o personagem.

— Obrigado, Tom, isso realmente ajuda.

Detectei uma nota de ironia em sua voz. Essa não era a conversa incentivadora que ele esperava. Fiz uma anotação mental para trabalhar minhas habilidades de conversa fiada entre homens.

Fui para o cinema uma hora mais cedo, para o caso de não haver vaga para estacionar e eu precisar enfrentar o assustador estacionamento vertical ao lado. Esse edifício dos anos 1970 aparentemente foi projetado por um desenvolvedor de videogames frustrado que o encheu de passagens incrivelmente estreitas e rampas interconectadas. Cada barreira de concreto nu estava coberta com a tinta de mil carros arranhados. Manobrei cuidadosamente e estacionei entre dois pilares imensos, o que significou ter que passar para o banco de trás para sair. Então pisei em uma enorme poça cheia de óleo, respingando toda a perna da calça com a água escura.

Depois de passar vários minutos em vão no banheiro do cinema tentando lavar as manchas, segui para a área do café com manchas molhadas suspeitas na roupa toda. Então, tomei o equivalente a cinco libras de café com leite enquanto esperava.

Era um cinema multiplex típico — um enorme auditório aberto, cheirando a pipoca e ocupado inteiramente por adolescentes super-rempolgados, enchendo baldes com doces sortidos cujo preço por grama era mais alto que o do ouro. Quando entrou cinco minutos antes do combinado, Vanessa não poderia ser mais destoante do ambiente. Ela usava um vestido de lã azul-claro de aspecto caro, com botões pretos grandes, e os cabelos pretos curtos estavam perfeita e completamente penteados no estilo Audrey Hepburn. Ela parecia ter acabado de sair de um dos muitos pôsteres de Hollywood que cobriam as paredes. Minha respiração ficou presa na garganta.

— Tom? — disse ela, aproximando-se da mesa minúscula em que eu estava empoleirado. Detectei um leve sinal de decepção.

— Vanessa? — repliquei, parecendo mais descrente do que pretendia. — Parei no estacionamento vertical aqui perto e pisei numa poça.

Ela correu os olhos pelo saguão com um distanciamento silencioso, notando que as pessoas começavam a se aglomerar no guichê de ingressos.

— Você reservou nossos ingressos? — perguntou ela.

Ah, droga. Merda. Já estraguei tudo.

— Hã, ah. Não, vou comprar agora.

— Acho que é uma boa ideia, já está enchendo.

Ela falou isso como uma professora do primário pacientemente informando a uma criança que ela não deveria plantar bananeira em cima da mesa.

Assim que conseguimos abrir caminho entre os adolescentes dos doces sortidos, corremos para o guichê, onde outro adolescente totalmente desinteressado nos informou que os ingressos para *Sr. & Sra. Smith* estavam esgotados. Me virei para Vanessa, tentando não parecer patético em minha expressão de desculpas, mas desconfio que fracassei.

— Podíamos tentar aquele drama de tribunal que resenharam no *Guardian*?

— Também esgotou — disse o garoto, que estava muito mais interessado no grupo de meninas sendo atendidas pelo seu colega.

— Olha, o que você ainda tem? — perguntou Vanessa.

Ele suspirou e tocou a tela *touch* de seu terminal de computador.

— *Tentação* não tá cheio — informou ele. — É um drama sobre o rompimento de dois casamentos.

Vanessa olhou para ele sem expressão.

— Bom, parece um filme perfeito para um encontro — eu disse.

Agora havia uma fila cada vez maior de pessoas atrás de nós, resmungando e consultando o relógio no pulso. Olhei para Vanessa, buscando alguma orientação; ela, porém, ela ainda encarava nosso atendente, um olhar de absoluta descrença no rosto imaculado.

— Queremos dois ingressos.

Atravessamos o longo corredor que levava às inúmeras telas, ambos olhando silenciosamente para os casais sortudos que haviam reservado com antecedência o filme de Brad Pitt e Angelina Jolie.

— Então — começou Vanessa —, de que tipo de filme você gosta?

Minha mente ficou instantaneamente vazia. Eu não queria dizer que costumo ir ao teatro, porque não devíamos falar sobre nossos trabalhos. A última coisa que vi no cinema foi *Madagascar*, com Hannah e Daisy. Comemos tanto algodão-doce que praticamente tivemos alucinações durante todo o filme.

— Ah, sabe, comédia, suspense, romance, aventura...

— Você quer dizer todo tipo de filme que existe?

— Hã, é, acho que sim. E você?

— Também sou muito fã de suspenses de aventura românticos e cômicos — disse ela. — Tá vendo? Já temos muito em comum.

Ela sorriu para mim e seu rosto estava cheio de uma simpatia tão inesperada e genuína que senti uma onda gigante de otimismo e empolgação. Que passou assim que o filme começou.

Tentação era um drama de relacionamento revoltantemente digno, no qual todos têm casos frustrantes. Uma ou duas vezes durante a sessão de tortura de noventa minutos, olhei para Vanessa e fiquei realmente aliviado ao vê-la no celular, possivelmente enviando um pedido de socorro para alguém.

— Quer ir embora? — perguntei a certa altura.

— Eu iria — sussurrou ela —, mas tenho medo que alguém que conheço me veja e pense que vi isso por opção.

Então ficamos até o fim, e quando os créditos finalmente rolaram, desejei que houvesse um botão no braço da minha poltrona que me ejetasse para o sol.

— Foi uma experiência e tanto — eu disse.

— Me lembrou do meu próprio casamento — respondeu ela. — Cheio de ressentimento latente e um pouco longo demais.

— Vamos dar o fora daqui e nunca mais voltar?

— Sim, acho que devemos, para o nosso próprio bem.

Ainda traumatizados, saímos para a noite de verão amena, surpresos ao descobrir que ainda estava claro.

— Vamos comer alguma coisa? — sugeriu Vanessa.

Hesitei por um instante, não porque não quisesse, mas porque fiquei surpreso que ela tivesse sugerido. Achei que, assim que saíssemos da sala do cinema, ela desapareceria na distância, como o Papa-Léguas.

— Hum, podemos tentar um desses lugares?

O complexo de cinemas ficava fora da área urbana e era cercado por uma série de restaurantes temáticos chamativos, oferecendo corajosa e imprecisamente uma variedade de experiências gastronômicas internacionais. Havia cozinha chinesa, tailandesa, italiana; havia um restaurante mexicano chamado Mucho Mexicano, onde todos ganhavam um *sombrero* de plástico ao entrar. Foi ele que ganhou o meu voto, mas Vanessa se opôs.

No final, escolhemos o Sal's New York Steak House, projetado para se assemelhar a um apartamento de Manhattan completo, com escada de incêndio falsa e tudo. Lá dentro, havia fileiras de cabines de madeira com almofadas de poliéster vermelho vivo nos assentos e todas as paredes eram cobertas com parafernália temática de Nova York: placas de táxi, pôsteres de teatro, hidrantes e gravuras gigantes do Empire State Building. Garçons de camisa branca e gravata-borboleta vermelha corriam de um lado para o outro carregando bandejas enormes, servindo pratos de batata frita molenga e hambúrgueres queimados a famílias agitadas. Uma *jukebox* tocava Frank Sinatra. Era uma cena espantosa.

— Uau — disse Vanessa. — Pensei que fosse um restaurante, mas parece que atravessamos os portões do inferno.

— Bom, aqueles hambúrgueres certamente estiveram queimando aqui por toda a eternidade.

— Não estou convencida sobre a autenticidade.

— Ah, vamos lá — protestei. — Olha, eles têm a frente de um Cadillac saindo da parede ali. Literalmente não se pode ser mais autêntico.

Ainda estávamos decidindo o que fazer quando uma garçonete vestida como Marilyn Monroe em *O pecado mora ao lado* se aproximou e nos puxou para uma cabine vazia. Nos sentamos, obedientes, abrindo os cardápios com o tipo de imensa apreensão geralmente reservada para os extratos bancários depois do Natal. Olhei para Vanessa enquanto ela estudava o cartão laminado pegajoso com distante desinteresse. Ela devia ter uns trinta e poucos anos, mas suas roupas elegantes e sofisticadas a faziam aparentar ser mais velha — ou pelo menos mais madura. Ela parecia séria, mas com um quê de ironia. Parecia estar acostumada a lidar com situações imprevisíveis. Parecia capaz. Parecia confiante. Ah, merda, ela ergueu o olhar e me pegou observando-a.

— Então — disse ela, disposta a quebrar tanto o gelo como o meu olhar —, você tem uma filha?

— Tenho, Hannah, ela tem quinze anos. Muito inteligente. Mais do que eu, obviamente. Ela é ótima. E você?

— Tenho um filho de onze anos, então ele só fala de jogos de computador. E uma filha de treze anos que simplesmente não fala comigo.

Ela finge digitar em um celular.

De repente, Marilyn Monroe surgiu ao lado de nossa mesa com seu bloco e lápis prontos.

— Vou querer o Bife de Contra-Filé de Nova York, ao ponto pra menos — disse Vanessa, sem erguer os olhos.

— Quer com batatas fritas comuns ou muito apimentadas? — perguntou Marilyn.

— Quem ia querer fritas muito apimentadas?

— Há quem goste de tudo quente — observei, piscando para Marilyn.

Ela se limitou a me fitar, esperando meu pedido.

— Eu vou de Macarrão com Queijo da Mama — decidi.

Marilyn esboçou um sorriso desesperado, e então se foi.

— Você acha que isso vai ser melhor ou pior do que o filme? — perguntei.

— A menos que nossa comida seja servida por um casal passando por um divórcio doloroso, não pode ser pior, pode?

— Desculpa. Eu deveria ter comprado os ingressos com antecedência.

— Tudo bem. Terei algo para conversar com a minha mãe... Acho que ela foi ver esse filme na semana passada. Por escolha própria. Não temos muito em comum, então é uma dádiva, de verdade.

— Bom, fico feliz que a noite não tenha sido um fracasso total pra você.

Trocamos um sorriso e então olhamos ao redor, tentando aceitar o fato de que estávamos neste restaurante. Mesmo com tudo dando meio errado, eu me sentia estranhamente relaxado.

— Já trabalhei em um lugar como este — eu disse. — Assim que saí da universidade... eu tava naquele momento esquisito de "não sei o que fazer da vida". Você passou por isso?

— Ah, sem dúvida — disse ela. — Passei três anos viajando. Austrália, Tailândia, Vietnã, China e depois pela América do Sul. Fico meio maluca se não fujo pra algum lugar novo a cada poucos meses. Adoro explorar. Eu era obcecada por *Os caçadores da arca perdida* quando era criança e acho que só queria ser o Indiana Jones. Mas também quem não queria?

— Eu queria ser Derek Jacobi — afirmei.

— Certo. Seja como for, levei as crianças a Mumbai para o feriado da Páscoa. Minha filha acumulou uma conta de 250 libras mandando mensagens de texto pros amigos e meu filho caiu de um elefante, torceu o tornozelo e passou os últimos três dias no quarto do hotel jogando no laptop. Eles mal podiam esperar a hora de voltar pra casa. Crianças, né? Então, como é que ficaram só você e Hannah? Se não se importa que eu pergunte...

— Eu... bom, éramos muito diferentes, minha mulher e eu. Nos encontramos e tivemos um bebê quando éramos bem jovens. Foi difícil. Estávamos sempre indo em direções diferentes. Eu meio que me deixo levar pela vida, e ela era muito determinada, muito comprometida. E você?

— Meu parceiro... ex-parceiro... Daniel, ele é o que se chama de um empreendedor em série. Muito determinado, muito comprometido. Está em San Francisco agora, trabalhando em alguma tecnologia que aparentemente vai mudar toda a nossa vida. Não sei... Talvez devêssemos apresentar Daniel e sua mulher, eles parecem o perfeito *power couple*.

— Mas *você* parece... quer dizer, você é... Você é muito... inteligente.

— Sabe aqueles professores malucos dos filmes... aqueles com cabelos esquisitos e roupas estranhas, mas que por dentro são durões, focados e indomáveis? Eu sou exatamente o oposto. Sigo o movimento, faço o trabalho, mas na verdade só quero ficar do lado de fora perambulando pelos Mendips com um guia local e uma garrafa de café. Sei que minha lembrança mais feliz deveria ser do meu casamento, mas não é. É da época em que mergulhei de *snorkel* na Grande Barreira de Corais e me vi cercada por aqueles lindos peixinhos nadando ao meu redor, como se eu estivesse em um filme da Disney. Chorei por duas horas. Gosto de ver e sentir coisas novas. Sou muito determinada e comprometida com isso... e também com comida regional. Tem que ser boa ou eu piro, acho.

— Uh-oh — eu disse, olhando para os pratos das pessoas ao redor. — Então, você não pensou em se mudar para São Francisco com seu marido?

Ela sacudiu a cabeça.

— Quando surgiu a oportunidade, Daniel quis levar a família toda... ele achou que estaria tudo bem, que eu ia querer ir.

— Mas não estava?

— Não. Não, não estava. As crianças têm raízes aqui. Elas vêm em primeiro lugar. E eu sabia que ele não estaria por perto. Teríamos que nos virar sozinhos. Então aqui estamos nós. Mas estou tentando desesperadamente fazer com que as crianças se interessem mais por conhecer o mundo. Coloquei um mapa bem grande na parede da cozinha e marcamos com alfinetes os lugares que queremos visitar. As crianças espetaram uns dois cada uma. Eu marquei oitenta e dois. Vou chegar lá um dia, mas por ora... bom, você faz concessões, não é? Por amor. Daniel nunca pôde ver isso.

— Sinceramente acho que algumas pessoas não funcionam como parte de uma unidade... seja de uma família ou de um escritório, ou sei lá o quê. Elas simplesmente não conseguem compreender ou se identificar com outras pessoas. Não é intenção delas ser cruéis, elas só... essa é apenas a maneira como elas veem o mundo.

— Ah, Daniel *foi* cruel. Agora tenho que ser civilizada quando nos encontramos. Pelas crianças, sabe? Temos que fingir que somos adultos, quando na verdade eu só quero dar um chute no saco dele.

— Argh, odeio fingir que sou adulto.

— Mas você é adulto. Você se sente confortável na sua pele, está cuidando da sua filha.

— Não sei. Preciso de gente ao meu redor o tempo todo. Preciso de uma grande rede de apoio.

Ela sorriu para mim.

— Isso é ser adulto — afirmou.

Marilyn chegou com a comida. Meu macarrão com queijo tinha a aparência e o cheiro exatos de vômito requentado. O bife de Vanessa parecia ter sido atingido por uma explosão nuclear.

— O que é isso? — perguntou ela.

Houve uma ligeira mudança em seu tom. Não era agressivo, era profissional. Parecia que ela estava começando uma transação que com certeza terminaria a seu favor.

— É um Bife de Contra-filé de Nova York, ao ponto pra menos — disse Marilyn, consultando suas anotações.

— Não, não é — contestou Vanessa. — Já estive em Nova York, onde, incidentalmente, eles nunca chamam esse prato de bife de contra-filé *de Nova York*... apenas de bife de contra-filé. Esse é o corte errado de carne e ela está passada demais.

Marilyn não parecia totalmente surpresa.

— Eu sinto muito — disse ela. — O chef tá um merda hoje. Ele acha que é muito melhor do que este lugar, mas a comida é uma bosta, né? Eu realmente sinto muito.

Vanessa olhou para ela por um segundo.

— Sinceramente, a culpa não é sua — disse ela. — Você foi ótima. Mas pode me fazer um favor? Pode levar isso de volta pra cozinha e dizer ao chef que o contra-filé dele parece um meteoro que acabou de atravessar o teto do restaurante e pousou no meu prato?

— Sim, senhora — disse Marilyn, e levou o prato, um sorriso desafiador no rosto.

Olhei para Vanessa. Ela se recostou na cabine e tomou um gole do vinho. Antes que eu pudesse dizer qualquer coisa, a porta que levava à cozinha se abriu e eu ouvi uma voz alta e rouca gritar:

— Muito bem, quem disse isso?

Vanessa e eu olhamos naquela direção e vimos um homem gigante de rosto vermelho com um avental branco manchado examinando furiosamente o ambiente, o prato de Vanessa em sua mão. Era o chef e ele estava vindo nos matar.

— Ah, meu Deus — disse Vanessa. — É um Gordon Ramsay bombado.

— Não consigo olhar. Ele tá armado com um cutelo? — perguntei.

— Pior... tá com o meu bife.

A confusão começou. O chef claramente queria interrogar todo mundo no restaurante, que estava razoavelmente movimentado, com famílias espantadas. Achei que isso forneceria o disfarce de que precisávamos, mas, assim que nos viu, ele pareceu saber imediatamente que éramos a origem da queixa.

— Foi ela, não foi? — gritou o chef.

— Uh-oh — disse Vanessa.

Ele começou a vir em nossa direção, mas Marilyn o segurou e o deteve, com a ajuda de dois funcionários da cozinha e uma mulher em um terno mais elegante que parecia ser a gerente.

— Talvez seja melhor irmos embora — sugeri.

Sem mais palavras, nos levantamos, jogamos dinheiro suficiente na mesa para pagar a conta e nos dirigimos para a saída com passos acelerados.

— Muito bem — gritou o chef, lutando para se libertar. — Vão se foder!

Cheguei primeiro à porta e a abri totalmente — bem na hora que o chef pegou o bife do prato e o atirou em nós. Vanessa se abaixou com um *timing* perfeito e a carne atingiu a janela ao meu lado, onde ficou colada.

— Você primeiro — eu disse, fazendo um gesto amplo e abrangente com o braço em direção à liberdade.

— Muito gentil da sua parte — disse Vanessa. Então se virou para o chef e fez um gesto obsceno com a mão.

Saímos dali apressados, de mãos dadas e rindo. O sol havia baixado e a noite estava chegando. Ficamos parados por um segundo, tentando assimilar tudo que havia acontecido, talvez nos perguntando o que mais poderia dar errado. Ela ainda estava com a mão nas minhas costas.

— É melhor irmos embora — eu disse. — Antes que ele venha e nos mate.

— E agora? — perguntou ela. — Eu podia te levar lá em casa e mostrar minhas fotos do Sudeste Asiático...

Banhada pelo brilho vulgar das placas de néon dos restaurantes, ela parecia transcendentalmente descolada. Seu sorriso era doce e seus olhos estavam em mim. Mas, ao olhar para eles, de repente me lembrei da fogueira.

— Acho que você vai concordar que esta noite foi um enorme sucesso — eu disse.

— Não consigo encontrar falhas nela.

— Foi tão boa que talvez devêssemos seguir nossos caminhos separadamente e esquecê-la de imediato, para que não vivamos o resto de nossas vidas preocupados com o fato de que nada poderá superá-la.

Ela olhou para mim e se afastou.

— Ah — replicou ela. — Acho que talvez você tenha razão.

Ufa, pensei, dessa vez interpretei os sinais corretamente. Não tinha acontecido nada hoje à noite além de medo e calamidade. Não nos despedimos com beijos no ar nem trocamos números de telefone. Apenas nos separamos. Andei de volta até o carro e entrei pelo porta-malas, abrindo um grande buraco na perna da calça ao fazê-lo.

No caminho para casa, não conseguia tirar uma imagem da minha cabeça. Vanessa, fora do restaurante, nada além da brisa trêmula entre nós. De mãos dadas e rindo — como os casais fazem quando acabam de viver uma aventura. Eu não experimentava essa sensação desde... ah, céus, desde Elizabeth.

Que estranho. Assim que pensei nela, me senti culpado. O casamento acabara havia muito tempo, ela se encontrava a milhares de quilômetros de distância, mas ainda estava ali, na minha cabeça.

Em meio a esse desconcertante vórtice de emoções e lembranças, um fato finalmente emergiu. Fiquei pensando nas coisas que tinham dado errado hoje à noite e não conseguia parar de sorrir.

Hannah

No dia seguinte ao incidente na balada, estou em meu laptop e vejo que Callum me adicionou no MSN; ele deve ter pegado meu e-mail com alguém da escola. Garoto esperto. Assim que estou on-line, minha janela de mensagem apita. É ele.
   Como você tá?, ele digita.

>Muito melhor! Desculpa por quase desmaiar e tudo mais.

>Tudo bem. Fico feliz que vc tá bem. Ainda quer sair?

   Penso por alguns segundos. Então, quero? Preciso mesmo arranjar mais essa razão para me preocupar?
   Noto que Jenna também está on-line, então abro uma janela de chat com ela.

>Que merda aconteceu com vc ontem?, digita ela. Callum disse que vc foi pra casa. Mandei msg. Vc tá bem?

>Quase desmaiei, Callum me ajudou a sair de lá.

Aah, o Príncipe Encantado!

Cala a boca. Estamos conversando agora, ele quer sair. Devo?

Vc quer?

Não sei!

Jenna me manda o *emoticon* do coração.
Digito furiosamente: EU NÃO GOSTO DELE.
Jenna manda o *emoticon* do sorriso seguido por: Sai com ele. Que mau pode te fazer?

Ok blz. Mas o q acontecer é culpa sua.
Além do mais, vc é ruim de gramática.

Volto para Callum.

Ok, vamos sair.

Ele diz que vai estar no centro da cidade amanhã de manhã, no banco no fim do estacionamento; aquele perto do rio onde todo mundo se encontra. Tão romântico.

No dia seguinte, uma série desconhecida de ansiedades me atinge. O que eu visto? Vou supercasual e finjo que não estou nem aí ou me esforço um pouco? Uau, essas são coisas com que as pessoas normais se preocupam o tempo todo. Me aproximando do espelho atrás da porta do quarto com algum cuidado, imediatamente noto que estou muito pálida, que tenho círculos escuros embaixo dos olhos e meu cabelo... parece que dormi acidentalmente em cima de um gerador de Van de Graaff.

— Bom dia — digo. — Muito prazer, sou a noiva do Frankenstein. Sim, meu noivo está bem, obrigada. Vou dizer que você mandou lembranças.

Estou e não estou animada. Estou ansiosa para ir e estou apavorada. Esqueci como é a aparência e a voz de Callum, mas só consigo pensar nele. Quando ouço o ruído metálico da caixa de correio e alguma coisa caindo no tapete, tenho essa fantasia idiota de que se trata de um convite formal. "O Sr. Callum Roberts requisita a companhia da Srta. Hannah Rose para um encontro no estacionamento atrás da galeria comercial." Mas não é isso. Enquanto desço correndo a escada, vejo que se trata de um envelope pardo de aspecto oficial, com um pequeno espaço para o endereço. É o meu nome que está ali. Respiro fundo e abro.

É do hospital — a data para a minha próxima bateria de exames.

Que sincronismo incrível. Meu coração-bolsa afunda como uma pedra. Agora não quero mais sair com esse garoto que eu mal conheço. Quero voltar para a cama, ou correr para o teatro e encontrar papai, ou ligar para Daisy e pedir que ela venha para cá para fazermos pipoca e assistirmos à TV. Parece uma lição de vida breve e cruel: não faça planos, não crie expectativas. Era de esperar que, a essa altura, eu já tivesse aprendido.

De alguma forma, porém, consigo me convencer de que, se vou ficar deprimida, posso muito bem fazer isso em algum lugar legal. Como em um estacionamento. A coisa toda vai ser um desastre e eu vou poder simplesmente riscá-la da lista e voltar à minha vida costumeira de medo e raiva.

Quando chego, Callum está sentado com um bando de garotos e garotas da nossa escola; alguns nos bancos, outros na cerca de madeira que corre ao longo do declive íngreme que leva até o rio, alguns nas margens do gramado. Todo mundo de camiseta, short e microssaia. O sol está tão escaldante que faz o asfalto derreter, lançando no ar um cheiro de alcatrão que se mistura com a fumaça do escapamento dos carros que passam. Os garotos são barulhentos, recostados nos assentos, cutucando uns aos outros, trocando bordões de *The Catherine Tate Show*, um coro reverberante de "Estou tããão preocupado...". Vejo Emilia e Georgia deitadas na grama lado a lado, compartilhando um fone de ouvido, ouvindo do mesmo iPod. Vejo Jay conversando com um cara da escola, e ele sorri e acena pra mim. Callum está na ponta de um banco, sendo cutucado a toda hora pelo garoto ao lado dele, mas prestando mais atenção à tela do celular. Ele está usando uma camisa polo da Lacoste rosa, jeans *skinny* azul-claro e botas da Converse brancas surradas. Na gola da camisa está pendurado um par de óculos escuros estilo Ray-Ban. Alguma coisa lateja em minha cabeça. Penso em dar meia-volta e ir embora. Imploro a mim mesma que faça isso.

— Oi, Hannah! — grita uma garota. Eu não sei quem é. Callum ergue os olhos e sorri. Então guarda o celular, se levanta e vem em minha direção.

— Oi — diz ele.
— Oi.
— Então, eu estava justamente te mandando uma mensagem. Uma galera vai comprar bebida e ir pro campo de Westway.
— Arrã.
— E ficar por lá um pouco. Depois a família do Ben vai dar um churrasco e... Você tá ouvindo?
— Tô.
— Tem certeza?
— Sim.

Isso *não* é o que eu quero fazer. Já estou arrependida de tudo. Meu coração está batendo forte.

— Então, Ben mora nessa casa, tipo, mansão, enorme, nos arredores da cidade, alguns de nós vão dormir lá, achei que seria legal se... Se...

Tu-tum, tu-tum, tu-tum. Respiro fundo. Não quero ficar isolada no meio do nada. Não quero acabar num quarto com garotos bêbados. Não quero que Callum me coloque nessa situação.

— Vai você — digo, em um tom assertivo. — Tá tudo bem. Acho que não vou.

— Hannah?

— Tá tudo bem, tudo bem. Por favor, não se preocupa.

Percebo uma movimentação decisiva atrás de nós. Os garotos se levantaram e estão correndo atrás uns dos outros pelo estacionamento, passando espremidos entre os veículos. Eu procuro Jay, meio que esperando que meu velho amigo venha me resgatar, mas, quando o avisto, ele está olhando fixamente para mim e Callum com uma expressão muito fria. Então ele também vai embora. E nem acena pra se despedir.

— Vocês vêm? — alguém grita para nós. — Cazza tem uma caixa térmica cheia de bebida e uns três gramas de coca. Vai ser irado.

Sinto uma grande emoção crescendo em meu peito. Callum está me encarando e eu não quero que ele me olhe assim. Algo vai acontecer.

Então, um de seus amigos aparece ao nosso lado. Ele está sem fôlego de tanto correr por ali e cheira a desodorante e cerveja *lager*.

— Você vem, cara? — pergunta ele.

— Vai logo — digo a Callum.

Quero me ver livre dessa situação. Foi um erro. Alguma coisa está fazendo meus olhos arderem. Tenho que sair do caminho porque um carro está tentando estacionar onde estamos parados. Através do para-brisa, vejo o motorista de cara fechada gesticulando em nossa direção, insensível ao pequeno psicodrama que se desenrola aqui fora — principalmente na minha cabeça. Sei que Callum irá. Está fazendo um dia lindo e eles vão passar a tarde bebendo, rindo e ouvindo música em um minúsculo aparelho de som enquanto o sol baixa além da copa das árvores. Então as pessoas vão se separar em pares e desaparecer. Callum irá e esse será o fim de tudo.

— Não, cara — diz ele. — Temos planos.

— O quê? — pergunta o amigo.

— Eu e Hannah temos planos, desculpa. Te mando uma mensagem mais tarde, amigo.

O garoto se afasta, olhando para nós, sorrindo e balançando a cabeça.

— Esse é o Callum — diz ele. — Sempre desaparecendo.

Então ele vai embora, atravessando em disparada o concreto, puxando a bermuda de outro amigo. Callum o observa ir.

— Temos planos? — pergunto.

— Sim. Bom. Eu tenho planos. Quer dizer, um plano.

— E qual é?

— Fazer o que você quiser. O que quer que seja. Esse é o meu plano.

— É um bom plano, você obviamente pensou nos detalhes com cuidado.

— Levei a manhã toda.

— Sinto muito sobre o... campo e as outras coisas.

— Ah, você sabe. Posso ir pra lá a qualquer hora. De qualquer forma, o lugar fede a merda de vaca quente.

— O que seu amigo quis dizer? Sobre você desaparecer?

— Ah, nada. Ele só tava sendo babaca. Como você tá se sentindo?

— Não maravilhosa. Mas não quero falar sobre isso, se você não se importar.

— Com certeza. Posso me identificar com isso. Bom, então, eu te contei meu plano. Agora você tem que me contar o seu.

— Meu plano para hoje à tarde?

— É, para o que mais seria?

Ele me escolheu.

O sol queima em nosso rosto. Ao longe, nos limites do estacionamento, a luz tremula. Há um tom dourado em tudo. Possivelmente seria mais bonito se estivéssemos em uma praia ou em uma encosta com vista para o campo, em vez de no meio de uma vastidão de Volvos olhando para uma megastore Argos. Mas ainda assim é lindo. Faz com que eu me sinta bem.

— Eu tenho um plano — digo.

Então pego os óculos de sol pendurados na camisa dele e os coloco.

Ele me escolheu — mas, afinal, quem não escolheria?

— Vamos.

Aproximadamente 25 minutos depois, estamos na loja de HQs. Callum está vasculhando as prateleiras, mas eu fico sentada, recuperando o fôlego. A pequena mesa de centro na minha frente está lotada de coisas novas que não lemos e coisas antigas que amamos. Dav está atrás do balcão usando um vestido de veludo roxo e botas de plataforma imensas cujos cadarços vão até os joelhos. Suas unhas em forma de garra também estão pintadas de um roxo brilhante. Eu amo Dav porque ela é quem quer ser e tem a aparência que deseja ter. Eu a admiro muito por isso. Quando Callum está a uma distância que não pode nos ouvir, ela se aproxima e me cutuca.

— Você e ele estão...? — Ela faz um gesto frenético apontando de mim para Callum.

— Nós estamos o quê?

— Você sabe!

— Não sei, de verdade.

— *Juntos?*

Eu fico olhando para ela.

— Ele é *gato* — sussurra ela.

Decido não replicar, mas me pego assentindo. Fui traída pelos meus próprios movimentos de cabeça.

Callum vem e se senta à minha frente e ficamos assim, apenas juntos, lendo e sendo nerds. Ele me conta que cresceu lendo *2000 AD* e que não conheceu o pai, então recebeu toda a orientação masculina em sua vida do Juiz Dredd, de Rogue Trooper e do Strontium Dog, o que não parece ideal. Digo a ele que minhas mães dos quadrinhos foram a Mulher Maravilha, a Viúva Negra e Tempestade de Os fabulosos X-Men ("elas me ensinaram que era importante ser forte, independente e ter um cabelo realmente gigante"). Ele não fala muito mais sobre sua família, além do fato de que a mãe teve uma sucessão de namorados inúteis, embora o último pareça ok. Conto a ele sobre minha infância no teatro, como passei a maior parte do tempo assistindo a ensaios de peças, que eu idolatrava Oscar Wilde em vez de Justin Timberlake. Conto até sobre as peças de aniversário.

— Vamos ver se entendi — diz ele. — Todo ano, o grupo de teatro inteiro apresenta uma peça só pra você e seus amigos?

— É.

— Peças que você escreveu?

— Mais ou menos. Eram todas baseadas em contos de fada, pelos quais eu também era completamente obcecada, já falei isso? E nós nunca escrevemos os roteiros de verdade. Papai e eu planejávamos o enredo e os atores improvisavam.

— Uau, então vocês basicamente tinham um teatro de verdade para brincar? Eu gostaria de ter visto isso.

— Acho que devemos ter fotos em algum lugar. É triste que a gente nunca tenha escrito as peças, mas papai e eu somos meio caóticos. Isso tudo deve soar muito estranho pra você.

— Não! Bom, sim — diz ele. — Mas é muito legal seu pai ter feito isso por você. E é bacana que você goste de HQs *e* de teatro. É uma combinação meio aleatória.

— Ah, bom, você leu *Quadrinhos e arte sequencial*, do Will Eisner? — Sei que estou parecendo uma palestrante *nerd*, mas este é meu assunto favorito e não consigo me conter. — Ele escreve sobre como os quadrinhos e o teatro enquadram a ação de maneira semelhante. Os dois, assim, reduzem cada cena aos elementos mais importantes, e você tem que preencher as lacunas com sua imaginação. Eles usam muitas técnicas semelhantes, o jeito como criam espaço e luz e... desculpa, acho que pensei muito sobre isso.

— Não peça desculpas — diz ele. — Não se desculpe por ser inteligente.

— Não sou inteligente. Aquele trabalho que você escreveu sobre *Jane Eyre*, aquilo foi inteligente.

Ele dá de ombros e desvia o olhar.

— Hannah, olha. Eu... eu devia te contar uma coisa.

Lá vamos nós, penso. Ele tem uma namorada. Ou namorado. Ou está se mudando para a Escócia. Ou os três ao mesmo tempo.

— Eu tenho uma espécie de problema. Um problema médico. Tipo isso. Quer dizer, não é tão grave quanto o seu, mas... eu tenho depressão. Tomo remédio e vou à terapia de quinze em quinze dias. Mas, é, esse agora sou eu.

— Merda — digo. — Sinto muito.

— É só... pode ser bem ruim às vezes. Tem horas que fica tudo bem, mas muitas outras, não. Às vezes eu... bom, eu só preciso ficar sozinho. Não consigo encarar as pessoas. Queria que você soubesse. Para o caso de acontecer. Sei lá. Merda, não importa. Alguns dos meus amigos sabem, mas não conta pra todo mundo na escola.

— Eu não contaria.

— Eu sei.

— Foi isso que seu amigo quis dizer quando falou sobre você desaparecer?

Callum assente.

— Assim, vou entender se...

— O quê?

— Se você não quiser sair comigo.

— Por que eu não ia querer sair com você?

— É muita coisa pra lidar.

— Mesma coisa com a cardiopatia.
— Certo. Que dupla. Você quer falar sobre isso?
— O quê? A cardiopatia?
— É, me conta um fato. Um fato sobre cardiopatias.
— Hum... Eu tomo dez comprimidos duas vezes por dia e um deles é diurético, então tenho que fazer *muito* xixi. É esse o tipo de fato que você queria saber?
— É, isso é exatamente o que eu queria saber, obrigado.

Eu poderia ter dito qualquer coisa. Poderia ter contado a ele sobre testes ergoespirométricos, ou ultrassons abdominais ou, literalmente, qualquer outra coisa sobre cardiomiopatia. Em vez disso, fui direto para o xixi. Por que, meu Deus, por quê?

Enfim, é isso. Essa é a nossa conversa profunda do dia. Voltamos à leitura, mas secretamente fico me perguntando como é ter depressão e o que isso significa exatamente. É só que ele fica triste com frequência? Ele é suicida? E uma pequena parte de mim, egoísta e horrível, pensa: eu preciso disso? O que estou fazendo aqui com esse cara? Eu meio acidentalmente me enfiei nessa coisa toda e agora vejo que vai ser complicado. Mas então Dav põe Nick Cave para tocar, e eu penso: Bom, estou aqui sentada lendo HQs e ele é legal, e tudo é suportável, na verdade. A porta da loja se abre e Ricky entra meio aos tropeços, e acho que Dav deve ter mandado uma mensagem para ele ou algo assim, porque ele vem até mim carregando duas latas de Coca e um saco de *donuts*.

— Para nossos convidados — diz ele. E põe tudo sobre a mesa para nós.

Eu seria capaz de chorar com esse gesto de gentileza.

Então, quando dá seis horas e a loja está fechando, é difícil ir embora. Os outros *geeks* saem carregando suas sacolas plásticas cheias de histórias. Callum e eu devolvemos às prateleiras todos os livros que não podemos comprar. Dav se despede de mim com um abraço; Ricky dirige a mim a saudação vulcana do Dr. Spock.

Então estamos novamente na rua, olhando à nossa volta, hesitantes em relação a tudo.

— Obrigada — digo a Callum.

— Pelo quê?

— Pelo seu excelente plano.

— Bom, o mérito é principalmente seu.

— Obrigada por não me fazer ir com os seus amigos. Obrigada por me perguntar o que *eu* queria fazer.

— Não foi nada. — Então ele diz: — Hannah?

— Sim?

— Você às vezes tem uns momentos em que pensa algo como aconteça o que acontecer, eu tenho esse dia. Assim, isso é *meu*, ninguém pode tirar de mim. Qualquer que seja a merda que possa acontecer comigo, não vai acontecer hoje. Hoje o dia é meu e eu posso apenas aproveitá-lo, e todas as lembranças estarão seguras. Isso faz algum sentido?

— Sim, faz. Totalmente.

— Bom, hoje foi um desses dias. Pra mim, pelo menos.

— Pra mim também.

— Sério?

— Sério.

— Hannah, posso te dar isso? É muito idiota, mas... eu queria que você desse uma olhada.

Ele tira algo da mochila — é um caderno grande. Faço menção de abri-lo para olhar, mas ele me detém.

— Não, ainda não, espera até eu ir embora. Eu fico... é constrangedor.

— O quê? Por quê? Ah, você não escreveu um soneto pra mim, escreveu?

— Não.

— Me desenhou como uma das suas garotas francesas?

— O quê?!

— Ah, sabe... aquela cena do *Titanic* em que a Kate Winslet mostra os peitos e...

— Não! Só leva pra casa e olha mais tarde. E, bom, depois me fala o que achou.

— Vou falar, com certeza.

Dessa vez eu mencionei os peitos da Kate Winslet. Sou mesmo uma profissional nisso.

— Tem uma convenção de HQs em Bristol daqui a algumas semanas — diz ele. — Eles têm essa coisa em que você pode levar seus desenhos para que os editores avaliem.

— Ah, legal. Você vai?

— Não sei. Duvido. Merda. Não, acho que não.

— Por que não?

— Eu te disse o porquê.

Olho para Callum, mas ele não me olha nos olhos, e eu não quero insistir e arruinar toda a tarde.

— É melhor eu ir — digo. — Meu pai está me esperando.

— Tchau, Hannah Rose.

Ele chega muito perto, e a sensação é familiar. É como aquele momento hoje à tarde, o calor tremeluzindo a distância, a luz ficando dourada. Ele me beija na bochecha, depois mais uma vez muito perto da boca. Paramos por um segundo, meus dedos sobem pelo seu braço. Ele está arrepiado.

Todo ano, quando eu era criança, meu pai montava uma peça para o meu aniversário. Ele fazia isso para me ajudar a lidar com o check-up cardíaco anual e também com o medo e a incerteza que eu sentia quase todos os dias. Ele os chamava de Dias de Magia, porque dizia que a magia ganha de qualquer coisa. Ele tornava aqueles dias estranhos e incríveis. Contratava músicos para tocar na frente do teatro quando meus amigos e eu estávamos chegando. Havia bolos, doces e refrigerantes no saguão, servidos por atores fantasiados de personagens. Parecia que tudo de bom no mundo emanava daquele teatro, como o Cubo Cósmico nas HQs do *Capitão América*. A fonte máxima de luz e energia.

Mas hoje, meu Deus, hoje foi um dia lá em cima também. Não houve espetáculo, nem palco, nem magia teatral. Somente eu e esse garoto e como nos sentimos em relação ao outro. Isso vai soar muito idiota, mas, quando toquei o braço dele, o que senti foi... mágico.

Então, o que quer que esteja vindo, não vai me pegar hoje. Hoje não.

Hoje.

O dia.

É.

Meu.

Tom

À medida que agosto avançava, foi ficando cada vez mais óbvio que o verão prosseguia e que não iria embora tão cedo. Tratando-se da Grã-Bretanha, por alguns dias as pessoas amaram; as praias estavam lotadas, as crianças brincavam nas fontes dos parques, o cheiro de churrasco pairava no ar — até todos terem uma intoxicação alimentar e os trens quebrarem, e tudo se transformar em anarquia. Eu ia para o teatro quase todos os dias usando meu novo uniforme: bermuda cargo, camisa de linho branco e chapéu panamá. Deixei a barba crescer. Hannah disse que eu parecia um *serial killer* apreciador de vinho pedindo carona pela Provença.

Entrei no site de namoro algumas vezes para ver se havia, por algum milagre bizarro, uma mensagem de Vanessa — mas não havia. Hannah me pegou navegando pela página e me fez verificar se havia novos *matches*, e então me forçou a aceitá-los. Foi assim que acabei indo a três encontros em três noites seguidas — o equivalente romântico a uma bebedeira. Primeiro foi Jocasta, uma ambientalista que insistiu para comermos em um bistrô vegetariano orgânico caro chamado Physic Garden, que ficava no meio do nada e era cheio de pessoas estranhas e rústicas com roupas tecidas à mão. Tive medo de que percebessem que eu era um carnívoro enrustido e me arrastassem dali para eu ser queimado, em sacrifício, em uma berinjela de vime gigante. Depois, veio Oregon, que já havia sido modelo em catálogos de compras, mas agora dirigia uma agência que providenciava creches para os bandos de famílias de classe média alta que se mudavam para a cidade. O que ela mais fez foi me fornecer fofocas sobre seus clientes famosos. Aparentemente, uma atriz do elenco de um drama hospitalar que já durava muitas temporadas estava tendo um caso com um médico de verdade e solicitava o reembolso das contas do hotel dizendo que na prática era uma pesquisa de campo. Por fim, foi a vez de Eva, que explicou em sua mensagem que gostava muito de música experimental, o que achei interessante. No entanto, nosso encontro foi em um concerto em Bristol, no qual um homem desmontou lentamente um piano de cauda ao longo de duas horas dignas de deixar a bunda dormente. O combinado era sair para um drinque depois e discutir o concerto, mas eu disse a ela que precisava de um tempo sozinho para ponderar sobre o que tinha visto e ouvido, e então saí de lá muito rápido com Oasis tocando bem alto no som do carro.

Quando cheguei em casa naquela noite, Hannah tinha saído com Daisy. Encontrei uma garrafa de vinho do Porto no fundo do armário sob a escada, me servi uma taça e peguei minha foto com Elizabeth no console da lareira. Sentei-me no sofá — o sofá que Lizzie e eu compramos juntos e depois arrastamos por uma sucessão de apartamentos alugados de quinta categoria até a nossa primeira casa. Havia uma mancha de vinho tinto em uma das almofadas daquela noite em que nos embebedamos assistindo ao Festival Eurovisão da Canção. Cantamos junto com o artista em todas as apresentações. Mas tudo o que eu ouvia agora era o zumbido do aquecimento central e o ruído abafado dos carros que passavam lá fora. Segurei a foto e tracei a linha do sorriso de Elizabeth com o dedo. A lembrança do humilhante não beijo diante da fogueira surgiu em minha cabeça, me provocando, como o fantasma de Banquo. Talvez este vinho esteja fora da validade, pensei.

Hannah estava escapulindo todas as manhãs para encontrar Callum (ah, o glamour do amor juvenil) no estacionamento. Sempre me perguntei como me sentiria quando isso acontecesse. Estava determinado a não ser um daqueles pais protetores histéricos que ameaçam os namorados das filhas com violência física. Para ser sincero, eu não seria nada convincente nesse papel, já que tenho a agressividade de um filme da série *Carry On*. Decidi ser gentil e acolhedor e não muito estranho. Mas havia um aperto em meu coração porque eu sabia que algumas das aventuras da vida dela agora seriam coestreladas por ele. Eu precisaria abrir espaço. Às tardes, ela ainda estava encontrando com Jenna e Daisy para sua irmandade de leitura, mas eu lamentava por Jay; a amizade deles, antes próxima, estava por um fio. Ele foi ao teatro algumas vezes procurando por ela e saiu com uma expressão carrancuda e desanimada. Eu perguntava como ele estava e ele resmungava sobre as coisas estarem "estranhas" em casa, mas isso era obviamente uma desculpa, porque as coisas nunca pareciam estranhas para Sally. Ela era a pessoa mais bem-resolvida da minha vida.

De qualquer forma, eu estava pensando que Hannah parecia estar muito bem, até que hoje de manhã fui ao quarto dela para colocar o questionário dos *A-levels* de volta no quadro de avisos e vi a correspondência recente informando a próxima consulta na Cardiologia fixada ali, com uma carinha triste rabiscada. Ela não tinha me contado que a carta chegara. Ela sempre me falava sobre as consultas. Eu me perguntei se, lá no fundo, ela não estava se sentindo excluída por causa da minha própria agenda de encontros.

Senti que precisávamos de um tempo de qualidade juntos e lembrei da inauguração de um restaurante na cidade. Obviamente, essa seria a oportunidade perfeita para um jogo de Duvido Você Usar. Mandei uma mensagem para ela, pedindo que me encontrasse no palco ao meio-dia. Então passei uma hora atacando o acervo de figurinos, reunindo uma seleção de três trajes ridículos para ela escolher. Eu os pendurei em uma arara e escondi atrás das cortinas no fundo do palco — seria uma revelação divertida.

Ela chegou às 12:15, parecendo com calor e atormentada, digitando sem parar no celular enquanto caminhava na direção do palco. Eu havia colocado uma mesa e duas cadeiras ali, de modo que parecia o cenário de um drama doméstico.

— Olá, Casanova — disse ela, subindo os degraus laterais e entrando no perímetro da luz. — Como foi o encontro de ontem à noite?

— Numa escala que mede catástrofes de um a dez?

— Óbvio. De que outra forma poderíamos mensurá-los?

— Acho que talvez um três.

— Isso é positivo. Como foi a música?

— Arrasadora.

Ela se acomodou na cadeira diante da minha e olhou para mim.

— Não tá funcionando, né? — perguntou.

— O quê? Esses encontros? Estou me divertindo como nunca, querida!

— Pai. Me fala a verdade.

— Você me fala uma coisa primeiro?

— Claro.

— Por que não me contou sobre a nova consulta no hospital?

Ela baixou os olhos, o rosto desaparecendo sob o tumulto de cachos.

— Eu ia falar. É só que tem muitas outras coisas acontecendo.

— Você quer que eu pare com toda essa besteira de encontros? — perguntei.

— Não! — exclamou ela, me encarando de repente. — Isso é justamente o oposto do que eu quero!

— Mas não tá funcionando. Elas não são como...

— O quê?

— Nada.

— Elas não são como Elizabeth. É o que você ia dizer, né? Pai, ela foi embora faz dez anos!

— Eu sei.
— Você tem que superar!

Ela bateu as mãos espalmadas na mesa e o barulho ecoou pelo teatro vazio. Parecia óbvio que ela estava evitando o assunto em questão, que era a sua consulta.

— Hannah, não é tão simples assim. É como... sua mãe é uma parte de mim, ela é parte da minha vida. O tempo que vivemos juntos, o que eu sentia por ela, isso não desaparece, simplesmente. E toda vez que me vejo sentado diante de uma estranha em um café, pub ou bistrô ou em um concerto, me sentindo constrangido, tentando desesperadamente engatar uma conversa, penso nela e em como não era nada constrangedor, nem desesperado. E sinto saudade dela. Sinto muita, muita saudade dela.

Não era essa a direção que eu queria que a conversa seguisse. Eu me desviara do roteiro e estava improvisando ridiculamente.

— Você tem que continuar tentando — disse ela. E pegou a minha mão. — Você precisa de alguém. Vai ter um encontro em que tudo vai correr bem, que vai ser divertido, que vai funcionar.

Balancei a cabeça.

— Não consigo ver isso.

— Pai, não seja dramático! Você teve o quê? Cinco encontros? Isso não é nada! Vamos, eu te garanto, alguma coisa vai dar certo. Você vai continuar e vai acabar encontrando alguém, e vai ser, como foi com ela, é óbvio! Óbvio. É isso!

Vanessa.

— Não vou.

Na saída do restaurante, as luzes néon, as estrelas.

— Você não sabe disso! Vai ter uma, vai ter alguém, vai ter uma chance. Vai acontecer!

— Não vai, Hannah, porque acho que já aconteceu e eu a desperdicei.

Indo embora, de mãos dadas, como os casais fazem.

— O quê? Como assim? Pai?

— Vanessa. Você sabe, aquela com quem fui ao cinema.

E pela primeira vez, contei a ela toda a história. Contei sobre o filme horrível, o restaurante, a Marilyn Monroe e o bife, e quando cheguei à parte em que fugimos do chef, ela estava rindo.

— Você tá brincando? Vocês foram perseguidos? Tiveram que fugir do seu encontro?

— Sim, e quando chegamos do lado de fora... sabe, a noite tava linda, tão cheia de paz, e eu não sei. Seguimos cada um para um lado. Fim.

Observei o sorriso de Hannah ser lentamente substituído pela testa franzida.

— Esse parece que devia ser o começo de uma história — disse ela. — Não o fim.

— Tá tudo bem! Hannah, é só uma daquelas coisas. De qualquer forma, temos mais do que o suficiente acontecendo no momento. Acho que devemos deixar todo esse episódio lamentável para trás, e eu tenho a solução perfeita.

— Pai, eu...

— Sabe a inauguração daquele restaurante na cidade hoje à noite?

— O negócio é que...

— Bom, reservei uma mesa para o Sr. E a Srta. Duvido Você Usar!

Era sempre assim, ela fingia não estar interessada e então concordava, de má vontade, porque essa era a nossa regra, e então saíamos e nos divertíamos e esquecíamos tudo. Juntos. Era a nossa regra. Levantei-me de um salto da cadeira, pronto para revelar a seleção de trajes para ela.

— Desculpa, não posso — disse ela, quase num sussurro. Parei, imobilizado. — Vou ver *Batman* com Callum.

— Mas... mas você nem gosta de filmes de ação. E você odeia o Batman.

— Eu sei, mas... a gente só vai rir de tudo e jogar pipoca na tela.
— Você o chama de o Babaca de Capa.
— Eu sei.
— O Cavaleiro das Merdas.
— Eu *sei*. Mas Callum quer ver. Tudo bem? Você se importa? Tornei a me sentar.
— Não, claro que não. Vai ser legal.
— Tem certeza?
— Absoluta.
— Estou preocupada com você.
— Não seja boba. Vá e se divirta.

O celular dela vibrou e ela o tirou rapidamente do bolso.

— É o Callum — disse, fazendo uma expressão aflita. — Me desculpa. Eu prometi me encontrar com ele.
— Eu entendo — repliquei.
— Posso... ir?
— Sim. Sim, desculpa, pode ir.

Lembrei a mim mesmo da minha nova política: gentil, receptivo e não muito estranho. Então a deixei ir.

Hannah

Fiz uma coisa que provavelmente não devia ter feito. Se papai descobrir vai me matar. Ou morrer de vergonha. Ou vai me matar e *depois* morrer de vergonha. Entrei em contato com Vanessa. Entrei no perfil dele no site de namoro e mandei um e-mail para ela. Escrevi uma mensagem explicando que eu era a filha dele e gostaria de encontrá-la, e ali estavam meu e-mail e telefone. Na verdade, eu só estava brincando e não tinha a menor intenção de mandar o e-mail. Mas então fui fingir que ia clicar em "Enviar", fingi um pouco forte demais, e acabei enviando.

Como se isso não bastasse, 43 minutos depois ela me mandou a droga da resposta.

"Vai ser um prazer", dizia o texto. "Onde é bom pra você?"

"Que merda." É o que estou dizendo agora a mim mesma, mil vezes. "Que merda, que merda, que merda." É o que fico repetindo baixinho enquanto tento desesperadamente pensar em um lugar onde seria seguro encontrá-la, um lugar aonde papai nunca iria. Respondo sugerindo minha terceira casa e o local preferido para encontros constrangedores: a loja de HQs. Ela responde: "Sim, pode ser, uma da tarde amanhã?"

"Que merda!"

Será que esta é a coisa mais estranha e idiota que já fiz? Deve estar bem no topo da lista. Não é nada tipo encher a cara de Smirnoff Ice e depois vomitar no cabelo da minha amiga ou acidentalmente sair com meu primo de segundo grau (Daisy em ambas as situações). Eu costumo ser razoavelmente cuidadosa com as coisas. Reflito sobre tudo com cuidado, rumino os fatos. Não faço contatos secretos com possíveis namoradas do papai. Embora, para ser justa, nunca tenha tido a oportunidade antes. Jesus, quem sabe do que sou capaz?

No dia seguinte, decido tomar um caminho mais longo até o centro da cidade para não passar pelo teatro e não encontrar papai acidentalmente. Isso significa passar em frente à casa de Callum. Bom, ele ainda não me convidou oficialmente nem nada, mas cometeu o erro de me dizer onde mora, e eu imagino que, como ando vivendo perigosamente, posso muito bem aparecer na porta e dar um "Oi". De qualquer modo, tenho uma desculpa, porque preciso devolver seu caderno de desenho. Finalmente reuni coragem suficiente para olhá-lo ontem à noite. É sempre um pouco angustiante quando um amigo compartilha algo criativo com você — como aquela vez que Jenna me fez ler sua *fanfic* de *Lost*. Mas os desenhos são incríveis. A maioria deles mostra uma garota com cabelos pretos rebeldes e punhos fechados, com ar feroz, acompanhada por uma espécie de lobo preto gigante. Em um deles ela está parada ao lado de um corpo em um beco enevoado, em outro está em uma biblioteca, e todos os livros deixam as estantes e voam ao redor dela. Todos os desenhos são carregados em sombras, raiva e violência, como *Sin City* ou *Walking Dead*. Estou realmente impressionada.

Callum mora em um conjunto habitacional um tanto malcuidado, ao lado de uma fábrica de alimentos enorme. As casas parecem construções de Lego, com os tijolos vermelho-vivo e as janelas escuras e vazias. A maioria dos jardins está largada e cheia de ervas daninhas, bicicletas e brinquedos quebrados. Quando chego à casa dele, preciso me espremer para passar por um jipe apoiado em tijolos na garagem. Tento tocar a campainha, mas todos os fios estão pendurados para fora, então bato na porta. O entusiasmo que eu sentia começa a se desfazer um pouco. Bato de novo e, dessa vez, o som de latidos frenéticos vem de dentro. Dou alguns passos para trás.

Segundos depois, uma mulher de meia-idade abre a porta, segurando um livro e parecendo incomodada e de mau humor. Seu rosto, embora prematuramente envelhecido, não é feio. Os cabelos longos e frisados estão presos para trás em um rabo de cavalo e ela usa jeans com um casaco de moletom rosa-claro com capuz da Juicy Couture. Ah, meu Deus, acho que estou conhecendo a mãe dele.

— Pois não? — diz ela.

— Callum tá em casa? — pergunto, tentando parecer educada, mas bem menos semelhante a um apresentador da rádio BBC do que acho que costumo parecer.

— Tá na cama, querida.

— Ah — digo, e sem pensar verifico a hora na tela do celular. — Ele vai... vai levantar logo?

— Duvido. Está em um de seus dias ruins.

— Eu só queria dar um oi. Somos amigos. Bom, meio que amigos. Não, somos amigos mesmo.

Ela me dirige um olhar com um levíssimo indício de simpatia.

— Quando ele tá assim, não importa quem você seja, querida, ele não vai te receber. Qual o seu nome? Eu digo a ele que você passou por aqui.

— Meu nome é Hannah.

O rosto dela se ilumina de repente.

— Ah, *a* Hannah? Meu Deus, querida, ouvi falar muito de você — diz ela.

— Sério?

— É, ele não fala de outra coisa. Ele vai me matar se souber que te contei isso.

Sinto meu rosto basicamente pegar fogo, como uma gigantesca queima de fogos de artifício de vergonha.

— Bom, fico feliz por ter me contado — gaguejo.

— Sou a mãe dele, Kerry.

— Olá, Kerry — digo. Ah, meu Deus, isso é muito esquisito.

O cachorro surge por trás das pernas dela e começa a latir para mim, me tirando do meu transe humilhante por causa de um garoto.

— QUIETO, MONSTRO DO PÂNTANO! — grita ela.

— Aposto que foi Callum que escolheu esse nome.

— Ele sempre foi um garoto maluquinho. Eu convidaria você para uma xícara de chá, mas a casa tá uma bagunça, e não acredito que vamos vê-lo hoje. Ele fica muito deprimido às vezes.

— Eu sei, ele me contou.

Ela parece surpresa, mas sorri em seguida.

— Ele não fala sobre isso com muitas pessoas. Guarda tudo dentro dele. Típico dos homens.

Um cara vem pelo corredor por trás da mãe de Callum e concluo que é o atual namorado que ele mencionou na loja de HQs. Tem cabelos pretos cortados rente, e parece rude e agressivo. Mas, sem nada dizer, ele a beija carinhosamente no rosto e sorri para mim.

— Muito bem — diz, e passa por nós para chegar ao carro.

Ela o observa abrir uma caixa de ferramentas e desaparecer sob o capô. Depois olha novamente para mim com expectativa, sem dúvida esperando que eu vá embora. O Monstro do Pântano começa a latir de novo, e ela bate de leve na cabeça dele com o livro. Noto que é *Ratos e homens*, o pior livro da nossa lista de leitura obrigatória. O cachorro choraminga e volta para dentro da casa. Eu sei como ele se sente.

— Então, hã, pode avisar Callum de que passei por aqui? — peço. — E diga a ele que gostei dos desenhos.

— Digo, sim, querida.

— Espero que ele se sinta melhor logo.

Ela balança a cabeça.

— Ele me preocupa muito, esse menino.

— Até logo — digo. Mas a porta já está se fechando.

Desço o caminho e então me viro e olho para a casa. Na menor das duas janelas do andar de cima, as cortinas estão fechadas, mas tenho certeza de que as vejo se mexer de leve.

Na loja de HQs, Ricky está reorganizando a seção de "Recomendados", criando um *display* do Batman para celebrar o lançamento do filme *Batman Begins*. Paro na entrada e olho de cara feia para ele.

— Seu vendido — digo.

Ricky me lança um olhar de culpa.

— Eu temia esse momento.

Opto por não contar a ele que vi o filme idiota. Era um fracasso total. Christian Bale falando com uma voz rouca ridícula, fazendo o papel do "homem branco que descobre as artes marciais" e choramingando por duas horas. Callum e eu rimos durante a maior parte do filme.

— Então, quais obras-primas do Bat-Fascista você tá recomendando? — pergunto.

— Ah, sabe, o de sempre.

— *O Cavaleiro das Trevas ressurge, A Piada Mortal, O Longo Dia das Bruxas...* seus clientes *geeks* já não compraram todos eles?

— Hannah, eu...

Estou prestes a me lançar em outro ataque virulento sobre o Psicopata de Capa quando ouço a porta se abrir atrás de mim e me viro, deparando com uma mulher de trinta e poucos anos, usando um vestido lindo da Hobbes. Ela tem uma beleza meio de menino, tipo Audrey Hepburn, e os cabelos e a maquiagem são perfeitos. Por alguma razão, sei imediatamente que não se trata de uma cliente habitual.

— Vanessa? — pergunto.

— Hannah?

— Sim.

Ficamos paradas olhando uma para a outra, sem jeito. Ricky vê aí sua chance de escapar, e corre para o balcão.

— Desculpa, isso é um pouco estranho, né? — digo.

— Bom, sim — responde ela. — Mas, para ser franca, Hannah, cheguei a um ponto da minha vida em que gosto de fazer coisas estranhas. Segunda-feira foi Pilates, ontem entrei para um coral, hoje estou conversando com uma adolescente em uma loja de revistas em quadrinhos sobre um encontro com o pai dela. Então, vamos lá.

Faço um gesto apontando para as duas poltronas surradas no canto, como se estivesse mostrando a ela o meu escritório. Andamos até lá em silêncio e ela se senta no mesmo lugar que Callum ocupou em nosso primeiro "encontro". É uma estranha recriação daquele momento, só que agora estou aqui com a possível namorada do *papai*, o que faz com que eu me sinta como se estivesse em uma novela ou uma tragédia grega. É só quando estamos sentadas de frente uma para a outra que me dou conta de que não tenho um plano. Não tenho ideia do que estou fazendo, na verdade. De repente me sinto muito cansada.

— Este lugar é maravilhoso — diz Vanessa. — Por que não venho aqui? Eu adorava histórias em quadrinhos quando era criança. Li todos os livros do *Tintim*. Costumava marcar, em um grande mapa-múndi na parede do meu quarto, os lugares onde ele tinha estado. O Capitão Haddock foi meu *crush* até os meus 15 anos mais ou menos. Eu era uma criança esquisita. Enfim, olá, o que posso fazer por você?

Gosto dela logo de cara. Quer dizer, puta merda, ela é linda, sofisticada e parece realmente de bem consigo mesma. Começo a temer que talvez ela não esteja nada interessada no papai. Resolvo tocar no assunto da maneira mais sutil possível.

— Bom, eu só... acho que meu pai estava... quer dizer, depois do encontro... Ah, meu Deus, olha, você gosta dele?

Ela explode numa gargalhada, e é um som tão alto e espontâneo que começo a rir também. Um cara que examina a seção de mangás nos olha com desconfiança.

— Você não perde tempo — diz ela.

— A vida é curta demais — respondo. E me pergunto se papai contou alguma coisa a ela sobre mim, porque ela para de sorrir na hora. Ela leva um tempo para responder.

— Sim — diz ela. — Eu gostei dele, sim. Quer dizer, o encontro foi um desastre nuclear gigantesco, mas foi um tipo divertido de desastre nuclear.

— Existe um tipo divertido de desastre nuclear?

— Há alguns meses eu não acharia isso possível, mas agora essa é minha nova vida, uma vida em que tenho encontros e faço Pilates.

— Ele me contou um pouco.

— Contou sobre o chef que jogou o bife em nós?

— Achei que ele estivesse inventando essa parte.

Ela balança a cabeça com entusiasmo.

— Não, é tudo verdade. Acho que, se não tivéssemos fugido, teríamos acabado no cardápio.

— Ele gosta de você — digo.

— O chef?

— Não, meu pai!

— É mesmo? Ele não pegou meu telefone, nem e-mail, nem nada.

— Acho que ele ficou com vergonha, sabe, por ter dado tudo tão errado. Além disso, ele tá com uma tonelada de preocupações. O trabalho, eu...

— Você? — pergunta ela.

Então eu explico tudo, porque talvez o papai não tenha dito nada. Conto a ela sobre a partida da minha mãe e meu diagnóstico, e que merda a vida tem sido ultimamente. Deixo muito claro que não estou fazendo chantagem emocional para que ela aceite encontrá-lo de novo, mas acho que estou. Ele vai me *matar*. Não falo nada sobre o teatro porque o papai é meio estranho em relação a falar do trabalho dele nos encontros. Acho que quer que seja ele mesmo a contar a elas, pessoalmente, que passa a vida programando apresentações de bandas de metais, de comediantes irreverentes e shows educativos de marionetes. O que é totalmente compreensível.

Ela também me conta um pouco sobre ela, seu divórcio, e que está sempre ocupada em um emprego entediante em um escritório, e tudo é tão sério o tempo todo e ela só quer fugir para a África, o Equador ou o Japão. É estranho — eu me sinto como uma adulta, tendo uma conversa adulta em um café ou algo assim. Ela é divertida e muito inteligente, frustrada e intensa.

— Sabe do que sinto falta? — diz ela. — De frequentar lugares como este. Quando você fica adulta, carrega todos esses fardos: família, trabalho, ambições. E você acha que isso está somando à sua vida, e está, obviamente, mas também está subtraindo. É tão fácil se perder de vista em meio a todas essas demandas e responsabilidades. Você perde a noção de quem você é e do que gosta. Quer dizer, por que vou pra casa ler relatórios toda noite? Por que não leio... — Ela olha em volta, em busca de inspiração. — Por que não leio *Batman*?

— Ah, de todas as coisas que você podia ter escolhido... — digo, com um gemido.

— Má escolha?

— Não dê trela a ela — grita Ricky do balcão.

— Talvez eu devesse pedir sugestões... — responde ela.

— *Persépolis* — digo imediatamente. — Você tem tudo para ser fã de *Persépolis*. É sobre uma garota que cresce no Irã nos anos setenta e se rebela contra as expectativas da sociedade.

— Ela tem superpoderes?

— Não. Não é esse tipo de HQ.

Ela assente, olha rapidamente para o celular e depois outra vez para mim.

— E então, o que fazemos agora? — pergunta.

— Não sei. Você quer ver meu pai de novo?

— Quero. Mas... talvez em uma situação descontraída, sem pressão. E sem nenhuma chance de sermos expulsos de um restaurante por um chefe maluco.

— Hummm, complicado. E ele não pode saber que conversamos. Acharia muito estranho.

— Para ser justa, ele teria razão. Ah, espera, tem uma coisa... Não, é muito bobo.

— Acredite em mim, nada é bobo demais para o meu pai.

— Bom, o professor de música da escola organiza essas sessões toda quinta-feira à noite no salão comunitário. São basicamente aulas de música para adultos. Você só vai, toma uma taça de vinho, escolhe um instrumento e tem uma aula. Minha vizinha me convenceu a ir com ela. Você acha que eu deveria convidá-lo? Ele pode levar alguém também. Desse jeito não é um *encontro* encontro.

— Ah, meu Deus, sinceramente, isso é a cara dele. E com certeza ele conhece pessoas que vão querer ir.

— Bom, parece que temos um plano. Quer dizer, é um plano idiota, mas, Deus me ajude, é o que tenho agora.

Ela se levanta e eu também. Então estende a mão e eu a aperto. Parece que acabamos de fechar um negócio. Ela faz menção de sair, mas se detém.

— Eles vendem esse livro *Persépolis* aqui? — pergunta ela, do outro lado da loja.

— Sim, vendemos — grita Ricky.

— Bom, então, quer saber? Vou levar um.

Uau, eu devia arrumar um emprego aqui, trazer as namoradas em potencial do papai e vender HQs a elas por uma comissão. Quando ela vai embora, decido dar uma olhada com calma na seção de "novidades" e vejo que já chegou o primeiro número de uma nova série do *Demolidor*. Pego um e levo para o balcão, tateando o bolso à procura de trocados.

— O quê? Outra venda? — diz Ricky. — Eu pediria que você viesse mais vezes, mas não tenho certeza se isso é tecnicamente possível.

— Só me venda a droga da revista — digo. — Ah, e pode me emprestar uma caneta?

Volto pela rua de Callum outra vez. Quando chego à casa dele, as cortinas do quarto no andar de cima continuam fechadas. Pego a HQ e olho brevemente para ela. No canto da capa escrevi: DESA-FIO você a sair da cama. Hannah bjbjbjbjbj. E a enfio na caixa de correio.

A uns cinquenta metros da casa dele começo a me arrepender de ter escrito aquilo. Ele tem depressão de verdade — e se achar que estou minimizando seu problema mandando-o se levantar? Além disso, por que eu tinha que colocar CINCO beijos?

Mas, não pela primeira vez, o pensamento que permeia todo o resto é: por que estou fazendo isso?

Tom

Havia duas surpresas na mensagem de texto. A primeira era Vanessa ter entrado em contato comigo novamente, do nada, e a segunda era ela querer me levar a uma aula de música para adultos. Naturalmente, a ideia me atraiu. Além disso, ela ia levar a vizinha, então não seria tecnicamente um encontro — a menos que eu tenha interpretado a situação totalmente errado. Não demorei muito para reunir meus próprios acompanhantes. James disse que estava se sentindo sozinho o bastante para aceitar (eu disse a ele que era um ponto conhecido de azaração) e Natasha me disse que estava — como sempre — em busca de qualquer desculpa para deixar as crianças e, se isso significava tocar bongô em um centro comunitário, era o que ela faria. Mandei uma mensagem para Vanessa e disse que havia formado uma banda e que a encontraria lá. Um segundo encontro. Uma sequência. *Encontro II — dessa vez é pessoal.* E, ao contrário da maioria das sequências, certamente só poderia ser melhor do que a original, não é?

James, Natasha e eu combinamos de nos encontrar na frente do teatro para irmos juntos, mas Natasha se atrasou porque precisou tirar um pouco de leite. "O filhinho da puta não quer saber de fórmula", explicou ela, sem fôlego. "Isso que dá produzir um leite delicioso. Outro dia, peguei o Seb colocando um pouco no café. Que merda é essa, né? Muito obrigada por me tirar de lá. Não tenho certeza se tenho vocação para ser mãe. O que vocês acham?'

Não respondemos.

O centro comunitário era uma igreja vitoriana adaptada, que também fazia as vezes de sala de treinamento para os cadetes navais locais (estamos a cerca de sessenta quilômetros do mar, então sabe-se lá Deus o que eles fazem). Seguimos uma multidão de hippies e tipos artísticos variados até o pequeno saguão, que irradiava o estilo de uma comunidade decadente: piso xadrez de madeira dos anos 1970, cortinas horríveis de estampa amarelo-alaranjada sobre grandes janelas de vidro simples; no canto, uma gigantesca urna de chá de aço, em cima de uma mesa de cavalete, e ao lado dela outra mesa cheia de garrafas de vinho branco barato e copos de plástico.

Todos nos dirigimos para lá, enchemos nossos copos ("Só um", disse Natasha, "para dar um *tchan* no leite") e observamos os outros participantes à nossa volta, sem jeito, engolindo o álcool da marca própria do supermercado. Havia muitos suéteres largos, macacões, *dreadlocks* e boinas nas mais variadas combinações. Mas também havia grupos de homens e mulheres de jeans e camisa, bebericando e conversando como se estivessem em um evento corporativo. A coisa mais legal de morar em uma cidade pequena de Somerset era que cada um tinha que criar sua própria diversão. Se alguém organizasse um evento, fosse dança de salão para crianças com TDAH ou círculos de tricô para apreciadores de *gangsta rap*, as pessoas simplesmente compareciam. Às vezes tínhamos dificuldade para encher o auditório do teatro, mas sempre havia público.

A professora, uma mulher de rosto avermelhado na casa dos cinquenta anos com cabelos malucos, parte louros e parte pretos como os da cantora da banda Berlin, começou a tirar instrumentos musicais de uma grande caixa e colocá-los em uma mesa no centro da sala. Eu estava observando esse processo quando Vanessa chegou. Ela estava vestida de forma mais casual do que da última vez — saia jeans curta e uma blusa de alcinha bordada com flores douradas no decote e na cintura, e botas vermelho-escuras. Os cabelos curtos brilhavam com gel. Ela parecia mais jovem, mas ainda incrivelmente estilosa. A amiga dela usava um vestido floral e tênis — tinha talvez a mesma idade de James e, pelo jeito como entrou, pareceu imediatamente confiante e divertida. Será que o cupido está torcendo pela gente?

— Vanessa — chamei da mesa de vinhos.

Ela olhou e sorriu. Um sorriso radiante. Senti meus joelhos vacilarem levemente e atribuí o fato ao alto teor alcoólico do vinho. Fizemos as apresentações. A amiga dela se chamava March, porque seus pais doidos tinham decidido que, independentemente de qual fosse, eles dariam ao bebê o nome do seu mês de nascimento. Ela fazia joias de prata e as vendia em uma loja online. Era mais extrovertida que Vanessa, aparentemente assumindo o papel principal nessa amizade.

— Não posso acreditar que nenhum de vocês tenha vindo aqui antes — gritou ela acima do barulho cada vez mais alto das conversas. — É tão divertido!

Ela estava prestes a explicar tudo quando a professora bateu palmas ruidosamente.

— Muito bem! — disse ela. — Alguns de seus filhos talvez me conheçam como Sra. Baker, mas vocês podem me chamar de Gwen. Bem-vindos à nossa aula de música. Espero que todos tenham se servido de vinho. — (Olhei ao redor... todos tinham mesmo.) — Ótimo! Agora, como sempre, formaremos pequenos grupos de quatro ou cinco, e então pedirei a todos que venham à mesa e escolham um instrumento. Em seguida, vocês se juntarão para compor uma pequena música baseada em um tema. Todos entenderam?

De repente, todos temos doze anos de novo, e concordamos, obedientes.

— Certo, temos que ser rápidos — sussurrou March. — Os melhores instrumentos são escolhidos logo, então não hesitem. Os bongôs são os favoritos. Se alguém os quiser, precisa ser impiedoso. O xilofone também é popular.

Ela ainda estava explicando a hierarquia musical quando Gwen bateu palmas novamente e de repente todos estavam convergindo para a mesa de música como zumbis vorazes. Natasha passou por nós todos, correndo para os bongôs mencionados anteriormente e agarrando-os com ar de vitória. James tentou as maracas, mas se contentou com sinos de trenó. March se apossou de um pandeiro. Fiquei preso atrás de uma mulher grande com jaqueta de couro, mas aproveitei sua indecisão incapacitante para pegar a primeira coisa em que consegui pôr as mãos — um objeto de madeira com nervuras e uma vareta separada. Olhei para ele sem reconhecer.

— Isso é um *güiro* — gritou Gwen, percebendo minha confusão. — Você esfrega a vareta ao longo das ranhuras. Não teve aula de música na escola?

Era uma algazarra ridícula, um grande empurra-empurra movido a álcool, mas, quando meus olhos encontraram os de Vanessa, vi ali uma mistura de alegria e triunfo. Ela tinha ficado com um triângulo grande. Saímos amassados da confusão de pessoas e voltamos para o nosso canto, sentando-nos em círculo, de pernas cruzadas, comparando nossas conquistas. Havia muito barulho e risadas, atravessados pelo som pontual de uma buzina de bicicleta, ou a batida de um tarol.

— Muito bem, todos têm um instrumento? — gritou Gwen.

Dessa vez, todos nós gritamos: "Sim!"

— Excelente, então o tema da sua composição é: os sons da cidade. Não tentem escrever uma música, pensem em criar a atmosfera e a experiência do ambiente urbano. Vocês têm vinte minutos!

Houve uma agitação imediata conforme as pessoas se reuniam em seus pequenos grupos. Aproveitei a oportunidade para me aproximar de Vanessa.

— Então, obrigado por me convidar pra essa... coisa — eu disse.

— De nada. Pra ser sincera, não é minha praia, mas March é muito boa em coagir. Ela me disse que eu precisava sair de casa. Era isso ou uma apresentação cantada de *A Pequena Sereia* no cinema.

— Como você tá?

— Cansada do trabalho, cansada de estar sozinha. Estou tendo a crise de meia-idade mais contida e respeitável do mundo. Isso é muita informação? Por que escolhi o triângulo?

— Às vezes tenho esses momentos em que penso: até que ponto estamos realmente no controle da nossa própria vida? Quanto na verdade não é só sorte?

Ela assentiu, séria.

— Eu deveria ter escolhido o xilofone — afirmou.

— Estou tentando fazer uma observação séria sobre a falácia da autodeterminação.

— Desculpa. E o que você faz nesses momentos de angústia existencial?

— Pego uma caneca de chocolate quente e ouço rádio.

— Então você não é o tipo que confronta as coisas, que agarra o touro pelos chifres?

— Ah, meu Deus, não. Aonde isso já levou alguém?

Ela riu, mas o som nos levou de volta para o grupo. De repente, todos queriam saber o que pensávamos do plano deles.

— Vamos ser um ônibus — disse March. — Natasha, James e eu somos o motor. Tom, você é as portas. Vanessa, você é o sinal. Faz todo o sentido.

— Nada aqui faz todo o sentido — replicou ela.

March serviu um pouco mais de vinho para todos nós, e pareceu sentar-se mais perto de James. Hummm, interessante. Natasha estava ocupada batendo nos bongôs com rapidez e ferocidade cada vez maiores.

— Isso é muito terapêutico — disse ela. — Vou comprar um pra mim.

Durante os dez minutos seguintes, elaboramos uma composição razoável representando um ônibus: March, James e Natasha tocariam juntos, num ritmo cada vez mais rápido e depois desacelerariam até parar; eu tocaria o *güiro,* representando a abertura das portas, depois mais uma vez para elas fecharem; em seguida Vanessa tocaria o triângulo duas vezes e o motor daria partida novamente.

— Isso é uma obra-prima experimental! — exclamou Natasha.

— Chupa essa, Brian Eno — eu disse, e fiquei satisfeito ao ver que Vanessa claramente entendeu a referência, ou pelo menos foi educada o suficiente para sorrir.

Quando os vinte minutos acabaram, todos nós tivemos de sentar e ouvir a composição de cada grupo. Eram sons de rua usando buzinas de bicicleta e castanholas, sons de lojas de departamentos (ótimo uso do xilofone para a música de elevador). A atividade foi ridiculamente agradável e a sala estava cheia de rostos orgulhosos e felizes. Os adultos raramente se dão a oportunidade de ser criativos, mas, quando o fazem, se reconectam com algo em si que um dia foi natural e abundante. Foi uma coisa meio mágica.

O grupo esticou para mais um drinque, mas Vanessa tinha de ir para casa liberar a babá adolescente, então eu a acompanhei. Caminhamos pelas ruas de paralelepípedos da parte velha da cidade, passando por uma fileira de antigas lojas vitorianas convertidas em casas. Conversamos sobre música, filhos e a vida em cidades pequenas. Falamos sobre nossos casamentos e tentamos explicar ao outro (e também a nós mesmos) onde as coisas deram errado.

— Olho para trás agora e não tenho certeza do que era real e do que não era — observei. — Quando fomos felizes? Será que ela sempre esteve insatisfeita? Eu não sei mais quais lembranças ainda têm algum significado.

— Eis o que eu penso — disse Vanessa. — Quando você está em um relacionamento, vocês têm esses lindos momentos marcantes no início e continuam a relembrá-los até que suas histórias não tenham nada a ver com o que realmente aconteceu. Na verdade, vocês começam a fabricar uma história. Um relacionamento é isso: uma fábrica de memórias... E, quando uma pessoa vai embora, a máquina quebra e a verdade inteira vaza como combustível.

Ela parou de andar e pareceu momentaneamente irritada consigo mesma por seu ceticismo.

— Mas, sabe, nem todas as fábricas são feias. Aos vinte e poucos anos fui ao Rio, e, quando você sai da cidade em direção ao aeroporto, passa por prédios industriais abandonados. E é estranho, mas, pra mim, foi a coisa mais linda que vi no Brasil. Eu não sei por quê. Edifícios são memórias, não são? De qualquer forma, desculpa, chegamos.

Ela apontou para uma casa grande no fim de uma fileira delas, com janelas gigantes e paredes de gesso imaculadas em um elegante tom de verde da Farrow & Ball.

— Você é muito sábia — eu disse.

— Sou. São todas as viagens que fiz misturadas à experiência de me casar com um completo idiota.

Ela me dirigiu um sorriso reluzente; tinha os olhos mais expressivos que eu já vira. Tive a sensação de que os cientistas precisariam estudá-los por anos para conseguir traduzir a linguagem complexa e bela com que se comunicavam.

— Bom, foi uma noite agradável — eu disse. — Não tinha certeza se teria notícias suas novamente.

— Eu também não, pra ser sincera. Mas alguém me disse que eu deveria te dar uma chance.

— Por favor, agradeça a essa pessoa por mim — respondi. Então tivemos um momento um pouco constrangedor, e eu me preparei para ir embora.

— Tom — disse ela. — Devíamos ter nos beijado. Quando saímos do restaurante naquela noite. Estávamos nos braços um do outro; o céu cintilava com estrelas, tínhamos escapado de um chef brandindo um bife. Se fosse um filme de Indiana Jones, teríamos nos beijado.

— Podemos tentar de novo? — perguntei.

— Hummm — ponderou ela. — Agora não, não aqui. Mas tenho certeza de que teremos outra chance... Haverá um momento perfeito, como o anterior. Dessa vez, você precisa aproveitá-lo.

Ela se virou e caminhou em direção à casa. Eu já queria vê-la novamente. Queria construir nossa própria fábrica de memórias.

Hannah

Então acontece uma reviravolta inesperada. Quando estou me preparando para encontrar Margaret para tomar chá, ela me telefona e diz que não está se sentindo bem. Assim, posso ir à casa dela em vez de irmos ao café? Eu nunca estive lá — não creio que algum de nós tenha ido, então digo que sim, óbvio, porque isso vai me dar pistas intrigantes sobre sua história de vida. Então, segundos antes de sair, recebo uma mensagem de Callum.

Estou me sentindo melhor, é o que diz. Posso te ver?

Penso por cerca de dois milissegundos.

Claro, digito em resposta. Tô a caminho da casa da minha amiga. Quer ir?

Quero.

Só uma coisa — ela tem 81 anos.

Há uma breve pausa.

Kkkk, responde ele. Acho que vc cometeu um erro: digitou 81!!

Não foi um erro.

Uma pausa ligeiramente mais longa.

Que seja, tô dentro.

Te pego no caminho.

Quando chego à casa dele, vejo que as cortinas do quarto ainda estão fechadas. Bato na porta e não há resposta. Bato novamente. Nada. Nem mesmo aquele cachorro maluco latindo para mim. Penso que ele talvez tenha mudado de ideia; talvez, em seu estado vulnerável, a ideia de tomar chá com bolo na companhia de uma velha ranzinza é um pouco demais. Na verdade, não posso culpá-lo.

Eu me viro e volto pelo caminho tentando não me sentir muito desapontada, ao mesmo tempo que me sinto realmente desapontada, e também me perguntando por que me sinto desapontada. Depois de percorrer uns dez metros da rua, ouço uma porta se abrir bruscamente às minhas costas, me viro, e vejo Callum se aproximando em grande velocidade, colocando um moletom. Tenho um rápido vislumbre de seu torso. Ele é muito bronzeado e esguio.

— Espera! — grita ele, correndo pelo caminho até mim. Então ele está ali, respirando fundo, dobrado para a frente, as mãos nos joelhos, cheirando a garoto.

— Ah, merda — diz ele. — Desculpa. Tô na cama há, tipo, três dias. Depressão é foda, é um negócio exaustivo.

— Super te entendo. Tô sempre cansada.

— Obrigado pela HQ que você me trouxe.

— Não foi nada.

— Por falar nisso, mamãe achou você bonita.

— Sua mãe é louca, obviamente. Desculpa, eu não quis dizer...

— Não, tudo bem. Você conheceu o namorado dela, Joe, também, né?

— Mais ou menos. Ele pareceu legal...

— Ele estava deitado embaixo de um carro com a bunda pra fora?

— Não.

— Uau, um evento raro. Ele tem uma oficina que vende peças de carros para aqueles pobres coitados que modificam Ford Escorts até ficarem parecidos com naves espaciais. Ele é completamente obcecado por isso. Fica insistindo pra me ensinar como consertar motores e instalar kits aerodinâmicos, o que quer que seja essa bosta.

— Parece que ele quer ajudar você.

— Queria que ele simplesmente me deixasse em paz. Não preciso de outro babaca surgindo do nada e bagunçando tudo de novo.

— Como assim?

— Nada. Tá tudo bem. Enfim, me fala sobre essa sua amiga.

Assim, enquanto caminhamos sob o sol da tarde, explico sobre Margaret e como ela nos conta todas aquelas histórias mirabolantes, e tento explicar como começamos nossa amizade maluca.

— Ela conhece mesmo todos esses astros da TV? — pergunta ele.

— Não sabemos! É por isso que estou tão empolgada para conhecer a casa dela. Deve ter pistas!

Não se trata exatamente de uma caminhada longa, mas, mesmo assim fico um pouco sem ar, então nos desviamos para o parque e nos sentamos por um tempo nos balanços.

— Minha mãe falou que você gostou dos meus desenhos — diz ele. — É verdade?

— É. Amei todo aquele preto. É muito Charles Burns.

— Eu meio que gosto de todos aqueles artistas da *2000 AD* com seus desenhos escuros. Frazer Irving, Ashley Wood... Desculpa, eu normalmente não tenho oportunidade de falar sobre essas coisas.

— Tá tudo bem! Nem eu. Ninguém na escola gosta de HQs. Ou de teatro. É tão solitário. É por isso que inventaram fóruns de discussão. De repente todas as pessoas que gostam dessas mesmas coisas estão, tipo, *logo ali*. Você pode falar com elas.

— Sem sair do seu quarto.

— *Exatamente*. Então, sobre o que é a sua HQ?

— Promete que não vai rir?

— Não posso prometer isso, Callum. Tenho um senso de humor muito cruel.

— Promete não rir por mais de cinco minutos?

— Vou me esforçar.

— Muito bem. Então, tenho essa ideia para uma HQ de super--herói. Só que não é exatamente um super-herói. O personagem principal é uma garota que meio que cai em uma depressão terrível... e é, assim, uma coisa arrasadora; é um manto de escuridão total e absoluta. Até que ela descobre que tem a habilidade de invocar seus sentimentos e torná-los realidade, uma espécie de força... parece com um cão de caça gigante e monstruoso. E ela o volta para os bandidos. A história se chama *Uma escuridão*. Sabe, por causa da música, hã, de Bonnie Prince Billy. Que também tem a ver com depressão. É mais ou menos isso. Um monte de besteira, certo?

— Você tá escrevendo uma HQ de super-herói sobre depressão?

Devo ter falado num tom realmente desdenhoso porque ele me olha como um cachorrinho ferido. Tenho vontade de pegá-lo do balanço e colocá-lo no colo, mas eu desfaleceria.

— Acho que sim — diz ele, dando de ombros.

— É muito legal! — respondo.

Seu rosto se ilumina com um grande sorriso exibindo os dentes. Ah, é tão incrível fazer alguém se sentir bem. Ele toma impulso para trás no balanço, então ergue as pernas e se solta. Logo está se balançando para a frente e para trás inconscientemente.

— Você gostou mesmo? — pergunta ele ao passar por mim, deslizando no ar.

— Sim, gostei mesmo. Você precisa fazer isso!

— Você me ajuda?

— O quê? Como?

— Preciso de um escritor. Alguém que escreva melhor do que eu. Eu não consigo... Quando tento escrever sobre como me sinto, tudo se dissolve.

— Ah, meu Deus, não sei. É muita responsabilidade. Não tenho certeza se sou a pessoa indicada.

— Mas você ama HQs, ama o teatro, deve ter pensado em ser escritora quando terminar a escola...

O barulho das correntes enferrujadas do balanço é como o gemido de um monitor cardíaco. Não respondo.

— Qual *é* a sensação? — pergunto. — Da depressão, quer dizer.

Ele pula do balanço e anda em torno da estrutura por alguns segundos.

— É como se tudo no mundo fosse cinzento. Como se não houvesse altos e baixos nem cores brilhantes. Nada tem sentido, não existe nada bom, nem engraçado, nem interessante. As pessoas acham que é igual a estar muito triste, mas não é. Eu só me sinto vazio e sem vida. Às vezes, é como se eu estivesse sendo apagado.

— Que merda. Sinto muito.

— Acho que foi por isso que comecei a desenhar... me ajudava a dar sentido a isso. Meu terapeuta disse que era uma boa ideia. Mas, quando tento criar uma história, ela só... é difícil. Acho que preciso que outra pessoa desembaralhe isso. Então, você me ajuda?

Não sei o que dizer. Desço do balanço e pego seu braço.

— Você não é o único que tem a sensação de estar sendo apagado — digo.

Ele se vira para mim.

— Você tem medo? — pergunta.

Seus olhos estão enormes, como planetas. O vento empurra os balanços às nossas costas.

— Pft, deixa pra lá. — Rio. — É só a vida. Ela que se foda.

Então o arrasto dali.

Não me sinto nem um pouco surpresa ao descobrir que a casa de Margaret é uma grande ruína, escondida atrás de macieiras retorcidas e de uma cerca viva que não é aparada há séculos, com uma placa no portão que diz CUIDADO COM O CÃO. As imensas janelas salientes estão rachadas e sujas, e a hera rasteja sobre a alvenaria arruinada como tentáculos alienígenas. Erguemos os olhos para o telhado se desfazendo e notamos as duas torres estranhas. Parece o cenário perfeito de um filme de terror.

Por alguns segundos ficamos os dois ali no caminho, absorvendo tudo aquilo.

— Sua amiga mora *aqui*? — pergunta Callum.

— É.

— Hannah, ela não é um esqueleto sentado em uma cadeira de balanço usando um vestido, né?

— Não era da última vez que a vi. Venha.

Luto para passar em meio às urtigas que se espalham pelo caminho, me encaminhando para a enorme porta de madeira. Não há campainha, então levanto a aldrava de ferro e bato várias vezes contra a superfície de madeira suspeitamente macia.

Nada. Bato novamente.

— Alguém ainda atende à porta hoje em dia? — digo.

— Acho que ela saiu — diz Callum. — Vamos para algum lugar menos assustador. Tipo um cemitério indígena.

Estou prestes a sugerir que voltemos mais tarde quando ouvimos um trinco rangendo do outro lado da porta e — lentamente, relutante — ela se abre. Ali, na semiescuridão, iluminada por uma luminária antiga em cima de um armário de madeira ao fundo, está Margaret. Ela parece frágil como nunca a vi, os cabelos desgrenhados, os olhos e as bochechas encovados, como se estivessem sendo sugados para dentro da cabeça. Ela está vestindo uma espécie de roupão comprido com estampa floral e fumando um cigarro marrom.

— Ah, entrem — diz ela. — Me desculpem, eu nem me arrumei.

Callum olha para mim e eu o encaro de volta, então Margaret se arrasta para as sombras, aparentemente esperando que a sigamos. Entro primeiro, seguida timidamente por Callum — e, pela primeira vez, tenho medo de que ele vá me envergonhar. Seguimos Margaret pelo vestíbulo, os ladrilhos de mosaico lascados se desintegrando sob nossos pés, até a sala de estar. Não sei o que eu estava esperando — uma coleção maluca de porcarias do teatro? Uma parede coberta de fotos de Margaret posando com gente famosa? Um prêmio Tony, quem sabe... Mas, em vez disso, aqui estamos na sala sem graça de uma pessoa idosa, com um sofá velho e surrado, uma poltrona com estampa floral puída e uma televisão de madeira antiga. Há algumas fotos emolduradas de Margaret e seu marido no console da lareira ao lado de um relógio ornamental totalmente cafona, mas nada estranho ou extravagante. Não consigo evitar, e me sinto péssima por isso, mas estou decepcionada.

— Entrem — diz ela. — Sentem-se, vou fazer um chá em um minuto.

Ela se senta devagar na poltrona. Corro para ajudar, mas ela me descarta com um gesto da mão, lançando cinzas de cigarro no ar.

— Não, obrigada, minha querida — diz ela, apontando o sofá.

Callum e eu nos sentamos meio sem jeito, como se tivéssemos sido enviados para a diretora da escola por nos pegarmos na sala de aula. Ele olha para os próprios pés — eu nunca o vi tão sem graça, tão parecido com um adolescente comum, desesperado para sair da porcaria de uma reunião familiar. O único som no ambiente é o tique-taque do relógio, que reverbera pela sala. Eu o cutuco nas costelas, aflita para que ele diga alguma coisa.

— Então você é o Callum? — pergunta Margaret, olhando-o de cima a baixo.

— Sim — responde ele, antes de desviar o olhar, constrangido.

— Acho que você quis dizer "Sim, *senhora*" — repreendeu Margaret, e a voz dela soa estridente e severa. Callum parece horrorizado, mas ela me dirige um sorrisinho secreto. Que vaca. Eu a amo.

— Desculpa, senhora — diz ele.

Margaret e eu explodimos numa gargalhada.

— O quê? — geme ele.

— Senhora! — repito, empurrando-o de brincadeira. — Ela tá brincando, seu idiota.

— Ah, não sejamos cruéis, Hannah — diz Margaret, batendo o cigarro vagamente na direção de um pesado cinzeiro de vidro no braço da sua poltrona. Ela pisca para Callum e seu rosto imediatamente ganha um tom vermelho explosivo. De repente, estou me divertindo muito com isso. Com a tensão quebrada, começamos a conversar. Margaret pergunta sobre a escola, se queixa da saúde e dos medicamentos que a deixam sonolenta; Callum e eu nos solidarizamos. Parecemos um bando de velhos amigos.

— Então, como os jovens flertam hoje em dia? — pergunta Margaret.

— Ah, meu Deus, não olha pra mim. Não faço a menor ideia — digo, quase imediatamente me dando conta de que agora Callum sabe que nunca tive um namorado de verdade.

— Nós dois gostamos de histórias em quadrinhos — diz ele. — Foi assim que nos aproximamos.

Margaret faz cara de fingida desaprovação e balança a cabeça.

— Se meu pai me encontrasse com uma revista em quadrinhos, ele a enrolava e me batia com ela — conta Margaret.

— A mesma coisa comigo — replico.

Margaret dá uma risada; Callum parece chocado.

— Minha mãe nunca se importou — diz ele. — Ela parecia feliz que eu estivesse realmente lendo alguma coisa. Ela adora ler; diz que foi isso que a manteve sã, em meio a... bom, em meio a tudo. As pessoas acham que ela é burra porque abandonou a escola aos quinze anos, sem nenhum certificado. Ela agora é auxiliar de professor.

— Você tem irmãos? — pergunta Margaret.

— Duas irmãs — respondo por ele. — E o pai dele foi embora quando ele era pequeno. Ele cresceu num matriarcado!

— Arrá — diz Margaret, no tom de um detetive de TV que acabou de desvendar quem é o assassino. — *Por isso* que ele é tão educado.

— Bom, seja como for — diz Callum, seu rosto mais uma vez uma explosão de escarlate —, todo ano ela me dava de Natal um livro da série de clássicos da Penguin, geralmente Dickens ou Austen ou algo assim. Eu só queria saber de *mountain bikes* e de aprontar com meus amigos, então nunca olhei pra eles, só guardava todos eles na estante. Mas minha mãe continuava comprando. Então, quando começamos a ter aulas de Literatura Inglesa, abri um deles, sabe, só para ver que tipo de chatice estava à minha espera. Foi então que descobri. Cada um deles estava... qual é mesmo a palavra? Comentado. Ela tinha escrito todas aquelas notas e sublinhado as partes importantes para mim em cores diferentes. Era óbvio que ela tinha passado horas com eles... e eu simplesmente os enfiei numa estante. Na verdade, comecei a ler agora. As anotações da minha mãe são muito úteis.

— Então aquele trabalho sobre *Jane Eyre* que você leu em voz alta para a turma... — digo.

— É, eu não saberia metade daquelas coisas se não fosse a minha mãe. Ela basicamente fez o trabalho.

Faz-se um momento de silêncio.

— Alguém aceita um chá? — oferece Margaret. Ela gesticula na direção de Callum, pedindo que a ajude, e passa o braço pelo dele quando se dirigem à cozinha.

— Margaret, posso dar uma olhadinha na casa? Estou morrendo de vontade de ver tudo — digo.

— Fica à vontade — retruca ela. — Embora não haja nada muito interessante. Eu não gosto que o passado fique pairando por aí, rindo da minha cara. Então, Callum, me fala mais de você...

Deixo os dois conversando, porque estou me coçando para explorar a casa. Do outro lado do vestíbulo fica uma sala de jantar, vazia e fria, exceto por uma mesa de madeira reluzente e duas cadeiras, uma de cada lado. As paredes nuas estão rachadas e amareladas. No andar de cima, há um banheiro amplo com grandes azulejos pretos e brancos e uma banheira enorme e independente; atrás dela, vê-se uma estante de madeira abarrotada de artigos de toalete que parecem caros. É o cômodo mais legal de toda a casa e eu fico com muita inveja. Então, lentamente abro a porta do quarto de Margaret — quase esperando que ali esteja escondido o tesouro.

Mas não, há somente uma cama de ferro fundido, uma penteadeira velha e um armário de madeira. Tudo cheira a sachês de lavanda. Não sei o que estou procurando, mas o que quer que seja, não está aqui. Estranhamente, parece que a própria Margaret mal está aqui, como se sua presença fosse quase fantasmagórica. Tento abrir a porta no fim do corredor, mas está trancada. Espio pelo buraco da fechadura, mas só consigo ver duas malas velhas e algumas caixas.

Quando retorno ao térreo, Callum está carregando uma variedade de bolos para a sala de estar em um delicado suporte de três andares. Obviamente, pego meu telefone e tiro uma foto dele.

— Material para chantagem — digo. Logo depois ele traz um bule com uma capa cor-de-rosa e nessa hora eu poderia morrer feliz.

Então nos sentamos e devoramos fatias de bolo xadrez e bolinhos franceses, bebendo chá em xícaras de porcelana. Callum pergunta sobre o passado de Margaret e ela conta a ele algumas histórias familiares envolvendo teatros de Londres há muito desativados e programas de TV pouco conhecidos; sei essas histórias de cor e me odeio porque começo a procurar inconsistências enquanto ouço. Ele parece impressionado com os nomes citados e ri das histórias maliciosas. Chego mais perto dele no sofá.

— Então, Callum — diz Margaret com um ar de desfecho. — O que você pretende fazer da vida?

Ele é pego tão de surpresa com a formalidade súbita da pergunta que quase se engasga com o pedaço de bolo coberto de açúcar.

— Ele é um artista — digo enquanto ele se recupera. — Ele desenha personagens e histórias incríveis, mas é tímido demais para mostrar a alguém. Em breve vai acontecer uma grande convenção de quadrinhos em Bristol, onde as pessoas podem mostrar o trabalho delas... Tô tentando convencê-lo a ir, mas ele não quer.

— Por que não? — pergunta Margaret.

— É caro — diz Callum, dando de ombros. — O ingresso, as passagens de trem e tudo mais. Eu nunca fui a uma cidade grande sozinho. Bom, teve uma vez, mas... Enfim, sou megacovarde. Deixa quieto.

— Hannah vai com você, né, Hannah?

Ele olha para mim e de volta para Margaret.

— Não acho que meu pai vá deixar — digo. — Quer dizer, é... eu não devo ir a nenhum lugar agitado ou estressante agora.

Margaret sacode a cabeça e ergue a mão enrugada em um gesto de desafio.

— Bom, querida, meu lema é: "Não peça permissão; só peça desculpas depois." Nos arrependemos mais das coisas que não fazemos do que das que fazemos. Tenho que admitir que essa filosofia me trouxe muitos problemas, especialmente aquela vez que gritei "Fora, Thatcher" durante os aplausos na apresentação de *Mamãe Gansa* na Finchley Playhouse, em 1987. Mas, Hannah, a vida é cheia de riscos e cheia de pessoas que se matam tentando minimizá-los.

Seus olhos estão lacrimejantes e a explosão parece tê-la deixado exausta. Ela está declinando visivelmente. Não posso contar que as coisas mudaram para mim, que estão piores agora. Sempre fomos próximas, Margaret e eu. Não posso dizer a ela que agora provavelmente estamos mais próximas do que nunca.

— De qualquer forma — diz Callum —, é muito caro, então...

O relógio bate. Sombras rastejam pela sala.

— Assim que me mudei para Londres, na década de cinquenta, fui morar em um conjugado em Dulwich — conta Margaret. — No apartamento acima do meu morava um cavalheiro muito elegante; não consigo nem lembrar o nome dele. Era muito cordial, tinha sempre um sorriso no rosto. Saímos algumas vezes, mas não deu em nada. Ele era um pouco mais velho que eu, e eu era uma garota boba de Midlands, tentando fazer sucesso como atriz. Bom, ele acabou me confessando que era um batedor de carteiras, e incrivelmente bem-sucedido. Ele costumava pegar o ônibus para o Soho todas as manhãs e ganhava uma fortuna com os turistas. Até me ensinou alguns de seus truques: como criar distrações, como ler os movimentos das pessoas; disse que poderia ser útil pra minha carreira. Então, um dia, cheguei em casa e ele estava saindo com uma mala; estava indo embora, assim, sem mais nem menos. Talvez ele tenha ganhado dinheiro suficiente, ou talvez tenha roubado a pessoa errada, não sei. Mas, antes de ir, ele me beijou e disse: "Não espere pelo que você quer, vai lá e pega. Roube o futuro." Depois que foi embora, descobri que ele tinha colocado cinco notas de dez xelins no bolso do meu casaco.

— Então — diz Callum —, você tá dizendo pra gente roubar dinheiro suficiente para ir à convenção de HQs?

— Não. — Margaret ri. — Tô dizendo pra vocês aproveitarem o que puderem, quando a oportunidade surgir: aceitem a boa sorte, agarrem o futuro com as duas mãos. Ele é de vocês. Mas não será para sempre.

Terminamos o chá e levamos as xícaras e os pratos de volta para a cozinha.

— Bom, tá na hora do meu cochilo — diz Margaret. — Adorei ver vocês dois. Cuidem um do outro.

Vou até ela para abraçá-la e fico apavorada ao sentir seu corpo pequeno e ossudo, tão frágil e cansado. Ela abraça Callum também e ele aceita o abraço, que dura o suficiente para deixá-lo um pouco desconfortável.

Percorremos o caminho de volta, o sol disparando feixes de luz através dos galhos das macieiras. Quando passamos pelo portão, pego a mão dele.

— Você foi generoso hoje — digo.

— Isso significa que você vai escrever a HQ comigo?

— Não comece! O que achou dela? Ela pode ser um pouco demais.

— Ela é incrível — diz ele. — Aquelas histórias! Ela devia escrever as memórias.

— Acho que sim. — Dou de ombros. — Eu costumava acreditar em todas elas, mas agora não tenho certeza. Olhei a casa toda e é tudo tão... sem graça. Os cômodos são vazios.

— Você esperava encontrar Ian McKellen trancado no quarto dela?

— Não! Eca! Só achei que teria alguma prova. Algo que mostrasse que a vida dela aconteceu mesmo.

— Isso faz alguma diferença?

— Para mim, faz. Eu quero acreditar. A minha vida deve parecer bem esquisita pra você.

— Não, é maneiro que ela seja sua amiga. É maneiro ter o teatro. É como uma grande família bagunçada. Sua vida é um esquete de *Little Britain*, só que engraçada.

— Acho que sim — digo. — Os pais do meu pai morreram quando eu era pequena, e nunca conheci a família da minha mãe. Então acho que Margaret é tipo minha avó. Ted é tipo um avô, e Sally é tipo a mãe ou talvez a irmã mais velha. Tenho muitos relacionamentos "tipo".

Ele me olha por um segundo.

— Eu sou tipo seu namorado?

— Ah, meu querido — digo. — Você não é *nada* tipo meu namorado.

Ele de repente para de andar e me olha com uma expressão de choque.

— Eu tava *brincando* — digo, dando um tapinha no ombro dele.

— Não, não é isso — replica ele. Eu não tinha percebido, mas, enquanto caminhávamos, ele tinha colocado a mão no bolso de trás do jeans. Quando a tira, há algo no punho fechado. Ele olha para mim e abre a mão. Ali estão três notas de 50 libras bem dobradas em sua palma.

— O quê? De onde veio isso?

— Aquele abraço... ela deve ter... vou voltar — diz ele.

— Não, espera.

— Hannah, não posso aceitar isso. É muito dinheiro.

— Eu a conheço, Callum. Se você devolver, ela vai ficar muito puta. Ah, meu Deus, não posso acreditar que ela bateu sua carteira às avessas!

Ele olha para trás, na direção da casa, depois para mim, obviamente dividido e perplexo.

— Sabe o que isso significa? — pergunto.

— Que pelo menos uma das histórias dela é real? — replica ele.

— Não, bobo. Que você vai para o festival de HQs!

Ele pensa por um segundo e sorri para mim.

— Dessa vez, vou fazer um acordo *com você* — diz ele. — Eu vou ao festival mostrar meus desenhos, se você pensar em escrever minha história.

— Ah, meu Deus, que seja.

— Você vai pensar mesmo nisso, a sério?

— Juro. — Cruzo os dedos nas costas.

— Uma última coisa — diz ele.

— O quê?

— Você vai também. Podemos passar o fim de semana lá. Ficamos na casa da minha irmã Zoe, vamos à convenção uns dois dias, então andamos por Bristol na segunda-feira. Quartos separados, obviamente.

— Você tá maluco. Meu pai nunca vai me deixar ir.

— Damos a ele o telefone e o endereço da Zoe. Você pode ligar para ele literalmente a cada duas horas.

— Sei lá.

— Hannah?

— Eu não *sei*!

Ele pega as cédulas de cinquenta libras e as balança na minha direção.

— Temos dinheiro pra gastar. Pense em todas aquelas HQs novas...

— Eu quero, de verdade! Só preciso pensar em um jeito de conseguir permissão.

Não digo a ele que tenho uma consulta no hospital na segunda-feira. Não quero pensar nisso, e não quero que ele sinta pena de mim. Quero sentir a possibilidade de aventura. Ele se inclina para mim, e eu me inclino na direção dele também. Ele parece prestes a dizer algo, mas, em vez disso, nos beijamos lentamente. Sinto a eletricidade zumbindo à minha volta.

— Só pra saber — digo. — Nosso dia na loja de HQs... *por que* você decidiu não ir com seus amigos? Por que ficou comigo?

— Nossa, Hannah! — Ele ri. — Você já passou tempo com você mesma? Sério. Já conversou com você? Já ouviu as coisas que você fala e as piadas que faz? Já foi pra casa e ficou pensando nelas o dia todo e a noite toda? Eu já.

— Você é idiota. Cala a boca.

— É sério.

— Você é *seriamente* idiota.

No caminho de casa, penso nessa semana estranha. Penso em meu encontro com Vanessa e em sua risada alta e espontânea. Penso em Margaret em sua casa vazia. Mas, principalmente, penso em Callum, em sua depressão, em seus desenhos e em seu peito bronzeado. E sinto nos lábios, pelo resto do dia, o beijo que ele deixou ali.

Tom

— Estou pensando em me separar de Angela.

Eu estava no carro com Ted, a caminho da prefeitura para a nossa reunião sobre o teatro quando ele soltou essa bomba conjugal de um megaton para cima de mim. Quase saí da pista e entrei numa cerca viva. Como se eu já não tivesse o bastante com que me preocupar.

— O quê? Por quê? Quer dizer, eu sei o porquê, mas como assim?!

— É essa rotina em que estamos presos. Não consigo ver uma saída. Toda noite jantamos em silêncio, sentamos e assistimos à TV em silêncio, vamos para a cama em silêncio. Sinto as paredes se fechando. A tensão no ar é insuportável, está nos esmagando.

— Já conversou com ela sobre isso?

— Tom, você tá me perguntando se já conversei com ela sobre o fato de acharmos impossível conversarmos um com o outro?

— Entendi. Mas o que você quer que aconteça?

— Qualquer coisa! Estamos juntos há quarenta anos, mas não quero simplesmente aceitar esse... esse rastejar lento rumo ao esquecimento.

— Ted. Essa é a pior conversa para elevar o espírito de todos os tempos.

— Estou falando sério!

— Eu sei. Desculpa. Olha, você precisa pelo menos dar uma chance pra Angela. Diga a ela como você tá se sentindo.

— Sou um homem com mais de sessenta anos, não digo às pessoas como me sinto. Não tô no *Big Brother Celebridade*.

— Mas você é um ator. Atue! Não tem nada a perder. Se as coisas estão tão ruins a ponto de você querer ir embora, então, por que não dizer a ela? Ou faça uma surpresa! Conserte a droga daquela moto, reserve um hotel e leve-a pra, sei lá, Pontefract. A questão é: você tem o poder de mudar isso, só precisa querer. Às vezes as pessoas têm de sofrer um choque para mudar. E o choque de ver você ali parado, com suas roupas de couro, pode muito bem ser o empurrão de que Angela precisa.

Silêncio. Então ele se virou para mim.

— Pontefract?

— Foi o primeiro lugar que me veio à mente.

— Não Paris, nem Roma, nem a aurora boreal...

— Tô com muita coisa na cabeça, Ted.

Deixamos a rodovia de pista dupla e pegamos uma estrada secundária estreita, o sol cintilando através do para-brisa, nos castigando com o calor.

— Bom — disse Ted —, já passamos por isso. Não podemos viajar, porque Angela precisa estar disponível para a irmã. Ela não tem mais ninguém; se sofrer uma queda... Quanto à moto, a quem estou tentando enganar? É uma carcaça enferrujada e imóvel. A vida fica mais difícil quando se tem a minha idade. Suas opções se calcificam.

— Ted, sempre existem opções. Até o fim.

Essa era uma conversa que tínhamos muitas vezes. Eu queria ser compreensivo, queria ser o copiloto de Ted através das suas frustrações e ansiedades, mas uma voz na minha cabeça ficava dizendo: "Será que Hannah algum dia vai dizer às pessoas que ficar velho é uma droga?". Afastei esse pensamento doentio imediatamente. Era evidente que eu estava estressado por causa do teatro.

— Olha, desculpa, deixa pra lá — disse Ted, animadamente, como se estivesse lendo meus pensamentos. — Temos coisas sérias pra resolver. Agora, escuta. Essa reunião é pra nos avaliar. Eles querem saber se podem simplesmente botar o prédio abaixo em paz ou se vamos lutar. Da nossa parte, temos que demonstrar a eles por que o Willow Tree é um bem importante.

— Vamos transformar todos eles em frequentadores assíduos dos teatros — eu disse. — A essa hora, na semana que vem, estarão fazendo fila pra assistir... o que vamos ter em cartaz na próxima semana?

— The Brass Trap — respondeu Ted. — É uma *brass band*, uma banda de metais, formada só por mulheres e que faz *covers* sexy de funk.

— Óbvio. Óbvio que é isso

— O nome, Brass Trap, é uma brincadeira com o *brass* da banda e *bra*, sutiã, e *strap*, alça.

— É, eu entendi, Ted. Fui eu que fiz a programação.

O prédio da prefeitura era um monstruoso edifício comercial moderno no centro de uma cidade nova e espetacularmente feia. Parecia construído inteiramente com peças gigantes de Lego da cor de mingau de semolina. Por trás das janelas, funcionários com ar entediado fitavam telas de computador, sem dúvida tomando decisões muito importantes sobre a coleta de lixo. Deixamos o carro no estacionamento caro, equipado com parquímetros, que ficava ao lado, e marchei determinado para a recepção, com Ted correndo atrás de mim, carregando sua pasta e o caderno.

— Olá — berrei para a recepcionista. — Vim salvar o meu teatro.

Esperava que isso produzisse um tom adequadamente confiante e assertivo.

— Nome, por favor — disse ela.

— Willow Tree Theatre — respondi.

— Não, o *seu* nome.

Uma vez estabelecido quem eu era e por que estava ali, a recepcionista nos guiou até uma pequena sala de reuniões, com uma mesa branca comprida cercada por cadeiras de escritório baratas.

— Aguardem aqui — pediu ela, e desapareceu.

Ted e eu olhamos à nossa volta.

— Acha que estamos sendo observados? — perguntei. — Sinto que estamos sendo observados.

A sala era tão clara e insípida quanto a recepção, e instantaneamente me trouxe de volta lembranças de todas as salas de espera de hospitais para onde Hannah e eu tínhamos sido conduzidos ao longo dos anos. Só que aqui as paredes eram revestidas não com flores em aquarela ou pôsteres da Disney, mas com fotos emolduradas de várias cidades de Somerset — um gesto indiferente de orgulho cívico. Nós nos sentamos na cabeceira da mesa, para afirmar nosso poder. Depois ficamos olhando para a porta por diversos minutos.

— Eles tão fazendo um jogo psicológico com a gente — sussurrei. — Guerra psicológica.

— Tom, aqui é a prefeitura, não a KGB.

— É exatamente isso que eles querem que você pense.

Nesse instante, um homem corpulento de meia-idade, usando óculos de armação grossa de tartaruga e camisa listrada, entrou, seguido por um colega ridiculamente alto e completamente careca, vestindo um terno grafite no mínimo um número menor. Pareciam uma dupla das comédias de TV dos anos 1970.

— Sou o conselheiro Bob Jenkins, este é o conselheiro Vernon Spenser — disse o mais baixo. — Estamos só esperando a Srta. Bale, nossa consultora de planejamento, para começarmos.

Eles se sentaram na outra ponta da mesa e ficaram remexendo alguns papéis. Do lado de fora da sala, escutei uma voz de mulher aparentemente falando ao celular. Não dava para entender a conversa, mas a voz dela era estranhamente familiar. Quando chegou mais perto, comecei a identificá-la. A porta se abriu.

— Ah, aí está ela — disse Bob.

Ele se levantou. Vernon se levantou. Ted e eu nos levantamos.

— Estes são Ted e Tom, do Willow Tree Theatre. E esta é Vanessa Bale, uma especialista em planejamento urbano que está nos assessorando neste projeto.

Vanessa entrou e veio nos cumprimentar, mas, quando me viu e eu a vi, nós dois paramos, com o braço estendido, congelados em um ricto pré-aperto de mão. Nossos queixos caíram como prédios demolidos. Por alguns milissegundos pensei sobre a espantosa crueldade do universo.

— Oi — disse ela.

— Oi — respondi.

— Ah — disse Bob, de alguma forma compreendendo o furioso tsunami de embaraço que engolira a sala. — Vocês se conhecem?

— Sim — respondeu ela.

— Não — respondi, exatamente ao mesmo tempo.

— Bom, não — disse ela.

— Bom, de certa forma — eu disse.

Vanessa parecia mais séria em meio à indiferença iluminada pelas impiedosas lâmpadas halógenas do escritório da prefeitura. Ela usava saia e blazer tão engomados e formais que poderia muito bem sair deles que eles continuariam de pé ali, suspensos no tempo e no espaço. Parecia apressada e desconfortável, mas, óbvio, esse terceiro encontro que estávamos tendo dificilmente era o ideal. Agora eu entendia por que ela excluíra o assunto trabalho da pauta. Eu me perguntei quantos encontros ela tivera em que fora soterrada por perguntas sobre buracos na rua principal ou por que um vizinho recebeu a permissão de planejamento para construir uma estufa horrorosa. Existem algumas profissões — médicos, professores, políticos, terapeutas — em que você nunca está realmente de folga. A todo jantar que vai, está a apenas um *vol-au-vent* de camarão do comentário: "Olha, sei que você não tá no trabalho, mas..."

Todos nos acomodamos nas pontas opostas da mesa, como se o diálogo constrangedor não tivesse acontecido. Vanessa sentou-se entre Bob e Vernon, que agora pareciam dois capangas malignos. Foi Bob quem falou.

— Como vocês sabem — disse ele —, no momento estamos avaliando a viabilidade do Willow Tree Theatre. Reconhecemos que se trata de um ativo comunitário; no entanto, seu funcionamento é dispendioso, e agora, com os danos provocados pela inundação, a qual, segundo o investigador do seguro, foi causada por mau uso, vai ser caro consertar. Existe uma demanda extremamente alta por propriedades residenciais na cidade, e neste momento precisamos priorizar decisões de planejamento que facilitem o suprimento de moradias.

Ele parou e olhou para Vernon, que retomou o discurso no mesmo tom monótono e robótico.

— A opinião do departamento de Planejamento e Construções Comerciais é de que o Willow Tree não está cumprindo suas obrigações como local de entretenimento. O conselho municipal vai se reunir dentro de um mês. Vamos recomendar que o prédio seja condenado e demolido, para dar lugar a um empreendimento residencial de tamanho considerável.

— O quê? Quando? — arquejei.

— Pretendemos fechar o prédio daqui a dois meses — respondeu Bob. — Até lá, todos os eventos devem ser cancelados, no aguardo da votação do conselho.

Óbvio que este era o pior cenário que Ted e eu tínhamos fingido esperar — mas vê-lo confirmado, de forma tão crua e inequívoca, foi um choque que nos aturdiu, gerando um silêncio boquiaberto. Era isso. Estava realmente acontecendo.

— Temos direito de opinar? — perguntou Ted, a voz crepitante e fraca como se transmitida por um rádio de ondas curtas na sala ao lado.

— Vocês devem apresentar sua posição na reunião do conselho — respondeu Bob. Seu tom de voz era controlado e totalmente desprovido de empatia. — Existe uma chance de que o conselho vote por manter o teatro. No entanto, se a votação acompanhar o departamento de planejamento...

Ele se calou. Vi a bola de demolição atravessar o ar.

— Isso é um absurdo — reclamou Ted.

— Lamento muito — disse Vernon. Mas ele não parecia lamentar nada, e sim estar se preparando mentalmente para o compromisso seguinte.

— É por isso que vocês precisam vir para a reunião — disse Vanessa. — Se apresentarem uma boa argumentação... nunca se sabe.

Bob e Vernon a olharam com algo próximo de surpresa.

— Mas temos público — eu disse, parecendo uma criança chorona. — Os números estão bons.

— Não são suficientes para um ativo desse tamanho — disse Bob. — Se você comparar os números do público do cinema multiplex da cidade...

— Para de chamar de ativo — eu disse. — É um maldito teatro.

— Sr. Rose, por favor.

— Calma, Tom — disse Ted.

— Não, isto é loucura — continuei. — Você não pode comparar o teatro com um multiplex! O teatro é um símbolo, não só para as pessoas que o frequentam, mas para quem passa por ele e o vê todos os dias. Significa que vivemos numa sociedade civilizada, em que existe arte. Cinemas multiplex são apenas armazéns gigantes onde as pessoas assistem a filmes... o equivalente, no entretenimento, aos shoppings. Mas o teatro é outra coisa, é antigo. Óbvio que o Willow Tree especificamente não é antigo, mas vocês entendem o que quero dizer. Mesmo que não estejamos colecionando sucessos de bilheteria, seu valor simbólico é imensurável, certo?

— A prefeitura não tem orçamento para sustentar um símbolo, Sr. Rose — disse Vernon. — Especialmente quando alguém o alagou, perdendo o direito ao seguro.

— Então é isso? — indaguei. — Estamos sendo punidos por um acidente?

— Ninguém está punindo ninguém — disse Vanessa. — É só que temos que pensar no que é mais importante para as pessoas que a prefeitura representa. E, agora, é a moradia. Temos uma comunidade em crescimento e...

— O que é uma comunidade sem um coração? — contestei. — Mas o que vocês sabem sobre isso?

Eu me levantei, minha cadeira caindo para trás no processo. Antes que eu realmente tivesse a chance de pensar, estava me dirigindo a passos largos para a porta. Obedientemente, Ted juntou e guardou suas notas não usadas de volta na pasta surrada e me seguiu.

— Venham à reunião — disse ela, levantando-se também. — Apresentem seu ponto de vista.

— Pode apostar nisso.

— Tom. — Ela pôs a mão em meu braço. — Seja charmoso e engraçado, você é bom nisso.

Ela falara demais, e nós dois sabíamos disso. Eu queria me enfurecer, mas fui completamente desarmado por sua solidariedade imprudente. Minha cabeça era como um auditório com uma plateia vasta e barulhenta de emoções conflitantes. Ted teve que me arrastar dali. Segui pelo corredor com passos lentos, olhando para trás, para a sala de reuniões. Vanessa surgiu e nos fitamos, comunicando um fogo cruzado silencioso de perplexidade. Ela se virou, retornando a seus colegas que sem dúvida teriam perguntas a fazer.

Ted e eu só falamos quando estávamos de volta ao carro.

— Bom — ele suspirou —, agora sabemos em que pé estão as coisas.

— É, disso sabemos.

— Quer dizer que você conhece Vanessa?
— Conheço. Saímos juntos. Só duas vezes, mas...
— Gostou dela?
— Gostei.
— E não sabia que ela trabalhava pra prefeitura?
Balancei a cabeça.
— Que constrangedor.

Seguimos para a saída da cidade, para a rodovia de pista dupla. Ted sintonizou na Rádio 4 e desligou em seguida.

— Gostei dela — eu disse. — Quer dizer, nosso primeiro encontro foi um desastre gigantesco. Mas gostei dela. Nos divertimos, sabe? A vida realmente adora fazer esses joguinhos com a gente, né? Agora parece que o nosso quarto encontro será numa reunião do conselho onde tenho que impedi-la de destruir o teatro.

— Olha pelo lado positivo — disse Ted. — Isso é praticamente um relacionamento.

Seguimos em frente. O céu estava coberto por uma camada de luz laranja, tão vívida que era quase artificial. A beleza e a luminosidade da paisagem fizeram meus olhos lacrimejar.

Quando cheguei em casa, Hannah estava lendo, enroscada no sofá, com Malvolio adormecido em seu colo. Era uma imagem de felicidade doméstica muito bem-vinda. Preparei chocolate quente para nós, sentei-me ao lado deles e contei a ela tudo sobre os chocantes acontecimentos da tarde, incluindo a revelação suprema sobre Vanessa. Talvez tenha representado em algumas partes para dar um efeito dramático. Depois, Hannah refletiu sobre tudo aquilo.

— Então, quer dizer, o que acontece se eles fecharem *mesmo* o teatro? — perguntou ela.

— Não vão fechar! Isso não vai acontecer. Vamos acabar com eles na reunião do conselho. Será nossa melhor performance. Não restará um olho seco sequer na reunião.

— Pai, é uma reunião do conselho municipal, e não o final de *Flash Dance*.

— Veremos.

— Pelo amor de Deus, não vá de *collant*.

— Não vou fazer promessas que não posso cumprir.

Ansioso para ter outra coisa em que pensar, perguntei sobre ela e Callum; ela me contou tudo sobre o encontro na casa de Margaret e sobre a depressão dele. Estava preocupada em relação a como lidar com tudo isso.

— Bom, é muito cedo ainda — eu disse. — Não é como se vocês fossem se casar. Vocês não vão se casar, vão?

— Pai! Tô falando sério. Talvez ele seja um pouco frágil, e não sei se sou a pessoa certa pra lidar com isso.

— Talvez você seja exatamente a pessoa certa.

— Enfim, vamos voltar à *sua* vida amorosa.

— O quê? Com a Vanessa?

Respirei longa e profundamente. Eu precisava que Hannah entendesse que a reunião de hoje tinha sido a gota de água. Eu estava farto dessa história de namoro. No futuro próximo, continuaríamos a ser só eu e minha filha.

— Olha, hoje eu pude ver as coisas sob uma luz diferente. Vanessa é engraçada, linda, sofisticada e interessante, mas ela também tá ajudando a prefeitura a destruir o teatro. Isso, para mim, é um grande obstáculo.

Acho que foi uma mensagem clara e inequívoca. Era o fim dos encontros. Vanessa está fora.

Hannah

Papai admitiu que estava levando Vanessa a sério. Óbvio, ele disse que a situação com o teatro havia complicado um pouco as coisas — especificamente, a parte sobre a prefeitura ameaçar destruí-lo —, mas é óbvio que ele está de quatro por ela e precisa descobrir como fazer as coisas funcionarem. Quer dizer, ele se enrolou para explicar tudo isso porque ele é um idiota, mas a mensagem foi clara e inequívoca. Vanessa está totalmente dentro.

Na manhã seguinte, estou a caminho do Willow Tree para encontrar Callum, porque durante uma conversa no MSN ontem às onze da noite, digitei: Você tem que vir conhecer minha casa – quer dizer, minha casa de verdade. Ele então admitiu para mim que não "entende" o teatro. Fiquei em silêncio, olhando furiosa para a tela por cerca de 46 minutos, enquanto ele digitava Desculpa repetidamente. Por fim, respondi: Certo, vou te levar num tour AMANHÃ, às 10h. Esteja lá. Terminei com um *emoticon* carrancudo e então me desconectei.

E estou caminhando pela rua principal sob o sol, quando papai e Vanessa surgem na minha cabeça e eu tenho essa sensação muito forte que não consigo identificar. Não é exatamente empolgação, nem nervosismo — embora haja motivos suficientes para ficar nervosa quando se trata de papai e relacionamentos. Finalmente, me ocorre: a emoção estranha e desconhecida que estou sentindo é esperança.

Aumento o volume da música no meu iPod — é o Blur cantando "The Universal". Esse é um daqueles momentos de sincronicidade que podem acontecer quando seu aparelho de som está no modo aleatório: porque essa música fala sobre compreender a eternidade do cosmos e simplesmente deixar rolar e se entregar a ele. Isso poderia me colocar totalmente para baixo, mas, na hora que o refrão cresce, vejo uma figura esperando diante do teatro e meus sentimentos jorram como uma lata de Coca chacoalhada. Eu o reconheço pela postura. Cabeça baixa, franja caída sobre os olhos, mãos enfiadas em bolsos baixos, pés voltados ligeiramente um para o outro. Ele está usando camisetas de tons pastel superpostas. Antes de me aproximar, sei que o cheiro dele é bom. Por que mais meninos não entendem como isso é importante?

Tiro os fones de ouvido e recomponho a expressão.

— O que você quer dizer com não *entende* o teatro? — pergunto a ele, as mãos nos quadris.

— Oi pra você também — responde. Ele está sorrindo para mim. Continuo a fuzilá-lo com o olhar.

— Desculpa — diz ele por fim, sua postura desmoronando. — Vamos lá, me mostra tudo. Tenho certeza de que vai ser... divertido.

Então eu desfiro o golpe. Eu o acerto com meu golpe duplo.

— Meu pai tá aí também — informo. — Vamos dizer oi pra ele. — Não estou perguntando, estou dizendo a ele.

— Então vou conhecer o teatro *e* o seu pai? — replica ele. — Você sabe que estou em um estado mental frágil?

Estendo a mão para ele.

— Vem, vou te ajudar nisso. E, se ele estiver de bom humor, talvez a gente possa perguntar sobre Bristol.

O auditório está fresco e escuro. Acendo as luzes da plateia na parede, iluminando as fileiras de assentos que descem em direção ao palco, que se encontra vazio, exceto por uma mesa e três cadeiras — papai obviamente teve uma de suas reuniões. Milhões de partículas de poeira pairam no ar como estrelas. Sempre que venho aqui, sou tomada por uma enxurrada de lembranças, como o Keanu Reeves entrando na Matrix. Vejo imagens da minha vida passando velozmente.

— Esta ilha está cheia de ruídos que deleitam sem ferir — digo. Callum me olha como se eu estivesse louca.

— Então, é isso, esse é o teatro — prossigo, descrevendo um arco amplo com o braço. — Lá embaixo é a área do palco; é lá que ficam os atores e o cenário, e lá em cima ficam as fileiras de luzes cênicas... é assim que você vê o que tá acontecendo...

— Você tá me chamando de burro? — pergunta ele.

— Não, só não sei qual parte você não entende...

Ele respira fundo.

— Olha, eu quis dizer... é só um espaço, certo? Quando você assiste a um filme ou lê uma história em quadrinhos, eles podem te mostrar qualquer coisa e te levar pra qualquer lugar, e o artista ou o diretor ou o que quer que seja... eles podem fazer você ver as coisas de uma certa maneira. Mas olha praquela mesa... ela vai ser sempre uma mesa em um espaço vazio. Não transmite nenhuma outra mensagem.

Eu o encaro, a boca escancarada de horror.

— Tô muito encrencado, não tô? — diz ele.

— Vem comigo — chamo com um grunhido.

Pego sua mão e o arrasto pelos fundos do auditório até a cabine de iluminação. É um espaço pequeno com uma massa de cabos pretos estendendo-se pelo chão e pelas paredes, e uma grande mesa de iluminação embaixo da janela que dá para o palco.

— Essa é uma Strand MX 24 — digo. — É o orgulho de Richard, nosso engenheiro de iluminação. Papai e Richard me traziam aqui quando eu era pequena e me mostravam como funcionava. Quando eu tinha seis anos, era basicamente a assistente de iluminação de Richard. Eu sei o que cada botão desses faz; sei quais luzes são controladas por quais chaves, sei como configurar um aparelho básico, sei como programar sinais e efeitos. Então vou te mostrar como fazer esse espaço falar coisas pro público.

Eu ligo a mesa e, ao ouvir o zumbido elétrico, apago as luzes da plateia para que o lugar fique totalmente escuro, exceto pela pequena lâmpada acima dos controles, e rapidamente posiciono algumas chaves.

— Primeiro, vou usar aquela luz grande, bem em cima do palco; ela tem um filtro âmbar quente. Em torno dela, vou acionar algumas luzes menores com uma cor mais fria. Agora, empurra a chave principal.

Sinto que estou no fluxo, como um DJ maneiro. Callum olha estupidamente para a mesa. Pego a mão dele e a coloco sobre os controles; ele tem a chave deslizante entre os dedos e lentamente eu a faço subir. O palco é repentinamente banhado por uma luz amarela brilhante e quente, cercada de azul.

— Onde estamos? — pergunto.

— Uau, é como se...

— Sim?

— Como se estivéssemos ao ar livre. Tipo, em um campo ensolarado?

— Exatamente!

— Como você fez isso?

— Eu te falei, um refletor grande, na frente do palco, ligeiramente angulado, com um filtro quente. Esse é o sol. As cores mais frias são azuis; elas criam o céu. É bem básico. Pronto: parece um belo piquenique em um dia ensolarado. Não dá para confundir, dá?

— Não, acho que não.

— Agora olha isso.

Torno a trazer a chave principal para baixo e mergulhamos novamente na escuridão. Então configuro uma gama diferente de luzes e faço um sinal para Callum com a cabeça. Ele sabe que deve ir para a chave principal.

— Suba devagar — digo. — E só até a metade.

As luzes se acendem, mas dessa vez é um único refletor Fresnel no canto esquerdo do palco, convenientemente equipado com um filtro frio. À medida que o *fader* sobe, a mesa e as cadeiras projetam sombras negras e monstruosas pelo palco e nas paredes; as formas que se cruzam parecem com grades de prisão; o espaço parece gelado.

— Tá vendo o mesmo espaço? — pergunto.

Ele balança a cabeça.

— O que parece agora?

— Algo tipo uma masmorra?

— Certo — digo. — As sombras num palco são tipo a tinta nos quadrinhos: elas adicionam toda a profundidade, o sentimento. É exatamente o mesmo conceito. E a iluminação também faz o espaço mudar. Você pode aumentar todas as luzes laterais para que o palco pareça não ter fim, ou configurar uma luz de foco diretamente acima do palco, fechar os *shutters* e projetar um quadrado de luz no chão para que tudo pareça estar contido num espaço minúsculo.

Ajusto um foco e diminuo todas as outras luzes, de modo que o palco agora é apenas uma cadeira e uma mesa, com nada em volta. Estou achando legal mostrar essas coisas, ensiná-las a ele. Quando olho para Callum, através da escuridão na pequena cabine, vejo o lampejo de algo cruzar seu rosto. Parece reconhecimento, mas não é bom, não é positivo.

— Callum? — chamo.

Ele aponta o palco.

— Esse lugar. Eu meio que o reconheço. É como... É exatamente como me sinto às vezes. Quando estou... eu...

Ah, merda.

Ele está perturbado. Eu o perturbei com um efeito da iluminação.

Baixo o refletor do foco e acendo uma fileira de Fresnels com filtro para pôr um pouco mais de cor no palco.

— Callum, desculpa.

— Não, tá tudo bem. — Ele faz esse movimento engraçado, sacudindo braços e pernas como se estivesse fazendo o aquecimento para uma maratona. — Tá legal, tá tudo bem. Uau, acho que você me mostrou mesmo, hein?

— Bom, eu te avisei — digo.

Ele ri de leve, e eu também. Há tantas coisas sobre as quais ainda não podemos falar.

— Certo — digo. — Acho que você já sabe o suficiente sobre iluminação para fazer um teste.

— Um teste?

— É, um teste. Vou até o saguão pegar duas Cocas pra gente e quero que você brinque um pouco com os controles, experimenta, se divirta, se solta. Depois quero que você crie uma iluminação de cena que ilustre uma emoção da minha escolha.

— Okaaaaay — diz ele lentamente. — O que você quer que eu faça?

Finjo pensar na pergunta por alguns segundos; finjo que não venho manipulando tudo para chegar aqui pelos últimos dez minutos.

— Quero que você faça uma iluminação de cena que mostre como você se sente em relação a mim.

Ele me encara, um sorriso cauteloso se abrindo em seu rosto.

— Certo — responde. — Isso tá me parecendo uma armadilha.

— Vamos ver — digo. — Me avisa quando estiver pronto.

— Sim, chefe — brinca ele.

Deixo a cabine e me dirijo à saída. Antes de alcançar as portas, olho para trás e o vejo, intrigado, debruçado sobre a mesa. Ele olha na minha direção e gesticula com uma das mãos, me enxotando.

Lá fora, no saguão, vou até o bar e pego duas garrafas de Coca na geladeira. Janice, a faxineira, está por ali, arrastando um aspirador de pó atrás dela.

— Aproveitando as férias? — pergunta ela.

— Sim — respondo.

— Tá se mantendo ocupada?

— Pode-se dizer que sim.

— Os meus tão sentados em casa com o maldito PlayStation — diz ela. — Seis semanas longe da escola, o tempo lindo e ensolarado lá fora. O que eles tão fazendo? Grudados nos malditos videogames. Deviam estar ao ar livre, vivendo, não explodindo porcarias.

Por um segundo, isso me faz lembrar de Jay e me sinto um pouco mal porque agora não o vejo mais nem respondo suas mensagens. Quando uso o MSN, eu o configuro para que ele não saiba que estou on-line. Ultimamente ele anda um pouco estranho e carente, sempre perguntando onde estou e o que está acontecendo. Estou prestes a responder a Janice quando a cabeça de Callum surge entre as portas duplas.

— Tô pronto — anuncia ele.

— Isso não demorou muito — respondo.

Na volta para a cabine, vou pensando: Ah, isso vai ser decepcionante. E se ele nem se deu ao trabalho de tentar? E se só fez uma piada? É estranho, mas de repente isso parece muito importante, embora eu ainda não saiba sequer por que estou me preocupando com esse garoto. Quando entramos na pequena cabine, vejo que ele cobriu os controles com um pedaço de papel, para que eu não consiga ver como estão configurados — só consigo ver a chave principal. Muito esperto.

— Vamos ver isso — digo, desligando as luzes da plateia e mais uma vez nos levando a submergir na escuridão.

— *Você* tem que empurrar a chave — diz ele.

Estou muito perto dele na escuridão.

— Em qual velocidade e até onde? — pergunto na minha melhor voz sensual de estrela de cinema.

— Muito rápido — diz ele, entrando no jogo. — E até o fim.

Ponho um dedo embaixo da chave, mas mantenho os olhos fixos nos dele.

— Então é assim que você se sente em relação a mim? — pergunto.

— É — diz ele.

Faço beicinho e o deixo sofrer um pouco com a expectativa, então levo a chave de uma vez até o alto.

O efeito é instantâneo.

Uma onda branca. Um flash ofuscante, como se saíssemos de um túnel comprido para o sol escaldante. Ele colocou todas as luzes do teatro no máximo. Tudo. As Fresnels, as luzes de foco, os refletores, até as luzes da plateia; todas em sua intensidade máxima. E não é só isso — ele conseguiu até achar o controle da bola de espelhos, cobrindo de tal modo as paredes de luz que, sobre todas as superfícies, há pontos cintilantes como estrelas cadentes.

— Ah, meu Deus! — exclamo, fingindo cegueira, erguendo os braços para proteger os olhos. — É toda a luz que existe no universo!

Pausa.

— Exatamente — diz ele. Ele está olhando diretamente para mim. As formas e luzes estão em seus olhos. — *Exatamente.*

Antes que eu possa pensar, dou um passo à frente e pego seu rosto nas mãos, e então meus lábios estão sobre os dele e nossas bocas estão abertas, e nossos olhos, fechados. É como se fôssemos os únicos seres humanos vivos; como se estivéssemos em uma cápsula e passássemos, flutuando, por uma supernova — flutuando além do final dos tempos. É como...

— Ei, nada de pegação na cabine de iluminação — diz uma voz ao nosso lado. — Essa é a regra número um do teatro!

Ah, merda. Eu me afasto muito lentamente de Callum. Nossos lábios ficam grudados por um segundo, e então se separam. Devagar, penso. Se me mexer devagar, é possível que eu tenha imaginado a voz ou que ela simplesmente desapareça. Se eu for devagar, há uma chance de que não seja papai, e de que ele não tenha me flagrado me pegando com Callum na cabine de iluminação. Mas eu me viro, gradual e lentamente, e ali está ele. Sorrindo para nós da porta.

Instintivamente, Callum aciona a chave principal e todas as luzes se apagam.

— Talvez seja um pouco tarde para isso — diz papai. — A propósito, eu sou Tom, o pai da Hannah. Vocês poderiam, por favor, ligar as luzes da plateia para que eu possa ver vocês?

Acendo as luzes. Papai tem o maior dos sorrisos no rosto. Ele está se divertindo com a situação. Está no céu dos pais. Vai estender essa cena o máximo que puder. Procuro desesperadamente algo inteligente para dizer, algo que vá dissipar a horrível mistura de tensão e comédia.

— Esse é Callum — digo.

— Espero mesmo que seja — replica papai.

Callum está completamente imóvel e calado. Mais parece uma foto sua recortada em papelão, em tamanho real. Se eu não estivesse tão envergonhada, também acharia engraçado. Lanço a papai um olhar de súplica, mas ele está se divertindo muito com esse momento. Como um velho ator desavergonhado, vai tirar tudo que puder da situação. É óbvio que sou o alívio cômico muito necessário após o choque da reunião do conselho municipal. Sou o porteiro bêbado em seu *Macbeth*.

— Bom... — diz ele por fim, batendo palmas uma vez. Mas, antes que consiga terminar a frase, as portas do auditório se abrem e Shaun aparece na porta.

— Tom, posso dar uma palavrinha com você?

— É importante? — responde papai. — É que estou bastante ocupado constrangendo minha filha e esse cavalheiro, amigo dela.

— É sobre a inundação.

— Nesse caso, é melhor eu ir. Callum, foi um prazer te conhecer. Assim que eu terminar com a caldeira, podemos continuar nossa conversa sobre as regras da cabine de iluminação.

Ficamos ali em silêncio, observando papai e Shaun saírem, resolutos, pelas portas do auditório.

— Acho que essa é a nossa deixa para dar o fora daqui — digo.

— Você não acha que devíamos esperar o seu pai?

— Meu Deus, não, ele vai ser insuportável. Temos que escapar enquanto temos a chance.

— O que vamos fazer, então?

— Pra ser sincera, acho que vou pra casa e apagar por algumas horas. Tô me sentindo um pouco tonta. Deve ser toda essa emoção. As luzes, o beijo...

— Foi bom?

— Foi muito bom.

Eu sorrio. Ele sorri. Estamos sorrindo de novo.

— Acho que vou passar na casa da Margaret no caminho — digo. — Só pra agradecer o dinheiro que ela colocou em você.

— Tem certeza que não quer que eu vá?

— Não, tá tudo bem. Só preciso ir com calma às vezes. Vá ver os seus amigos. Fica um pouco com eles no estacionamento. Joga videogame. A gente se fala mais tarde.

— Tá bom — diz ele, mas parece desapontado, e isso é muito gratificante. — Obrigado por me convidar pra vir ao teatro. E por me ensinar sobre o design de iluminação.

— Por nada — respondo. — Gostei do seu conceito de "cegar a plateia inteira". Talvez eu use isso um dia.

E nos beijamos outra vez, e os lábios dele ainda são macios, e minha cabeça ainda está girando.

Tom

Minutos depois, estávamos na sala da caldeira com outro encanador amigo de Shaun, um rapaz chamado Benji. Estávamos os três, em fila, examinando o equipamento como policiais em uma cena de crime — uma analogia que viria a ser mais precisa do que eu poderia ter imaginado. Benji, ao que parecia, não era um encanador qualquer; era uma espécie de perito forense. Era o CSI do encanamento. E, quando Shaun o trouxe para examinar os danos uma última vez antes de orçar o custo dos reparos, ele notou algo.

— Olhem — disse ele, apontando um dos canos principais que levavam à velha e gigantesca caldeira. — Tão vendo? Tem uma fratura aqui, mas tá toda amassada.

Obedientemente, examinamos o cano por alguns instantes. O encantador de canos estava à espera da nossa resposta.

— Então, o que isso significa? — perguntei.

— Significa que o dano não foi causado por alguém mexendo nos controles. Foi causado por alguém batendo no cano com algum objeto pesado.

Olhei para ele, tentando não parecer incrédulo demais.

— Alguém... tentou assassinar a nossa caldeira?

— Amigo, só tô contando o que a evidência me mostra. Mas, é, na minha opinião profissional, alguém bateu nela.

— Não entendo — digo. — Por que alguém ia querer causar danos ao teatro? Estávamos apresentando uma comédia dos anos setenta, não estávamos representando *Saddam Hussein: O musical*. Quer dizer... será que foi a prefeitura?

— Tom — observa Shaun com firmeza. — Não acho que a prefeitura de Somerset tenha um departamento de sabotagem industrial.

Benji balança a cabeça.

— Não importa. Não foi um dano acidental nem mau uso. Foi vandalismo — afirmou ele. — Caso encerrado, amigo.

— Não acredito. Não posso. — Fiquei ali balançando a cabeça, tentando dar sentido a tudo aquilo. Shaun pôs a mão em meu ombro.

— Sei que é difícil assimilar, mas escuta: se denunciarmos à polícia como vandalismo, a seguradora talvez ainda pague. Isso pode não salvar o teatro, mas vai ajudar, né?

Passamos alguns minutos improdutivos trocando teorias e então decidimos procurar pistas. Tirei o casaco e arregacei as mangas, assumindo o papel do detetive experiente. Havia mais alguns amassados na lateral da caldeira, mas ninguém conseguia se lembrar se sempre tinham estado lá ou não. Benji encontrou um tubo de andaime descartado em um canto escuro e sombriamente o identificou como a possível arma do crime. Fora isso, a sala continha pouco mais além das duas estantes industriais abarrotadas com antigos equipamentos de iluminação, cabos e ferramentas. Nada parecia ter sido roubado.

Eu não conseguia entender nada daquilo. Simplesmente não conseguia. Voltei para o teatro, mas Hannah e Callum haviam escapado. Eu queria enviar uma mensagem para ela, pedindo desculpas pelo meu comportamento e dizendo a ela que Callum parecia legal, mas me dei conta de que tinha deixado o celular no casaco na sala da caldeira. Não querendo voltar à cena do crime tão cedo, segui para o escritório, onde Ted e eu passamos a tarde toda ponderando sobre o assunto. "Quem ia querer vandalizar o teatro?", nos perguntávamos enquanto nos empanturrávamos com biscoitos de chocolate. Eu estava tirando o último biscoito esfarelado do pacote quando Sally entrou intempestivamente.

— Tom, você não tá olhando o seu celular?

— Eu deixei lá embaixo. Sally, você não vai acreditar...

— Não, escuta, temos que ir. Temos que ir agora. Temos que ir para o hospital.

Ela me pega pela manga e me puxa em direção à porta, mas eu a obrigo a parar.

— Sally, por favor! É a Hannah? É a Hannah?

Dali a cinco minutos estávamos no meu carro, correndo ao longo das ruas estreitas que levavam para fora da cidade. Enquanto eu dirigia, Sally estava ao celular, ligando metodicamente para todos no grupo de teatro, dizendo a quem quer que atendesse: vá para o hospital, aconteceu algo. Havia uma sensação de irrealidade. O cheiro de grama cortada entrava pelas aberturas de ventilação do automóvel.

Quando chegamos ao hospital, estacionamos e disparamos pelas portas duplas da Emergência, James já estava lá, conversando animadamente com as recepcionistas.

— Oi, o que tá acontecendo? — perguntei.

— Acabei de chegar — disse ele. — Tava trabalhando aqui perto, então.... — Sua explicação morreu. — É terrível.

— Podemos ir vê-la? — perguntou Sally.

— Eles tão tentando descobrir onde ela tá.

À nossa volta, na sala de espera, os dramas padrões se desenrolavam. Um garotinho chorava e segurava o braço; um operário com casaco de alta visibilidade parecia tonto e mantinha a mão sobre um corte sangrento na cabeça; um velho tossia Deus sabe o quê em um lenço xadrez.

A recepcionista retornou. Uma mulher de quase cinquenta anos, o cabelo preso em um coque, alguns fios se soltando, pendurados; a maquiagem estava gasta e seca. Parecia confusa.

— Vocês podem confirmar quem vieram ver? — pediu ela.

— Margaret Wright — disse Sally. — Ela teve um derrame, foi trazida pra cá mais cedo.

— Não temos nenhuma Margaret Wright, mas temos uma Margaret Chevalier. Sofreu uma hemorragia subaracnoide hoje de manhã. É essa?

Nós três nos entreolhamos, sem entender nada. Margaret Chevalier?

— Algum de vocês é Tom Rose? — prosseguiu a recepcionista, mostrando-se discretamente desesperada para nos despachar. Levantei a mão. — Ela indicou você como seu parente mais próximo.

— Pronto, então. É a nossa Margaret. Como ela tá?

— Foi levada para a unidade de avaliação para fazer uma tomografia — disse a mulher após um longo suspiro. — Está com a garota que a encontrou.

Hannah. Ah, meu Deus, como ela estaria encarando isso tudo? Nesse exato momento, Shaun chegou, seguido por Jay e Ted. Sally se virou para eles, intrigada.

— Pensei que seu pai fosse trazer você... — disse ela, dirigindo-se a Jay.

Ele deu de ombros.

— Ele disse que tinha outras coisas pra fazer.

— Eu o peguei, não foi nada de mais — disse Shaun.

— O que tá acontecendo? — perguntou Ted.

— Talvez não deixem vocês todos entrarem na enfermaria, tá muito cheio lá — continuou a recepcionista. — Mas vocês precisam ir por aquele corredor e subir de elevador. Basta seguirem as placas.

Já estávamos a caminho, nosso grupo bagunçado, deixando a agitação da Emergência, passando rapidamente por várias portas, James e Shaun à frente, Sally silenciosamente segurando o braço de Jay. No longo corredor, passamos por auxiliares empurrando carrinhos enormes com roupas de cama, conversando e rindo entre si como se tudo estivesse normal; acho que para eles estava mesmo.

Um deles, um jovem magro com olhos cansados e simpáticos, entrou no elevador conosco.

— Para onde tão indo? — perguntou ele com um forte sotaque do Leste Europeu.

— Unidade de avaliação? — respondeu James.

— Levo vocês lá — disse ele.

Então saímos para um corredor idêntico, as mesmas paredes verdes, o mesmo chão lustroso. Para chegar à unidade de avaliação passava-se por uma série de portas que conduziam a departamentos com nomes médicos desconhecidos. Precisávamos quase correr para acompanhar nosso guia. Não conversávamos.

— Aqui — disse ele, tocando uma campainha ao lado da porta. Então se despediu com um aceno.

Lá dentro, o barulho foi instantâneo; enfermeiras corriam entre as camas com estrutura de aço, empurrando equipamentos estranhos; alguém gemia de dor por trás de uma área fechada com cortinas; enquanto estávamos parados à porta, sem saber o que fazer, dois enfermeiros empurrando uma maca — onde havia uma jovem inconsciente com a pele tingida de amarelo — gritaram para que saíssemos da frente. Eu me dirigi para o que parecia uma área de recepção, mas uma enfermeira de cabelos louros cortados muito rente nos interceptou.

— Posso ajudar? — Ela parou um momento para examinar todos nós, já tentando avaliar o que fazer com esse estranho clã atravancando seu local de trabalho.

— Eu sou Tom Rose — informei. — Esse é o meu grupo de teatro. — Eu não conseguia concatenar os pensamentos. — Estamos aqui para ver Margaret.

A enfermeira pegou uma prancheta no balcão da recepção.

Os segundos iam se passando. Não havia janelas, o ar cheirava a etanol. Ao longo do teto, painéis de iluminação enormes banhavam o espaço com uma luz branca impiedosa. Eu estava tentando olhar por cima do ombro da enfermeira para a fileira de camas, a fileira de rostos abatidos e calados.

Um jovem com uma camisa rosa brilhante passava apressado, mas a enfermeira se virou e o agarrou pelo cotovelo.

— Dr. Fitzpatrick, essas pessoas vieram ver a Sra. Chevalier. O Dr. Fitzpatrick é o médico assistente. Ele pode ajudar.

— Temos a overdose de paracetamol chegando — disse ele, nos ignorando.

— Não há leitos — replicou a enfermeira em um tom monótono e experiente. — E não vai haver até liberarmos o leito quatro.

— Certo — disse o médico. — Me avisa. — Então se voltou para nós. — Vocês são da família?

— Sim — respondi. — Quase isso.

— Somos colegas atores — informou Shaun, e então mudou a abordagem. — Somos amigos dela.

James pôs a mão no ombro de Shaun.

— Eis onde estamos: temo que Margaret tenha tido um sangramento muito sério no cérebro. Se ela fosse mais jovem, nós operaríamos para reparar os vasos sanguíneos, mas... Na idade dela, nas condições em que se encontra, não acho que ela sobreviveria ao procedimento. É só uma questão de tempo antes de vermos um segundo sangramento, e é provável que seja fatal. Sinto muito, mas o melhor que podemos fazer é deixá-la confortável.

— Ela tá... ela tá morrendo? — perguntou Ted.

— Receio que sim. Vou levá-los até lá. Ela está no último leito. Está com uma garota. Hannah...? A menina está um pouco abalada.

Seguimos o médico ao longo da fileira de leitos, esquivando-nos das enfermeiras, nossos ouvidos agora sintonizados com os fragmentos de conversas urgentes. Então eu vi Hannah, sentada ao lado da última cama, na fileira da esquerda. Ela estava segurando uma das mãos de Margaret, que parecia tão frágil e cheia de veias quanto uma folha no outono. Acima das cobertas brancas engomadas, o rosto de Margaret mal era visível, envolto nos cabelos grisalhos desgrenhados. Quando nos aproximamos, mais hesitantes agora, Hannah ergueu a cabeça, os olhos lacrimejantes, rímel escorrendo em linhas pretas por suas bochechas.

— Pai! — exclamou ela. — Fui até a casa dela agradecer o dinheiro. Eu a vi pela janela. Ah, papai.

Eu me sentei na cadeira vazia ao lado da minha filha e a abracei.

— Tá tudo bem — eu disse. Uma parte de mim queria perguntar "Que dinheiro?", mas esse não era o melhor momento.

— Eu chamei a ambulância, não sabia o que fazer.

— Você fez a coisa certa. Exatamente a coisa certa.

Momentaneamente, Hannah soltou a mão de Margaret, que despencou na cama, um peso sem vida.

— Deus nos ajude! Aí vem a cavalaria — disse Margaret, repentinamente se mexendo, a voz falhando, mas ainda alta como sempre. Ela nos examinou sem se mover. — Espero que vocês tenham vindo para me tirar desse lugar deprimente.

— Margaret — comecei —, eles te disseram...

— Que tá chegando a minha hora? Sim, querido, óbvio que disseram. Demorou um pouco, mas consegui arrancar isso deles. — Ela respirou fundo algumas vezes, ofegando, os olhos momentaneamente voltando a afundar no crânio. — Posso ser velha, mas ainda sei como conseguir o que quero de um homem. O que me lembra — e ela ergueu a mão e apontou um dedo ossudo — que você me fez uma promessa, Tom.

— Eu sei — repliquei.

— Eu não quero morrer aqui. É inaceitável.

— Eu sei.

A princípio, a enfermeira não queria nem ouvir.

— Sr. Rose, ela não está em condições de sair.

— Não, olha, bom, nós prometemos a ela. Prometemos que, se alguma coisa assim acontecesse a ela, não a deixaríamos morrer no hospital.

— Mas ela está tomando uma medicação pesada contra a dor, e pode falecer a qualquer momento. Simplesmente não é prático levá-la para casa. Sinto muito.

Nesse momento, o Dr. Fitzpatrick se aproximou, agitado.

— O caso de overdose está aguardando lá embaixo — disse ele. — Alguma chance de conseguir um leito?

— Temos um acidente de trabalho chegando agora — disse a enfermeira. — Dois homens, múltiplas fraturas... Não posso criar vagas num passe de mágica.

Houve uma breve pausa antes que, em um momento de coreografia quase cômica, ambos se voltassem lentamente para Margaret.

— E se pudéssemos liberar o leito doze? — sugeriu ele.

Cinco minutos depois, deixávamos apressados a enfermaria, acompanhados por um jovem maqueiro empurrando Margaret em uma cadeira de rodas. Ela havia sido rapidamente entregue aos nossos cuidados, e alguém tinha conseguido uma ambulância para levá-la dali. Quando todos nos espremuemos no elevador, tivemos a chance de avaliar a situação.

— Certo — eu disse. — Temos que levar Margaret de volta pra casa. Hannah, qual é o endereço?

— Não! — exclamou Hannah. Todos olhamos para ela, surpresos. — Tem uma coisa que ela quer fazer primeiro. Ela me contou. Eu também fiz uma promessa a ela.

— Mas, Hannah, ela tá *morrendo* — sussurrou Sally.

— Eu tô ouvindo vocês — disse Margaret.

— Podemos tentar? — implorou Hannah. — Por favor, pai?

Hannah estava olhando para mim. Ted e Sally estavam olhando para mim. O maqueiro estava olhando para mim.

— Tá bom — eu disse. — Pra onde vamos?

Hannah nos contou e, sério, eu já devia saber.

Quando as portas do elevador se abriram, corremos para a recepção, quase colidindo com Natasha, que seguia na direção oposta.

— Ah, meu Deus, pessoal, desculpa por chegar tão tarde — disse ela. — Tive que vir de ônibus.

Seu rosto estava reluzindo de suor, os olhos escondidos atrás de óculos escuros manchados; ela empurrava um carrinho de bebê sofisticado e caro.

— Como tá a Margaret?

— Não muito bem — disse Sally. — Vamos levá-la para o teatro.

— Pro teatro?!

— É, pro Willow Tree. Ela não tem muito tempo de vida. Eu explico no caminho.

— Ah, meu Deus. Pobre Margaret.

— Não me venha com isso de "pobre Margaret" — disse Margaret.

Ela estava sentada na cadeira de rodas com um ar quase majestoso, a bolsa no colo. Seu rosto estava meio translúcido, o cabelo desgrenhado branco sob as luzes fortes do hospital.

— Isso tá parecendo aquela vez que meu marido pagou a fiança pra me tirar da prisão — disse Margaret enquanto corríamos para a entrada principal. — Era 1969, eu estava fumando maconha em um clube em Chelsea com dois integrantes do Pink Floyd. Houve uma batida policial e, antes que me desse conta, já estava sendo presa. Olhei à minha volta e os dois do Pink Floyd tinham escapado... saíram pela janela do banheiro.

Estacionado diante do hospital estava o que parecia um micro-ônibus branco com uma rampa que levava à porta traseira. O maqueiro parou bruscamente ao lado dele e um paramédico deu a volta, vindo ao nosso encontro.

— Vamos levá-la para casa, então? — perguntou ele.

— Mais ou menos — repliquei, me perguntando se isso tecnicamente estava se tornando um sequestro.

O paramédico não pareceu preocupado.

— Sally, você e eu podemos ir na ambulância...

— Não, eu quero ficar com Margaret — disse Hannah. — Por favor, pai.

— Eu levo Hannah comigo — decidiu Sally.

— Shaun, você pode levar o restante de nós no seu carro?

— Você tá brincando? É um Triumph Stag. Posso levar quatro com esforço... e não tem espaço pra um carrinho de bebê.

— Ah, isso não é um carrinho de bebê, é um *sistema de transporte*. Essa parte é na verdade uma cadeirinha de carro totalmente removível — disse Natasha, demonstrando freneticamente. — Recebeu uma avaliação excelente na revista *Modern Parenting* pela facilidade de uso e... Isso não importa agora.

— Certo — concordei. — Hannah e Sally na ambulância. Ted, James, Jay e Shaun no carro. Eu, Natasha e o bebê vamos pegar um táxi.

Todos assentiram com empenho militar. Sally abraçou Hannah e a conduziu até a ambulância enquanto Margaret era embarcada.

— "À brecha novamente, meus amigos" — gritou ela, e então curvou-se novamente, no momento que as portas eram fechadas atrás dela.

Os outros correram para o estacionamento, enquanto Natasha e eu seguíamos para o ponto de táxi. Acenei para um táxi e Natasha soltou o assento do sofisticado carrinho e jogou o resto no porta-malas.

— Pra onde vamos, patrão? — perguntou o motorista quando entramos. Natasha arrumou a cadeirinha no banco de trás e observei a ambulância se afastar e seguir em direção à estrada. Segundos depois, vimos Shaun deixando o estacionamento em seu ridículo

Triumph *vintage*, com Ted e Jay esmagados no pequeno espaço traseiro, os dois veículos formando um estranho comboio.

— Siga aquele carro que tá seguindo a ambulância — eu disse.

O motorista se virou para mim, o rosto austero contorcido em uma expressão de absoluta incredulidade.

— Você tá de brincadeira? — perguntou ele.

— Nem um pouco — repliquei. — E pisa fundo.

Em sua defesa, foi exatamente o que ele fez.

Quando o táxi parou diante do teatro, os outros veículos já estavam estacionados. Ted e Jay tentavam desesperadamente se libertar da parte de trás do carro de Shaun, enquanto os paramédicos baixavam a rampa da ambulância para fazer a frágil entrega. Então um deles delicadamente desceu Margaret em sua cadeira — ela estava curvada e imóvel, a cor totalmente esvaída de seu corpo, que era quase inexistente sob as mantas empilhadas sobre ela. Desembarcando do veículo depois dela vieram Sally e Hannah, abraçadas.

— O teatro — disse Margaret. — Vocês me trouxeram pro teatro.

Hannah se ajoelhou ao lado dela.

— Você lembra do que me disse aquela vez no café? — perguntou ela.

— Minha querida menina, sim. Lembro, sim.

— Você acha que aguenta?

— Querida, nunca perdi a oportunidade de atuar.

— HUM — grunhiu o paramédico encarregado da cadeira. — Pra onde?

— Passando pelas portas de vidro, pra direita — eu disse.

— Posso lembrar a vocês que sou um ser humano e não um pacote a ser entregue? — disse Margaret, sem abrir os olhos. — Bom, vamos logo. Eu me recuso a morrer num estacionamento.

Então todos nós entramos. Passamos pelas portas, pela bilheteria, onde alguns voluntários estavam ocupados ajeitando e desenrolando novos pôsteres. Sally explicou discretamente a eles o que estava acontecendo, e eles deixaram o que estavam fazendo de lado e se juntaram a nós — assim como os faxineiros que limpavam a área do bar. Nossa bizarra procissão seguiu pela passagem para o teatro e então chegou ao auditório escuro. Foram necessários quatro de nós para erguer a cadeira de rodas escada acima e colocá-la no palco.

— Shaun — eu disse assim que a colocamos no chão —, você pode ir até a cabine de iluminação e acender um refletor?

— Eu vou também — disse James.

Margaret ficou observando os dois se afastarem e assentiu para si mesma.

— Hannah — disse ela —, faça a gentileza de me empurrar até o centro.

Lentamente, Hannah empurrou a cadeira pelo palco enquanto o restante de nós ficava na frente do teatro, sem saber o que fazer. Por alguns instantes tudo era silêncio.

— O que ela vai fazer? — perguntou Natasha, enquanto empurrava o carrinho de bebê suavemente para a frente e para trás.

— Não sei — repliquei. — Hannah não explicou. Talvez ela só queira estar no palco, só um pouquinho.

— Será que é melhor a gente ir embora? — perguntou Jay. — Talvez ela só queira ficar sozinha.

— Jay, querido, é a Margaret — disse Sally. — Essa é a última coisa que ela quer. Acho que devemos todos nos sentar...

Ocupamos assentos na primeira fila — os atores, os voluntários, os faxineiros e, talvez o mais estranho de tudo, os dois paramédicos. No palco, na escuridão, eu só conseguia ver Hannah ajoelhada ao lado da cadeira de rodas, conversando baixinho com Margaret. A velha senhora se inclinou na direção da minha filha, estendeu a mão, branca como um osso, e tocou o rosto de Hannah.

Então ela levou a mão à bolsa e tirou um envelope, que entregou a Hannah.

— Abra mais tarde — disse ela.

Hannah se afastou, descendo os degraus em nossa direção. O holofote se acendeu e encontrou Margaret, sozinha, curvada, mal parecendo ainda estar conosco. Ela assentiu uma vez, e depois... nada. O ar estava denso com o silêncio.

— Ela morreu? — perguntou Janice. Outra pessoa, irritada, a silenciou.

Meu braço estava no ombro de Hannah e ela se virou e apoiou a cabeça no meu peito. Sally se voltou para mim.

— Será que devíamos..

Mas então, nesse instante, Margaret pigarreou, o som ricocheteando pelo auditório como um tiro de fuzil.

— Nunca interpretei Próspero — disse ela. Sua voz era clara e límpida. — É a única coisa de que me arrependo. Foi representado por mulheres, mas não muitas. Próspero foi o grande velhote de Shakespeare. Não venha me falar do Rei Lear, aquele velho maluco de merda, se queixando das injustiças do mundo. Típico dos homens. Próspero tinha graça, afeto e malícia. Ele entendia que o mundo é cheio de magia; criou sua própria corte de bestas e espíritos. Quando chegou a hora de partir, aceitou a morte com elegância.

"Essa é a melhor maneira. Estamos rodeados de coisas magníficas, por toda a nossa vida, por mais longa ou curta que seja. Como eu sempre disse ao meu marido, não é o tamanho que importa, é o que você faz com ele."

Houve algumas risadas no auditório.

— *A Tempestade* foi a última peça de Shakespeare. Ela termina com um discurso de Próspero feito diretamente ao público. Alguns dizem que esse foi o epitáfio de Shakespeare. Ele estava pedindo um aplauso final. Assim como eu, meus queridos.

"Os meus encantos se acabaram,
E as minhas forças, que restaram,
São fracas, e eu sei verdadeiro

Que ou cá me fazem prisioneiro
Ou podem me mandar pro lar.
Não me obriguem a ficar —
Já que ganhei o meu ducado
E quem fez mal foi perdoado —
Nesta ilha que é só deserto,
Lançando-me encontro esperto.
Quebrem os meus votos vãos
Com a ajuda de suas mãos;
Minhas velas, sem suas loas,
Já murcham as propostas boas,
Que eram de agradar. Não tenho
Mais arte, espírito ou engenho:
Meu fim será desesperação
Se não tiver sua oração,
Que pela força com que assalta
Obtém mercê pra toda falta.
Quem peca e quer perdão na certa,
Por indulgência me liberta."

Ted e eu fomos os primeiros a aplaudir — acho que conhecíamos melhor esse discurso —, mas logo os outros aderiram. Foi uma salva de palmas modesta, produzida pelo nosso pequeno grupo, mas ecoou pelo vazio, ganhando volume — um truque acústico que adulara todos os elencos que havíamos recebido. Então, ainda batendo palmas, Hannah se levantou, com os olhos marejados, e eu me juntei a ela, seguido por Ted e Sally, e, muito rapidamente, todos os outros. Margaret ergueu a mão em um aceno frouxo e majestoso.

— Obrigada — disse ela. — Vocês são muito gentis. Minha performance terminou. Quando meu marido morreu, achei que ficaria sozinha. Mas não fiquei. Estive aqui com todos vocês. E foi maravilhoso. Talvez agora seja a hora de rever Arthur. Cuidem uns dos outros, cuidem desse lugar. Todos os teatros têm alma. Esse terá a minha.

Ela tornou a ficar em silêncio. O holofote continuou voltado para ela enquanto nós começávamos a nos mover na escuridão, sem ter certeza de como seu adeus surreal deveria terminar.

Por fim, Shaun pigarreou.

— Vocês acham que ela tá... — começou ele.

Nesse momento, porém, Margaret se animou como uma sombria máquina de adivinhação em um parque de diversões.

— E você — disse ela, apontando para James —, você tá claramente apaixonado por Shaun. Pelo amor de Deus, fala isso pra ele.

Um silêncio atônito. De repente, todos os olhos estavam voltados para James. Ele parecia prestes a dizer alguma coisa, mas então se deteve, pensou e recomeçou.

— Você tá certa — gaguejou ele. — Não sei como pode saber, mas você tá certa.

Shaun olhou para ele.

— Por que você não falou nada?

— Porque... eu não queria... eu não podia... quer dizer, você é hétero.

Os dois homens se encaravam na penumbra do auditório.

— Sou? — replicou Shaun. — Cara, eu não tenho tanta certeza assim.

O pequeno público estava em silêncio ao redor deles.

— Francamente — disse Margaret. — O que todos vocês vão fazer sem mim? Na verdade, estou me sentindo muito bem agora. Será que teve um erro de diagnóstico? Por favor, me tirem desse palco e me levem pra casa. Eu estou muitíssimo bem.

Hannah

Margaret morreu 23 minutos depois. Nós a colocamos na ambulância, ela perdeu a consciência a caminho de casa, e foi isso. Partiu. Suas últimas palavras foram: "Não bata com a cadeira, seu idiota, eu já jantei com a Rainha Mãe." Provavelmente era como ela gostaria de partir — um pouco de tragédia, um pouco de comédia. Todo mundo via o lado engraçado. Todo mundo, menos eu. Eu me sentia completamente vazia e dolorida, como se alguém tivesse usado uma escavadeira mecânica para retirar minhas emoções.

Uma semana depois, estamos nos preparando para o funeral. No fim das contas, é mais rápido organizar essas coisas quando não há quase ninguém para convidar. Pelo menos o grupo de teatro está todo aqui, reunido do lado de fora do crematório, que parece um bangalô horroroso largado no meio de um cemitério. Ninguém mais virá. Nenhum parente, nem outros amigos, nenhuma aparição surpresa, de último minuto, de atores da TV dos anos 1970. Somente nós, aguardando o horário que nos foi reservado. Aparentemente, temos vinte minutos para dizer adeus. Uma vida inteira resumida em menos tempo que um episódio de *EastEnders*.

Papai passou a semana inteira ao telefone, tomando as providências. Do meu quarto eu o escutava respondendo às mesmas perguntas repetidamente: não, não há marido, nem irmãos, nem filhos. Depois, os agentes funerários, de cara fechada, se sentam com você, o ar solene e triste enquanto explicam quanto custa o pacote básico de cremação, como se estivessem vendendo vidro duplo para as janelas.

Callum veio me ver. Papai deixou que ele ficasse comigo no quarto.

— Você não precisa falar — disse Calum. — Tô aqui. Só tô aqui com você.

Ficamos sentados na minha cama, lado a lado, por um longo tempo. Estendi a mão e nossos dedos se tocaram.

— Eu quero muito ir para Bristol — eu disse.

Agora estou parada diante desse prédio moderno e feio, e nada me parece real. Rostos flutuam ao meu redor, entrando e saindo de foco. Ted está usando seu velho terno de trabalho, Angela ao seu lado, vestindo um cardigã, com ar reprovador. O braço de Sally fica no meu ombro por alguns instantes. Alguém diz "Tem bastante gente", mas não é verdade. Papai está ocupado conduzindo as pessoas. Ele fica me perguntando: "Você tá bem?" e eu fico fazendo que sim com a cabeça. Como alguém pode estar bem?

A cerimônia antes da nossa termina e, quando a porta se abre, um monte de parentes enlutados começa a sair lá de dentro; estão elegantemente vestidos de preto e branco, segurando-se uns nos outros, como sobreviventes. São muitos — homens e mulheres jovens, crianças, idosos, famílias inteiras. Alguns rapazes sardentos, cutucando uns aos outros e rindo, formam o último grupo a sair. Um deles me olha com malícia ao passar. E então é a nossa vez.

— Lá vamos nós — diz James. Vejo que ele está com a mão nas costas de Shaun.

Um carro funerário, preto e reluzente, encosta ao nosso lado. Reconheço os agentes funerários. Meu pai os cumprimenta. A porta do compartimento traseiro se abre e eles puxam o caixão para fora como se fosse uma mala. Quando o vejo, sinto um baque horrível no peito, uma súbita sensação de queda, como numa montanha-russa. Essa caixa contém minha amiga. Nunca mais falaremos sobre coisa nenhuma.

Eles erguem o caixão e todos entramos discretamente no prédio do crematório. O ar está parado e denso. Há flores murchas em vasos de latão no peitoril das janelas. Jay pergunta:

— Posso fazer alguma coisa por você? — E eu balanço a cabeça. Ele me mandou um monte de mensagens, mas não tive vontade de responder. Sigo papai até a primeira fila de cadeiras. Ele segura minha mão. Não quero ser tocada.

O pároco é baixo e rechonchudo, e seu rosto brilhante irradia preocupação, mas, assim como com os carregadores do caixão, é tudo bem ensaiado e rançoso. Ele ligou para o meu pai há dois dias e perguntou:

— Existem histórias do passado dela que eu poderia incluir na cerimônia?

— Nenhuma que seja adequada a um prédio consagrado, padre — respondeu papai.

Sei que ele vai contar isso a todos na recepção depois do funeral.

A música do órgão começa. Ouço alguém se levantar, depois a porta dos fundos abre e fecha — alguém certamente já ficou cheio dessa coisa lúgubre. Papai me ajuda a ficar de pé. O hino é "Abide With Me", e o grupo canta bem alto. Consigo distinguir as vozes: Ted é um barítono hesitante, Sally é um contralto doce. Essa é a parte em que eles acertam, determinados a fazer um bom espetáculo para Margaret. Olho para o caixão, que agora está sobre um pedestal de madeira na frente do salão. Há uma semana, a pessoa ali dentro tinha ideias, histórias e sentimentos. Como tudo isso pode simplesmente desaparecer?

Quando a música cessa, o pároco diz:

— Agora Tom Rose dirá algumas palavras.

E Tom Rose se levanta, dá alguns passos à frente e se vira para todos nós.

— Margaret era única — começa ele, a voz alta e nítida, ecoando pelo salão sombrio. — As pessoas costumam falar isso de seus entes queridos, mas Margaret era a personificação do termo. Ela podia ser incrivelmente calorosa e ao mesmo tempo aterrorizante e hostil. Contava histórias brilhantes, mas incrivelmente grosseiras, das quais ninguém mais se safaria. Ela agarrava a vida e a sacudia até arrancar tudo dela.

As pessoas murmuram e assentem. Papai olha para mim, seu rosto é uma mistura de compaixão, preocupação e medo — como se tivesse acabado de perceber algo terrível. Dá para ver quando ele se livra do encantamento.

— Tivemos momentos inesquecíveis com ela, não foi? Ninguém nunca representará a madrasta malvada de *Cinderela* como ela. Ela enfiou tantas piadas indecentes em nossa produção de 2001 que recebemos três reclamações oficiais da polícia.

Há risos agora. Minha cabeça gira e minha garganta dói. Tento engolir, mas não consigo.

— Mas agora Margaret saiu de cena. Foi para a grande sala dos atores no céu.

Mais risos. Franzo a testa diante daquele som e papai olha na minha direção de novo.

— Como nós atores dizemos, ela tá descansando. Tá entre um papel e outro. Suspeito de que logo vá se juntar à companhia teatral do céu, onde, sem dúvida...

De repente estou em pé. Não sei por que nem como, mas alguma coisa me arranca da cadeira como uma marionete.

— Ah, pelo amor de Deus, pai, fala logo! — eu grito.

Papai para de falar, e ouço sussurros à minha volta. Oscilo ligeiramente e agarro as costas da cadeira em busca de apoio. A mão de Sally dispara na direção do meu cotovelo, mas eu me desvencilho dela. Olho para papai.

— Ela tá morta. Você pode dizer. Pode dizer as malditas palavras. Ela morreu, pai. Ela morreu. — E a minha voz é um instrumento danificado, totalmente falha e alquebrada.

Agora eu saio em disparada. Do nada começo a correr, atravessando o corredor, ignorando os ruídos arrastados atrás de mim, ignorando a voz que diz "Hannah, Hannah"; me chocando contra a porta, como fiz naquela noite na boate, e novamente ela cede e eu saio, cuspida no mundo. Continuo a correr, me abaixando entre os salgueiros-chorões e ao longo da fileira de lápides lascadas e cobertas de limo, velhas e maltratadas. Meu pé escorrega na grama encharcada, mas não caio. Não sei para onde estou indo.

Então eu a vejo.

Sentada num banco ao lado do riacho que serpenteia pelo cemitério. É Angela, completamente sozinha. Diminuo o passo, e me aproximo dela por trás. Meu coração está martelando, minha respiração, ofegante e patética. Mas ela não se vira para me cumprimentar. Eu me sento ao seu lado. E ficamos ali em silêncio por alguns segundos.

— Acabou? — pergunta ela, finalmente. — Me desculpa por ter saído antes.

— Saí antes também.

— É que... minha irmã...

— Ela também...?

— Não. Mas acho que vai ser em breve. Muito em breve.

Um trovão soa a distância, bem baixo. O riacho secou e agora corre apenas um fio de água; acho que logo vai se encher.

— Julia — diz ela. — O nome da minha irmã é Julia. Ela é sete anos mais velha que eu, mas sempre fomos muito próximas. Quando éramos meninas, ela tinha muitas bonecas lindas. Passávamos horas penteando o cabelo delas, trocando as roupas. Nossa vó tricotava as roupinhas e mandava pra gente embrulhadas em papel pardo. E depois, durante todos os anos em que frequentamos a escola, com os namorados e as provas, essa coisa toda, ela sempre cuidou de mim. Era tão engraçada, tão *cheia de vida*. Eu a adorava. Ela foi a primeira pessoa da nossa família a ir para a faculdade. Quando eu a visitava, ela me levava para o chá da tarde e comprava livros e maquiagem para mim. À medida que a gente vai ficando mais velha, acaba se vendo menos, sabe. Tem o trabalho, uma casa para administrar, filhos, se você tem sorte, tudo isso. Mas sempre fomos próximas.

"Há três anos, logo depois que o marido dela morreu, Julia começou a ficar confusa, a esquecer as coisas... coisas importantes. A situação ficou muito séria. Tivemos de encontrar uma casa de repouso para ela; escolhemos um lugar agradável, não muito longe. A equipe é ótima, mas Julia pode ser difícil. Grita, joga coisas, xinga."

Ela para de falar e sinto que o seu corpo inteiro treme. Ponho minha mão sobre a dela.

— Ela é minha irmã mais velha, Hannah. Ela me ensinou a dirigir em seu Reliant Robin. Foi comigo escolher meu vestido de noiva. Quando meu filho mais velho teve coqueluche, ela ficou com a gente por duas semanas. Cuidou da cozinha e da limpeza da casa. Ela dizia: "Você é a minha irmãzinha. Isso é minha obrigação." Agora, tudo que éramos está se desfazendo, e eu não me conformo. Ted tem aquela maldita moto caindo aos pedaços na garagem; sei que está bravo comigo porque não podemos sair nela por aí, mas o que eu posso fazer? Ela cuidou de mim. Me desculpa. Por favor, me desculpa. Essa é a última coisa que você precisa.

— Não — eu digo. — Você tá errada. É exatamente disso que eu preciso. Todo mundo ali tá tratando a situação como... como uma coisa engraçada. A boa e velha Margaret... fez sua parte no palco e morreu na ambulância. Que performance fantástica.

— Mas ela era sua amiga?

— Era. Mas não é isso. Não é só isso.

— O que quer dizer?

— Não aguentei ficar lá dentro. Todos rindo e batendo papo e cantando, ansiosos pela recepção. Vão contar algumas histórias sobre ela, vão brindar em sua homenagem, mas vão parar por aí. Eu só quero alguém que diga: Margaret morreu, e estamos muito tristes, e vamos nos lembrar dela. Quero que a morte dela signifique algo mais do que só uma oportunidade de contar umas histórias e encher a cara. E se ninguém lembrar de como ela era de verdade?

— Você vai lembrar — disse Angela.

Sem pensar, faço um barulho esquisito, resfolegante, que deveria ser um riso irônico, mas faz meus olhos se encherem de lágrimas e meu nariz de secreção. Angela me entrega um lenço de papel e assoo nele uns cinquenta litros de catarro verde. Talvez eu seja alérgica a cemitérios. Gotas de chuva muito suaves molham nosso rosto; uma brisa sopra entre as folhas dos salgueiros.

— Enfim — digo —, esquece. Tá tudo bem.

— Hannah, você...

— Deixa pra lá. É melhor eu voltar.

— Hannah...

— Angela, quer saber o que eu acho que é a melhor coisa que você e Ted podem fazer pela sua irmã? Quer dizer, você provavelmente não quer, porque eu tenho, tipo, quinze anos.

— Não, eu quero. Continua.

— Só... sejam felizes. Cuidem um do outro. Vivam a vida. É isso. A irmã que brincava de bonecas com você, que a levou para a faculdade e a ensinou a dirigir. Acho que é isso que *ela* ia querer.

Angela me encara por um segundo, e me pergunto se ela está brava. Quem quer receber conselhos sobre a vida de alguém que não tem idade suficiente para beber, dirigir, nem se alistar nas forças armadas? Mas seu rosto se suaviza e ela abre um sorriso.

— "Da boca das crianças..." — diz ela.

E então voltamos para o crematório, de braços dados. Tento não olhar para as lápides. Em vez disso, fico pensando nas vezes que tomei chá com minha amiga, fofocando e rindo. Ela era inteligente e cheia de vida, mas agora se foi — como cinzas levadas pela brisa.

Tom

Naturalmente, decidimos que, se íamos ter uma reunião após o funeral de Margaret, deveria ser no teatro. Ele era a vida dela. Era sua obsessão. Era barato e conveniente. Quando saí do crematório, vi Hannah e Angela percorrendo o caminho estreito em direção aos grupos coloridos de pessoas que tinham ido ao funeral. Sorri debilmente, incerto sobre o que havia acontecido entre nós. Eu não conseguia me lembrar de nenhuma outra ocasião em que ela fugira de mim. Normalmente eu era a pessoa *para quem* ela corria. Mas a dor leva as pessoas a fazer coisas engraçadas — basta olhar para Julieta, ou Édipo, ou... Eu deveria parar de extrair lições de vida de peças trágicas.

— Oi — disse ela, sem me olhar nos olhos, mexendo com a manga de sua roupa. — Desculpa, eu só surtei.

— Foi um discurso ruim, eu deveria ter feito melhor.

— Foi ok, eu só precisava sair. Vamos logo para o teatro antes que aqueles filhos da mãe gulosos comam todos os enroladinhos de salsicha.

Ela não quis falar no caminho para o teatro. Passei o braço pelo seu ombro, mas ela se afastou. A chuva se tornou mais insistente, o borrifo leve crescendo até tornar-se uma chuva torrencial e nos fazendo correr para as portas do teatro. Lá dentro, Sally estava arrumando petiscos no bar e James e Shaun conversavam atrás de um grupo de voluntários que trabalhavam na bilheteria e cujos pratos de papel já estavam cheios de sanduíches e batatas fritas empilhados. Alguém colocara um CD de Billie Holiday para tocar. A atmosfera era alegre. As pessoas diziam: "Margaret teria adorado isso" e assentiam com a cabeça. Dora se aproximou para falar comigo e, nesse momento, vi Jay emergir da multidão e se aproximar cautelosamente de Hannah.

— Bela reunião — disse Dora, pegando um bolovo e o examinando com atenção.

— É, é bom estarmos juntos em um momento como esse — respondi. Mas estava um tanto distraído com a conversa que acontecia ao meu lado.

— Oi — disse Jay.
— Oi — respondeu Hannah.
— Como você tá?
— Sabe, não ótima.
— Não tenho te visto muito. Não tem aparecido.
— Eu sei, desculpa, é que...
— Recebeu minhas mensagens?
— Recebi.
— É só que... você não respondeu.
— Me desculpa mesmo, Jay.
— Nós costumávamos ser melhores amigos.
— Ainda somos amigos, Jay. De verdade.
— Eu não ia dizer nada, mas te vendo aqui... eu sinto saudade.
— Jay, por favor. Desculpa, de verdade. Tem muita coisa acontecendo. Ah, desculpa, espera aí, eu já volto.

Com isso, ela disparou em direção à porta. Eu a observei atravessar correndo a pequena multidão, sua expressão — toda a sua atitude — passando gradualmente de uma espécie de indiferença sofrida a algo que se aproximava do prazer. Foi uma transformação tão dramática que adivinhei quem havia chegado antes mesmo de vê-lo. E, quando finalmente alcançou Callum, ela o abraçou calorosamente. Olhei para o meu lado e vi que Jay também estava observando. A expressão dele estava mais sombria e nublada do que o céu lá fora. Decidi que era meu dever e responsabilidade aliviar o clima — afinal, estávamos em um funeral.

— É só a empolgação pelo novo — eu disse, cutucando-o no ombro e olhando para o casal do outro lado da sala. — Você sabe como é. Alguém novo, diferente e charmoso aparece e de repente essa pessoa é tudo em que você pensa. É a natureza humana. — Uma imagem de Vanessa cruelmente surgiu na minha mente. — Quer dizer, olha — continuei —, Jenna e Daisy tão chegando agora. Elas são as melhores amigas dela também, mas aposto que ela mal vai notar...

No mesmo instante, Hannah abraçou as duas afetuosamente e, em seguida, arrastou-as em direção a Callum, parecendo feliz, como não se sentia desde aquela manhã na cabine de iluminação. Era esse o grande momento, a apresentação oficial? Em um funeral? Típico dos adolescentes — tão narcisistas. A capacidade de atenção emocional dos mosquitos. Enfim, a cena toda literalmente não poderia ter sido mais contraditória à minha fala. Olhei para Jay e não fiquei completamente surpreso ao vê-lo um pouco mais abatido.

— *Você* gosta dele? — perguntou Jay, seu tom triste, porém comedido.

— Bom, ele parece legal... mas nós só tivemos um encontro rápido. Ele pode ser horrível. Nesse caso, vou mandar matá-lo como a todos os outros.

Sorri para ele de forma conspiratória, mas sua expressão não mudou.

— Mas você não se importa que ela vá pro festival de HQs em Bristol com ele nesse fim de semana?

Uma pontada de preocupação. Somente uma pontada. Porque obviamente aquele era um imenso equívoco.

— Indo aonde pra quê? — perguntei.

— Ela vai com Callum pra Bristol. Eu conheço o amigo dele, Ed, e ele falou sobre isso no MSN. Vão ficar na casa da irmã do Callum. Merda, desculpa, pensei que você soubesse.

— Eu... Ah, sim, tô lembrando agora. É. Eles vão para Bristol. Vão para Bristol sozinhos e vão dormir lá. Isso é com certeza algo que discutimos. Com licença, por favor.

O ambiente me pareceu muito estranho, como uma daquelas cenas de filme em que se tenta simular os efeitos de quando alguém toma drogas alucinógenas. Tudo se tornou opaco e turvo, as vozes baixaram, tornando-se um lamento murmurante. Eu estava indo na direção de Hannah e, ao mesmo tempo, parecia que ela estava se afastando. Percebi, para meu espanto, que eu estava com muita raiva.

Hannah viu que eu me aproximava e se virou, sorrindo. Ela estava prestes a dizer algo, mas interrompi. Eu tinha a sensação de que estávamos no palco e uma cena violenta estava para acontecer.

— Hannah, que história é essa de Bristol?

O sorriso desapareceu imediatamente de seu rosto. Toda uma procissão de emoções pareceu passar pelos seus olhos, como se ela estivesse avançando rapidamente uma fita de vídeo interna. Os adolescentes vivenciam algo semelhante ao processo de luto quando são pegos pelos pais: negação, raiva, negociação, depressão, aceitação e, por fim, o castigo. Mas, até agora, isso só tinha sido algo que eu observara a distância. Agora eu tinha um assento na primeira fila.

— Eu... eu ia te falar sobre isso — gaguejou ela. — Mas...

— Mas você sabia que eu ia dizer não.

— Pai, eu...

— Você sabia que eu ia dizer não porque eu mal conheço esse garoto, e porque você tem uma consulta no hospital na segunda-feira.

— A gente pode reagendar a consulta, pai, é só...

— Não, não podemos! — Minha voz soou mais alta do que eu pretendia. Boa projeção vocal, a maldição do ator. Um silêncio desceu sobre o ambiente. Eu estava vagamente ciente de corpos mudando de posição para ficar de frente para nós e ter uma visão melhor do espetáculo. — Isso é sério, Hannah.

Ela murmurou algo bem baixinho, olhando para o chão.

— Como? — perguntei, soando cada vez mais como uma mistura do Laurence de *Abigail's Party* com o Capitão Mainwaring, de *O exército do papai*.

— Eu disse que sei que é muito sério! — Ela me devolveu com uma força chocante. — Sempre é!

Callum pigarreou.

— Tom, se você me permite...

— Não permito! — gritei. — Acho que você já fez o bastante e eu gostaria muitíssimo que deixasse o meu teatro, agora.

— Pai!

— Tom — soou outra voz de trás de mim. Era Sally. — Tom, será que não é melhor irmos todos a algum lugar para esclarecer as coisas?

Girei nos calcanhares, ficando de frente para ela e, para minha surpresa e meu horror, ela se encolheu. Senti um espasmo de culpa, mas minha raiva venceu.

— *Você* estava sabendo disso? Porque seu filho sabia.

— Não, eu não sabia — replicou Sally. — Estou descobrindo à medida que tá se desenrolando... assim como todo mundo *na homenagem a Margaret*.

Eu olhei de volta para Hannah, que tinha fixado em Jay um olhar tão hostil que temi que o garoto fosse sofrer uma combustão espontânea.

— Vamos deixar uma coisa bem clara — eu disse a ela. — Você não vai a Bristol com Callum, nem com qualquer outra pessoa, e muito menos para passar a noite. Eu não o conheço, não confio nele e você não pode faltar a uma consulta no hospital! E ainda temos a sua peça de aniversário pra planejar, o que foi...

— Ah, pelo amor de Deus, que se dane essa peça idiota! — gritou Hannah. — Eu não quero fazer isso, nunca quis, eu só não queria magoar você! Eu tenho quinze anos, pai! Isso é constrangedor. Você é constrangedor! Vamos, Callum.

Ela o agarrou pelo braço e se virou na direção das portas. Um pequeno grupo de pessoas rapidamente se afastou, não querendo ficar em seu caminho. Callum, porém, não se movia. Ele me fitava. Sua expressão não era de raiva ou de culpa, era... de desconsolo. Ele parecia desconsolado.

— Por favor, Callum — disse Hannah. Seu tom havia passado de fúria a desespero. Esse era um momento crucial, eu podia ver... um impasse importante, um teste-chave da vontade e lealdade dele. E ele parecia apavorado com o peso das expectativas dela, o famoso coelho surpreendido pelos faróis de um carro. Não achei que ele conseguisse sair de onde estava.

E então ele se moveu.

Sem tirar os olhos de mim, ele se deixou puxar por Hannah e a seguiu em direção à porta. Em um movimento rápido, eles passaram por ela e saíram. Respirei fundo e me lancei adiante, determinado a segui-los, mas senti uma mão forte em meu cotovelo me puxando para trás.

— Não faz isso — disse Shaun. — Ela tá com raiva e você também. Nada de bom vai acontecer se você for atrás dela. Acredita em mim.

Tentei avançar novamente, e dessa vez fui contido também por James. Era uma sensação estranha, uma espécie de euforia tingida de vermelho. Uma minúscula parte do meu cérebro observava a coisa toda como uma peça absurda de um único ato — e estava muito impressionada com meu comprometimento emocional com o papel de pai zangado e ultrajado.

— O espetáculo acabou, pessoal — eu disse, sorrindo. — Foi só uma pequena desavença. Margaret teria aprovado, tenho certeza.

Espero que ela, lá do alto, esteja se divertindo com tudo, com sua taça de xerez!

Houve umas breves risadas e as pessoas desviaram o olhar. James perguntou se eu precisava de uma bebida e recusei, balançando a cabeça. Vi que Sally estava com Jay; eles conversavam baixinho — um contraste gritante com o quadro de fúria que eu tinha acabado de compor.

Na década de 1930, o famoso dramaturgo alemão Bertolt Brecht lançou uma técnica da arte cênica que ele chamou de *Verfremdungseffekt*, que pode ser traduzido livremente como "o efeito de alienação". Ele pedia aos atores que se distanciassem das palavras e emoções que estavam transmitindo para que o público pudesse pensar desapaixonadamente sobre os temas políticos de suas peças. Mas não acho que ele tenha se dado conta de que o distanciamento de seus atores era uma representação muito mais precisa da emoção humana do que todos aqueles naturalistas chorosos e atores técnicos "sentindo" cada emoção. Acho que Brecht havia deparado com uma verdade universal: você nunca sabe realmente o que está sentindo — a emoção fica enterrada sob camadas de hábito e subterfúgio. Você precisa recuar e examinar a si mesmo para encontrar a verdade. Porque a verdade muitas vezes é apavorante.

E muitas vezes também é bastante simples. Eu estava com medo de Hannah crescer. Estava com medo de ficar sozinho. Foi isso que percebi parado ali no saguão do Willow Tree Theatre, cercado por pessoas de luto que sussurravam, vendo minha filha atravessar intempestivamente o estacionamento, depois a calçada e em seguida desaparecer completamente de vista.

Hannah

As janelas estão muito sujas, então mal consigo ver os campos que passam zunindo lá fora. Callum e eu estamos espremidos no trem lotado, dividindo nosso assento com uma mãe e a filha pequena, que fica chutando minha perna. Não estamos falando muito porque há coisas demais a dizer. O vagão sufocante, apinhado de famílias barulhentas, não é o lugar. Então, ali sentados, olhamos para fora e fingimos ver a paisagem através da poeira e da sujeira.

    Nós estamos indo. Estamos fugindo. Bom, vamos a um pequeno festival de HQs em Bristol, e daqui a dois dias voltamos. Mas não é a volta que importa agora — é o fato de termos seguido o plano que traçamos enquanto nos afastávamos do teatro. De certa forma, Jay fez tudo acontecer. O mais provável é que, se eu tivesse realmente pedido a papai e ele tivesse dito não, a história terminaria ali. Mas porque tudo explodiu daquele jeito, encasquetei de ir. Fui para casa, enchi uma mochila com roupas, deixei um bilhete bem curto para papai (não consigo lembrar o que escrevi) e passei a noite na casa da Daisy. Callum me encontrou na estação de trem às oito hoje de manhã. Então fomos. Tenho cerca de quarenta ligações perdidas de papai, e sei que ele ligou para a mãe de Daisy para se certificar de que eu estava viva, mas não exigiu falar comigo nem disse que eu tinha que voltar para casa — ele só disse a ela que estaria lá se eu precisasse dele. Tenho que admitir que me senti mal por ele e comecei a questionar todo o plano. Mas então lembrei da maneira como ele gritou com Callum, e que aquilo não foi justo. Tínhamos planejado perguntar a ele se podíamos ir; íamos apresentar papai à irmã de Callum e assegurá-lo de que ficaríamos em quartos separados (definitivamente vamos ficar). Eu estava preparada para ceder e voltar para casa no domingo à noite, e não na segunda, para não perder a consulta no hospital. Mas não tive a chance porque Jay fodeu tudo. E, por alguma razão, eu não queria mesmo ir para o hospital — não dessa vez. Sempre fui uma boa paciente: fazia tudo que me mandavam fazer, tomava todos os medicamentos e precauções, fazia os exercícios — fui assim a vida toda. Só dessa vez, quero me rebelar.

O trem de repente faz uma curva e as rodas engasgam, alterando seu ritmo hipnótico. O barulho é realmente incômodo. A mão de Callum se move para a minha e eu a seguro.

O festival acontece em um hotel grande que fica não muito longe da estação. Em sua mochila de acampamento, Callum leva um caderno de desenho cheio dos melhores exemplos de seu trabalho. Quer dizer, eu acho tudo incrível, mas parece que ontem à noite ele passou horas revendo tudo e lentamente rejeitando trabalhos lindos. Hoje, ele fica alternando entre o entusiasmo e uma ansiedade louca. É difícil acompanhar, então eu apenas o deixo tagarelar enquanto caminhamos pelas ruas quentes e desconhecidas.

— Foi uma péssima ideia, né? — ele fica repetindo. — Aposto que centenas de artistas vão vir. Quem vai querer olhar essas porcarias que eu fiz? Merda. Desculpa. Deus, esse prédio é enorme. Você viu que Gareth Ellis vem para o festival? Puta que pariu. Puta que PARIU. Como você tá? Quer voltar pra casa?

— Callum, cala a boca.

Quando chegamos, ele realmente cala a boca, porque, de tão atordoado, fica em silêncio. O festival ocupa uma sala de conferência imensa no térreo de um hotel moderno e gigante. Na área principal, há uma longa fila de revendedores, suas mesas superlotadas de caixas de HQs, brinquedos e bonecos de ação; há estandes com pequenas prensas e criadores de HQs independentes, exibindo suas obras em fotocópias baratas e grampeadas à mão. Enxameando entre eles, há centenas de pessoas — a maioria homens de trinta e poucos anos de jeans e camiseta, ficando carecas e barrigudos — andando apressadas de lá para cá, empurrando-se uns aos outros para passar. Eu me sinto como uma alienígena exótica.

Recebemos um programa compacto quando entramos e Callum verifica os horários. A sessão para apresentar os portfólios é às duas da tarde. Um monte de editores da DC, da *2000 AD* e de muitos outros lugares vão se sentar ali, conhecer novos artistas e ver seus trabalhos. Decidimos passar algumas horas apenas olhando e nos ambientando. Tenho dificuldade em absorver tudo aquilo. Nunca vi tantas HQs na minha vida. Estou em um mundo diferente. Encontramos um revendedor especializado em HQs americanas independentes e passamos uma vida nos acotovelando entre colecionadores carrancudos, folheando os lançamentos mais recentes de editoras como Avatar e Oni Publishing.

Nós nos separamos e eu descubro uma pequena sala dedicada aos mangás, separada das HQs sérias — mas pelo menos está aqui. A atmosfera não poderia ser mais diferente; as paredes são revestidas com pôsteres coloridos e brilhantes de *Dragon Ball*, *Naruto* e — sim! — *Sailor Moon* e há um pequeno aparelho de som tocando música J-pop de ritmo insanamente rápido; há mulheres nos estandes e até algumas adolescentes dando uma olhada e conversando. Uma está usando um vestido rosa incrivelmente enfeitado, com uma saia esvoaçante imensa e um laço branco gigante, como se tivesse saído de um vídeo de anime. Eu fico ali parada na porta, atônita. Nunca vi outros fãs de mangá na vida real. Sento-me para recuperar o fôlego e começo a conversar com uma artista que faz HQs no estilo mangá de verdade. Falamos sobre *Blue Monday* e *Scott Pilgrim*.

Ela me pergunta se estou bem e falo sobre meu coração, e ela diz que há uma série de mangá chamada *Millennium Snow* sobre uma garota com doença cardíaca que se apaixona por um vampiro. Trocamos nosso contato no Messenger. Callum precisa vir até mim e me arrastar dali. Eu me sinto como Alice no País das Maravilhas.

— Tá na hora — diz ele, engolindo em seco.

Quando chegamos à sessão de portfólios, já há uma longa fila serpenteando ao longo da parede fora da sala e pelo corredor. Pegamos nosso lugar no fim da fila e notamos que algumas pessoas estão carregando pastas de couro enormes com seus desenhos. Constrangido, Callum baixa os olhos para seu caderno de desenho surrado, então o enfia na mochila. Ele está pálido e melancólico.

Depois de cerca de uma hora, estamos nos aproximando do início da fila, examinando essa sala caótica cheia de artistas que apresentam orgulhosamente páginas grandes e brilhantes com seu trabalho. No lado oposto, lado a lado, estão os editores lendários, brincando e conversando. Callum parece prestes a desmaiar. O salão está abafado, lotado e barulhento o suficiente para também me deixar desconfortável. É a primeira vez que os velhos temores começam a voltar furtivamente. Mesmo com a tagarelice dos nerds de HQs empolgados, ouço o barulho acelerando. *Ta-tum. Ta-tum. Ta-tum.* Vai ser muita vergonha se *nós dois* desmaiarmos aqui. No entanto, talvez assim ele seja notado.

Por fim, somos empurrados na direção da próxima mesa livre. Um sujeito mais velho com óculos de armação grossa e camisa xadrez desabotoada por cima de uma camiseta com um grande logo do *Flash* nos olha de cima a baixo. Seu crachá diz que ele é um editor sênior da DC. Caramba. É provável que tenha conhecido Alan Moore.

— Então, o que vocês têm pra mim? — pergunta ele com um sotaque californiano áspero e arrastado.

Callum parece totalmente paralisado. De repente eu me vejo cheia de adrenalina. Cutuco meu namorado, o que o faz acordar e entrar em ação. Ele coloca a mochila na mesa, quase derrubando a lata de cerveja do editor, e então tira o caderno de desenho. Quando o entrega, sua expressão é de culpa, como se só tivesse desenhado um boneco palito com peitos enormes ou algo assim.

O editor começa a folhear o caderno.

— Esses são só alguns desenhos em que tô trabalhando — diz Callum, a voz baixa e insegura. — É meio que uma história de super-herói chamada *Uma escuridão*. É essa personagem aqui. Ela sofre de depressão, mas adquire a habilidade de atrair outras pessoas, tipo, para o seu mundo. Ela tem um cão gigante que as ataca. É... meio que uma metáfora pra...

— Cara, isso parece muito deprimente — diz o editor.

— É, quer dizer, é meio trevas, mas...

— A arte é boa, cara, mas não sei se o mundo tá pronto pra depressão como um super-herói.

Ele já está olhando para além de Callum, quase empurrando o caderno de desenho de volta. Posso ver a história chegando ao fim aqui. Não é justo. Olho para Callum, mas ele não vai fazer nada. Ele está indo pegar o caderno. Alguém tem que agir.

— Então *Batman* não é sobre depressão? — pergunto.

Ah, merda. O que estou fazendo?

— Como? — pergunta o editor.

— Hannah — sussurra Callum.

— O Cavaleiro das Trevas — prossigo. — O gazilionário recluso que mora em uma caverna e luta contra todos aqueles caras malvados e loucos que provavelmente são fruto de sua imaginação... isso não é sobre depressão?

— Bom, eu... — diz o editor.

— Hannah, para — implora Callum.

Mas eu não paro.

— *Lanterna Verde: Renascimento* não é uma alegoria sobre a depressão? Hal Jordan desmorona e precisa literalmente enfrentar o próprio medo. *Alias* não é sobre depressão? Jessica Jones se retira de sua vida de super-heroína, nega o próprio poder e passa a beber e foder sua própria vida. O jeito como Michael Gaydos a desenha, deixando-a *sempre* na sombra, em todos os quadros. Isso não é depressão?

Callum agora está tentando me arrastar dali.

— *Uma escuridão* fala de uma garota cuja depressão é tão grande que se apresenta ao mundo como uma força mortal. Mas a garota é especial. Ela é tão forte que aprende a controlá-la e direcioná-la. Quer dizer, esse é basicamente o cenário da fantasia de todo adolescente emo. É empolgante pra cacete. Esquece essa história de homens com macacão de lycra. O mundo é sombrio e uma merda. Todo mundo tá se refugiando na internet ou nos celulares. Sabe de uma coisa? O *Flash* não tem muito a dizer pra gente agora. Mas uma garota que usa a depressão como um superpoder para se vingar de seus inimigos? Isso é basicamente o encontro de *Hulk* com *Carrie*. Quem não ia querer ler isso?

O sujeito me encara, seu rosto uma completa incógnita. Eu me pergunto se estamos prestes a ser expulsos dali. Callum nem olha na minha direção.

— Você é a escritora? — pergunta o cara.

— Não — respondo.

Ele desliza o caderno de desenho de volta para Callum.

— Volta no ano que vem e traz uma história... chama a sua amiga aqui para escrever. Esses esboços tão muito legais, mas não tão dizendo nem um décimo do que ela acabou de gritar na minha cara.

A irmã de Callum mora em um bairro a cerca de vinte minutos do centro da cidade. Precisamos pegar dois ônibus e, quando chegamos à sua pequena e maltratada casa geminada, minhas pernas estão exaustas. O minúsculo jardim da frente foi cimentado e agora é uma confusão de ervas daninhas e garrafas de vinho vazias. As cortinas estão fechadas em todas as janelas. Callum faz menção de tocar a campainha, mas é óbvio que está quebrada, então ele bate na porta. Alguns segundos depois, ouve-se um barulho de algo sendo empurrado e uma voz abafada gritando:

— Essa porra tá emperrada de novo.

— Dá um passo pro lado, acho que essa é a minha especialidade — digo, tentando melhorar o humor de Callum.

Mas, antes que eu possa fazer qualquer coisa, a porta se abre bruscamente e lá está uma garota parada na nossa frente, com cabelos na altura dos ombros tingidos de vermelho vivo. Ela veste camiseta e *legging* por baixo de um roupão azul longo e macio. Parece meio maluca.

— Hoje não, obrigada! — grita ela e finge fechar a porta, mas então volta a abri-la e finalmente dá um abraço de urso em Callum, que parece irritado com a brincadeira. — Essa é a Heather?

— Hannah — corrijo.

— Argh, desculpa, Hannah! Eu sou Zoe, mas todo mundo me chama de, hã, Zoe.

Ela me abraça também, espremendo o que resta do ar nos meus pulmões.

— Entrem! Os outros foram passar o fim de semana fora, então temos a casa só pra gente. Tô presa aqui escrevendo um trabalho sobre Platão. Filho da puta de grego chato.

O interior da casa é uma colagem ofuscante de papéis de parede e carpetes estampados. Há listras, flores, tons de cor-de-rosa salmão e verde-abacate. É como se todas as ideias infelizes de decoração de interiores das décadas de 1970 e 1980 tivessem vindo aqui para morrer — ou, mais precisamente, para explodir. Zoe nos guia pelo corredor estreito até a sala de estar, que é uma massa de móveis baratos e descombinados, pisca-piscas e velas. Há uma faixa enorme pregada na parede acima do sofá, com BLAIR E BUSH SÃO CRIMINOSOS DE GUERRA escrito em letras grandes e surpreendentemente perfeitas. De uma caixa de som gigante na lareira (presumivelmente não usada) vem uma canção do Goldfrapp.

— Vocês querem uma bebida? — oferece ela. — Callum, você tá parecendo tão cansado!

— Acho que vou só apagar, Zoe. Foi um dia longo.

— Você não pode simplesmente aparecer aqui e ir pra cama! Tenho bebida! Podemos ter um porre de menores! Achei que era por isso que vocês tinham vindo!

— Tô bem.

Há uma breve troca de olhares entre eles, e tenho a sensação de que muita coisa está sendo dita e que eu não estou entendendo.

— Sem problemas, irmãozinho — diz Zoe, por fim. — Você vai dormir no quarto do Will, o primeiro à esquerda, subindo as escadas. Tem um pôster enorme do *Donnie Darko* na parede. Não dá pra não ver. Aqui, vou pegar um copo de água pra você.

Ela desaparece na cozinha.

— Desculpa — diz ele.

— Por quê?

— Por te arrastar pra esta coisa e perder o seu tempo.

— Do que você tá falando? Eu precisava sair de lá! E o festival foi incrível. Vamos voltar amanhã, entrar na fila e conseguir que algum figurão da Marvel te dê um trabalho.

Callum dá de ombros. Essa é claramente sua resposta padrão para *tudo* quando ele está nesse estado de espírito.

— A Marvel não veio — diz ele. — Te vejo de manhã.

E sai para o corredor, ainda de casaco, a mochila ainda pendurada em um dos ombros. Então agora estou parada na sala de uma estranha, sozinha, sem saber o que fazer. Não era isso que eu esperava. Imaginei que viríamos para cá, tomaríamos umas duas ou três sidras, depois a gente se esgueiraria para algum quarto escuro e... não sei. Mas estava ansiosa para descobrir. Não estive em muitas situações como essa — minha vida tem sido meio protegida, já devo ter mencionado isso. Mas eu esperava algum contato físico. Só um pouco. Talvez mais. Sei lá. Ah, meu Deus, isso tudo é tão estranho.

Zoe volta para a sala segurando duas taças e uma garrafa de vinho branco e me pega olhando a faixa sem muito interesse.

— É dos protestos antibélicos de março — diz ela, me entregando uma taça. — Muitos de nós fomos de ônibus pra Londres. Uma *vibe* incrível. Você sabia que o filho de Tony Blair estuda na minha faculdade? O merdinha.

Não quero dizer a ela que essa coisa toda do Iraque parece meio distante e irrelevante na nossa minúscula cidade de Somerset. Quer dizer, houve um acampamento pela paz no parque local durante algum tempo, até que a polícia prendeu todo mundo por fumar maconha no trepa-trepa. No início do verão, Jenna ficou bastante interessada em política e começou a usar uma camiseta da Campanha para o Desarmamento Nuclear, mas então *Harry Potter e o Enigma do Príncipe* foi publicado. Depois de ficar duas horas na fila do lado de fora da livraria local para conseguir seu exemplar, ela perdeu o interesse por qualquer conflito que não envolvesse bruxos.

Não consigo pensar em nada para dizer, então ganho algum tempo bocejando bem alto.

— Ah, entendi — diz Zoe. — Isso é a estratégia do "estamos exaustos, então vamos pra cama"? Sabe, aquela em que vocês dois desaparecem no andar de cima e dez minutos depois eu ouço as molas da cama rangendo? Porque eu expliquei pro Callum: isso não vai acontecer. Não enquanto eu estiver cuidando dos adolescentes com tesão.

— Não! — digo, parecendo um pouco mais horrorizada do que pretendia. — Eu não sou uma... adolescente com tesão.

Ela explode numa gargalhada.

— Eu acredito em você. E Callum claramente não tá em seu melhor momento, né?

— Ele levou alguns desenhos dele pra serem avaliados, mas eles meio que não ficaram muito interessados. Então, sem querer, eu ofendi o *Flash*.

— Ah — diz ela. Então se senta no sofá e tira uma pilha enorme de papéis e livros do assento. — Vamos, senta aqui. Me conta o que aconteceu.

É o que eu faço. Conto a essa estranha de cabelos de fogo como surgiu a ideia de ir à convenção e como eu o convenci a ir. Conto a ela sobre o roubo às avessas de Margaret, e então passamos à discussão com meu pai, e a maneira como saímos enfurecidos, como jovens delinquentes idiotas em um filme do John Hughes.

— Há! — exclama ela. — Gosto da maneira como você pensou: "Vou mostrar ao meu pai! Fugindo pra Bristol, uma cidade pequena e comparativamente segura, a pouco mais de trinta quilômetros de onde eu moro."

— É o mais longe que já fui sem ele — digo.

— Vocês são próximos?

— Minha mãe foi embora quando eu tinha três anos, então sim. E tenho esse problema no coração, então ele sempre foi superprotetor. É uma história chata, você não precisa ouvir isso tudo.

— Callum me falou sobre o seu coração. Eu sinto muito.

— Tudo bem. De qualquer forma, somos só nós dois. Só eu e papai. Ah, e o grupo imenso e idiota de atores amadores que ele aparentemente adotou.

— Certo. Quer dizer, parece uma família bastante normal.

— É divertido, mas... às vezes, seria bom se as coisas fossem normais.

— Bom, Callum acha que você é incrível.

Eu quase cuspo meu vinho na mesa de centro da Ikea e nas anotações do curso de Zoe.

— O quê?! Por quê?! Não! O quê?

Ela serve um pouco mais de vinho para nós.

— Ele contou sobre a nossa família? — pergunta ela.

Balanço a cabeça.

— É complicado, então... respira fundo. Você quer saber o *background* de super-herói dele?

— Óbvio.

— Meus pais tiveram a mim e minha irmã mais velha, Polly, quando eram muito jovens. Quatro anos depois, eles passaram por um período difícil, mamãe teve um caso passageiro e então... bum... foi "Ah, oi, Callum; ah, adeus, papai". Então, é, Callum internalizou muita culpa, digamos assim. Depois, quando ele tinha treze anos, uns idiotas da antiga escola começaram a implicar com ele. Sabe aqueles vídeos em que uma galera agride uma pessoa e filma? Pois bem, fizeram isso com ele. E enviaram o vídeo para todo mundo na escola. Alguns meses depois, ele fugiu. Bom, tentou. Ele queria ir pra Londres, mas pegou o trem errado e acabou em Cardiff. Mamãe foi até lá e o buscou. Ele tava péssimo. Perdeu semanas de aula e começou um tratamento pra depressão, mas reagiu muito mal aos remédios. As coisas não têm sido fáceis pra ele. E ainda tem eu e nossa outra irmã. Polly é um gênio... ela tá fazendo mestrado em Física, pra você ter uma ideia... E eu tô aqui estudando Filosofia e Política. Somos uma dupla difícil de se equiparar, basicamente.

— Que merda — é tudo que consigo dizer.

— Que merda, realmente — repete ela. — Quer mais vinho? Só não fala pro seu pai que eu embebedei você.

Mais tarde, ligeiramente bêbada, subo as escadas meio tropeçando em direção ao outro quarto livre. Visto uma camiseta e uma calça de pijama listrada e escovo os dentes no banheiro horrivelmente úmido, cheio de mofo. Estou prestes a voltar na ponta dos pés para o meu quarto quando paro e penso melhor. Muito sorrateiramente, vou até o quarto de Callum, abro a porta e olho lá dentro.

Ele está deitado, encolhido, na beirada da cama, de frente para a porta, ainda acordado, parecendo muito infeliz. Está enrolado em um edredom do My Little Pony.

— Vai dormir — eu digo.

— Não consigo. Muita coisa na minha cabeça.

— Vamos voltar lá amanhã e arrasar.

— Hannah, eu não quero voltar. Quero ir pra casa.

— Por quê?

— Tô com medo.

— Como assim?

— Não quero descobrir que não sou bom o bastante. Não consigo lidar com isso agora. E não há a menor possibilidade de você perder aquela consulta.

— Ah, que se foda a consulta! Eu não vou. A vida inteira eu fiz tudo que aquele maldito hospital me mandou fazer, então vou ter um dia de folga. Eles que se danem.

— Hannah, não quero que você fique doente por minha causa.

Olho para ele, para esse garoto idiota, encolhido na cama como uma criança. Mal nos conhecíamos há um mês, e agora aqui estamos, compartilhando nossos medos.

— Callum, eu já tô doente. Sempre vou estar doente.

— Você deve achar que sou patético.

— Não! Acho você legal. Quer dizer, não nesse instante porque, Jesus, você viu o edredom que te deram?

Callum olha para ele. Um vestígio de sorriso cruza seus lábios.

— Isso é meu — diz ele. — Eu trouxe comigo.

— Acho que nosso relacionamento acaba aqui.

— Foi legal enquanto durou. Agora somos só eu e meus pôneis.

— Talvez não — digo, olhando pela escada na direção da sala. — Tem lugar no estábulo pra mais uma... só por alguns minutos?

Ele não responde, mas me esgueiro para dentro do quarto mesmo assim, depois para a cama, depois para baixo do edredom, me acomodando atrás dele. Não estamos exatamente nos tocando. Ponho o braço por cima dele e ele o segura. Ouço a respiração dele e sinto o colchão subir e descer. Ah, merda, estou na cama com um garoto — Jenna vai ficar louca. Isso é tão estranho. Onde devo colocar meu outro braço?

Sinto as batidas do coração dele.

O ritmo é rápido, mas constante. Muito, muito constante.

Chego mais perto, colando meu corpo em suas costas. Ouço a batida da música vindo lá de baixo.

— Callum, você tá dormindo?

Ele não responde e sua respiração está muito pesada. Devo me sentir ofendida? Aliviada? Penso no dia que tivemos, e nos momentos de empolgação: o passeio pela exposição, o encontro de HQs novas e malucas, a espera na fila para ver os editores da DC em carne e osso — e então, puta merda, a discussão com um editor da DC! Eu me dou conta de que foi um dos melhores dias que já tive — longe de casa, longe do papai. E agora não quero voltar. Tenho a sensação de que me libertei, como se talvez o futuro que eu tinha diante de mim não tenha mais que acontecer do mesmo jeito. Talvez eu possa escapar. Mas depois de cada música que vem do aparelho de CD de Zoe, mergulhamos no silêncio e ouço meu próprio coração cambaleando, tropeçando em si mesmo. Ele me faz lembrar. Ele sussurra para mim o que venho tentando esconder de mim mesma. As coisas estão piorando. Eu me sinto exausta o tempo todo. Uma exaustão pura e absoluta. Por horas. Por dias. Por meses. Para sempre. Sei o que isso significa. Significa que eu não deveria estar fazendo planos com esse garoto, nem com ninguém. Esses planos não vão dar em nada.

— Você tá dormindo? — pergunto de novo.

Nenhuma resposta.

— Callum?

Nada de resposta.
— Callum, acho que tô morrendo.
Continuo sem resposta.

Tom

Saí andando em completo silêncio, passei pelo bufê de petiscos e pelo bar, onde várias pessoas que estavam ali para homenagear Margaret discretamente pediam bebidas, alheias ao drama que se desenrolava no saguão. Percebi os sussurros e olhares de preocupação, mas os ignorei e subi furtivamente a escada, indo para o meu escritório.

Em cima das mesas, no chão e nas estantes havia pilhas altas de caixas de papelão e objetos estranhos que tinham sido entregues nos últimos dois dias. Tenho que admitir que recentemente passei um tempo no eBay e nos sites de vários fornecedores de artigos cênicos, comprando e alugando possíveis adereços para a peça de aniversário. Foi presunçoso da minha parte, mas eu tinha sucumbido ao entusiasmo criativo, o que me proporcionou um leve descanso da organização do funeral. É óbvio que, mesmo enquanto reservava essas coisas, eu sabia que havia uma pequena chance de não precisar de dez fantasias de fada em tamanho adulto, um traje de luxo de lobo, uma máquina de fumaça, uma enorme rede de luzes pisca-pisca, vinte latas de tinta prateada, várias coroas e um trono. Mas eu só queria mostrar a Hannah que estava levando essa peça a sério — que ela seria grandiosa. Agora, aqui estavam todas essas coisas, erguendo-se em pilhas imensas por toda a sala, ameaçando cair e me esmagar no acidente fatal mais irônico de todos os tempos.

Onde eu estava com a cabeça?

Escutei passos subindo a escada e então Ted enfiou a cabeça pelo vão da porta.

— Tom, eu só queria... ah, meu bom Deus, que diabos são todas essas coisas?

Seus olhos percorreram o escritório, detiveram-se em mim e em seguida deram outra volta pelo ambiente, incrédulos.

— Acho que encomendei alguns adereços. Pra peça de aniversário.

— Ah, Tom...

— Eu sei.

— Nós tentamos te falar.

— Eu sei.

— Ela vai fazer dezesseis anos. Garotas de dezesseis anos não querem escrever peças de contos de fadas com o pai. Querem ficar com as amigas, comer pizza, ir a shows do... Take That?

Fiz que não com a cabeça.

— Spice Girls? Girls Aloud? É isso. Tô totalmente por fora dos grupos pop.

Soltei um suspiro profundo, e ele se sentou na cadeira próxima à minha, me encarando com um olhar de simpatia.

— Tô errado por ter ficado com raiva? — perguntei.

Ted olhou para as caixas de acessórios cintilantes.

— É difícil, não é? Quando eles crescem e querem ter a própria vida — disse ele. — Você passa anos administrando tudo que eles fazem, tudo que comem, aonde vão, com quem andam... e então, quase da noite pro dia, eles simplesmente esperam que você saia de cena? Já é difícil passar por isso quando se tem com quem dividir, mas, sozinho...? É difícil, Tom. Muito difícil. Mas você fez tudo que podia pela Hannah e muito mais. Ela vai sempre poder contar com você. Tudo que posso dizer é que, nessa idade, às vezes a questão não é encontrar o jeito certo de protegê-los. É encontrar o jeito certo de libertá-los. Desculpa, talvez eu tenha tirado essa frase de um dos filmes de Angela.

— Não consigo — eu disse baixinho. — Eu não consigo.

— Tom, me escuta. Ela vai conseguir.

— É que...

— Tom?

— Sim?

— Tom, *dez* fantasias de fada? *Dez?*

Sorri, mesmo sem querer.

— Estavam em promoção.

— Olha, ela devia ter te contado sobre o negócio dos quadrinhos. Ela sabe disso. Nada deixa um adolescente com mais raiva do que saber que tá errado. Eles não suportam isso.

— Acho que sou eu mesmo o culpado pelo senso dramático dela. Você sabe que odeio citar o bardo, mas, a frase dele "O mundo inteiro é um palco, e todos os homens e mulheres não passam de meros atores", no caso dela, não é uma metáfora, é literalmente a infância dela. Ah, meu Deus, isso me fez lembrar de uma coisa. Temos a reunião importante do conselho na segunda-feira à noite, logo depois da consulta de Hannah no hospital.

— Temos, realmente.

— Posso te contar um segredo, Ted?

— Óbvio.

— Tô muito preocupado. Preocupado com a possibilidade de perder esse prédio. Não se trata apenas de um prédio, né? Nós nos sentamos aqui, nesta sala, ano após ano, programando um *exército* de, bom, muitas vezes espetáculos horríveis. As jovens companhias itinerantes em trajetória ascendente, os comediantes populares em decadência, os números de variedades que nunca foram e de outra forma nunca seriam, até mesmo o ocasional gênio incompreendido. Recebemos todos eles. Na realidade, esse lugar é mais como um lar: eles foram nossos hóspedes. Eu não mudaria nada disso. Ted, e se...

Mas não terminei a frase. Olhei para ele e meus olhos estavam embaçados.

— Vem cá — disse ele.

E me abraçou.

Eu quase tinha esquecido da recepção pós-funeral. Quando desci e vi todas aquelas pessoas enlutadas, senti um calafrio na alma.

O sábado passou em uma névoa aparentemente interminável de estresse, solidão e autorrecriminação — como se eu estivesse preso, sozinho, em uma produção alternativa e experimental de Edimburgo. Eu estava sentado na sala, enviando mensagens de texto para Hannah, verificando se ela havia respondido, lendo e analisando o bilhete dela, sabendo que, sem dúvida, estava carregado de intenções e significados ocultos.

> Pai, estou indo para Bristol. Sei que você não quer, então vamos ter que lidar com isso. Queria que você não tivesse gritado com Callum, ele estava do seu lado. Eu mando mensagem. Por favor, só me deixa quieta esses dois dias. Confia em mim, não vou fazer nada idiota. Talvez a gente tenha que remarcar a consulta no hospital. Não fica com raiva, é a primeira vez em toda a minha vida. Uma vez não vai me matar.
> Hannah.
> P.S. Não deixe a raiva estragar seu fim de semana. Se prepare para o grande dia no tribunal!

Na verdade, eu já tinha preparado nossa argumentação para não demolirem o teatro. Durante a semana, Ted e eu (sobretudo Ted) tínhamos consultado o orçamento da prefeitura e nos demos conta de que o prédio tinha um valor relativamente bom em comparação com alguns dos outros itens que pressionavam as finanças.

Além disso, Sally havia examinado pilhas de programas antigos e descobrira que um dos atores dos filmes de *Harry Potter* tinha se apresentado uma vez numa produção de *Pigmaleão* no Willow Tree, então concluímos que o prédio era de interesse histórico. Não era muito, mas era alguma coisa.

No domingo, recebi uma mensagem de texto. De Callum. Tom, você provavelmente não quer nem ouvir falar de mim, mas tô tentando convencer a Hannah a ir à consulta no hospital amanhã. Comecei a digitar uma resposta, mas não enviei.

Na segunda-feira de manhã eu continuava sem receber uma palavra sequer de Hannah. Tentei ligar, mas o telefone só chamou e chamou. Eu me sentia num estranho tipo de torpor, como se tivesse sido apanhado por uma correnteza e estivesse sendo arrastado para longe de tudo que eu conhecia. Me vi no ônibus para o hospital e não me lembrava de ter entrado nele. Estava com minhas anotações para a reunião do conselho nas mãos, mas os papéis caíam no chão.

A consulta estava marcada para as dez da manhã, mas, quando cheguei, dez minutos antes, não havia sinal de Hannah. A recepcionista da enfermaria disse que não a tinha visto; ela convocou Venkman. Sentei-me na sala de espera e aguardei. Não sabia quanto tempo ficar antes de desistir. Eu me perguntava o que deveria fazer se Hannah não estivesse em casa quando eu voltasse, ou o que deveria fazer se ela estivesse. Uma hora depois, eu tinha visto enfermeiras indo e vindo, me ignorando ou sorrindo educadamente, sem me dar nenhuma informação. Uma mulher tinha chegado com um bebê, que ficou alguns minutos brincando com os blocos de Lego Duplo sujos espalhados pelo chão, mas logo foram chamados por um médico que não reconheci. Eu olhava fixamente para o celular, desejando que uma notificação de mensagem surgisse, mas era em vão. Andava de um lado para o outro e tornava a me sentar. Finalmente me levantei para ir embora. Pensei no que diria a Hannah — como expressaria minha percepção de tudo isso, mas, quando fui abrir a porta da sala de espera, havia um garoto ali em pé, bloqueando minha saída, olhando para mim. A expressão dele era estranha e vazia.

— Estamos aqui — disse o garoto. — O senhor precisa vir.

Fiquei vários segundos olhando para ele em silêncio, até me dar conta de quem era.

— Callum! — exclamei, por fim. — Tô esperando aqui feito um dois de paus, por que não me disseram que já estavam aqui? Eu podia ter...

— Sr. Rose, eu sinto muito — disse ele.

E eu parei de falar. Parei porque ele estava chorando.

— Eu sinto muito. Acho que é realmente grave.

— Callum, se acalma — eu disse em voz baixa. — Me leva até ela.

Deixando a enfermaria, eu o segui pelo corredor comprido e branco. As luzes eram muito fortes. Um maqueiro passou por nós empurrando um carrinho grande cheio de roupas de cama. Lentamente eu estava começando a recuperar alguma noção das coisas.

— Onde ela tá? — perguntei.

Ele parou e olhou para mim.

— Ali na frente. Por favor, desculpa. Eu não fazia ideia, eu...

— Vamos — eu disse, e comecei a andar na frente dele. Mais depressa agora.

— Ela tá ali — disse ele.

Olhei para dentro de um pequeno consultório e vi Venkman claramente tentando consolar alguém.

— Pai.

Hannah.

Ela estava sentada numa cadeira de plástico ao lado da mesa, angustiantemente pálida. Branca. Vestia um moletom preto de capuz, grande demais para ela, que não reconheci. Devia ser de Callum. As mangas eram tão compridas que suas mãos seguravam os punhos.

Ela não conseguia olhar para mim; a culpa estava estampada em todo o seu ser. De alguma forma, naquele momento de confusão e horror iminente, eu soube que a questão ali não tinha nada a ver com a discussão nem com a fuga. Ela se sentia culpada pelo que estava por vir.

Eu podia ouvir a minha pulsação martelando nos ouvidos.

— Sr. Rose — disse Venkman. Agora ele estava em pé, dando tapinhas no meu ombro. Tentei me concentrar nele. — É melhor o senhor se sentar.

Eu me sentei. Num hospital, o medo nos torna obedientes. Callum, que estava parado na extremidade da sala, retirou-se furtivamente, fechando a porta sem fazer ruído ao sair. Eu já estava pensando: que drama está para se desenrolar nesse pequeno consultório? Que ato cruel se aproxima?

— Então, o coração da Hannah está com problemas — informou Venkman. — Houve um declínio significativo em sua função. Aconteceu bem rápido e, por causa disso, acho que as coisas só vão piorar.

Por alguma razão, notei que ele tinha uma mancha vermelha na camisa, logo à esquerda da gravata azul e estreita. Ketchup, com certeza, de um café da manhã apressado. Talvez um pãozinho com bacon da cafeteria do hospital. Eu costumava comprar um para Hannah todas as vezes que vínhamos aqui.

— Vamos precisar encaminhá-la para um dos grandes centros cardíacos do Reino Unido, provavelmente para o Great Ormond Street, mas tenho certeza de que eles vão concordar comigo sobre o que deve ser feito agora.

— E o que é? — pergunto.

— Hannah precisa ser colocada na lista de espera para um transplante de coração.

Eu o encarei, assentindo lentamente. Olhei para Hannah para ver sua reação, mas ela estava curvada, olhando para os pés. Como uma aluna prestes a entrar na sala do diretor da escola.

— Por precaução? — perguntei.
Ele balançou a cabeça.
— Ela precisa de um transplante, Tom.
— Quando... quando será isso?
— Não sei dizer. Ela precisa fazer alguns exames. Vai ficar internada no Great Ormond Street por alguns dias. Eles têm uma equipe inteira dedicada a isso: cirurgiões, enfermeiros especializados, psicólogos... Depois, é claro, temos que aguardar um órgão de doador compatível. Pode levar meses, pode ser... bem mais demorado. Mas a cirurgia tem uma taxa de sucesso muito alta. Logo ela estará de pé e dando trabalho de novo.

Ele abriu um breve sorriso, que atravessou seu rosto como uma sombra.

— Hannah — disse ele suavemente —, você tem alguma pergunta?

Ela não disse nada; nem mesmo levantou os olhos. Apenas balançou a cabeça. Peguei a sua mão na minha, e estava fria. Ela parecia mais jovem, parecia miúda. Parecia pequena demais para lidar com o que estava acontecendo. Eu me sentia tonto, como se não estivesse inteiramente ali. Não conseguia alinhar meus pensamentos numa resposta que fizesse sentido. Venkman obviamente decidiu que, na ausência de qualquer tipo de resposta, ele deveria continuar dando informações.

— O Great Ormond Street tem uma excelente equipe de cirurgia cardíaca — disse ele. — Vão cuidar muito bem de Hannah durante todo o processo. Eu sei que é muito assustador, sei disso. Mas estamos todos...

— E se eu recusar? — perguntou Hannah.

Venkman parou de falar e olhou para ela. Havia uma leve camada de suor na testa dele.

— Como assim? — replicou ele.
— E se eu disser que não quero um transplante?

Sua voz era quase inaudível, um pedido de SOS vindo de um navio em perigo a quilômetros de distância no oceano. Venkman pareceu analisar as palavras dela por alguns segundos antes de lentamente se inclinar para a frente, na direção da minha filha.

— Hannah, me escuta — disse ele. — Isso não é uma opção para nós agora.

Fomos quase nos arrastando até o estacionamento, envolvidos pelo choque e pelo silêncio, a irrealidade da vida comum repentinamente evidente e insuportável — as crianças correndo pela recepção do hospital; os pacientes à espera diante das portas, fumando; pessoas reclamando do serviço de ônibus para a cidade. Eu andava com o braço ao redor de Hannah, enquanto Callum se mantinha atrás de nós, claramente desconfortável e inseguro, mas eu não tinha forças para tranquilizá-lo. Em vez disso, disse que lhe daria uma carona para casa, e nada mais. Quando encostamos em frente à sua casa, ele ficou sentado por um segundo, talvez procurando alguma coisa para falar.

— Sinto muito — foi tudo que conseguiu dizer.

Ela não se manifestou, nem eu. Eu apenas segurei o volante e olhei para a frente, como se ainda estivesse dirigindo. Eu o ouvi sair e fechar a porta, então ficamos sozinhos. Tentei pensar em algo animador para dizer, algo para aliviar o clima, a fala perfeita, a história engraçada perfeita. Era o que eu sempre fazia, todas as vezes, em qualquer situação. Mas dessa vez eu não tinha nada. Nada. Em vez disso, liguei o carro e partimos, e o silêncio sufocante nos seguiu.

Em casa, Hannah murmurou alguma coisa sobre precisar dormir e, enquanto eu pegava sua mochila na mala do carro, ela entrou em casa e subiu direto a escada. Fiquei parado na entrada, sem saber se devia dar a ela tempo e espaço ou se a seguia, abraçava e tranquilizava, repetidamente, tantas vezes quanto fosse preciso para que nós dois acreditássemos. No entanto, lá no fundo eu temia não ser capaz de dizer tais palavras. Porque eu não as sentia. Ao contrário, eu me sentia inútil e assustado.

Pensei em fazer um chocolate quente para nós. Podia preparar e levar para ela lá em cima e, se ela estivesse dormindo, eu poderia deixá-lo ao seu lado. Mas, quando cheguei à cozinha e puxei o pote do armário, vi que estava vazio. Fiquei olhando para ele por alguns segundos, e então o atirei contra a parede, onde se espatifou em estilhaços de vidro e nuvens de chocolate em pó. Fiquei parado olhando a bagunça e, para minha grande surpresa, o telefone começou a tocar na sala. Eu o ignorei e a secretária eletrônica entrou em cena.

"Bom dia, essa é a residência de Tom e Hannah Rose. No momento estamos indispostos. Por favor, deixe uma mensagem breve..."

"Tom, Tom, você tá aí?" Era a voz de Ted, e eu soube no mesmo instante onde ele estava e por que estava ligando. Atravessei a casa como um robô e peguei o telefone.

— Ted — eu disse.

— Ah, você tá aí! O conselheiro Jenkins ligou. Disse que você não apareceu na reunião...

— Ted...

— O que aconteceu, pelo amor de Deus? Acho que dessa vez estamos realmente acabados.

— Ted, é a Hannah. É a Hannah.

— Ah, não. O que houve?

— É a Hannah.

Apertei o botão de desligar no telefone e o deixei cair no chão. Numa horrível espécie de torpor, voltei para a cozinha e me debrucei pesadamente na bancada. Na porta da geladeira, presa por um ímã no formato de um cacho de bananas, estava uma foto minha com Hannah, na qual nós dois sorríamos. Jay a tirou com sua Polaroid no primeiro dia dos ensaios para a farsa dos anos 1970. Ela usava um gorro listrado de rosa e azul com pompom; eu o havia comprado para ela como uma brincadeira, mas Hannah gostou dele e o usou durante dias, mesmo que o tempo estivesse esquentando. Ele estava ali, no bolso de sua mochila na mesa da cozinha. Fui até lá, o puxei e o examinei. Fiquei com ele nas mãos, sentindo-o.

— Meu gorro favorito — disse Hannah.

Ergui os olhos, e ela estava parada no vão da porta, ainda vestindo o enorme moletom de capuz, ainda mortalmente pálida, sem contar os círculos escuros em torno dos olhos.

— Pai — disse ela. — Tô com muito medo.

— Eu sei. Eu tô com medo também.

— Eu só não... o que eu fiz de errado?

— Nada, meu bem. Você não fez nada de errado.

— Então por que isso está acontecendo?

— É só falta de sorte, Hannah. Uma grande falta de sorte, só isso.

Seus olhos estavam cheios de água, eu podia ver. Pela primeira vez em eras, em tanto tempo que eu não conseguia nem lembrar. Ela olhou para o chão e lágrimas grossas caíram. Meu coração se partiu nesse momento. E eu soube que nunca o esqueceria.

— Desculpa por ter fugido — disse ela, a voz densa e pastosa, os ombros caídos.

— Tudo bem, não pensa nisso. Já é passado. Acho que nem vou te deixar de castigo.

— E o teatro... a reunião...

— Isso não importa, Hannah. Não tem nenhuma importância agora.

Ela veio andando na minha direção, lentamente, trêmula. Lembrei de quando ainda era bebê, dando os primeiros passos. Ela costumava agarrar o sofá e se erguer, depois soltava as mãozinhas e andava até Elizabeth ou até mim, como se já andasse havia anos. E então desabava no chão. Às vezes nós a segurávamos antes que caísse, e ela ria. Ria muito disso.

Dessa vez, eu também a segurei.

— Desculpa, pai. Ah, papai, desculpa mesmo!

Suas pernas cederam e eu sustentei todo o seu peso em meus braços, enquanto ela soluçava. Senti um pavor de deixá-la cair, de não conseguir mantê-la em segurança, de nós dois cairmos. Senti naqueles segundos que tudo no mundo dependia da minha capacidade de segurar firme — como o último abraço no final de uma cena trágica.

Porque, no fim, os atores sempre precisam manter a posição. Quando as luzes vão baixando e o palco vai gradativamente mergulhando na escuridão, eles precisam se manter no lugar. Caso contrário, a ilusão se desfaz.

Hannah

Dizem que uma desgraça nunca vem só. Mas dessa vez exageraram. Margaret, o teatro, o transplante — devia ter parado por aí.

Mas não parou.

Dois dias depois da consulta, depois que a notícia do meu estado de saúde havia se espalhado pela cidade (e por todo o MSN), recebi uma mensagem, a porra de uma *mensagem*, de Callum. Ele pedia desculpas e dizia que minha situação era "muito" para ele lidar, mas o que queria dizer mesmo era "demais". Ele estava dizendo adeus. Então, é isso. Acabou.

Sinto muita mágoa e raiva, embora parte de mim saiba que não posso culpá-lo. Ele já tem problemas suficientes para ainda ter que lidar com uma namorada na lista de espera para um transplante de coração. Mas ainda assim... uma mensagem. Os poucos passos que demos juntos não significam nada agora. Como Jenna sempre diz, os garotos são todos uns babacas ou covardes. Mas não ligo para ele. Não grito "Como você pôde?". Não tenho energia para isso. Eu só deixo pra lá, como um balão preso a um barbante, lançado para o céu azul e vazio.

Os dias se arrastam; passam despercebidos da luz para a escuridão e vice-versa. Papai tenta ajudar, mas está destruído. Ele anda pela casa, os olhos vermelhos e enfurecidos, a barba por fazer, como uma espécie de marinheiro naufragado e louco. Fico dizendo a ele que precisa ir para o teatro, bolar algum plano, mas ele não vai. Sally vem até aqui e eu os ouço conversando lá embaixo, mas há longos silêncios. Ele está assustado e está me deixando assustada também.

Fico deitada na cama, as cortinas meio fechadas, pensando e dormindo. O cansaço me empurra para o colchão como um peso morto. Às vezes, não tenho certeza se estou acordada ou sonhando, mas não parece ter muita diferença entre as duas coisas. Eu me pergunto se é assim que Callum se sente em seus piores momentos, mas então fico com raiva de mim mesma por pensar nele.

Malvolio não me deixa sozinha. Ele se senta na borda da cama, ronronando e empurrando meu rosto com a cabeça. Papai tem que trazer a comida dele aqui para cima porque ele não quer descer. Gato idiota — achei que eles não se preocupavam com as pessoas. Talvez ele seja defeituoso como eu.

As aulas vão recomeçar em breve, e isso pode parecer completamente maluco, mas a pior coisa da semana toda até agora foi papai me dizer que eu não precisava ir. Chorei por tanto tempo que minha cabeça chegou a latejar. Todo mundo voltando à velha rotina, vestindo o uniforme cinza horroroso e reclamando de como tudo isso é chato — todo mundo, menos eu. Não quero ser a diferente, a esquisita, a anormal, a louca trancada no sótão. Quero ir para a escola, para a sala de aula, ficar sentada no banco do centro esportivo ouvindo sobre coisas importantes, como Britney Parsons ficou bêbada com oito copos de vodca com Red Bull na festa de Stammo ou como Ryan Benton dedou Jane Clough atrás das lixeiras de reciclagem na Tesco. Quero voltar ao normal, mas sei que o normal nunca mais vai ser o mesmo.

E então acordo numa manhã e é meu aniversário. Eu disse a papai — implorei a ele — que não fizesse nada, que não inventasse surpresas. Ele me traz o café da manhã em uma bandeja com uma pilha de cartões e alguns presentes. Não abro nada. Enquanto ainda estou deitada, preocupada em ficar para trás nas fofocas da escola, ouço a campainha tocar. Eu mal registro o som até que reconheço uma voz no andar de baixo, e descubro que papai desobedeceu à minha ordem direta: nada de visitas. Em seguida, ouço pés na escada e no patamar, e então punhos batendo na minha porta.

— Hannah? — chama Daisy. — Espero que você esteja decente, estamos entrando.

A porta se abre e a luz da janela no corredor é ofuscante. Cubro os olhos com o braço e solto um gemido, como uma espécie de vampiro doente.

— Feliz aniversário — diz Daisy. — Ah, meu Deus, isso aqui tá fedendo igual a um vestiário masculino. Vou abrir a janela, sua fedida.

Ela cruza o chão do quarto coberto de lixo, abre as cortinas e depois a janela. Uma brisa entra imediatamente, como se estivesse esperando do lado de fora há dias. O ar se enche com os aromas florais de spray de cabelo e de perfume para ocasiões especiais. Minhas amigas capricharam para a visita.

— Olha, eu realmente agradeço vocês terem vindo — digo, a voz arrastada, me virando e enterrando o rosto no travesseiro. — Mas não quero ver ninguém.

— Cala a boca — diz Jenna. — Isso é uma intervenção. Primeiro, vamos levantar você, depois vamos nocautear seu pai e raspar a barba dele.

— Desculpa — digo. — Não tô pronta pra piadas.

— Ela não tá fazendo piada — replica Daisy. — É que ela tá ouvindo System of a Down faz uns dias e isso a tem deixado muito agressiva.

— É a merda do seu pop rap dançante que me deixa agressiva.

— Por favor — murmuro. — Eu sei o que vocês tão tentando fazer, mas, por favor... por favor, vão embora.

Elas ficam em silêncio por um momento e, mesmo em meio à névoa da minha tristeza e do meu medo, sei que estão se entreolhando, incentivando uma à outra para que prossigam. Elas estão elaborando um novo plano através da linguagem adolescente de olhares intensos, olhos revirados e gestos frenéticos. Estou ciente de que uma pequena parte de mim, escondida em algum lugar bem distante, não quer que elas desistam.

Então alguém se senta na cama e sinto uma mão em meu braço, quente e macia. Sei que é Daisy, porque Jenna nunca seria tão delicada. Continuo de costas para elas, mas fica claro que optaram por uma mudança de tática.

— Hannah — diz ela —, você lembra de quando eu tinha dez anos e tive aquela crise de asma horrível? Sabe, aquela quando quase morri? Fui levada às pressas para o hospital e lá me colocaram em um ventilador mecânico e eu estava me cagando de medo. No dia seguinte, você veio me ver com seu pai. Eu estava num estado deplorável, sem saber realmente o que tava acontecendo, mas você ficou sentada ali comigo por muito tempo, tagarelando, então ouvi você colocar uma sacola plástica na mesa ao lado da cama. Você lembra do que tinha nela, Hannah?

Eu não me mexo nem digo nada.

— Aah, essa eu sei — grita Jenna. — Era um pirulito e uma HQ dos Simpsons!

— Valeu, Jenna, mas não estamos na bosta de uma sala de aula. Enfim, o que quero dizer é que me lembro de ter pensado: só preciso passar por mais um dia, mais um dia me sentindo assim, e então vou ler aquela HQ e vou cair de boca nesse pirulito. Era só uma coisinha no futuro, para ter uma expectativa. No dia seguinte, os médicos me disseram como minha asma era grave e todos os remédios malucos de que eu precisava, mas, quando eles saíram, eu me sentei na cama e li a droga da HQ e comi a droga do doce e me senti melhor. Acho que é assim que as coisas melhoram. Em, tipo, pequenos passos. Com pequenos mimos. Nunca comi um pirulito tão bom em toda a minha vida.

— E ela come muitos, vamos ser sinceras — disse Jenna.

— Jesus, para de estragar a porra do meu discurso do Oscar!

— Olha — disse Jenna, agora jogando-se na cama também —, não tenho ideia do que você tá passando. Não consigo nem imaginar. Também não faço ideia do que essa história do pirulito que a Daisy contou significa. Mas somos suas amigas e estamos aqui pra te ajudar. É assim que as coisas funcionam, né? Você nunca vai ficar sozinha, quer goste ou não.

— Obrigada, eu...

— Embora a gente realmente tenha que ir porque seu pai disse que só tínhamos cinco minutos e minha mãe tá esperando no carro lá fora. Eu tenho que ir à porra de uma feira de carreiras. A nova do meu pai é que eu deveria ser analista de sistemas.

— A gente não achou que ia poder subir, pra ser sincera — diz Daisy, acariciando minhas costas. — Devíamos ter pensado melhor nisso.

Jenna olha para ela e suspira.

— Não devíamos ter perdido três minutos com essa história de pirulito de saquinho, você quer dizer.

— Enfim, até amanhã. Porque a gente vai continuar voltando.

— Tipo herpes.

Sinto beijos de batom na minha bochecha e na testa, e então elas vão embora, deixando no ar um rastro de aroma de flores doces e produtos para o cabelo. O quarto de repente parece estático, frio e sufocante. Eu viro de costas e olho para o alto. Acima de mim, por todo o teto, estão dezenas de estrelas que brilham no escuro, que papai colou ali quando eu tinha cinco anos porque eu gostava de fingir que estava dormindo em uma clareira na floresta com uma trupe de fadas cantoras. Isso era quando eu acreditava em magia. Quando tudo parecia possível. Agora eu *sei* que tudo é possível, mas de uma forma diferente e incrivelmente ruim. Eu sei que, a qualquer momento, tudo que você pensava saber pode ser tirado de você. Se eu tivesse a força e a energia necessárias, ficaria de pé na cama e arrancaria essas estrelas.

Mais tarde, levanto a cabeça e debilmente corro os olhos pelo quarto, tentando me reorientar. Vejo que minhas amigas deixaram algo na minha mesa. Um pirulito de saquinho e um exemplar da *Mulher-Aranha*. Eu quase sorrio. Mas então meu olhar recai no envelope de Margaret, que deixei ali na mesa, apoiado em uma pilha de livros da escola. Eu o pego e o deslizo entre os dedos, apalpando o objeto duro ali dentro. Em um movimento rápido, eu o rasgo, abrindo.

    O objeto é uma chave. Uma chave grande e antiga. Está presa a uma etiqueta de bagagem de papelão na qual Margaret escreveu "O quarto verde". No estado mental perturbado em que me encontro, levo muito tempo para descobrir o que isso significa. A princípio, acho que ela pegou a chave de algum setor do teatro, mas isso não faz nenhum sentido porque é um tipo de chave totalmente diferente das que temos no teatro. Além do mais, por que diabos ela faria isso? Então penso que talvez seja de outro teatro, mas isso seria igualmente louco, pois o que ela esperaria que eu fizesse? Passasse o resto da vida visitando cada teatro no país, perguntando se poderia experimentar minha chave nas portas deles?

    Fiquei ali deitada, pensando na última vez que realmente conversara com ela. Foi naquela tarde em sua casa, com Callum. Na tarde em que explorei sua casa. A tarde em que subi as escadas e examinei todos os cômodos. Exceto aquele no fim do corredor. O que tinha a porta trancada. E agora me lembro, talvez mais tarde do que deveria — que a porta trancada era pintada de verde.

Tom

Estávamos na frente do teatro, Hannah e eu. Silenciosos e imóveis, olhando pela fachada de vidro a pequena bilheteria, agora inativa e interditada. Provavelmente não voltaria a abrir. O clima ia se distanciando do verão, seguindo na direção do primeiro frescor do outono; folhas marrons se espalhavam pelo estacionamento em grandes aglomerados, como erva daninha.

Depois de vários dias trancada em seu quarto, foi a chave que finalmente tirou Hannah de casa. Acho que nunca percebi o quanto Margaret significara para ela — e como seus encontros foram importantes. Agora, essa conexão final entre as duas dera à minha filha forças para sair de casa.

— Que horas Sally vem te pegar? — perguntei.

— A qualquer instante.

— Tem certeza de que quer fazer isso?

— Não, mas tenho que fazer. E você?

Eu viera para arrumar algumas coisas, para falar com voluntários, para começar o processo de fechar o teatro.

— A essa hora devem estar ligando para empreiteiras — eu disse. — Quando construírem casas aqui, suspeito que vão chamar o projeto de Willow Tree... um pequeno e falso reconhecimento ao passado.

Hannah fez uma careta.

— Rua do Teatro — sugeriu ela.

— Alameda do Drama
— Beco da Tragédia...
Esse último, talvez, tenha sido um pouco demais no momento.
— Desculpa — disse ela. — Eu sinto muito que você não tenha conseguido ir àquela reunião.
— Havia coisas muito mais importantes com que me preocupar. Liguei no dia seguinte e expliquei as circunstâncias, mas eles não estavam interessados.

Hannah estremeceu no vento. Eu pensei: o que posso dizer sobre tudo isso? Como faço para que passe logo? Pronto, pronto, o teatro está fechando e você vai fazer um pequeno transplante de coração, mas, fora isso, estamos bem — levanta a cabeça!

Incapazes de consolar um ao outro, mergulhamos no silêncio mais uma vez. Estávamos tão perdidos em nossos pensamentos que, quando um carro saiu da rua e entrou no estacionamento do teatro, nós dois demos um pulo. Não era o carro de Sally e eu imediatamente soube que não poderia ser de nenhum de nossos funcionários porque parecia novo e brilhante, e não estava remendado com fita adesiva ou ferrugem.

Assim que a porta abriu, reconheci a motorista.
— Olá, Tom — disse ela. — Olá, Hannah.
— Olá, Vanessa — respondi. Ela estava linda e parecia uma parisiense em um casaco comprido e cinza, chapéu de lã grossa e cachecol. Percebi que estava segurando um envelope de papel pardo tamanho A4.
— A prefeitura agora entrega os avisos de despejo em mãos? Um belo toque. Muito pessoal.
— Como estão as coisas? — perguntou ela, ignorando meu tom sarcástico.
— Estamos tão bem quanto se pode esperar.
— Posso imaginar o quanto tudo isso é difícil.
— Não, você não pode.
— Tom, eu sinto muito.

— Por que vocês não puderam reagendar a reunião? Não era pedir muito naquelas circunstâncias.

— Não é assim tão fácil reagendar uma reunião do conselho. Tínhamos dezenas de disputas imobiliárias pra analisar. No entanto...

— Mas não se trata de um edifício qualquer, Vanessa.

— Se trata sim, quando há orçamentos a equilibrar, prazos a cumprir... tudo anda muito rápido, não tínhamos o luxo do tempo. Mas eu...

— Deveria ter alguém pra falar em defesa desse lugar!

— Teve! É isso que tô tentando te dizer.

— Quem?

— Eu, Tom. Eu fiz isso. Pensei no que você falou... sobre esse ser mais do que um edifício qualquer, sobre ser um símbolo de algo maior. Eu disse isso pro conselho. Eu me levantei naquela maldita câmara e falei que a cidade precisava de um polo cultural. Disse que ficaríamos mais pobres se o perdêssemos. É por isso que tô aqui. Não é muito, mas ganhei algum tempo pra você. Essa carta é do chefe do grupo de planejamento e construção. Se você puder provar que o teatro tem valor permanente pra comunidade, se conseguir levantar o dinheiro pra reparar os danos da inundação, o conselho pode reconsiderar os planos de revitalização urbana.

Olhei para Vanessa e me perguntei se ela teria enfurecido seus colegas, falando por nós quando seria bom para todos dar o assunto como encerrado. Ela me olhou com a mesma expressão divertida — ligeiramente imparcial, mas ao mesmo tempo desafiadora — que eu lembrava do nosso primeiro encontro. Eu gostava disso. Eu realmente gostava desse olhar. Então li a carta.

— Eles querem um relatório, com evidências detalhadas do valor do teatro pra comunidade, e querem garantias de que o prédio será aprovado em uma inspeção de saúde e segurança. Mas querem isso em duas semanas.

— É o melhor que pude fazer — disse Vanessa.

— Não há tempo suficiente — repliquei.

— Nunca há tempo suficiente — disse ela. — A vida é assim.

— E como esperam que a gente levante o dinheiro se nem podemos usar o teatro?

— Não sei. Você tem uma lista de e-mails? Existe um grupo de Amigos do Willow Tree? Pode organizar algum tipo de evento em outro lugar? Sabe, alguma coisa do tipo "salvem o nosso teatro"?

— Vanessa, você sabe por que faltei à reunião, não sabe?

— Sei — disse ela, voltando-se para Hannah. — Eu sinto muito. Como você tá?

Hannah deu de ombros e enfiou as mãos no bolso do casaco.

— Então, não, não consigo organizar um evento — eu disse.

Vanessa deu um passo à frente e colocou a mão no meu ombro, muito brevemente, mas havia afeto em seu toque.

— Você está cercado de pessoas boas — disse ela. — Deixe-as ajudar.

Assenti, sem muita convicção.

— Tenho que ir — disse ela.

Ela estava voltando para o carro, mas de repente parou e se virou para mim.

— Estudei planejamento urbano na universidade — disse ela. — Acho que eu queria mudar o mundo... uma rotatória de cada vez. Eu gostava da ideia de fazer as cidades funcionarem melhor, de deixar as pessoas mais felizes onde moravam. Em vez disso, acabei ajudando a demolir coisas. No fim, parece que sou boa com bens falidos e vulneráveis.

— Ah, então foi por *isso* que você gostou de mim.

— Não, eu gostei de você porque você foi honesto, engraçado e genuíno.

— Assim como você.

Ela tirou a chave do carro do bolso do casaco e pressionou um botão, destrancando as portas.

— Eu faria de novo — afirmou ela. — Quer dizer, eu sairia com você de novo. Caso fosse uma possibilidade.

— Acho que não.

— Que pena — disse ela. Então abriu a porta do carro, mas ficou imóvel por um segundo, como se estivesse esperando alguma coisa. — Tom. Lembra do que eu te disse, na frente da minha casa, na noite da aula de música?

Fiz que sim com a cabeça.

— Ainda acredito que vamos ter aquele momento. Espero que a gente o aproveite.

Ela entrou no carro e deu partida no motor. Antes que pudesse dar ré e sair da vaga, Hannah correu até a janela dela e bateu no vidro. A janela se abriu.

— Você leu? — perguntou Hannah. — *Persépolis*. Você leu?

Eu não fazia ideia do que ela estava falando, mas aparentemente Vanessa fazia. Ela se voltou para Hannah, o vento soprando o cabelo muito preto em seu rosto.

— Li — respondeu ela. — Que garota corajosa. O mundo inteiro dela desabou, mas ela o reconstruiu. Uma sobrevivente. Eu a admiro.

Então Vanessa lançou um último e demorado olhar para o teatro, parecendo absorver cada elemento da fachada, cada vidraça, cada bloco de concreto rachado.

— Não desista — ela me disse. — "Mas, sobretudo, sê a ti próprio fiel." Não tenho certeza se isso é pertinente, mas é o único verso de Shakespeare que conheço. E nem sei de qual peça é.

E então o carro se foi. Acenei enquanto ela saía do estacionamento e entrava na rua.

— *Hamlet* — sussurrei para mim mesmo. — Ato um, cena três.

Voltei-me para Hannah, pronto para perguntar sobre o que elas tinham falado, mas percebi que ela estava me olhando e, quase imperceptivelmente, balançando a cabeça.

Hannah

Parece que já se passaram cem dias desde a última vez que saí de casa, e cada passo que dou parece bambo e vacilante. Meus tornozelos estão fracos, meus pulmões queimam, a bolsa murcha que é o meu coração bate fracamente contra as minhas costelas. Há uma espécie de cena no teatro quando Vanessa aparece oferecendo uma última e desesperada chance de salvar o prédio. Papai não consegue lidar com isso de jeito nenhum. Eu me sinto aliviada quando Sally chega, mas, ao me aproximar do carro, fico chocada ao vê-la olhando no retrovisor, limpando o rímel apressadamente. É óbvio que ela estava chorando. Quando abro a porta do carona e entro, ela se vira e me dirige um sorriso iluminado, mas não consegue esconder. A tristeza é como uma gripe — contagiosa.

— Sally, o que foi? — pergunto.

— Tá tudo bem, não aconteceu nada. Você tá pronta pra invadir a casa de Margaret em busca de um tesouro?

— Por favor... ainda tem rímel na sua bochecha. O que aconteceu?

Ela desvia o olhar, fixando-o na rua, em nada em particular.

— Quer que eu vá buscar o papai?

— Não! Não, de verdade. Obrigada.

Ela passa os dedos pelos cabelos e os prende em um rabo de cavalo. Quando volta a segurar o volante, ela o agarra como se estivéssemos prestes a começar uma corrida.

— O que tá acontecendo? — pergunto.

— Estamos passando por problemas, Phil e eu. Já faz muito tempo, mas eu... Ah, olha, você não precisa ouvir isso.

— Preciso. Preciso mesmo.

— Eu não sei como explicar — diz ela, e está olhando para o alto, como se pedisse uma intervenção divina. — Ele é agressivo, Hannah. Sempre foi. Nesse verão, ficou pior... É muita pressão no trabalho, não sei. Ele exige saber onde eu tô e o que tô fazendo toda hora, criticando o estado em que a casa tá, o jardim... Se faço o jantar, não é o que ele quer ou tá uma merda, se não faço, ele fica furioso...

— O Phil?! — exclamo, quase com incredulidade, e me sinto imediatamente culpada por isso.

— Ah, ele é muito bom em bancar o cara legal, a alma da festa, mas em casa é muito diferente. Ele é muito... ele tem que estar no controle de tudo, o tempo todo. Da casa, do nosso dinheiro, das nossas férias, do Jay, de mim. Se não estiver no controle, fica com raiva. Fica com muita raiva.

— Ah, meu Deus, ele já...?

— Não. Isso não. Mas chegou perto... já jogou coisas, destruiu o quarto, mas a mim não. Hoje de manhã ele me perguntou aonde eu ia e, quando eu disse que não era da conta dele, arremessou a xícara de café na parede. É por isso que tô atrasada. Ele quer que eu desista do grupo de teatro, ele odeia o fato de eu ir lá e encontrar pessoas que ele não conhece. Ele achou que com o teatro tendo problemas eu ficaria mais em casa, mas isso não aconteceu, e agora tá furioso. Sabe a apresentação do WestFest? Eu tinha dito a ele que ia levar Jay para passar o fim de semana na casa da minha mãe. Eu sabia que, se não fosse assim, haveria uma grande discussão. Mas então ele foi ao teatro naquele dia e me pegou dirigindo a droga do ensaio. Levei Jay ao festival assim mesmo, mas isso fez com que tudo ficasse muito pior depois. E Jay, meu pobre menino... Ele tá no meio disso tudo. Não sei se ele entende o que tá acontecendo. Tento falar com ele, mas ele simplesmente dá de ombros. Que merda, que merda, que merda.

— Ah, Sally.

Eu me inclino para abraçá-la e ela retribui meu abraço delicadamente, mas não está totalmente no abraço.

— Isso é tão insignificante comparado ao que você está passando...

— Não, não é! Mas, quer dizer, eu só não entendo... Por que você ainda tá com ele?

Ela quase ri com deboche, involuntariamente, e vejo seus olhos se encherem de lágrimas.

— Ah, Deus, não sei. Hábito? Medo? Quando ficamos juntos, as coisas eram tão diferentes... eu era diferente. Então tivemos o Jay e... os anos simplesmente passam, Hannah. Se você deixar, eles escapam. O que sinto agora é humilhação; sinto vergonha de não tê-lo enfrentado. Vergonha de as pessoas descobrirem como falhei; como sou inútil. Eu me sinto tão patética e idiota.

— Você não é, Sally. Você é incrível.

— Ah! Sou tão incrível que ainda estou aqui, sentindo culpa, ainda presa.

— Então, saia. Pega o Jay e vai embora.

— Não é assim tão fácil.

— Por que não?

— Você não entende, é só uma...

— Criança?

— É. Eu nem devia estar falando todas essas coisas pra você.

— Você sabe o que meu cardiologista me disse uma vez? "Hannah, você tem o coração de uma pessoa de oitenta e cinco anos." Ele disse isso porque meu coração tá destruído, mas não só por isso. Eu cresci pensando que poderia cair morta a qualquer segundo; tive que assistir ao meu pai lidando com isso, tive que avisar meus amigos;

tive que alertar e preparar literalmente todo mundo que eu conhecia pra isso. Tomei remédios a vida toda; fiz mais exames médicos do que consigo me lembrar. Esse pedaço de merda no meu peito me lembra o quanto ele é patético sessenta vezes por minuto. Às vezes tenho a sensação de que vivi cada um desses oitenta e cinco anos. Eu *não* sou uma criança.

Quando me acalmo, Sally pega minha mão.

— Bom, vamos combinar — digo, mais tranquila agora. — Minha melhor amiga era uma aposentada. Enquanto todo mundo na escola tava bebendo e transando, eu tava num café, bebendo chá e comendo fatias de bolo.

Faz-se um momento de silêncio, então nós duas caímos na gargalhada. Uma risada rouca e incontrolável. Rimos tanto que mal conseguimos respirar. Sally agarra meu braço.

— Você ganhou — diz ela, recuperando a capacidade de formar uma frase. — Desculpa, mas você é mais patética do que eu. — E isso nos faz recomeçar.

Quando Sally finalmente consegue se recompor, ela se senta reta no banco, enxuga os olhos e me encara.

— Você tá com a chave? — pergunta. Eu a tiro do bolso e mostro a ela. — Então, o que estamos esperando?

— Tô com medo — confesso.

— Não fique — responde ela, enxugando os olhos. — Agora somos super-heroínas. Somos indestrutíveis.

Quero dizer "Você sempre foi a minha heroína, Sally", mas me calo.

Willow,

Quando estava com onze anos, comecei a pensar nas peças de aniversário de um jeito diferente. Papai tinha comprado para mim um livro sobre a história do design do teatro e fiquei muito interessada no funcionamento do palco; o cenário, o uso de torres e equipamentos de iluminação; todos os truques e as técnicas. Essa era a magia que me interessava agora.

Eu também havia chegado a uma conclusão transformadora. Muitos dos contos de fadas que conheci até o momento retratavam garotas como vítimas ou prêmios; elas eram trancadas em torres ou envenenadas por bruxas ou tinham que tecer palha, transformando-a em ouro, por noites a fio. Eram objetos a serem trocados entre pais e príncipes, e tinham de se casar ou ser sacrificadas. Isso ia de encontro aos quadrinhos que eu estava lendo. A Mulher Maravilha nunca se casaria com um príncipe só porque ele dançou com ela em um baile. Acho que eu estava tendo um despertar feminista. Você já teve um? São divertidos.

Então, em setembro de 2000, eu disse a papai que queria encenar A Bela Adormecida *no meu aniversário. Mas havia um porém. Tinha de ser um belo adormecido, que deveria ser salvo por uma princesa. A maior parte dos homens mais jovens que faziam parte do grupo de teatro se mostraram meio hesitantes com a ideia, mas Shaun — mais firme e descolado que os outros — disse que tinha nascido para interpretar o papel de um cara bonito esperando para ser resgatado.*

Rachel se ofereceu para ser a princesa. Tínhamos nossos protagonistas. Então me sentei com Sally noite após noite e ela me mostrou como construir cenários, como usar telões, como empregar materiais como gesso, madeira e musselina; tínhamos planos lindos para o final da peça, quando o príncipe adormecesse e as sebes gigantes crescessem em volta do castelo; prepararíamos polias para erguer nossos espinheiros de tecido em torno do nobre adormecido.

Mas, bem perto do dia da apresentação, surgiram dois grandes problemas. Shaun foi designado para o turno da noite por uma semana e teve que deixar a peça. E então, um obstáculo um pouco mais sério: eu fiquei doente com uma infecção respiratória grave, que virou uma pneumonia — e fui internada no hospital. Um dia antes do meu aniversário. Fiquei totalmente desolada. Estava inconsolável. Muitas vezes na minha vida senti raiva e frustração com a minha doença, mas essa foi a mais sombria, a mais avassaladora.

Sally, porém, não se deixou derrotar. Ela recorreu à enfermeira-chefe da minha enfermaria e bolou um plano maluco com ela. Eles podiam encenar a peça na sala da família, no fim do corredor — todas as crianças seriam bem-vindas à plateia. De alguma forma, ela conseguiu permissão.

Foi assim que, no meu aniversário de 11 anos, papai acabou me carregando até o teatro improvisado. O palco era uma cama, enfeitada com pisca-piscas e rodeada por torres de papelão pintadas para parecer com um castelo. Quando o rei e a rainha deram à luz a filha, na verdade era uma boneca usada em treinamento de ressuscitação. Um monitor cardíaco fazia as vezes de tear. Foi Jay quem entrou no último segundo como o príncipe. Ele disse à mãe que queria ajudar a amiga (eu!). Pelo menos ganhou um beijo de Rachel, que representou a heroína, lutando para chegar até o príncipe adormecido através de espinheiros de papel crepom pendurados no corredor.

Também na pequena plateia, aglomerados na sala hospitalar branca e muito iluminada, estavam amigos e parentes — o grupo de *sempre. Vi que Phil não estava lá e papai perguntou por quê. "Ah, ele não está bem", disse Sally e mudou de assunto o mais rápido que pôde. Somente anos depois descobri que ele havia, na verdade, se recusado a ir. Ele objetou fortemente a Jay interpretar o Belo Adormecido, dizendo aos berros que seu filho seria motivo de chacota. Mas o filho o enfrentou e a mulher também. Eu me pergunto se foi nesse momento que Sally começou a questionar tudo em relação a ele.*

Nunca vou esquecer daquela peça. Foi ali que aprendi que toda a ideia do teatro é meio maleável; ele não precisa estar confinado a um lugar determinado. Havia dezenas de nós amontoados naquela sala, iluminada por pisca-piscas e pelo tom verde de uma placa de saída. Raios de luz brilhantes vinham da enfermaria ao lado e sombras atravessavam a cena sempre que um médico ou uma enfermeira passava. Eu estava tão fraca e cansada que tinha a sensação de que tudo era um sonho. Parte de mim ainda se pergunta se isso realmente aconteceu ou se eu sonhei. Será que montei a peça a partir de alucinações causadas pela doença?

Mais tarde li que alguns historiadores acreditam que os contos de fadas foram contados pela primeira vez por idosas a garotas; eram avisos codificados sobre os homens e a sociedade. Tudo que eu sabia na época era que eu havia me desapaixonado pela magia dos contos de fadas, mas que, naquela noite — por meio da coragem da melhor amiga do meu pai —, eles me reconquistaram.

Hannah

Estamos paradas no fim do caminho que leva até a casa de Margaret. A chave está apertada na minha mão. Consegui chegar até aqui.

Então, sim, vamos em frente.

Estou me sentindo mega-heroica, até o exato instante em que abro o portão preto, que range, e dois pardais voam da cerca viva, fazendo com que eu quase me cague de susto. À frente, as macieiras parecem ter assumido formas novas e sinistras, os galhos retorcidos e nodosos como uma floresta amaldiçoada em um livro de contos de fada.

— Quer que eu entre também? — pergunta Sally da calçada.

— Você se importa? — respondo.

Ela sorri e subimos devagar pelo caminho, evitando as urtigas e as frutas caídas, já apodrecidas, cheias de vespas zumbindo. Na porta da frente, olho através do vidro e vejo que tudo está como da última vez que estive aqui, só que agora a mesinha no vestíbulo tem uma pilha de correspondências fechadas e jornais locais. Quando paramos para pegar a chave da porta da frente com o advogado de Margaret, ele nos disse que havia estado lá para arrumar um pouco as coisas, mas não tinha a chave da porta verde. "Estou intrigado para saber o que vão encontrar", disse ele. "Não consigo imaginar que seja muita coisa. Ela era muito exigente com a limpeza e desprezava bagunça."

Mas eu preciso saber.

Quando abro a porta, o cheiro de lustra-móveis me atinge e, por um segundo, me leva de volta àquele dia com Callum. Ele tinha saído da cama, doente, para vir comigo — achei aquilo muito bacana da parte dele. Mas nesse momento preciso mantê-lo fora da minha mente. Só consigo lidar com uma decepção imensa e esmagadora de cada vez.

Sally entra depois de mim e passa alguns segundos observando a decoração de Margaret, admirando o piso de mosaico. O ar está parado e mortalmente silencioso. Eu me pergunto se o fantasma dela está aqui agora. Esse pensamento me faz estremecer. Sally põe a mão nas minhas costas.

— O quarto é lá em cima — digo.

Subimos devagar, os passos ressoando na escada de madeira, eu agarrando o corrimão e Sally ao meu lado, com o braço direito pairando perto do meu cotovelo, como se eu fosse uma inválida. O que eu meio que sou, acho. Os degraus rangem enquanto subimos. Uma janelinha acima de nós deixa entrar um raio de luz dourada, cheio de partículas de poeira, o que imediatamente me faz lembrar do dia que mostrei a Callum as luzes do teatro. Meu Deus, tenho que tirá-lo da cabeça. Olhamos o corredor à nossa frente, depois do banheiro, dos quartos, em direção à porta no fim. A porta verde.

— Sabe, se não tiver nada aí dentro, não vai ter a menor importância — diz Sally. — Ela ainda é a nossa Margaret.

Faço que sim com a cabeça, mas, considerando todo o resto que está acontecendo, discordo. Importa, sim. Não quero que a vida dela tenha sido uma fantasia boba, não quero que seja um grande livro de histórias da carochinha. Não quero que seja uma mentira. É como se eu precisasse de algo em que me segurar, algo que não seja ficção. E, por alguns segundos, o peso dessa percepção me paralisa. Não consigo me mover. Mal posso respirar.

— Vem — diz Sally. — Vamos acabar logo com isso.

Ela me pega pela mão e começa a avançar, e, quase em transe, eu a sigo. Passamos pelo quarto de Margaret; passamos pelo quarto de hóspedes. Olho para o tapete comprido e de estampa elaborada sob os nossos pés, e me pergunto quantas vezes Margaret andou por ele. Até que estamos diante da porta. A chave está quente e suada na palma da minha mão. Eu a levo devagar na direção da fechadura e a introduzo na abertura. Quando a viro, espero resistência, mas o mecanismo gira muito suavemente e ouço o clique ao abrir. Seguro a maçaneta redonda de latão e a giro.

O que realmente sabemos sobre as pessoas que amamos? Quer dizer, quando você para e pensa nisso — quanto do que sabemos é criação da nossa cabeça? Existem pessoas na nossa vida que desempenham certos papéis: o amigo rebelde, o apaixonado instável, a tia excêntrica — quem são essas pessoas? O que elas querem? Os momentos que vocês viveram juntos — foram realmente tão divertidos assim? Às vezes, quando você briga com um amigo, descobre coisas sobre ele que nunca havia percebido. Às vezes, a parte mais dolorosa de perder alguém é se dar conta de que você esteve errado sobre essa pessoa o tempo todo. E se você esteve mesmo enganado esse tempo todo?

Ah, meu Deus, o que estou fazendo?

— Última chance — diz Sally. — Podemos trancar a porta de novo, ir embora e deixar o advogado fazer isso.

— Margaret queria que fosse eu — digo. — Ela queria que eu visse isso.

— Mas ela estava ficando um pouco ausente no fim. Talvez *tenha pensado* que havia alguma coisa aqui que você deveria ver; talvez tenha imaginado... Só tô preocupada porque ela sempre fantasiou um pouquinho as coisas, né? Você não tá em sua melhor forma nesse momento... Não acho que precise lidar com isso agora.

— Não — digo — Talvez não.

E lentamente, sem dizer mais nada, fecho a porta novamente. Sally pousa a mão no meu ombro e damos meia-volta, nos afastando do que quer que esteja ali dentro e do que quer que signifique ou não signifique. Na verdade, não importa, no final das contas. Considerando o que estou enfrentando e pelo que vou ter que passar, isso não...

Margaret abriria a porta.

O pensamento me atinge com tanta força que posso senti-lo em meus ossos. Se a situação fosse invertida, se fosse a minha casa, minha fechadura, minha porta, Margaret entraria direto, sem pensar duas vezes. Porque você se arrepende mais das coisas que não fez do que das que fez.

E então me viro. Tudo está acontecendo em câmera lenta. Como nos quadros das HQs. Dou meia-volta e me liberto da mão de Sally. Então sigo a passos largos para a porta, quase correndo, o tapete fino se enrugando sob os meus pés, o corredor parecendo ficar mais comprido, como uma estranha sequência surreal de uma história do *Doutor Estranho*. A verdade virá de qualquer maneira, acho — é melhor eu encará-la. No final, a verdade sempre nos alcança. Então seguro a maçaneta, me detenho por um milissegundo e escancaro a porta.

O ar é denso e cheira a mofo — é o que percebo primeiro. Não é desagradável, é tipo o escritório do papai ou a biblioteca da escola — qualquer lugar com muitos papéis velhos. Naquele instante, fico sabendo. Não preciso olhar ao redor, não preciso investigar. Agora sei sobre Margaret.

Recuo para o vão da porta e olho para Sally.

Seus olhos estão em mim, cheios de expectativa e esperança. Mas também estão tristes, pois já viu as coisas darem errado antes. Suas mãos estão prontas para me segurar se eu cair.

Mas não vou cair dessa vez.

— É tudo verdade — digo. — Tudo que ela disse é verdade.

As paredes estão cobertas de fotos emolduradas, imagens em preto e branco de peças, dezenas delas, todas mostrando a mesma atriz jovem e bela. Há pôsteres, alguns pendurados, outros apenas apoiados na parede. São de produções teatrais e, a julgar pelo design, todas dos anos 1950 aos 1970. A maioria é de peças de que nunca ouvi falar, em lugares como o Bush Theatre, Oval House, Orange Tree. Numa estante de madeira há pilhas de programas teatrais. Avidamente, Sally e eu pegamos montes deles e vamos direto para as páginas do elenco, onde o mesmo nome aparece de novo e de novo. Margaret Chevalier. Seu nome de solteira. Seu nome artístico. Em outra prateleira, mais fotos em preto e branco emolduradas com rostos que reconheço vagamente de programas de TV nostálgicos e filmes antigos, a maioria autografada, sempre para ela. *Para Margaret, por uma produção inesquecível. Para Margaret, a Lady Bracknell mais insolente que já conheci. Para Margaret, com amor, Brian Blessed.*

Abrimos uma velha mala surrada e encontramos uma coleção de vestidos de noite luxuosos, dobrados e envoltos em papel de seda. Cada um tem uma nota escrita à mão presa com alfinete: Premiação do Evening Standard Theatre 1965; Performance no Royal Variety 1968; Premiação da Sun Television 1973.

Isso é demais. Isso é tudo.

— Olha — diz Sally, e pega uma grande pasta de cartolina na escrivaninha que fica debaixo da janela de guilhotina, no lado oposto à porta. Há uma única palavra escrita na frente:

Hannah

Eu a pego da mão dela com cuidado, como se manuseasse uma coisa delicada ou perigosa. E acho que é um pouco dos dois, porque era isso que Margaret queria que eu encontrasse e abrisse. É por isso que estou aqui.

Levanto a aba.

A primeira coisa que sai dali é um pequeno objeto que rola pela escrivaninha e cai nas minhas mãos, o círculo de grandes gemas azuis faiscando na luz. É o anel de noivado de safira de Margaret.

Preciso me sentar. Puxo a cadeira da escrivaninha e desabo nela. Ali está um maço de papéis, na frente do qual há um bilhete datado de junho de 2005, escrito na bonita letra curvilínea de Margaret.

Querida Hannah,

Se você está lendo isso, significa que bati as botas. Tenho a sensação de que esse momento vem se aproximando há meses. Espero que você não esteja chateada demais. Como é mesmo que os jovens dizem? "Deu merda"? Com certeza, de vez em quando dá mesmo. Tive uma vida longa e movimentada, como você agora pode ver. Por que escondi tudo isso? Porque eu achava difícil olhar para essas coisas. Prefiro que o passado viva em histórias e não em relíquias. Ver esses velhos programas e pôsteres me lembra que essas coisas aconteceram há muito tempo, enquanto minha cabeça me diz que foi ontem. Prefiro a segunda opção. As coisas que fazemos e experimentamos, os momentos que vivemos, eles permanecem conosco, não é? Estão a apenas um pensamento de distância. Abri mão de atuar para me mudar para cá com Arthur muitos anos atrás; era o que nós dois queríamos, e optei por não ser assombrada pelo passado; eu queria que ele continuasse a viver na minha mente. A perda é sempre difícil, Hannah, mas podemos torná-la mais suave compreendendo que as lembranças são reais e vivas.

Dito isso, essa pasta contém uma coisa que eu quero que você guarde, porque me parece que você e seu pai perderam, seus relapsos. Acho que vocês deviam usá-la novamente, de alguma forma. Há também uma coisa minha, que agora é sua. Algumas vezes vi que você a admirava... Vai ficar linda em você, e quem sabe um dia você vai passá-la adiante.

Mantenha-se firme, minha jovem amiga — você é a pessoa mais forte que eu já conheci. Eu a vi crescer; adorei conhecê-la e vê-la se tornar essa jovem brilhante. Minha querida, nunca conheci ninguém do jeito que conheço você. Entendo que as coisas têm sido difíceis, e que podem ficar ainda mais difíceis. Lembre-se de que a vida não é medida em anos, mas em momentos. Existem mais de trinta milhões de segundos em um ano, sabia disso? Hannah, agarre a maior quantidade desses segundos que puder, eles são seus. Estarei sorrindo daqui de cima para você. Vamos continuar nos encontrando para tomar chá com bolo a cada duas semanas. Vamos manter sempre as conversas em dia.

Sua amiga para todo o sempre,
Margaret

Toco as palavras com a ponta dos dedos. Traço as linhas inclinadas.
— Queria que ela ainda estivesse aqui — digo. — Queria mesmo. Ela era a única pessoa com quem eu podia falar sobre...
Sally está em pé ao meu lado e passa o braço pelo meu ombro.
— Sobre o quê? — pergunta ela.
Não quero dizer, mas mesmo assim respondo.
— Morrer — digo. — Uma baita ironia, né?
E por um momento não consigo dizer mais nada.
Por fim, ali está um maço de papéis muito manuseados, amassados e rasgados nas bordas. Eu os folheio e demoro alguns segundos até entender do que se trata. Mal consigo acreditar.
— Ah, meu Deus, Sally.
São as transcrições das minhas peças de aniversário. De todas elas. Cada cena, cada palavra. Ela guardou as notas de produção do papai, escritas apressadamente, mas acrescentou todos os diálogos, todas as instruções da direção de palco. Eu olho tudo, lendo fragmentos que dão vida às lembranças; falas parcialmente recordadas se reconstroem na minha cabeça. Pela primeira vez em dias, eu sorrio. Sorrio de verdade.

— É o que tô pensando? — indaga Sally.

— As peças de aniversário — respondo, a voz falhando com a emoção. — Margaret guardou todas elas. Eu e meu pai não conseguimos. Mas ela guardou.

Entre todos aqueles tesouros de uma carreira extraordinária, ela guardou meus roteiros, minha vida. Significavam alguma coisa para ela. Aperto os papéis contra o peito e choro. Choro copiosamente.

Quando chego em casa, papai está em seu pequeno escritório, fitando o vazio.

— Pai, você não vai acreditar no que encontrei na casa de Margaret — grito.

Ele gira a cadeira.

— Sally tá com você? Preciso falar com ela.

A estranheza do seu tom de voz me faz estancar. Eu me pergunto se alguma coisa aconteceu com Phil ou com o teatro. Não consigo interpretar seu olhar, mas sei que agora não é o momento para nostalgia. Em vez disso, subo para o meu quarto e espalho os roteiros sobre a escrivaninha.

Embora eu esteja acabada, assustada e triste, e o casamento de Sally esteja desmoronando, essa descoberta épica elevou o ânimo de nós duas. É estranho o que pequenas coisas são capazes de fazer — o menor dos prazeres, os mais pálidos raios de luz, o mais suave dos ventos. Às vezes, é tudo de que você precisa para se afastar do grande drama da sua vida, mesmo que por pouco tempo.

Margaret guardou as peças. Elas falavam sobre a magia do teatro. Do nosso teatro.

Uma ideia vaga me ocorre; uma ideia potencialmente inviável. Eu me pergunto se pode ser consequência dos remédios, da exaustão — talvez eu esteja alucinando. Penso em contar pra Sally, mas é muito idiota, e tarde demais.

Ou não?

Justamente quando estou pensando isso, escuto Sally gritar tchau lá de baixo, e em seguida a porta da frente se abre e fecha. Eu realmente não tenho energia para correr atrás dela, então mando uma mensagem de texto.

"Acho que devíamos salvar o teatro."

O telefone começa a tocar quase instantaneamente.

— Hannah — diz Sally —, você já não teve emoção suficiente pra um dia?

Conto a ela as ideias que jorram de mim. Meia hora depois, consegui convencê-la de que não estou louca. É como se o espírito de Margaret estivesse trabalhando através de mim, como uma mistura entre Maggie Smith e Yoda.

— Se vamos fazer isso mesmo, precisamos de todos os outros a bordo — diz Sally. — E não podemos contar pro seu pai. Ele já tem problemas suficientes para se preocupar ainda mais com o teatro.

— Como assim?

— Ah... ah, não é nada. Tá tudo bem, só... coisas chatas. Enfim, precisamos marcar uma reunião com todo mundo, mas não no teatro, em outro lugar. Um lugar menos óbvio.

— Conheço o lugar perfeito.

Tom

Fazia mais de uma hora que Hannah havia saído com Sally quando o telefone começou a tocar. Meu primeiro pensamento foi: Ah, meu Deus, o que aconteceu agora? A vida tinha adquirido a natureza de uma novela — eu esperava que cada batida na porta, cada carta, cada telefonema trouxesse notícias catastróficas.

Então, quando uma voz que não reconheci imediatamente disse: "Tom, é você?", senti um arrepio de alívio. Não era Sally ligando para me dizer que Hannah tinha desmaiado, e provavelmente não era o conselho me informando que tinham lançado um ataque de míssil bem-sucedido contra o teatro.

Então eu me dei conta de quem era.

A voz estava fraca e crepitante; vinha de uma distância de milhares de quilômetros e de outra vida.

— Olá, Elizabeth — eu disse.

Eu costumava chamá-la de Lizzie. Levou mais de um ano até eu descobrir que ela detestava o apelido — que uma garota na escola costumava andar atrás dela cantando "Agilize Lizzie, Agilize Lizzie" enquanto puxava seu cabelo. Isso continuou por semanas até que um dia Agilize Lizzie se virou e deu um soco na cara dela, arrancando um dente. Ninguém mais a chamou de Lizzie — até que eu apareci. Por alguma razão, ela não me deteve, não se importou; parecia algo íntimo entre nós. Agora, isso não existia mais.

— Acabei de receber suas mensagens — disse ela. — Desculpa, tô numa viagem a negócios em Abu Dhabi. Como ela tá?

— Tá indo, mas acho que a ficha ainda não caiu... pra nenhum de nós.

— Ah, meu Deus, minha pobrezinha — respondeu ela, como se se referisse a um hamster de estimação que fosse ser submetido a um pequeno procedimento cirúrgico. Sua calma era quase surreal e trazia à tona todo o meu medo.

— Tô com medo por ela — eu disse. — Não sei o que ela tá sentindo. Não sei mais.

— Ela é forte, é realista... vai tirar de letra. Então, o que nós devemos fazer agora? Os médicos vão nos manter informados?

Fiz uma pausa, tentando digerir seu uso da palavra "nós"; ela ficou presa em minha traqueia como um pedaço de carne dura e fibrosa. Não havia nenhum "nós".

— Ela vai ficar internada no Great Ormond Street por três dias, pra fazer exames — eu disse, a voz um tanto estrangulada. — Então saberemos mais.

— Tenho um amigo em Londres, um cardiologista famoso. Quando eu chegar, no sábado, vou ligar para ele imediatamente.

O mundo ficou em silêncio; tive a sensação de que meus ouvidos haviam estourado. O telefone parecia não ter peso na minha mão.

— Você ainda tá aí? — gritou Elizabeth.

— Eu... Como assim, quando você chegar?

— Tô voltando. Meu assistente providenciou tudo ontem. Vou te mandar os detalhes por e-mail. Na droga do Aeroporto de Gatwick, ainda por cima.

— Mas...

— Ah, não se preocupe, Tom, eu não vou aparecer do nada na sua porta. Vou arranjar outro lugar para ficar. Eu sei que isso não vai ser fácil, mas preciso vê-la. Meu Deus, ela tá passando por um momento difícil.

— Desculpa, mas o que você sabe sobre isso? Elizabeth, pelo amor de Deus, você não a vê nem fala com ela há dez anos.

Foi a vez dela de fazer uma pausa. Não houve resposta às minhas palavras, somente estática. Pela primeira vez, tive a sensação de perfurar uma camada de suas defesas bem estruturadas.

— Não — disse ela baixinho. — Não, é óbvio que não. Desculpa. Você deve estar pensando... me desculpa.

Minha mente estava em branco, o roteiro completamente esquecido. Parecia que eu estava no palco e as frágeis tábuas embaixo dos meus pés, sempre instáveis e precárias, agora começavam a se despedaçar. Os cenários lindamente pintados estavam empenados, a madeira muito fina para se sustentar. Ah, céus. Eu soube que as coisas estavam *muito* ruins quando comecei a pensar só usando metáforas teatrais apocalípticas.

— Bom, eu te envio os detalhes por e-mail — disse ela, outra vez enérgica e profissional. — Eu agradeceria se você fosse ao meu encontro... No aeroporto. Podemos conversar lá.

Uma parte de mim, em algum lugar, queria exigir: "Por que agora? Por que voltar agora? Por que não anos atrás?", mas eu não conseguia formar as palavras, nem mesmo os pensamentos por trás das palavras.

— Tudo bem — foi tudo que consegui dizer. Tudo bem? Tínhamos conversado por aproximadamente um minuto e ela já havia se inserido de volta em nossas vidas à força. Isso era o melhor que eu podia fazer? Sim, aparentemente era.

— Eu sei que ela pode não querer me ver — disse Elizabeth, soando despreocupada e pragmática. — Tô preparada pra isso.

— Que bom.

— Até sábado, então.

— Ok — eu disse. — Até sábado.

A linha ficou muda. Elizabeth estava voltando. Como eu ia explicar isso a Hannah?

Quando Hannah e Sally chegaram da casa de Margaret, mal consegui olhar minha filha nos olhos — eu não fazia a menor ideia de como contar a ela o que estava acontecendo. Em vez disso, esperei até que ela subisse e expliquei a história toda para Sally.

— O que eu devo fazer? — perguntei a ela.

— Ir a Gatwick e encontrar sua ex-mulher.

— Mas e se ela quiser vir aqui e ver a filha?

— É óbvio que ela quer.

— Então o que eu falo pra Hannah?

Sally pôs o rosto entre as mãos e então me olhou extremamente exasperada.

— Ah, meu Deus, Tom, eu não sei! Jesus! Eu lamento, mas tem tantas coisas acontecendo nesse momento! E você não é o único com um...

— Um o quê?

— Não importa. Não é nada. É só uma coisa com a qual tô tendo que lidar. Olha, tenho que ir, mas, se quer meu conselho, sobe e conta pra Hannah agora. Você precisa tomar uma atitude decisiva na sua vida. Não seja um imenso covarde.

Eu não subi e contei pra ela — por causa de tudo que está acontecendo e também porque sou um imenso covarde. Adiei até o dia antes da chegada prevista de Elizabeth. Para ser justo, eu também estava esperando na vã expectativa de que Elizabeth mudasse de ideia e me mandasse uma mensagem com uma desculpa terrível sobre um compromisso de última hora no Catar — mas não foi o que aconteceu. Em vez disso, recebi uma mensagem curta explicando que ela estava embarcando, que o avião sairia na hora programada e que esperava me ver no Gatwick no fim do dia.

Hannah estava cochilando no sofá da sala, Malvolio estendido ao seu lado. O rosto dela, enterrado em meio a grandes cachos de cabelo, estava fantasmagoricamente pálido e parecia o de uma criança — uma pintura pré-rafaelita quase ganhando vida. Eu não queria incomodá-la; parecia que tudo que acontecia conosco no momento era cheio de horror e consequências — era como viver em uma peça de Ibsen. Pensei que talvez devesse fazer uma bebida — assim poderia dizer: "Aqui está uma bela caneca de chocolate quente com chantili... Ah, tô de saída para ir encontrar sua mãe no aeroporto — sabe, aquela que foi embora quando você tinha três anos? É, essa mesma. Bom, até mais tarde." Não, isso provavelmente não daria certo.

— Pai, por que você tá me rondando, em silêncio, tipo um psicopata?

Hannah se sentou no sofá, agarrando Malvolio, meio atordoada, e colocando-o em seu colo.

— Que horas são?

— São nove horas. Da manhã. Há quanto tempo você tá deitada aqui?

— Não sei. Meu peito tá doendo.

— Vou buscar água pra você. Precisa dos seus remédios?

— Arrã.

Fui até a cozinha e enchi o copo muito lentamente para adiar a inevitável conversa por mais alguns segundos. Quando voltei à sala, Hannah estava segurando Malvolio diante de si.

— Por que você não me deixa sozinha, seu gato idiota? — perguntou ela.

— Sua mãe ficou furiosa quando eu o comprei — comecei, pousando o copo na mesinha ao lado do sofá. — Ela disse que gatos são cheios de pulgas e parasitas e que era irresponsabilidade ter um em casa com um bebê.

— Bem, Malvolio pode ser cheio de pulgas, mas pelo menos ele ficou, não foi, seu gordo idiota?

— Por falar nisso — eu disse, suavemente —, Hannah, sua mãe me ligou alguns dias atrás. Vou ser bem direto com isso. Ela tá vindo para a Inglaterra. Ela quer ver você.

Hannah deixou Malvolio cair de volta em seu colo.

— O avião dela chega amanhã à tarde — continuei. — Tenho de ir encontrá-la no aeroporto. Desculpa, Hannah, eu devia ter te falado antes. É só que... eu não sabia como te dizer.

— Pai! Ela vai ficar aqui?

— Não, óbvio que não. Ela vai ficar com os pais dela em Bagshot, não sei por quanto tempo. Mas ela quer vir aqui.

— Uau.

— Eu sei.

— *Uau.*

— Eu *sei*.

— Ela não me falou... quer dizer, ela nunca te avisou que tava pensando em vir?

— Não. Liguei pra ela pra falar sobre o transplante, mas caiu direto na secretária eletrônica. Então, de repente, ela tá com a passagem comprada.

— Merda. Desculpa, pai. Mas... o que ela acha que vai acontecer? Que vamos ter um lindo encontro de mãe e filha e ir fazer compras?

— Duvido que ela tenha pensado tão à frente. Você não tem que vê-la. Eu disse a ela que talvez você não quisesse.

Hannah enterrou a cabeça nas mãos, mais por espanto e incredulidade, acho, do que por trauma. Então, de repente, ela ergueu os olhos.

— E você, pai?

— Tô bem. Não tenho ideia de como vou me sentir quando a vir, ou o que vamos dizer um ao outro, mas, sinceramente, comparado a todas as outras coisas...

Hannah tomou um gole de água.

— Você ainda a ama? — perguntou.

Senti a cor sumir do meu rosto. Eu não esperava por essa pergunta. Hannah nunca a tinha feito antes. Será que havia refletido sobre o assunto? Foi por isso que parou de me perturbar com aquela história de site de namoro — porque achava que eu ainda estava apaixonado por Elizabeth? Rapidamente percebi que não tinha uma resposta pronta. Por alguma razão, corri os olhos pela sala, procurando pistas. Havia livros, quadros e móveis que havíamos escolhido e comprado juntos — todos repletos de lembranças. Havia objetos do nosso casamento por toda parte. Será que esses pequenos fragmentos se encaixavam e formavam algo sólido?

— Não sei. Acho que não. Quer dizer, ainda tô com muita raiva dela, ainda me sinto abandonado. Isso é amor? Talvez. Tô muito confuso.

— Eu sei — disse ela. — Sei como a mamãe é.

E isso foi doce da parte dela, porque, sério, como poderia saber? Ela não falava com a mãe fazia anos.

Hannah

— Conheço o lugar perfeito — eu tinha dito a Sally. E conhecia mesmo.

A mãe de Daisy nos leva de carro até a loja de HQs. Normalmente, Daisy reivindica o banco do carona, mas, dessa vez, sem dizer nada, ela abre a porta e me conduz para ele, antes de entrar no banco de trás com Jenna. Doenças cardíacas às vezes podem trazer benefícios pequenos e inesperados. Eis outro exemplo: ontem mandei uma mensagem para Ricky e Dav, perguntando se poderíamos fazer uma reunião na loja — eles responderam imediatamente, dizendo que sim. Eu estava esperando que eles só nos amontoassem em algum canto, mas, quando chegamos, vejo que eles arrumaram todas as cadeiras em um círculo em torno de uma pequena mesa, lotada de biscoitos de chocolate. Tenho certeza de que custei a esses pobres góticos mais do que eles já lucraram comigo em venda de HQs. Sally já está aqui, sentada na poltrona, segurando uma prancheta, numa pose que deixa claro que o assunto é sério. Ted, James e Shaun também já chegaram, e Natasha trouxe toda a família. Quando eles me veem, finjo não notar as expressões de choque e preocupação em seus rostos. Eu sei, pessoal. Eu sei. Estou pálida pra caralho, e estou emagrecendo. Olha, não é tão ruim quanto poderia ser. Às vezes as pessoas no meu estado começam a reter líquido e incham como o boneco da Michelin — mas eu não. Estou me apagando como um doente da era vitoriana. Estou me consumindo como uma das irmãs Brontë. Jenna e Daisy estão ao meu lado, como guarda-costas — agora todo mundo vive permanentemente preparado para me segurar quando eu cair. Me sinto como uma imperatriz moribunda sendo levada de cadeira de rodas para ver seus cortesãos uma última vez.

— Venha se sentar — chama Ted, e todos se levantam, oferecendo sua cadeira.

Eu escolho a mais próxima do trono de Sally e me abaixo lentamente, tentando esconder o alívio que sinto ao me sentar. Os outros se reúnem, alguns acomodados em cadeiras, uns poucos sentados no chão. Tudo isso acontece enquanto ao fundo os clientes folheiam os quadrinhos, fingindo não olhar — a cena é muito surreal. Talvez eles achem que seja alguma nova iniciativa da loja: contação de histórias com Sally e Hannah.

— Olá a todos — diz Sally. — Obrigada por comparecerem. É óbvio que chantageei todos vocês emocionalmente para virem, mas agora podemos fazer esse tipo de coisa, certo, Hannah? Pois bem, eis a situação...

Nesse momento, a porta da loja se abre com um chiado e um adolescente com expressão de culpa fica parado de cabeça baixa na entrada, os olhos fixos no chão à sua frente. Todo mundo se vira e o olha para ele.

— Você veio pra reunião ou pelos HQs? — pergunto.

— Pra reunião, se você me aceitar.

Não é Callum, é Jay. Não falo com ele desde que me dedurou a papai. Ao vê-lo envergonhado e hesitante na entrada, sabendo o que está acontecendo em sua casa, sinto uma pontada de remorso em nome da nossa amizade.

— Ele tá passando por um momento difícil, por causa do pai, de mim e tudo mais — sussurra Sally. — E tá mesmo arrependido pelo que fez. — Ela tá acostumada a dar desculpas para os homens de sua vida.

— Entra e senta — eu rosno. — Falo com você mais tarde.

Ele entra pisando em ovos e se senta de pernas cruzadas no chão, encostado na cadeira de Sally.

— Bom — continua ela —, acho que a essa altura a maioria de vocês já sabe que o teatro tá com problemas. Grandes problemas. A prefeitura quer derrubá-lo e construir casas elegantes, e deram a Tom duas semanas para salvá-lo. Mas Tom tem outras questões, todos nós sabemos disso, certo? Ele não pode resolver isso sozinho. E é aí que nós entramos. Para todos nós, aquele teatro tem sido um refúgio, um santuário, um lugar onde representar. Para Hannah, tem sido uma espécie de casa... ela cresceu lá. Jay também, acho. Acho que todos nós descobrimos coisas sobre nós mesmos ali. — Com isso, ela olha para Shaun e James.

— Mas para papai o teatro é ainda mais do que isso — digo, embora tivesse planejado deixar que Sally falasse. — É a vida dele. E eu tenho que ajudá-lo.

No pequeno grupo de amigos, colegas e atores amadores, alguns assentem com a cabeça, mas ninguém fala nada. Sinto um medo súbito de que na verdade eles não estejam tão preocupados; que isso não seja realmente importante para eles. Existem outros teatros por perto, outros grupos de teatro, outros públicos. O show tem que continuar e todas essas bobagens.

Mas Sally claramente não quer saber de inseguranças.

— Eis o plano de Hannah — diz ela, batendo a prancheta no colo tão ruidosamente que todos na loja se viram para ouvir. — Em duas semanas queremos fazer um evento no teatro. Vamos convidar a cidade toda, teremos chá e bolos, faremos tours pelo prédio e, no fim, apresentaremos uma peça. Uma peça especial que Hannah tá escrevendo, mas que alguns de vocês talvez reconheçam. Vamos iniciar uma petição para salvar o teatro e estabelecer um esquema de filiação adequado. Vamos mostrar à prefeitura que não se trata apenas de um patrimônio comercial a ser demolido e substituído, mas sim do coração da droga da cidade.

— Mas a prefeitura nos proibiu de apresentar qualquer peça — disse Ted. — Eles revogaram nossa licença de funcionamento. Estaríamos tecnicamente infringindo a lei.

— Exceto se não cobrarmos das pessoas — responde Sally. — Se só pedirmos doações... é tecnicamente uma festa particular.

— Mas o que Tom...

— Não vamos contar pro papai — digo. — Ele ficaria preocupado comigo se soubesse que tô fazendo isso, e também não quero que ele sinta que há esperança pro teatro quando talvez não haja. Além disso, se todos nós formos presos, vamos precisar dele para nos tirar da cadeia.

De repente, Sally se inclina para a frente na cadeira, levantando a voz.

— Vou ser franca — diz ela. — Vai ser preciso muito trabalho pra organizar isso e talvez a gente não consiga. E mesmo que a gente consiga organizar alguma coisa, mesmo que a gente consiga algumas doações e assinaturas, a prefeitura provavelmente não vai dar a mínima. Mas temos que tentar. Margaret uma vez contou pra gente que participou de um protesto com manifestantes nus pra salvar um teatro. Não vamos fazer isso, porque tá frio e porque não somos loucos, mas temos que mostrar um pouco da determinação dela.

"Sei que todos vocês são ocupados, têm outras responsabilidades, mas, se algum de vocês puder ajudar, mesmo que seja só pra reunir petições, ou fazer um bolo, ou ser uma fada, por favor, levanta a mão. Eu vou começar."

A mão de Sally se ergue e eu a imito imediatamente. Há o *delay* de uma fração de segundo — um momento de incerteza; mais uma vez, receio que tenhamos superestimado o quanto todos os outros...

A mão de Ted sobe antes que eu possa terminar o pensamento, assim como a de Shaun, que puxa a de James para cima também. Jenna e Daisy, Jay, Natasha, o marido de Natasha e Ashley. A mãe de Daisy. Todos no grupo. Um pequeno mar de mãos. E não para por aí. Eu olho em volta e percebo que Ricky e Dav estão com as mãos levantadas, e não só eles, mas vários de seus clientes que estão com uma expressão confusa; um roqueiro de meia-idade com uma camiseta da Saxon levanta o braço tatuado; um cara elegantemente vestido com calça de brim ergue no ar seu exemplar de *Capitão América*. Eu sinto como se estivéssemos em um filme azarão de Hollywood; e me ocorre que deveria haver uma trilha sonora orquestral com um crescendo, ou a música tema de *Rocky*. Em vez disso, Dav coloca Sisters of Mercy novamente, o que é justo — a loja é dela.

— Bom — diz Sally, uma nota de emoção mudando o tom de sua voz —, vamos designar algumas tarefas e pôr essa coisa em movimento.

Todos começam a se levantar.

— Ah, uma última coisa! — grita ela.

Todos voltam a se sentar.

— Precisamos de uma garotinha pra um dos papéis. É o começo de um novo ano escolar e há um surto de gastroenterite viral por aí, então muitos grupos de teatro infantis não tão disponíveis. Se alguém tiver um parente animado, podemos pedir emprestado? Talvez uma filha? Que esteja muito interessada em atuar?

Sally olha para Natasha.

— Por favor, mamãe? — implora Ashley.

Agora *todo mundo* está olhando para Natasha.

— Ah, pelo amor de Deus, podem usar a minha filha — grunhe ela. — Mas, Ashley, é aqui que estabelecemos o limite. Você não vai entrar pro meu clube de degustação de vinhos!

Enquanto Sally começa a reunir os nomes e detalhes de voluntários leigos, Jay desliza devagar para perto de mim e se senta na cadeira que a mãe ocupava antes.

— Desculpa — diz ele. — Desculpa por contar pro seu pai sobre você e Callum. Foi uma babaquice.

— Tem razão, foi uma babaquice mesmo. Por que você fez aquilo? Papai disse que foi sem querer, mas não foi, né?

Ele balança a cabeça lentamente.

— Eu fiquei com ciúme. Eu sempre achei que eu e você...

— O quê?

— Sei lá. Esquece. Ainda podemos ser amigos?

— Eu quero ser, mas o fato de sermos amigos desde sempre não significa que devo alguma coisa a mais a você. Entende? Você não tem direitos sobre mim. Se é isso que você pensa, não posso mais ser sua amiga.

— Eu sei.

Ele parece completamente abatido.

— E se *somos* amigos — digo —, isso significa que você tem que me falar quando as coisas não tão bem. Você tem que falar comigo. Entendeu? Eu tô doente, mas ainda tô aqui, ainda sou eu.

Durante a próxima hora, atribuímos tarefas a todos. Sally é a diretora, eu sou sua assistente; Ted vai administrar tudo; James vai fazer alguns pôsteres; Daisy e Jenna ficam na imprensa e publicidade, principalmente porque Daisy, com seu charme, consegue convencer as pessoas a fazer qualquer coisa e Jenna sabe melhor do que ninguém como espalhar informações por meio de painéis de mensagens e fóruns. Na verdade, ela faz uma palestra fascinante de oito minutos sobre o MySpace e "como viralizar", que deixa quase todo mundo confuso, mas parece convincente. Acontece que o cara *heavy metal* é desenhista (isso me faz pensar em Callum e sinto uma pontada de tristeza por ele não estar aqui, por não estar comigo) e diz que pode fazer uma placa para a gente. A essa altura, estou começando a me sentir exausta, o que Sally percebe, encerrando a reunião.

— Agora todos vocês fazem parte do Comitê Salvem o Willow Tree — grita ela quando todos estão saindo. Assim que a ordem habitual da loja é restabelecida, ela volta e se senta ao meu lado.

— Tem certeza de que tá disposta a isso? — pergunta ela.
— Você tá?
— Bom, meu casamento tá ferrado, seu coração tá...
— Ferrado também.
— Isso é idiota e irresponsável, e provavelmente não vai dar em nada. Seu pai vai me matar quando descobrir.
— Então estamos combinadas... vamos em frente com o plano.
— Nunca tive tanta certeza de uma coisa na minha vida.

Tom

Aeroportos são lugares muito estranhos — parecem austeros e indiferentes, como prédios de escritórios modernos e frios, mas fervilham de drama e emoção. Nos aeroportos, só existem na verdade dois enredos — adeus e bem-vindo ao lar —, mas há um milhão de variações; nem todas boas, nem todas bem-vindas.

Levei três horas para chegar aqui; saí às sete da manhã, serpenteando pelas sonolentas estradas secundárias, e depois peguei a A303 com seus campos ondulantes e cidades suburbanas. Pensava em Hannah, no que ela tinha pela frente e o que isso significaria. No entanto, involuntariamente, pensava também em Elizabeth, em como seria vê-la e como me sentiria. Não conseguia imaginar essa situação de outro modo além de um terrível e doloroso desastre. Numa rodovia de pista dupla, de manhã cedo, é difícil não insistir em imaginar os piores cenários — eles vêm para cima de você como o tráfego. Nem mesmo a Rádio 2 ajudava.

Uma coisa chamou muito a minha atenção em nossa conversa ao telefone no outro dia. Ela estivera ausente das nossas vidas durante anos, mas, quando eu disse que estava com medo por Hannah, que não sabia mais o que ela estava sentindo, Lizzie disse: "Ela é forte, é realista." E isso é mesmo verdade. Hannah ama histórias, mas não é uma sonhadora incorrigível como o pai. Isso me fez pensar que, apesar da imensa distância — e mesmo depois de tudo o que aconteceu —, ainda deve haver algum vínculo indissolúvel entre mãe e filha. E quando Elizabeth descobriu sobre o transplante sua resposta imediata foi marcar um voo. Sem pensar, sem discutir, apenas "Estou voltando." Ela parecia... preparada.

O setor de desembarque do Gatwick estava lotado de gente à espera; famílias inteiras aguardando pessoas queridas; mulheres e homens nervosos, sozinhos, digitando sem parar nos celulares; sujeitos robustos, de terno, segurando cartazes com nomes escritos à mão. Eu estava tão ocupado vasculhando a multidão, especulando sobre os reencontros prestes a acontecer, que não percebi o burburinho de passageiros cansados saindo da área da alfândega; não vi a mulher de traços refinados e cabelos sedosos na altura dos ombros, a mulher vestindo roupas casuais de grife, de aparência mais descansada e alerta do que todos os outros ali. Eu não a vi até que ela estava a alguns passos de mim, me encarando.

— Oi, Tom — disse ela.

Parecia refrescada e elegante, mesmo após um voo de seis horas. Havia alguns fios de cabelo prateados entre os cachos, mas essa era a única concessão à idade. Sua boca tremeu com algo parecido com um sorriso. Na mesma hora vi o rosto de Hannah no dela.

— Oi, Lizzie — eu disse.

Nós dois sabíamos que tínhamos de selar esse encontro com algum tipo de contato físico, mas, inseguros em relação à etiqueta ou ao outro, decidimos por um beijo no ar que deixou tanto ar entre nós que ficamos em dois fusos horários diferentes. Foi o beijo no ar mais metafórico de todos os tempos.

— Como você tá? — perguntou ela.

— Não muito bem. Muitas coisas acontecendo.

— Eu sei.

— Sabe? Como poderia?

— Agora não, Tom. Aqui não.

À nossa volta, famílias se abraçavam, casais se beijavam, cachorros pulavam e lambiam tutores que retornavam. Os tradicionais diálogos de aeroporto se desenrolavam: Como foi o voo? Dormiu? Comeu? As crianças estão tão empolgadas pra te ver. Mas tudo que eu queria dizer era: Como pôde ir embora? Como pôde voltar?

— Ela vai querer me ver? — perguntou Elizabeth, indo direto ao ponto, como sempre. Seu tom de voz era seco, mas titubeante.

— Ela não tem certeza. É muita coisa pra absorver. Vou enviar uma mensagem dizendo que você tá aqui. Depois fica a critério dela.

Elizabeth assentiu, distraidamente. Tínhamos combinado que eu viria encontrá-la, que tomaríamos um café, conversaríamos, discutiríamos sobre o que viria em seguida — como adultos sensatos. Foi até onde o plano chegou. Tive a sensação de que ela estava acostumada a se deslocar de última hora; era eficiente e preparada.

— E então — disse ela. — Vamos beber alguma coisa?

— Tem um café na extremidade do saguão. Não é dos melhores, mas...

— Vai ser ótimo. Não pode ser pior do que o Big Billy's.

Big Billy's era o café ao qual costumávamos ir assim que fomos morar juntos em Bristol. Era um casebre sujo, três portas depois da nossa minúscula casa geminada, que vendia pãezinhos com bacon e canecas de chá para mecânicos e trabalhadores noturnos. Íamos lá toda manhã de sábado para curar a ressaca; Elizabeth, que tinha um trabalho incrível na indústria aeroespacial, levava pastas imensas do trabalho, enquanto eu esquadrinhava o *The Stage* à procura de trabalhos e testes. As cadeiras eram quebradas, as toalhas de mesa, manchadas, a clientela, assustadora, mas era o nosso lugar. Fiquei momentaneamente tocado por ela ainda se lembrar.

Pedimos dois cafés americanos e encontramos uma pequena mesa ao lado de uma família barulhenta que evidentemente estava se despedindo de um adolescente que partia em uma excursão de ano sabático. Atualizei Elizabeth em relação a tudo que acontecera no último mês — o drama do funeral e a fuga de Hannah para o evento das HQs, depois o choque da ida ao hospital. A notícia que Venkman nos deu com tanto cuidado, sem brincadeiras. Elizabeth assentia com a cabeça enquanto escutava, como se estivesse recebendo informações sobre um projeto de negócios.

— Falei com aquele meu amigo, o cardiologista — disse ela. — A taxa de sucesso dos transplantes de coração é muito alta hoje; os medicamentos imunossupressores tão se aperfeiçoando o tempo todo. Ele disse que o coração de um doador pode durar por muitos anos, se...

— Estamos dando um passo de cada vez — eu disse, interrompendo-a depressa. Estava ciente de que minhas mãos viravam ensandecidas as páginas do cardápio na mesa.

— Mas, Tom, acho que devíamos...

— Um passo de cada vez. Ela ainda nem tá na lista de transplante. Precisa fazer exames primeiro, e depois, quando estiver na lista, não há garantia. Isso não é uma coisa sobre a qual podemos simplesmente discutir e argumentar.

Não tive a intenção de fazer soar como uma crítica. Ao mesmo tempo, porém, quis, sim, que soasse como uma crítica. Por algum motivo estava me sentindo acuado. A família ao nosso lado havia se levantado para começar uma sessão de abraço coletivo, estilo rúgbi; o adolescente magrelo no centro mal parecia ter dezesseis anos. Notei um ursinho de pelúcia roído por traças se projetando do compartimento traseiro de sua mochila nova. Ele estava partindo para uma aventura — provavelmente haveria muitas outras. Ele se lembraria desse momento? Contaria aos filhos sobre isso? As páginas do cardápio estavam amassadas em meus dedos. Eu não conseguia identificar as emoções que me percorriam em ondas. Não sabia o que eram ou onde iam dar.

— Então, o que fazemos agora? — perguntou Elizabeth.

— Fazemos? — indaguei.

Elizabeth me encarou.

— Ela é minha filha.

Eu bufei. Bufei de verdade. Um ruído feio e brutal.

— Você nos deixou — eu disse. — Fez sua escolha.

— Não vamos recomeçar. Já discutimos isso mil vezes. Fui embora porque eu simplesmente... não fui feita pra ser mãe. Eu tentei. Mas não sou assim.

— Ah, eu sei por que você foi embora. O que não consigo entender é por que voltou agora.

— Porque Hannah tá doente! Tô preocupada, preciso vê-la!

— Hannah tá doente há anos. Onde você estava quando o problema foi diagnosticado? Onde estava quando ela ficou duas semanas internada com uma infecção? Onde estava mês passado quando ela desmaiou no alto da escada e ficou dois dias no hospital?

— Tom, por favor! Não sou boa nisso. Você sabe. Sabe que não consigo fazer isso. Nunca consegui. Ah, meu Deus, eu nunca devia ter...

— O quê?

— Nada.

— Nunca devia ter se casado comigo? Nunca devia ter tido Hannah?

Silêncio.

— Não me arrependo de ter me casado com você.

Eu me recostei na cadeira, incrédulo, estarrecido.

— Então lamenta ter tido Hannah?!

A expressão de choque e dor que cruzou seu rosto era genuína.

— Tom, estamos ambos exaustos e emotivos, não devíamos discutir isso agora. Não é hora nem lugar.

— Durante dez anos não houve hora nem lugar. Você voltou à Inglaterra um punhado de vezes! Você não a viu crescer. Ela é a nossa menina. Ela é a nossa menina, Lizzie!

— Eu não conseguia encarar vocês dois! — gritou ela, alto o bastante para a família ao nosso lado fazer uma pausa em seus rituais de adeus e nos olhar. — Eu estava com vergonha! Vergonha por ter ido embora, por não ter ficado! Você realmente não entende? Do fundo do meu coração, eu sei que ir embora foi a decisão certa... não só pra mim, mas pra todos nós. Mas, Tom, eu nunca vou me perdoar por tê-la tomado.

Em um instante, a compostura estudada se foi. Vislumbrei a Elizabeth que vi na semana anterior à sua partida — chorosa, perturbada, arrasada.

Mas não o bastante para ficar.

E ficamos sentados ali em silêncio, um silêncio longo e impenetrável que nos envolveu como um nevoeiro denso. O aeroporto se desvaneceu ao nosso redor; as pessoas viraram fantasmas. Era como se estivéssemos perdidos em algum lugar insondável. Coube ao meu instinto, repentina e surpreendentemente, encontrar uma saída.

— Lembra aquela vez que levamos seus pais ao Big Billy's? — perguntei.

Visivelmente a contragosto, Elizabeth abriu um sorriso.

— Ah, meu Deus — gemeu ela. — A batida da polícia em busca de drogas.

Algumas semanas depois que nos mudamos para a nossa casa horrível em Bristol, os sofisticados pais de classe média alta de Elizabeth tinham vindo de Bagshot, de carro, trazer para ela parte de suas coisas e, é óbvio, conferir o assustador pântano urbano para onde eu tinha arrastado a filha deles. Por alguma razão, decidimos que devíamos levá-los ao Billy's para um *brunch* e, enquanto tentávamos desesperadamente conversar sobre amenidades, um camburão encostou diante do bar. Estavam dando uma batida três portas depois de nós. Os pais de Elizabeth estavam sentados de costas para a janela, mas Lizzie e eu observamos com um horror mal disfarçado uma sucessão de policiais fortemente armados descer dele.

— Ah, Tom, você ficou falando sem parar sobre o Old Vic e que Peter Ustinov estava dirigindo uma temporada interessante no Theatre Royal... e do lado de fora um policial com um aríete.

— Todo mundo no café tava agindo normalmente, comendo seu sanduíche de bacon... mesmo quando arrastaram aquele homem pra fora da casa e o jogaram na rua.

— "Essa é uma vizinhança emergente, pai. Por favor, ignore os gritos." Dias felizes.

— Era uma época mais inocente.

Observamos a família ao nosso lado se afastar, as crianças mais novas agora entediadas e cansadas, os pais ainda relutando em se despedir. Tem certeza de que tá com o passaporte? Não deixa de comprar uma garrafa de água pro voo. Liga pra gente quando chegar lá. Toma cuidado. Toma cuidado.

— Vou ficar com eles uma semana pelo menos — disse Elizabeth.

— Hein?

— Com os meus pais... não é longe de você e Hannah. Posso pegar o trem ou o carro do papai emprestado. Dá para ir até vocês em poucas horas.

— Vou conversar com Hannah quando chegar em casa. Por favor, Elizabeth, não apareça na nossa porta do nada. Espera ser convidada.

— Como um vampiro?

Assenti com a cabeça, ainda perdido nas lembranças dos nossos primeiros anos, da nossa história inicial. Elizabeth, agora mais calma, continuou a falar.

— Comprei pra ela algumas daquelas revistas de quadrinhos japonesas de que ela fala o tempo todo. Não sei se são as certas, é difícil acompanhar. Da última vez que falamos, ela...

Elizabeth se calou e olhou para mim. Arrancado dos meus devaneios, eu a fitei de volta. Levei um momento para registrar.

— Da última vez que vocês falaram?

— Tom.

Ah.

— Tom.

— Quando vocês se falaram? Como? Há quanto tempo vocês... Quer dizer, eu sempre falei que ela podia ligar ou escrever pra você.

— Eu sei.

— Mas ela me disse que não queria. Era o que ela dizia.

— Começou há uns dois anos, talvez. Ela me adicionou no MSN. Fiquei tão surpresa quanto você, sinceramente. No início eram conversas breves, com intervalos de várias semanas. Ela entrava, me perguntava alguma coisa e saía. Mas então começamos a conversar de verdade. E continuamos.

— Ela não me contou.

— Tom, não fique zangado com ela.

— Eu não entendo.

— Ela estava preocupada. Preocupada que você ficasse magoado.

— Mas... mas eu disse... Sobre o que vocês conversam?

— Ah, não sei. Coisas? Ela pergunta muito sobre o meu trabalho, o que eu faço e onde moro. Ela me conta da escola, dos amigos, do que tá fazendo. Me fala sobre o teatro.

— Ela fala sobre a saúde dela? Do coração?

— Tom, sim.

Senti o mundo despencar; como a porta de um alçapão se abrindo embaixo dos meus pés. Eu me senti inadequado e idiota. Um pensamento cruzou como um flash a minha mente — eu sempre achei que estávamos lidando bem com a situação, que eu estava fazendo um bom trabalho. Mas não era o suficiente. Ah, meu Deus, óbvio que não era.

O choque e a confusão deviam estar estampados em meu rosto, porque Elizabeth estendeu as mãos e as pousou sobre as minhas.

— Tom, a maior parte do tempo ela fala de você. Você e ela. As coisas bobas que vocês dois aprontam. Ela me contou sobre os aniversários dela; as peças que você encena pra ela. Ela te idolatra.

Meus olhos estavam turvos. A viagem de carro de manhã cedo, a complicação do estacionamento, esse encontro tenso num café ruim no final do setor de desembarque. Era demais.

— Não sei mais o que tá acontecendo — eu disse. — Tão fechando o teatro; Hannah tá muito doente, Lizzie. Não sei se consigo nos conduzir através disso tudo.

— Você consegue, Tom. Você consegue e vai chegar lá. Eu sei. Aconteça o que acontecer, eu sei. Sempre acreditei em você. Sempre.

Ao dizer isso, ela apertou minhas mãos com mais força e, quando olhei rapidamente para nossas mãos entrelaçadas, notei algo absolutamente inesperado — uma revelação final. Ela acompanhou meu olhar, depois me encarou, encabulada.

— Você vê — disse ela. — Nunca me desapeguei totalmente.

Ela ainda usava nossa aliança de casamento.

Hannah

A Operação Willow começou. Esse é o codinome para a nossa missão de resgate do teatro — não é muito criativo, mas olha o que temos à frente aqui; estamos economizando nossos recursos mentais para coisas mais importantes. Reuni o número do celular e o endereço de e-mail de todos, e Jenna criou um grupo de bate-papo para voluntários para que possamos ter reuniões on-line. Graças às maravilhas da comunicação moderna, posso comandar tudo sem sair da cama. James nos fala sobre os materiais de publicidade que criou; Shaun nos atualiza sobre os reparos que está realizando sorrateiramente nos bastidores. O trabalho de Ted é manter papai ocupado. Distribuiremos pôsteres pela cidade; talvez até haja cobertura do jornal local se Daisy conseguir convencer o editor de eventos. Papai tem que ser mantido longe de tudo isso. Jenna também criou uma página no MySpace, a "Salvem o Willow Tree", e a encheu de fotos do teatro, que ela tirou em uma tarde nublada para fazer com que parecesse especialmente triste e piegas. Ela quer gravar um vídeo meu pedindo às pessoas que venham ao dia aberto ao público e depois enviá-lo para vários fóruns da web.

— Você parece doente, pálida e linda — disse ela. — Isso é ouro em pó na web. Vai ser maior do que aquele garoto com o sabre de luz de *Star Wars*.

Jay e eu estamos tentando retomar nossa amizade. Alguns dias atrás, ele simplesmente apareceu na minha porta e eu dei de ombros e o deixei entrar. Isso foi tudo. As aulas recomeçaram, mas ele vem almoçar todos os dias e faz sanduíches para nós; ele volta assim que as aulas da tarde terminam, e eu cochilo no sofá enquanto ele se senta no chão jogando videogame. Às vezes acordo e Jenna e Daisy estão aqui também, e estão os três encrencando entre si, e fico feliz em ouvi-los. Falo com Sally ao telefone e ela me diz que as coisas estão muito tensas em casa; ela e Phil ou se ignoram ou discutem. É quando percebo que Jay não está cuidando de mim, eu é que estou cuidando dele. Ele ainda não conseguiu se abrir sobre o que está acontecendo em casa. Espero que faça isso.

Durante as noites sou tomada por uma onda de energia, e é quando escrevo. Estou bem ciente de que o *grand finale* de toda essa aventura maluca depende de mim. Eu já tenho a ideia básica, só preciso reunir meus pensamentos em algo que faça sentido. Rabisco anotações e planos em folhas de papel A4 e, em seguida, digito tudo no computador. Eu não sei exatamente o que estou fazendo. Envio por e-mail cenas bagunçadas e ideias malformadas para a Sally e torço para que ela possa ajudar a colocá-las em algum tipo de ordem.

A Operação Willow consiste basicamente nisso: criar alguma ordem a partir do caos.

Tom

Voltei do encontro com Elizabeth ainda tonto com suas reviravoltas e revelações, e me joguei nos estranhos cuidados paliativos do teatro. A morte, descobri naquele mês, traz inevitavelmente duas coisas para os que ficam para trás: luto e trabalho administrativo. Se o Willow Tree fechasse, Ted e eu precisaríamos informar a todos, desde os voluntários da bilheteria até a equipe de limpeza, as companhias itinerantes de teatro e os comediantes de *stand-up* que estavam programados para se apresentar em nosso palco. Precisaríamos avisar as concessionárias de serviços públicos e bufês, teríamos de devolver equipamentos a uma série de empresas de aluguel. Todas as negociações cuidadosamente implementadas ao longo de muitos anos, encerradas com e-mails curtos e educados.

Ted, no entanto, insistiu que adiássemos tudo isso por enquanto e nos concentrássemos em vasculhar o escritório de cima a baixo, examinando cuidadosamente cada fichário abarrotado, cada gaveta de armário que se abria rangendo, cada recipiente de armazenamento superlotado.

— De qualquer forma, o lugar precisa de uma arrumação completa — ele ficava repetindo. — E nunca se sabe: talvez a gente encontre algo que nos ajude a sair dessa confusão.

É, respondi, talvez finalmente localizemos aquele vaso da Dinastia Ming que o gerente anterior deixou aqui por engano; talvez devêssemos começar nossa sessão de arrumação com aquela caixa ali, com a etiqueta de "obras de arte de Picasso perdidas". Ele tinha acabado de me entregar uma caixa de sapatos com faturas e me disse para mergulhar ali. Na verdade, ele não me deixava sair; eu chegava de manhã e ficava no escritório o dia todo. Quando eu tentava andar até o centro da cidade para almoçar, ele rapidamente se oferecia para comprar para mim. Ele estava obviamente tentando manter minha cabeça ocupada com tarefas mundanas e inúteis, mas acho que também estava se sentindo sozinho.

— Angela tem passado muito tempo na casa da irmã — contou ele.

Eu queria perguntar mais, mas ele claramente não queria encarar o assunto. À medida que examinávamos todos os artefatos de produções anteriores, ele ia fazendo perguntas, tentando apelar para meu senso nostálgico inato.

Hoje de manhã, por exemplo:

— Você lembra da primeira produção que fez como gerente do teatro?

— Foi *Senhorita Júlia*, de Strindberg — respondi, mergulhando automaticamente na história. — Estava no programa de teatro da certificação do ensino médio. Dei uma entrevista para o jornal local e disse que se tratava de um clássico naturalista, mas eles publicaram como "naturista". Esgotamos os ingressos em um dia. Nunca vi tantos pervertidos decepcionados.

— E *O Senhor das Moscas*, lembra? — disse Ted. — Encomendamos três toneladas de areia.

— E a cabeça de um porco de verdade, do açougueiro. Hannah teimou que tinha de ser do tipo criado em liberdade.

— Quando chegou a segunda apresentação, tínhamos um enxame de moscas de verdade também. Olhando em retrospectiva, devíamos ter conservado a cabeça na geladeira e não em uma sacola plástica na sala de adereços.

— A gente vive e aprende no teatro.

— Bom, a gente vive, pelo menos.

Ambos sorrimos, mas senti que havia uma grande distância entre mim e a expressão em meu rosto. Se eu estivesse no palco, não convenceria a plateia. Por fim, eu precisava sair dali. Precisava falar com alguém que não tentasse me consolar ou mimar.

— Vou dar uma caminhada — avisei. — Não vou demorar.

— Aonde você vai? — perguntou Ted, os olhos estranhamente alertas e urgentes por trás dos velhos óculos de aro de metal. — Se quiser o almoço, *eu* vou ao centro da cidade.

— Não vou ao centro da cidade — eu disse, tirando meu casaco cinza e comprido do gancho atrás da porta do escritório e enfiando os braços nas mangas com um floreio teatral.

— Então aonde...

— Não se preocupe, não vou demorar.

— Eu vou com você.

— Não — eu disse, de modo um pouco mais abrupto do que eu pretendia. — Não, obrigado, Ted. Vou ver uma pessoa, e preciso ir sozinho.

Hannah

James me manda o pôster por e-mail, e está incrível. Ele fez uma espécie de imagem compacta do teatro em lindos tons pastel, com as palavras SALVEM O WILLOW TREE no alto em letras grandes e grossas. Parece o pôster de uma galeria de arte muito legal. Vamos imprimir uma centena deles e, em seguida, Daisy, Jenna e Jay vão espalhá-los pela cidade. Os voluntários da bilheteria criaram uma *web page* para informações, então agora é tudo oficial; está acontecendo. Eu tenho que terminar essa peça idiota, e tem que ser rápido, porque todo mundo precisa de tempo para decorar seus papéis. Estou começando a sentir a pressão, mas não posso ficar estressada, deveria estar relaxando.

 Recebi uma carta do Great Ormond Street com todos os detalhes da minha consulta, que vai ser depois do espetáculo, graças a Deus. Terei que ficar em Londres por três dias. Preciso fazer uma radiografia de tórax, um ultrassom, um monte de exercícios e provas de função pulmonar, mais outro tanto de exames de sangue — a diversão de sempre. Também preciso falar com um psicólogo e um enfermeiro especializado em transplantes, que vão me dizer o que esperar do procedimento e como será depois. Já sei algumas coisas porque não sou burra e a internet existe. Sei que, se eu conseguir um transplante, vou carregar o testemunho no meu corpo para sempre. Às vezes, quando saio do banho, olho no espelho e traço uma linha do pescoço ao umbigo. Esse é o tamanho que vai ter a cicatriz. Também sei que um transplante de coração significa que não poderei ter filhos. O pensamento ronda à margem do meu cérebro como um parceiro de treino, como um inimigo secreto. Um dia, ele virá até mim e me acertará com força.

Além de tudo, sei que a minha mãe está na casa dos pais dela, esperando que a gente ligue, esperando permissão para fazer uma aparição pessoal na minha vida. Eu não sei o que fazer em relação a isso. Tenho certeza de que papai sabe que andei falando com ela no MSN. E não foi só falar. Às vezes, ela me mandava por e-mail fotos antigas dela e do papai juntos, quando eram mais jovens. Eu as imprimi para poder estudá-las. E as escondi no meu quarto. Escondi tanta coisa.

Decido dar um passeio — a primeira vez que saio de casa em três dias. Devia ir ao teatro ver se há algo que precisa ser feito, ou à loja de HQs e me deixar cair em um canto tranquilo e ler com calma os lançamentos do mês. Mas não vou. Sigo para outro lugar — e não tenho a menor ideia do que vou fazer quando chegar lá.

Como de hábito, as cortinas estão fechadas no quarto acima da porta da frente da casa de Callum. A rua está tranquila, exceto por um pequeno bando de crianças correndo e batendo umas nas outras com varas; a garoa interminável mantém todos os outros dentro de casa. Quando me aproximo, vejo Joe no caminho que leva à garagem, debaixo de outro carro. Em silêncio, passo por cima das pernas dele para alcançar a porta.

Antes de tocar a campainha, paro e tento recuperar o fôlego enquanto penso em algo para dizer. Mas nada me ocorre. Continuo a alternar entre raiva e empatia. Antes que essa indecisão frenética me obrigue a recuar, bato na porta. Em seguida, ouço o cachorro latindo e a mãe de Callum gritando:

— Cala a boca, pelo amor de Deus!

E então a porta se abre.

— Olá — digo.

Ela parece mais velha e mais cansada do que da última vez que estive aqui, os olhos pesados com a maquiagem do dia anterior; o cabelo frisado foi mal pintado e está amontoado em um coque que cai para um lado da cabeça.

— Eu não esperava te ver de novo — diz ela.

— Callum tá em casa?

— Não, ele tá na casa da irmã, em Bristol.

— Ah.

Ficamos ali paradas em silêncio. Ela tem uma caneca na mão, e a segura tão frouxamente que o café está prestes a cair no capacho que diz "Bem-vindo". Fico esperando que fale alguma coisa; porém, ela só abre a boca e reprime um bocejo atrás da mão.

— Pode dizer a ele que eu vim aqui?

Ela não diz nada, então eu só faço que sim com a cabeça, como uma idiota, e me afasto, disposta a sair dali o mais rápido possível. Mas Joe saiu de baixo do carro e agora está encostado nele, olhando para mim, limpando as mãos em um trapo. Ouço a porta de entrada da casa fechando atrás de nós.

— Ele me disse que é como uma escuridão — diz Joe. — A depressão ou o que quer que seja... é como estar preso no escuro, sem conseguir sair. Ele sabe que tem coisas que precisa fazer, ele sabe disso, mas não consegue sair de lá. É como se estivesse preso. É difícil pra ele. É difícil pra todo mundo.

— Eu sei — digo. — Tô preocupada com ele.

— Ele te decepcionou, não foi? Ele não fala muito comigo, mas me disse isso. Eu tento ajudar, mas ele não aceita. O que posso fazer? Não posso dar um jeito nele com isso. — Ele chuta a caixa de ferramentas ao seu lado. — Você também tá doente, né?

Faço que sim, em silêncio.

— Vou dizer a ele que você veio — afirma ele. — É uma pena. Vocês dois poderiam ter ajudado um ao outro. Eu nunca o vi sorrir do jeito que ele sorria quando falava de você.

Então nos despedimos com um aceno e começo a curta caminhada de volta para casa, puxando o capuz do casaco para me proteger do incessante borrifo da chuva. É quando recebo a mensagem de texto de Ted, dizendo que papai saiu. Ligo para Sally, que está a caminho do teatro. Ela vê papai deixando o prédio.

— Vou segui-lo — diz ela. — Como você tá?

— Fui dar uma caminhada, agora tô voltando pra casa. Isso é tão chato. Tô sempre cansada. Preciso resolver o que fazer em relação à mamãe. E devia estar fazendo mais coisas pelo teatro.

— Você tá indo muito bem — diz ela. — Tá tudo bem. Você é durona. Tô muito orgulhosa de você.

É difícil atravessar a rua porque de repente há lágrimas nos meus olhos e preciso ficar enxugando-os para conseguir enxergar.

Tom

O cemitério fica no extremo sul da cidade, a uma curta caminhada por uma movimentada rua ao longo da qual erguem-se casas georgianas imponentes. Caía uma garoa preguiçosa, o tipo de chuva que poderia durar dias, e parecia sugerir que não haveria verão tardio este ano. Passei pela pequena área industrial onde Shaun trabalhava e, em seguida, subi por um caminho que me afastou do trânsito, atravessando um trecho de um bosque malcuidado e seguindo em direção à área de lápides.

Não demorei muito para encontrar a pequena placa de latão que procurava. Estava na metade de um caminho estreito ladeado por homenagens semelhantes, ao lado de um banco coberto de musgo e um canteiro de flores bonito e bem cuidado; o cheiro de terra úmida e de budleias pairava no ar.

— Olá, Margaret — falei.

Eu a conheci no dia da minha entrevista para o emprego de gerente do teatro. Debbie, uma assistente voluntária da recepção, estava me mostrando o prédio. "Como é o grupo de teatro local?", perguntei. "Ah, eles não são um bando de atores velhos, se é com isso que você está preocupado", respondeu ela, rindo. Então parou abruptamente quando notou Margaret sentada no pequeno café do saguão, um cachorrinho agitado a seus pés, um bule e uma xícara de porcelana de ossos na mesa à sua frente. Ela estava lendo uma biografia de Lillie Langtry. "Ela tá sempre aqui", sussurrou Debbie em tom conspiratório. "Vem aqui há muito tempo, mas parece que nunca tá com ninguém. Traz o bule e a xícara com ela — não bebe nas nossas canecas. Às vezes ela é muito grosseira, então toma cuidado." Debbie nos apresentou e Margaret me examinou com o que parecia ser um desagrado fulminante.

— Você parece o tipo de jovem que produziria peças modernas subversivas só pra chocar velhas rabugentas como eu — disse ela.

— Receio que eu possa ser, sim — repliquei com um sorriso.

— Nesse caso — disse ela —, desejo a você tudo de bom em seu novo emprego.

Ela passava muito tempo no prédio naquela época; costumava ficar com Hannah enquanto eu trabalhava, lendo contos de fadas com ela ou apenas criticando dissimuladamente as roupas e comportamentos de outros visitantes do teatro. Desde o início, ela tratou Hannah como uma amiga e cúmplice, e não como uma criança — elas tinham uma conexão, um entendimento mútuo que eu não conseguia compreender de verdade, e que nunca poderia replicar. Aposto que Hannah contou a Margaret que estava em contato com Elizabeth.

No cemitério, um casal de idosos passou por mim, a mulher segurando um grande ramo de crisântemos brancos. Eu me perguntei de quem seria o túmulo que eles iam visitar. De um amigo? Um irmão? Um filho? Eu os observei seguir lenta e silenciosamente ao longo do caminho até estarem fora do alcance da minha voz. Então me voltei para a placa de Margaret e li a inscrição em voz alta:

EM MEMÓRIA DE MARGARET CHEVALIER WRIGHT,
1924-2005

UMA GRANDE AMIGA E ARTISTA, QUE
ILUMINOU NOSSAS VIDAS E AGORA ESTÁ DESCANSANDO.

"NÓS SOMOS DO ESTOFO DE QUE SE FAZEM SONHOS."

Parado na chuva, citando Shakespeare, parecia o final de *Os desajustados*, que levei Elizabeth para ver e imediatamente me arrependi, porque ela ficou o tempo todo dizendo: "É você e seus amigos do clube de teatro." Lembro que fiz Hannah assistir ao DVD comigo numa tarde de domingo. Eu tinha certeza de que ela se identificaria com Paul McGann, o inteligente e talentoso, mas não, ela se apaixonou pelo trágico e bonito Richard E. Grant.

— O que eu faço agora, Margaret? — pergunto. — Cometi um bocado de erros recentemente.

— Acho que os dias de conselheira dela chegaram ao fim — disse uma voz atrás de mim.

Dei meia-volta e dei de cara com Sally parada a alguns metros de distância, usando um chapéu de lã, cardigã e jeans, me observando debaixo de um grande guarda-chuva.

— O que *você* tá fazendo aqui? — perguntei.

— Estava passando e vi você entrar. Deduzi que era ela que você veio visitar.

— Eu só precisava de algum tempo pra pensar.

— Quer que eu vá embora?

— Não.

— Então quem sabe eu possa ajudar? Tenho experiência em cometer erros.

Ela levantou o guarda-chuva e se aproximou de mim, de modo que ficamos os dois debaixo dela, lado a lado, olhando a longa fileira de placas.

— Então, como foi com Elizabeth?

— Educativo.

— Em que sentido?

— Você sabia que Hannah tava falando com ela pela internet?

Sally girou o cabo do guarda-chuva por alguns segundos, criando uma névoa de gotinhas à nossa volta.

— Eu desconfiava.

— Como?

— Pequenas coisas que ela disse ou deixou de dizer. Eu só captei.

— Eu não.

— Você tem tido muito com que se preocupar.

— Você acha que eu errei... em manter Hannah longe da mãe?

— Acho que Elizabeth tem uma parcela maior da culpa nesse aspecto, com a mudança pra Dubai e tudo mais.

— Mas eu podia ter levado Hannah pra vê-la. Elizabeth estava sempre se oferecendo pra pagar. Eu poderia ter convidado Elizabeth pra vir aqui...

— Por que não fez isso?

— Eu não sei. Pensei que soubesse, mas não sei. Eu sempre disse a mim mesmo que era por causa de Hannah... que eu tinha medo que, se ela viesse a conhecer a mãe, poderia se sentir magoada e abandonada. Pensei que uma complicação a menos faria bem pra ela. Mas talvez eu só estivesse com raiva de Elizabeth. Talvez eu só quisesse puni-la.

— O que é normal, dadas as circunstâncias. É normal se ressentir de alguém quando isso acontece, até odiar essa pessoa.

— Mas aí é que tá. Eu não a odeio, nunca odiei. Quando as coisas começaram a desmoronar, ela começou a se desculpar, ficou arrasada. Dizia o tempo todo que queria ser mãe e esposa, mas não conseguia. Elaboramos todos os tipos de planos: ela iria todos os dias pra Londres, eu cuidaria de Hannah, mas nós dois percebemos que isso não ia funcionar. Simplesmente não era ela. O que ela tá fazendo agora, construindo um imenso negócio de internet no deserto... *isso* é ela. Elizabeth achou que estava fazendo a coisa certa pra todos nós. Ela não sabia o que estava por vir. E o estranho é que ainda há uma parte de mim que se sente frustrada por não termos conseguido resolver o que era basicamente um problema de logística. Essa é outra razão pela qual eu estava receoso em vê-la. Uma parte de mim acha que um dia vamos encontrar uma solução.

— Você a aceitaria de volta? Se ela dissesse que encontrou a solução... que poderia administrar o negócio daqui?

— Isso não vai acontecer.

— Mas e se acontecesse?

Olhei para o chão e notei que grandes poças estavam começando a se formar no caminho. Uma corrente fluía pelo pequeno sulco entre o asfalto e a fileira de placas, carregando folhas mortas como pequenos barcos.

— Não sei. Eu a amava. Amava tanto que *quis* que ela fosse embora... porque era o melhor para ela. Mas isso ainda assim deixou um buraco gigante em nossas vidas. Talvez seja isso. Eu queria que Hannah se sentisse completamente protegida, que se sentisse amada e segura, então apaguei Elizabeth inteiramente.

— Ou pelo menos pensou que tivesse apagado.

— Não sei por que Hannah não me contou que estava em contato com a mãe.

— Porque ela sabia como você se sentia? Porque sabia que você queria protegê-la? Tom, você fez o que achou que fosse certo. Ela também.

Assenti e baixei a cabeça em aquiescência silenciosa.

— Hannah é adulta agora, né? — perguntei.

— Ah, é, ela é, com certeza.

— Talvez eu venha sendo superprotetor.

— Talvez.

— Talvez eu tenha que cortar o cordão umbilical.

E de repente entendi por que Hannah tinha ficado tão furiosa comigo durante o funeral de Margaret, quando fiz aquele discurso. Havia algo que eu não entendi, mas Hannah sim — ela entendeu muito bem. Ela não queria ouvir histórias; queria chorar por sua amiga. Chega um momento em que as histórias precisam terminar.

— Eu deveria dizer a ela que tudo bem... tudo bem ela falar com a mãe. Talvez um dia, não sei, se tudo der certo, talvez um dia ela possa ir visitá-la.

— Um passo de cada vez — disse Sally. — Mas, Tom...
— Sim?
— Ela vai ser sempre o seu bebê. É assim que são as coisas.

Começamos a andar, nos afastando dali, voltando pelo caminho sinuoso em direção à saída, em silêncio por algum tempo.

— O que tá acontecendo com você e Phil? — perguntei.

Ela respirou bem fundo.

Uma névoa fina estava chegando. Ela se formou à distância, então veio rolando sobre as lápides como a maré enchendo. Enquanto caminhávamos, o cemitério ia sendo apagado à nossa volta. Na ausência de visão ou som, de repente percebi que Sally e eu estávamos de mãos dadas. Era muito provável que já estivéssemos assim havia algum tempo.

Tom

A entrada do Great Ormond Street Hospital, à qual se chegava passando por uma passagem coberta nada auspiciosa, era cavernosa e barulhenta. Havia crianças gritando e rindo, correndo entre as fileiras de assentos baixos; havia paramédicos falando em *walkie-talkies*; havia enfermeiros reunidos em grupos, conversando. Placas imensas apontavam em todas as direções. O tumulto era perturbador. De alguma forma, consegui informar a uma recepcionista apressada o motivo de eu estar ali, e muito rapidamente a encarregada de assistência cardiológica que havia entrado em contato comigo atravessou a multidão e se apresentou.

— Você é o pai da Hannah? Sou Pauline Croft. Venha comigo.

Ela me conduziu para além do átrio, atravessando um corredor e passando por mais famílias e mais enfermeiros apressados. O silêncio repentino quando entramos no elevador foi desconcertante.

— Vou levá-lo à cardiologia pediátrica — disse ela, abrindo um sorriso largo. Acho que o medo e a confusão que eu sentia devem ter sido óbvios. — É bem mais silencioso lá em cima — disse ela. — Vou mostrar rapidamente o setor a você e apresentá-lo à equipe clínica de apoio e ao cardiologista. Se tiver alguma dúvida, pode perguntar, a qualquer momento.

Do instante em que as portas do elevador se abriram até quando estava novamente do lado de fora, na calçada, tudo me pareceu uma miscelânea surreal de informações e imagens. Vi a enfermaria propriamente dita, dividida em baias que se assemelhavam a casulos; vi crianças ligadas a máquinas, recuperando-se de cirurgias. Vi laboratórios e salas de exame; mostraram-me equipamentos médicos que me eram familiares, e outros cujos nomes eu nem conseguia pronunciar, muito menos entender. Tudo era tão branco, limpo e calmo que eu parecia estar em uma espécie de estação espacial.

Então me sentei com o cardiologista chefe, um homem magro e pragmático com um sorriso surpreendentemente amável. Ele explicou, tranquila e pacientemente, o provável curso da vida de Hannah de agora em diante. Eu havia trazido um caderno e uma caneta, mas por algum motivo achei que seria grosseiro colocar a mão no bolso para pegá-los. Eu me sentia irremediavelmente submisso; tinha a sensação de estar na reunião de pais mais importante da história.

Depois de três dias de exames, Hannah entraria na lista de transplantes. Quando um coração estivesse disponível, entrariam em contato com ela imediatamente e ela seria levada às pressas para o hospital por uma empresa de transporte especializada. A cirurgia provavelmente duraria cerca de seis horas. A taxa de sucesso nos transplantes era de cerca de 90%, disse o cardiologista. Eu assenti, como se ele tivesse acabado de me dizer o resultado favorável de uma partida de futebol. Escutei atentamente todas as garantias, escutei quando ele me disse que Hannah poderia ir à escola, fazer exercícios, viver normalmente. Mas então vieram as ressalvas. Ela ficaria internada no hospital por várias semanas, pois eles precisariam monitorar o órgão com muito cuidado em busca de sinais de falência. E precisaria tomar medicamentos imunossupressores pelo resto da vida.

— Agora, isso vai ser difícil de ouvir — disse o cardiologista. — Por isso pedi que viesse sem a Hannah hoje. Um transplante de coração não é uma cura. Vai durar, em média, uns quinze anos. Receio que seja muito raro receber um segundo transplante. Entende o que eu estou dizendo?

— Sim — eu disse. Minha voz soou estrangulada e aguda.

— Quer um copo de água? — ofereceu uma enfermeira. Eu não tinha percebido que ela estava na sala conosco.

— Não, tá tudo bem. Eu tô bem.

— Sr. Rose — continuou o médico —, eu sei que essa é uma notícia muito difícil, mas é melhor que o senhor entenda os limites do que somos capazes de fazer. Ninguém tem garantias na vida... nenhum de nós, então tente não se fixar nos aspectos negativos. Hannah tem chances muito boas... ela é jovem, está em forma e a ciência médica está avançando o tempo todo. Há muitas pesquisas sobre imunossupressores mais avançados, bem como novas tecnologias e procedimentos. Nunca se sabe o que o futuro reserva.

Tornei a assentir. Lamentei não ter aceitado a água. Eu me sentia como se estivesse atuando muito mal em uma cena que deveria estar dominando. Mas o personagem que eu tinha decidido assumir era o Cara Racional. Eu ouviria e entenderia, e acenaria sabiamente com a cabeça.

— Vou explicar todas essas coisas a Hannah quando ela vier, mas sempre acho que é uma boa ideia preparar os pais. Às vezes, os adolescentes não querem ouvir tudo isso de um médico; precisam ouvir da mãe e do pai.

Tentei não me prender ao fato de que ele disse "mãe" primeiro — a mãe antes do pai. Afinal, quando uma criança está machucada ou com medo, para onde ela corre primeiro? Havia muitas coisas mais importantes em que pensar. Quais eram elas? O que eu precisava perguntar?

— Por favor, posso aceitar aquela água agora? — perguntei.

Fora do hospital, o sol cintilava através de grandes platôs de nuvens de um cinza metálico. Me afastei dali, passei por uma van de sorvete, pela Queen Square, com seu jardinzinho cercado de bancos de madeira. Eu me perguntei quantos pais teriam vindo se sentar aqui e contemplar a vida de seus filhos. Vidas talvez em perigo. Vidas talvez perdidas. Cortei caminho por uma rua lateral, olhei meu relógio e percebi que havia uma chance de pegar o trem mais cedo. Eu poderia voltar e encontrar Hannah a tempo do jantar. Poderíamos pedir uma pizza — escolheríamos a favorita dela e poderíamos nos sentar de pernas cruzadas no chão da sala e conversar. Um grupo de engravatados passou por mim e quase me empurrou para a rua. Vi uma mãe e um filho sentados em uma mesinha fora de um café italiano do outro lado da rua; a mulher lia um jornal, o menino tinha uma HQ e imitava a forma como ela virava as páginas. Quando ela se deu conta, riu alto e estendeu a mão para pegar a mão dele. Será que eles se lembrariam desse momento quando ele tivesse dez anos? Vinte? Quarenta? Recuei alguns passos, cambaleando, então alcancei um beco ao lado de um pub. Ali, me encostei na parede de tijolos escuros e comecei a soluçar.

Na viagem de trem para casa, pensei em como explicaria para Hannah tudo o que tinha visto e aprendido. A enfermeira me deu um número de telefone de apoio e me disse para ligar se um de nós tivesse alguma dúvida antes da visita de Hannah. "Sempre haverá alguém da equipe aqui para ajudar vocês", disse ela. Sua gentileza continha um vislumbre das lutas que estavam por vir, e aquelas palavras ficaram comigo. Fui até o vagão-restaurante e comprei um gim-tônica, mas o deixei intacto no balcão.

Quando cheguei em casa, ouvi vozes assim que abri a porta da frente. Achei que talvez Hannah estivesse com uma amiga, ou talvez fosse Sally que tivesse vindo ver como ela estava. Fiz uma pausa para organizar meus pensamentos, então entrei na sala pronto para cumprimentá-las, mas me vi paralisado, a boca escancarada.

— Olá, pai — disse Hannah.

— Olá, Tom — disse Elizabeth.

Willow,

No meu aniversário de 12 anos, eu estava começando a pensar que as peças que montávamos todos os anos, que antes significavam tanto, agora eram um pouco infantis. Eu estava entrando nesses estados de espírito sombrios e não conseguia sair deles. Angústia adolescente e doença cardíaca eram uma combinação bem problemática. Essa, pensei, seria minha última produção.

Escolhi Chapeuzinho Vermelho, *um dos contos de fadas mais sombrios de todos. Eu sentia que estava crescendo e, sabe, amadurecendo como escritora e diretora teatral — então disse a papai que queria planejar a peça sozinha. Meu Deus, eu era ou não era uma pirralha pretensiosa?! Lembro que Daisy e eu recorremos furtivamente à coleção de DVDs do pai dela e assistimos à* A Companhia dos Lobos, *o filme surreal de Neil Jordan sobre Chapeuzinho Vermelho (Willow, você tem que assistir, é maravilhoso). Precisamos cobrir os olhos nas partes sangrentas e tivemos pesadelos por semanas, mas na época ficamos hipnotizadas por sua visão estranha e distorcida da antiga história. Eu estava aprendendo que os contos que sempre amei eram alegorias que nem sempre falavam sobre o que pensávamos. Eu estava aprendendo que o mundo não era o que parecia.*

Vestida com um manto escarlate esvoaçante e levando na mão uma cesta cheia de comidinhas deliciosas, Natasha entrou na floresta a caminho da casa da avó. As árvores ao seu redor, feitas de pau-de-

-balsa pintado de preto, projetavam sombras sinistras enquanto ela caminhava, e uma máquina de fumaça criava uma névoa fina em torno de seus pés. Olhos semelhantes a tochas a fitavam da escuridão. Eu assistia em silêncio com meus amigos — nós geralmente conversávamos e fazíamos piadas durante a apresentação das peças, mas dessa vez estávamos todos em silêncio. De alguma forma, parecia diferente. Havia uma sensação de perigo.

De repente, do outro lado do palco, surgiu o grande lobo mau; o ator usava uma peruca preta e cinzenta e presas de plástico. Uma cauda comprida emergia da parte de trás de sua elegante calça cinza. O público gritou de susto e prazer.

— É o lobo! — exclamaram todos. — Corre!

Mas Chapeuzinho Vermelho não correu.

— Aonde você vai, mocinha? — perguntou o lobo. — E o que tem nessa cesta?

— Estou indo para a casa da minha avó. Ela está doente e eu vou levar pão e vinho para ela.

— Que delícia — disse o lobo. — Posso comer um pouco?

Ele se aproximou dela. Chapeuzinho Vermelho recuou.

— Não, você não pode comer a minha comida — retrucou ela.

— Muito bem — disse o lobo. — Mas vamos nos encontrar novamente ainda hoje.

E com isso ele se esgueirou para fora do palco.

Chapeuzinho Vermelho continuou a caminhar. Ela saltitava entre as árvores, dava meia-volta e saltitava mais um pouco. Kamil havia construído para nós uma casinha com rodízios para que pudesse ser puxada para o palco. Ele foi decorado para se assemelhar a uma pequena cabana com uma chaminé e telhado de palha. Então, a parte da frente da casinha se abriu completamente, revelando o interior — e ali, numa pequena cama de campanha, estava a vovó, dormindo profundamente.

— Ah, vovó, como estou feliz em te ver — disse Chapeuzinho Vermelho.

— É o lobo! — gritou uma criança na plateia.

— A vovó morreu! — gritou outra.

— Ah não, isso não pode ser verdade — replicou Chapeuzinho Vermelho. — Mas, vovó, que olhos grandes você tem...

— Não tenho tempo para perder com isso — disse o lobo, saltando da cama com uma longa camisola branca. — Vou devorar você agora!

Algumas crianças gritaram; outras riram, divertidas. Eu simplesmente fiquei ali sentada, assistindo em silêncio. Naquele instante, do outro lado do palco, o lenhador chegou. Era o papai, de camisa xadrez e suspensórios.

— O que está acontecendo aqui? — perguntou ele, com um vozeirão.

— O lobo comeu a vovó e agora quer me pegar.

— Por cima do meu cadáver! — gritou o lenhador.

— Nesse caso, vou comer vocês dois! — exclamou o lobo. E com isso começou a perseguir o lenhador e Chapeuzinho Vermelho, correndo ao redor da casinha. As crianças riam e apontavam enquanto os atores corriam.

Mas Chapeuzinho Vermelho não estava sorrindo. Nem eu. Eu observava o lobo, correndo e correndo atrás da Chapeuzinho Vermelho, e era como se eu pudesse ouvir o coração da menina batendo cada vez mais rápido. Fuja, pensei. Fuja ou você vai morrer. Mas o lobo continuava atrás dela e os atores continuavam correndo e as crianças continuavam rindo, e o barulho da perseguição foi ficando cada vez mais alto. Tu-tum, tu-tum, tu-tum. Estremecendo, percebi que era o meu próprio coração que eu estava ouvindo. Era o barulho que me perseguia a vida toda.

Uma a uma, as outras crianças se levantaram da cadeira e gritaram:

— Mata o lobo! Mata o lobo!

Chapeuzinho Vermelho se virou e o lenhador também.

— Eu posso matá-lo — disse ele. — Posso matar a fera para você. — E tirou da mochila um machado reluzente. O lobo empinou e uivou; o lenhador se manteve firme.

— Não! — disse Chapeuzinho Vermelho. E, quando o lobo começou a correr, ela pegou o machado e empurrou o lenhador, tirando-o do caminho. — Sou eu que tenho que fazer isso.

O lobo atacou. A névoa subiu, espiralando em seu caminho. O barulho no auditório diminuiu. Parecia que estávamos assistindo em câmera lenta. Com um grunhido e um salto, ele se lançou sobre a garota de capuz vermelho, e eles se embolaram e brigaram, e, embora eu que tivesse escrito a peça e soubesse o que estava por vir, mal conseguia olhar.

Então se ouviu um grito e os dois desabaram no chão, um por cima do outro. Vieram arquejos da audiência. E lentamente, muito, muito lentamente, um deles começou a se levantar. Havia tanta fumaça que era difícil ver — o efeito especial era perfeito. Mas então, através da névoa, ficou claro quem estava de pé. Era o lobo.

As crianças tornaram a arquejar. Chapeuzinho Vermelho estava morta? O lobo tinha vencido?! Mas, à medida que ele se virava gradualmente, vimos a lâmina do machado cravada em seu flanco (ou melhor, apoiada entre o braço e o peito), e ele choramingou e saiu correndo. Chapeuzinho Vermelho se levantou, sozinha.

— Você derrotou o lobo — disse o lenhador.

As crianças deram vivas, riram e aplaudiram — todas, exceto eu. Porque olhei para a extremidade do palco, além da cortina, e conseguia ver o lobo, ainda ali, ainda respirando. E, embora fosse apenas um ator, fui tomada de pavor — porque agora eu estava mais velha e tinha chegado a uma conclusão nova e sombria. Histórias são apenas histórias; elas não podem nos salvar, no final das contas. Alguns monstros não podem ser mortos.

Não, pensei comigo, Chapeuzinho Vermelho teria que continuar correndo. Ela nunca conseguiria parar. O lobo voltaria e, um dia, a pegaria.

No fundo do coração, ela sabia disso.

Hannah

Estou péssima. Morrendo de ansiedade. Ontem mandei um e-mail para mamãe. Escrevi: "Amanhã papai vai passar o dia em Londres, você pode vir aqui se quiser." Eu só pensei: olha, se isso vai acontecer, se eu vou ver a minha mãe pela primeira vez sabe lá Deus depois de quantos anos, prefiro que seja sem meu pai por perto deixando tudo ainda mais esquisito e estressante. Não pensei nem que ela veria meu e-mail a tempo, antes de desistir e se mandar de volta para Dubai. Mas, dois minutos depois que apertei enviar, meu celular começa a tocar, e a tela diz número não identificado. Deixo chamar umas quatorze vezes antes de reunir coragem para atender.

— A-alô — digo.
— Hannah?
Ah, merda.
— Sim?
— Aqui é Elizabeth... É a mamãe.
— Ah. Oi.
— Recebi o seu e-mail. Adoraria ir. Se você não tiver mudado de ideia...
— Não, tudo bem.
— Tem certeza? Tem certeza mesmo?

As pessoas esperam que eu sinta raiva. Quando conto o que aconteceu, que minha mãe foi embora quando eu era pequena e nunca mais voltou, elas ficam furiosas por mim. Mas na verdade eu não sei como me sinto. Quer dizer, não tenho nenhuma lembrança dela por aqui, e papai sempre tentou explicar tudo de modo que ela não parecesse a bruxa malvada que abandonou seu bebê na floresta. Ele diz que ela não foi feita para viver em família, que queria ir para algum lugar exótico e desafiador e ganhar rios de dinheiro. Tudo bem, eu acho, mas não teria sido melhor se ela tivesse percebido isso *antes* de se casar e engravidar? Embora, se fosse assim, eu não existiria. Acho que isso é o que chamam de paradoxo.

Tantas coisas aconteceram depois disso. Papai conseguiu o trabalho no teatro e eu fiquei doente, e isso era mais importante do que continuar me ressentindo de uma pessoa que eu nem conhecia. E, pensando bem, na realidade eu tive muitas mães — Margaret, Sally, uma sucessão de atrizes, voluntárias e funcionárias. Nunca me faltaram substitutas maternais. Eu meio que me convenci de que não sentia raiva — sentia curiosidade. É por isso que, quando eu tinha 13 anos, encontrei o e-mail da empresa em que mamãe trabalha e a adicionei no MSN. Conversamos uma ou duas vezes por mês. Ela me fala sobre Dubai e sobre como eles estão criando, do nada, uma cidade futurística inteira; a empresa dela está ajudando a construir a infraestrutura de telecomunicações. Eu viajo um pouco nesses detalhes. Em troca, falo com ela sobre a escola, HQs, teatro e eletrocardiogramas. É evidente que ela pesquisou muito sobre cardiomiopatia, e é um pouco terapêutico conversar sobre isso com ela no MSN, porque ela é muito imparcial e calma. Quanto a assuntos familiares, eu só conto a ela sobre mim e papai, e o que estamos fazendo. Não pergunto como ela se sentiu quando nos deixou; ela não me pergunta como o papai está se virando sem ela, ou por que nunca contei a ele que estamos nos falando. A última vez que conversamos foi no dia do funeral de Margaret. Contei a ela tudo sobre Callum. Ela me disse para tomar cuidado e não confiar demais nos garotos. Ah! Nós *definitivamente* temos que pôr o papo em dia.

Ela chega no início da tarde. Eu a vejo parar lá fora em um Range Rover branco novinho — vejo porque passei os últimos trinta minutos olhando pela janela, depois andando de um lado para outro na sala, e depois olhando pela janela de novo. Eu a reconheço pelas fotos que ela me mandou por e-mail, mas, quando abro a porta e a vejo pela primeira vez em carne e osso, sinto um estranho terremoto interno ao reconhecê-la — essa é sem sombra de dúvida *a minha mãe*. Temos os mesmos olhos, as mesmas maçãs do rosto, os mesmos cabelos rebeldes (embora os dela sejam apenas quase na altura dos ombros e tenham um lindo corte). Sem contar a idade, a maior diferença entre nós é que estou usando uma camiseta desengonçada do Akira e jeans *skinny* rasgado, enquanto ela veste uma saia longa de lã e um suéter xadrez argyle sobre uma blusa imaculadamente branca. Ela anda pela calçada como uma modelo na passarela. Eu me sinto estranhamente intimidada — chego até a me perguntar se ela estaria *tentando* me intimidar, mas essa é uma ideia totalmente aleatória. Me sinto idiota. Meu estômago parece uma máquina de lavar quebrada no ciclo de centrifugação.

— Olá, Hannah — diz ela.
— Oi, Elizabeth — respondo.
Eu a convido a entrar. Não nos abraçamos.
Vamos para a sala e ela se senta (na cadeira do papai), enquanto vou à cozinha preparar um chá. Seguro a chaleira sob a torneira, mas ela treme tanto que a água espirra para todos os lados. Eu me apoio na lateral da pia e respiro fundo algumas vezes. Digo a mim mesma que ela é só uma mulher que meu pai conheceu um dia. Mas sinto um redemoinho de emoções que não consigo identificar.
— É uma casa linda — grita ela da sala.
Ela nunca a tinha visto, é óbvio. Mudamos para cá depois que ela foi embora.
— Já vou mostrar a você.

— Tantos livros empilhados por toda parte — comenta ela. — Certas coisas nunca mudam.

Não sei se ela está dizendo que papai sempre leu muito ou que papai sempre foi bagunceiro, mas o comentário me deixa ainda mais nervosa.

Volto para a sala com duas canecas de chá e um pacote de biscoitos de chocolate, e um silêncio embaraçoso se instala enquanto nós duas ficamos sentadas ali, olhando ao redor. A tensão é surreal. Mergulho um biscoito no chá, mas o deixo tempo demais enquanto tento pensar em algo para dizer, e metade dele se parte e afunda na bebida — algo que eu e meu pai odiamos.

— E então, como vão as coisas? — pergunta ela, animada. — Voltou pra escola?

— Não, tive que parar.

— Então imagino que vai ver menos o seu namorado.

— Nós terminamos.

— Ah, meu Deus, sinto muito. Como você tá?

— Tô cansada demais pra pensar nele. Eu me sinto muito, muito cansada o tempo todo. Se dou mais do que uns dez passos, tenho que parar e descansar. É uma droga, porque estamos organizando o evento Salvem o Teatro e estou presa em casa, tentando ajudar daqui.

— Seu pai me contou sobre o fechamento do teatro. Eu não sabia que ele estava planejando um evento.

— Ah, ele não tá — digo. — Eu é que tô. Ele não tá sabendo de nada.

E agora me dou conta de que esse é mais um segredo que estamos escondendo dele.

— Por quê?

— Porque ele desistiu um pouco. A alma dele não tá nisso.

Ela assente e sorri de um jeito que me irrita, embora eu não consiga entender por quê. Seguro a caneca com tanta força que corro o risco de ela explodir e me cobrir de chá e biscoito desintegrado.

— É uma coisa que estamos fazendo *por* ele — continuo. — Não queria que ele soubesse porque pode não dar certo. As pessoas podem não vir. Além disso, não temos uma licença de funcionamento. É tecnicamente ilegal. É provável que a gente acabe na cadeia.

— Você já não tem problemas suficientes?

Prefiro não responder. Em vez disso, fico obcecada com meu biscoito. Tomo a decisão de retirá-lo do chá e, então, tento discretamente enfiá-lo na boca, mas ela está me observando com muita atenção.

— Como você tá lidando com tudo isso? — pergunta ela.

Começo a dizer "Tem certos momentos que...", porém preciso parar e pensar, porque não sei descrever isso para uma estranha — uma *estranha*.

— Tem certos momentos em que me deito na cama chorando até não poder mais, com toda aquela coisa de "Por que eu, meu Deus?". Tenho essas ondas de terror, puro terror e pânico de tudo que tá acontecendo. Quer dizer, vou fazer uma cirurgia imensa, que vai mudar a minha vida. É isso que tenho pela frente. É grande e assustador pra caralho... desculpa... é assustador demais. Mas eu me dei conta que fisicamente não posso passar a próxima semana ou mês ou ano apavorada o tempo inteiro, chorando. Tem certos dias que, bom, a vida continua, sabe? Você acorda, tem coisas pra fazer, você come, vai dormir. Às vezes quero desmoronar, outras quero sair pra fazer compras com as minhas amigas.

— Bom, pelo menos posso levar você pra fazer compras — diz ela. — Embora não acredite que haja muitas opções por aqui. Vem pra Dubai, eles tão construindo os maiores shoppings do mundo.

— Não sei — digo. — Não tenho certeza de como isso vai ficar... em relação a voos e outras coisas. — E instintivamente ponho a mão sobre o coração.

— Ah — diz ela.

— Você acha que vai ficar lá?

— Faz quase dez anos que tô lá, e é um lugar incrível, mas depois de um tempo você começa a ver... é tudo superficial, é tudo dinheiro e imagem. Tô pensando em um novo desafio. Tem muitas coisas interessantes acontecendo na internet agora. A revolução da Web 2.0; compartilhamento de vídeos, criação de *podcasts*, *hotspots* Wi-Fi por toda parte. O Vale do Silício tá fervendo. E Londres é sempre interessante.

— Você tá pensando em voltar pra Grã-Bretanha?

— Não sei. Depende de... vários fatores.

Devo ter chegado um pouco perto demais da realidade, porque ela fica em silêncio de novo por um tempo e seus olhos vasculham a sala. Por fim, ela vê uma foto no console da lareira — uma foto dela com papai, de antes de eu nascer. Eles parecem muito felizes. Ela está usando um agasalho corta-vento, e de alguma maneira ainda parece moderna e arrumada. Papai está vestido de pirata. Ela vê que também estou olhando para a foto.

— Somos nós no Festival de Edimburgo de 1986 — diz ela. — Ele contou pra você? Foi no ano seguinte à nossa formatura na faculdade. Tom... quer dizer, seu pai... estava levando um espetáculo para o festival com um punhado de amigos do teatro. Dividimos um apartamento minúsculo em Leith, onde dormiram oito em um quarto. Não tínhamos dinheiro e chovia o tempo todo.

— Ah, cara, isso parece deprimente — digo.

— Deveria ter sido — responde ela, com uma expressão meio sonhadora e melancólica. — Mas seu pai... ele tinha esse jeito de transformar tudo em uma aventura. Ele encontrava as melhores apresentações, os melhores bares e festas. Dançamos salsa, bebemos absinto, fizemos amizade com uma trupe de mímicos finlandeses. Andamos para cima e para baixo na Royal Mile distribuindo panfletos de sua versão do *Doutor Fausto* com piratas. O ar cheirava a chuva e lúpulo da Caledonian Brewery. Era... Às vezes, quando estávamos juntos, parecia que qualquer coisa podia acontecer.

Por um instante, tudo pareceu muito mais calmo. Nós duas nos perdemos nessa lembrança bonita.

— Mas ele nunca foi além disso. As peças dos amigos dele estavam sendo produzidas no Royal Court, no Old Vic, no Lyric. Ele ficava satisfeito em se ocupar com pequenas apresentações aqui e ali. E ainda fica, ao que parece. Quer dizer, ele tem um talento incrível... podia estar dirigindo o National Theatre, eu realmente acredito nisso. Só queria que ele enxergasse esse potencial em si mesmo.

Por alguma razão, isso atinge. Me atinge de verdade. Um interruptor na minha cabeça vira direto da ansiedade para a explosão.

— Não é nada disso! — digo numa voz muito alta e brusca. — Ele rala muito no teatro! Pergunta pra qualquer um!

— Eu não quis...

— Você fala como se ele não estivesse nem aí, mas não é isso! Ele ama aquele lugar. Não é culpa dele se vai fechar.

— Hannah, não foi o que eu quis dizer.

— Foi, sim! Você não sabe como tem sido difícil. Você desdenha dele, mas o que você sabe? Você abandonou a gente!

— Me deixa explicar...

É impossível voltar atrás.

— Como você pôde?!

Ela está entrando em pânico agora, dá para perceber pela voz dela.

— Seu pai deve ter te contado. Não estava dando certo.

— Não estava dando certo pra você! Pra *você*!

— Hannah, por favor, me deixa explicar. Eu estava apaixonada pelo seu pai, achei que era o que eu queria, mas não consegui. Depois que você nasceu, eu só... Desculpa, Hannah, eu me sentia presa e vazia, e não consegui continuar. Todo mundo disse que era depressão pós-parto. Fui a um terapeuta, tomei os remédios que me deram, fiz tudo que pude.

— Mas mesmo assim você não me queria.

— Eu queria! Eu queria! Mas não consegui... não estava em mim, aquilo que é preciso para ser mãe, não veio como todo mundo disse que viria. Mas, ah, Hannah, eu queria você. E, quando fui embora, sofri a sua falta, como uma dor física, a pior que já senti.

— Então por que não voltou?

— Porque vocês dois estavam melhor sem mim.

— Não! Você não tá vendo? Quando você foi embora, ele ficou destruído. E nunca superou! Você é uma vaca. Você o deixou sozinho e, quando eu morrer, ele vai ficar sozinho de novo!

Pronto.

Falei.

Quando eu morrer.

Porque posso não conseguir a cirurgia. Porque pessoas morrem na fila do transplante. Porque meu corpo pode rejeitar o coração.

Minhas palavras ecoam pela sala e em seguida o silêncio é tão profundo que a sensação é de que nada jamais voltará a ser dito. Nós nos encaramos em choque. É quando ouço a chave na porta.

Papai sempre teve um *timing* cômico impecável.

Tom

Na faculdade de teatro, costumávamos fazer um jogo. Dois alunos começavam uma cena improvisada e, em um determinado ponto, um terceiro participante era trazido de outra sala e tinha que entender o contexto e a narrativa e entrar harmoniosamente na cena. Isso era divertido no contexto das aulas de atuação; mas não é nada divertido quando está acontecendo na sala da sua casa e os personagens são sua filha e sua mulher que te abandonou.

A cena como a encontrei: Hannah estava de pé, parecendo perturbada e com raiva; Elizabeth, sentada na poltrona, inclinada para a frente, aparentemente alarmada. Em meio ao silêncio, havia uma atmosfera inconfundível de confronto no ar. Quando você já assistiu a *Olhe para trás com raiva* tantas vezes quanto eu, dá para perceber a um quilômetro de distância.

— Olá, pai — disse Hannah.

— Olá, Tom — disse Elizabeth.

E, por alguns segundos, isso foi tudo que todos nós conseguimos dizer. Simplesmente ficamos ali, imobilizados, enquanto os veículos passavam na rua lá fora. Por fim, um de nós teve que falar.

— Te pedi que não aparecesse do nada na nossa casa — eu disse a Elizabeth.

— Eu a convidei — replicou Hannah. — Desculpa.

— Tudo bem — eu disse.

— Não, não tá — retrucou Hannah, os olhos indo rapidamente para a mãe.

— Bom — eu disse —, devo pôr a chaleira no fogo?

— Acabamos de tomar uma caneca — respondeu Elizabeth.

— Eu ponho — contrapôs Hannah, e então atravessou a sala em direção à cozinha.

Tirei um punhado de HQs do sofá e me sentei, tentando parecer calmo e receptivo.

— Então, o que tá acontecendo? — perguntei.

— Eu devia ter te falado que vinha. Recebi um e-mail de Hannah, e só... eu só pensei que precisava muito vê-la; achei que talvez não tivesse outra chance tão cedo. Peguei o carro dos meus pais emprestado e vim até aqui antes de pensar devidamente. Ah, meu Deus, fiz uma tremenda confusão.

Ela colocou a mão na testa em um gesto dramático de desespero.

— É uma bela casa — disse ela, em seguida. — Uma vista linda.

— Faz frio no inverno.

— Essa é a única coisa da Inglaterra de que não sinto falta.

— A única coisa?

Depois de séculos de um silêncio desconfortável, Hannah voltou carregando três canecas fumegantes, que ela abandonou na mesa de centro, ao lado de um prato com uma pilha de biscoitos de chocolate. A cena estranha e artificial não poderia ser mais britânica. Eu havia imaginado essa reunião tantas vezes na última década. Achei que talvez nos encontrássemos em um café do interior ou em uma bela praia de Devon, ou em algum hotel exuberante de Londres; na minha fantasia evidentemente nada realista, deixávamos de lado toda a questão do abandono e apenas conversávamos — como uma família de verdade. Eu não esperava uma reunião surpresa na minha própria sala com um prato de biscoitos. Eu queria tentar ver o lado engraçado, romper o clima pesado.

— Então — comecei —, o que foi que eu perdi?

— Elizabeth estava explicando como foi bom pra todo mundo o fato de ter ido embora — disse Hannah com um desprezo contido.

Olhei dela para Elizabeth, que, por sua vez, olhava de mim para Hannah. O pensamento ridículo que me veio à cabeça foi que parecia a cena do duelo no fim de *Três homens em conflito*.

— Ela tá certa — eu disse baixinho. — A partida dela me despedaçou, mas Elizabeth tem razão. Por dois anos tentamos de tudo para que funcionasse, mas parecia que ela estava escorrendo entre os dedos. Então me ocorreu, em um lampejo de inspiração; era óbvio o que tinha que acontecer. Ela precisava ir embora.

— Então ela foi viajar pelo mundo enquanto você ficava preso aqui com um bebê?

— Não, não é isso. Eu não fiquei preso aqui com um bebê; eu estava com você. Pude ver minha filha crescer, fiquei com você. Foi maravilhoso.

— Mas Elizabeth disse que tinha trabalho para atores em Londres.

— Provavelmente tinha, mas eu não os perdi por sua causa. Eu não perdi nada... não era aquilo que queria. Eu queria isso. — E estendi minhas mãos para indicar a sala toda, com seus livros e textos de peças teatrais e fotos e pôsteres de produções antigas emoldurados, e sua pequena lareira e janelas sujas com vista para os campos mais além.

— Olha — disse Elizabeth com ar decidido —, eu disse uma coisa antes de você chegar. Estávamos falando sobre aquela foto nossa no console da lareira. Eu fiz parecer que você não viveu todo o seu potencial, que não foi tão ambicioso quanto seus amigos. Eu estava errada. Eu estava muito errada, Hannah.

— Não, você tá certa. — Eu dei de ombros. — Eu não era tão motivado quanto meus amigos, não nesse sentido. Nunca fui.

— Pai! — protestou Hannah. — Para de defendê-la!

— Mas é verdade. Eu poderia ter me esforçado mais, poderia ter feito nossas malas e ido pra Londres, deixar minha marca no teatro alternativo. Em vez disso, vim pra cá administrar o Willow Tree.

— Mas não há nada de errado com isso! — exclamou Elizabeth. — Você escreveu e atuou em peças brilhantes, e depois veio pra cá e administrou um teatro de verdade! E apresentou grandes espetáculos e apoiou as pessoas e deu a essa cidadezinha, o que quer que ela seja, um pouco de cultura.

— Ah, não é bem assim — repliquei. — Você não sabe o tipo de coisa que apresentamos aqui.

— Sei, sim — diz ela. — Sei tudo sobre isso. — E ela fez uma breve pausa, desviando o olhar de mim para nossa filha. — Hannah me contou.

Hannah olhou para os pés.

— Ela me contou tudo sobre o Willow Tree e o que ele significa pra ela e pra todo mundo que se apresenta lá. Me parece um lugar maravilhoso.

— É mesmo — eu disse. — Era. É uma pena que você nunca o verá.

Às vezes, quando você olha para alguém que ama, ou que já amou muito, os anos caem como teias de aranha; você vê a pessoa como via antes, quase como da primeira vez; os sentimentos recentes, de alguma forma novos; a maneira como o cheiro de grama cortada o leva de volta a um ideal glorioso de verão, a sorvetes e piqueniques, a parques e piscinas de plástico, a luz ondulando na água. Olhei para Lizzie, em nossa sala, com a luz do sol dourado, e por um instante vi a aluna brilhante e determinada, vi minha namorada, minha vida. Quando ela foi embora, há uma década, fiquei estagnado na dor. Dias vazios. Dias e mais dias. Ela tentou entrar em contato comigo — durante meses, ela ligava, mas eu não atendia; ela escrevia, mas eu não respondia. Foi assim que consegui sobreviver. Isso, e a nossa filha. No início, Hannah era muito pequena para entender de verdade, e quando falamos sobre o assunto mais tarde, sempre escondi a verdade sobre como me senti. Eu não conseguia explicar. Todo mundo queria que eu sentisse raiva, que odiasse Elizabeth, e ficavam furiosos por eu não me sentir assim. As pessoas a viam como alguém cruel — desumana, até. Isso tornou tudo mais difícil. A vida é curta e preciosa, e você não tem o direito de aprisionar ninguém nas suas expectativas. Essa é a verdadeira crueldade. E então um pensamento me ocorre. Algo tão chocante, e ao mesmo tempo tão óbvio. As peças de aniversário, os Dias de Magia, como eu os chamava — sempre os vi como uma distração para Hannah, algo divertido para afastar sua mente dos problemas. Mas talvez não fosse isso. Tive a sensação de que a sala estava rachando, como se a casa estivesse desmoronando e se transformando em escombros. Porque talvez as peças de aniversário fossem para mim — elas eram a *minha* distração. O que isso dizia sobre mim?

Hannah deve ter percebido a minha ansiedade. Ela viu, mas interpretou mal.

— Você tá com raiva por eu ter entrado em contato com a mamãe? — perguntou ela. — Tá bravo comigo?

— Ah, Hannah, não. Não é isso. Não é nada disso. Eu não deveria ter feito você achar que isso era uma coisa errada.

— Eu só precisava entender — disse ela. — Precisava saber quem ela era. Mas eu não... eu não conseguia realmente entender, não até a gente se encontrar. Eu não conseguia dizer o que queria.

— E agora você disse?

Hannah olhou na direção de Elizabeth e talvez estivesse tentando pensar em algum gesto conciliatório, que não veio.

— Podemos sair? Preciso de um pouco de ar — disse Hannah.

Olhei para Elizabeth e, incapaz de avaliar sua resposta, fiz que sim com a cabeça.

— Podíamos ir ao centro da cidade. Tem muitos cafés legais, e...

— Não — disse Hannah. — Vamos caminhar pra floresta.

— Parece agradável — concordou Elizabeth.

Nós três caminhamos pela rua e atravessamos a campina, o sol mergulhando entre as colinas baixas no horizonte. Havia um cheiro de fogueira no ar, mas não estava frio. Caminhamos todos juntos até chegarmos à trilha estreita que conduzia às árvores, então Hannah ficou um pouco para trás, verificando o celular, estendendo-o no ar para encontrar sinal.

— É assim que os adolescentes são agora? — perguntou Lizzie.

— Receio que sim — respondi. Virei-me para a minha filha. — Guarda essa coisa ou vou jogá-la em um monte de bosta de vaca.

Livres da claustrofobia da casa, parece que nos iluminamos. Lizzie e eu trocamos histórias sobre os velhos tempos e os velhos amigos; as casas onde moramos na época da faculdade, os casebres arruinados, com uma camada espessa de mofo cobrindo as paredes e devorando nossas roupas e nossos discos. Hannah se juntou a nós, fazendo perguntas, rindo das histórias de conceitos de moda insensatos e boates *indie* que eram espeluncas. Por alguns minutos, escapamos da realidade que se abatia sobre nós — o teatro, o casamento destruído, o transplante. As palavras do cardiologista espreitavam no fundo da minha mente, suas garantias gentis, seus avisos cuidadosos. Eu precisaria me sentar com Hannah e teríamos que encontrar um jeito de lidar com isso. Por alguns minutos, porém, nós três deixamos de lado nossas diferenças, nossas batalhas, e fizemos o outro se sentir melhor. Como uma família de verdade.

De volta a casa, Hannah implorou a Elizabeth que ficasse para um chocolate quente. Enquanto eu preparava a bebida, as duas se sentaram juntas no sofá, olhando fotos e vídeos no sofisticado celular de Elizabeth. Voltei para a sala e as encontrei assistindo a um vídeo que Elizabeth filmara em um desfile de moda em Dubai — tudo brilho e mármore, belas mulheres e flashes de câmeras pipocando.

— Ah, meu Deus, olha esse vestido! — exclamou Hannah. Uma modelo fazendo biquinho passava pela câmera usando um vestido de alça prateado todo bordado com paetês. Enquanto ela caminhava, ondas de luz cascateavam ao longo do tecido como raios de sol atravessando uma cachoeira.

— Você ficaria deslumbrante com ele — disse Lizzie.

— Ah, para com isso. — Hannah enrubesceu. — De qualquer forma, onde eu o usaria? Na festa da escola? Na balada local? Na loja de HQs?

— Venha para Dubai — foi a resposta previsível. — Há dezenas de lugares lá onde você poderia usá-lo... E, se usasse, vai por mim, deixaria todo mundo mudo.

Quando chegou a hora de Lizzie ir embora, ficamos os três juntos parados na varanda, fustigados por um vento invernal que soprava pela rua, sem jeito e sem saber como nos despedir dela. Tenho certeza de que estávamos todos pensando, embora nenhum de nós tenha dito em voz alta, na última vez que isso aconteceu.

— Então, você vai voltar para o deserto em breve? — perguntei a ela.

— Por um tempo, mas não sei quanto tempo vou ficar. Tô procurando outra coisa.

Pode ter sido o ar fresco bagunçando meus sentidos, mas me pareceu haver aqui um roteiro em desenvolvimento que poderia nos puxar de volta na direção um do outro. Esse pensamento me deixou um pouco tonto por um segundo, como se todos os anos em que senti a falta dela fossem apenas momentos bobos de dúvida. Eu tinha certeza de que, se dissesse as coisas certas, na ordem certa, alguma coisa aconteceria.

No entanto, outra coisa me impediu. Não foi medo nem bom senso (é verdade, o primeiro havia me detido antes, mas o segundo certamente não). Eu não conseguia identificar exatamente o que estava sentindo, só tive um breve vislumbre de uma lembrança recente — apenas uma levíssima impressão —, mas foi o suficiente para me desequilibrar. Foi o suficiente para me fazer pensar em outra pessoa.

Hannah

O teatro está retornando à vida — exatamente como a mansão do Professor Xavier em *Os fabulosos X-Men* depois de ter sido destruída por um supervilão extraterrestre. Ted organizou um grupo de voluntários para limpar o lugar; Shaun e uns amigos estão consertando a parte elétrica ou algo do gênero; o bar e o café foram reabastecidos (usando alguma reserva de emergência obscura que Ted escondera em uma conta bancária secreta), e o Women's Institute local está fazendo bolos para vendermos. Aparentemente, a prefeitura não se manifestou. Certamente viram os pôsteres, né? Eles devem estar cientes de que estamos realizando um evento totalmente não oficial, certo? As pessoas estão um pouco preocupadas, temendo que o espetáculo possa ser cancelado por agentes de saúde ambiental ou algo assim, mas nenhum de nós está realmente contando com esse cenário. Tenho alguma experiência em filtrar possibilidades aterrorizantes.

Depois de trabalhar no roteiro por alguns dias, Sally conseguiu montar um elenco para a peça e providenciar os ensaios na cabana de escoteiros mais adiante na mesma rua. Sem um orçamento, Kamil está trabalhando no cenário usando sobras do depósito de madeira que seu cunhado gerencia, assim como reciclando objetos da sala de adereços. "Vai ser minha obra-prima", diz ele. Isso é o que eu sempre entendi sobre o teatro — é um lugar de possibilidades, de magia, que não é limitado pelas regras que o restante do mundo tem que seguir. Passei minha vida inteira na primeira fileira, observando em silêncio, através da penumbra, cenários serem montados, e cenas, ensaiadas. Você vê como tudo é frágil: as paredes de uma prisão unidas por fita isolante; os trajes presos com alfinetes e ajustados nas costas com clipes jacaré; os atores nervosos e com a pele manchada sob as luzes da plateia. Mas, na hora do espetáculo, ocorre uma transformação — as formas se alinham, os sinais são lidos e os palcos vazios se tornam campos de batalha e quartos. Se alguém realmente vier ao nosso dia aberto ao público, é isso que quero que entendam — que a vida sempre busca limitar você, mas aqui ela não consegue. O mundo é tão grande quanto você quer que ele seja e dura tanto quanto a memória. No palco, acontecem coisas que não podem acontecer em nenhum outro lugar, porque não se trata realmente de um espaço físico — ele existe em algo compartilhado entre os atores e a plateia.

Conseguimos manter o papai completamente longe do prédio nessa última semana. Uma grande parte de mim se sente culpada por esconder tudo dele, mas digo a mim mesma que isso não estaria acontecendo se eu contasse tudo. E isso precisa acontecer. Quando ele vir a peça — se conseguirmos avançar —, preciso que saiba que sempre teremos isso. Que ninguém vai poder tirar isso de nós. Mesmo quando eu partir de vez, sempre estaremos aqui.

Dois dias antes do espetáculo, consigo andar até o teatro. O trajeto de cinco minutos leva uma hora, com muitas paradas para que eu possa respirar. Eu me sinto um tanto eufórica quando chego, mas no auditório encontro Sally, Jay, Ted, Shaun e um punhado dos atores ali parados, parecendo chateados.

— Levaram as luzes — diz Ted.
— O quê? Quem fez isso?
— Tínhamos um contrato de longo prazo para todo o equipamento — explica Sally. — A locadora soube, através da prefeitura,

que o teatro estava fechando, então vieram recolher o equipamento. Temiam que fosse saqueado.

— Então não tem luz? — pergunto, estupidamente. Olho para cima e vejo os suportes vazios, exceto por dois velhos refletores que temos há anos. — Mas como vamos...?

— Exatamente — replica Sally. — Quer dizer, podemos apresentar a peça com as luzes da plateia acesas, mas o palco é muito escuro. A maior parte do público não vai conseguir ver muita coisa.

— Não podemos ligar para outro teatro aqui perto e pedir os deles emprestados?

— Todos tão com produções rolando. É tarde demais pra encontrar qualquer coisa agora.

— Não podemos usar, tipo, centenas de velas? — sugere Jay.

— Nós já inundamos o teatro — replica Sally. — Não tenho certeza se devíamos atear fogo nele também.

Nossa conversa animada é interrompida pelo ruído de uma furadeira elétrica vindo do palco. Quando viramos, vemos Kamil em pleno processo de construção de uma grande plataforma circular.

— Ele tá aqui desde as seis da manhã — observa Shaun. — Agora vamos ter que dizer a ele que ninguém vai conseguir ver sua criação magnífica.

— Se Margaret estivesse aqui, ela nos contaria sobre quando isso aconteceu com ela em algum teatro famoso de Londres nos anos sessenta — acrescenta Ted em um tom melancólico. — Ela nos diria para nos virar com o que temos. — O pensamento é o suficiente para silenciar todos nós por um segundo. Então a expressão de Jay muda e ele fica com cara de quem acabou de entender o significado da vida.

— Acho que tive uma ideia — diz ele, consultando o celular. Mas, além de mim, ninguém ouve, porque o Kamil tornou a ligar a furadeira. Sally apenas olha em volta quando vê o filho correndo pelo corredor inclinado em direção à saída.

— Aonde ele tá indo? — pergunta ela.

Dou de ombros, duvidando de que entre os contatos telefônicos de Jay haja um generoso fornecedor de equipamento para iluminação teatral.

Ficamos ali sentados na primeira fileira da plateia por um tempo, observando Kamil e o irmão trabalhando no palco. James chega com dois sacos de papel cheios de *croissants* quentinhos, que ele distribui como se estivesse em alguma fila de sopa comunitária de classe média. Quando se senta ao lado de Shaun, sem dizer nada, ele entrega outro saco, que contém um rolinho de salsicha gigante — para o óbvio deleite de Shaun.

Enquanto estou observando esses dois caras sendo fofos um com o outro, a porta de saída se abre bruscamente e bate na parede. O barulho é alto o bastante para interromper o trabalho de Kamil por um segundo. Mesmo antes que alguém olhe naquela direção, já sabemos quem é. Só uma pessoa invade o teatro assim.

Phil tem o olhar desvairado e parece assustador, o rosto sem barbear e contraído em uma expressão horrível de raiva.

— Eu sabia — diz ele com uma voz áspera e raivosa. — Eu sabia, porra. O lugar tá caindo aos pedaços e ainda assim você prefere ficar aqui a ficar em casa.

Sally o olha por alguns segundos, a expressão vazia, mas eu vejo que ela está tremendo.

— Phil, por favor — diz ela. — Se acalma.

— Não me diga pra me acalmar — grita ele, sacudindo um dedo na direção dela. — Você passou a semana inteira nesse maldito lugar, e agora fica aqui o sábado inteiro? Você só pode estar de sacanagem.

— Phil, por favor, vai embora. — A voz de Sally está calma e contida.

— Não — diz ele, soando como um garotinho. — Você vem comigo, agora. Você vai pra casa e vamos discutir isso.

Ted, James e Shaun mudam sutilmente de posição, ficando ao lado dela.

— Eu vou ficar aqui — diz ela. — Você tá me envergonhando.

— Eu tô envergonhando você?! Vamos embora agora, sua vaca idiota!

— Já chega — diz Ted. — Eu não sei o que tá acontecendo aqui, mas você não pode falar assim com Sally.

— Ah, não enche o saco, seu velho gagá! Eu falo com a minha mulher como eu quiser. Talvez, quando essa porra desse lugar fechar, vocês vão nos deixar em paz.

Sally ergue os olhos para Phil e sua boca se escancara, em choque, como se ela de repente tivesse entendido uma coisa.

— Foi você — diz ela. Sua voz está tão baixa que é quase um sussurro. — Foi você quem estragou a caldeira.

— Ah, me poupe — replica Phil.

— Na noite da peça, você veio à sala dos atores e nós discutimos. Você saiu como um furacão. Eu achei que tivesse ido pra casa, mas... Margaret viu você, não foi? Você a ameaçou?

— Ah, pelo amor de Deus! Eu não sou obrigado a ficar aqui ouvindo essa merda.

— Por quê, Phil? Por que você fez isso? Esse lugar provavelmente vai fechar por sua causa, por causa do que você fez! Era isso que você queria?

— Não! Eu não tinha a intenção de quebrar a caldeira. Mas você tá sempre aqui, eu tava puto! Perdi o controle. Vou pagar a porra do conserto, ok?

— Sai daqui — diz Sally. — Você é um monstro. Não aguento mais olhar pra sua cara.

Cria-se um impasse e a tensão é esmagadora. Estamos todos nessa cena, somos todos atores e público ao mesmo tempo, tentando descobrir o que vem a seguir. É James quem quebra o silêncio. Ele caminha lentamente até Phil.

— Vem — diz ele. — Vamos lá pra fora, vamos sair e...

James estende os braços em um gesto tranquilizador, a apenas alguns centímetros de Phil. A impressão que dá é que ele está tentando lidar com um cachorro furioso.

— Sai daqui, porra! — grita Phil.

Ele empurra James para longe e faz um movimento brusco aparentemente aleatório. James gira, com as mãos no nariz. Não é como a violência que você vê nos filmes — não há efeitos sonoros, nenhuma reação em câmera lenta. Parece que nada aconteceu. Mas então vemos sangue vertendo entre os dedos de James. Muito sangue. Ele se deixa cair em um dos assentos no corredor mais próximo.

Imediatamente, Shaun avança com fúria para cima de Phil, e sua expressão é completamente aterrorizante. Ele passa por Sally e, puta que pariu, ela não faz nenhum esforço para detê-lo; apenas o observa. Isso parece importante, porque só tem uma coisa que Shaun vai fazer quando alcançar o marido dela.

De repente, Phil parece pequeno e abatido. Ele recua alguns passos longos.

— Olha — diz ele em uma voz muito diferente —, não tenho nada contra você, cara.

Phil sempre tentou se dar bem com Shaun, sempre tentou brincar com ele, como se fossem velhos amigos. Shaun costumava entrar na brincadeira. Não hoje, não agora.

— Ah, você tem, sim — diz ele e seus olhos se movem para James. Phil o acompanha.

— Eu mal o toquei — brinca ele, abrindo um sorriso malicioso e horrível. — O babaca não devia ter tentado me agarrar.

— Aquele babaca é o meu namorado.

Shaun leva o braço direito para trás, seu corpo inteiro envolvido no movimento. Certo, *esse*, sim, parece um soco de filme. Algo terrível e decisivo está para acontecer, algo arrasador. É como se todos nós estivéssemos nos preparando para o impacto.

— Não! — soa uma voz, alta o suficiente para deter o soco em pleno ar. — Shaun, por favor, não bate no meu pai.

Jay está na porta com seu boné de beisebol idiota. Por alguns segundos, o punho de Shaun ainda se mantém no ar, ainda pronto para atacar. Mas, à medida que registra a chegada de Jay, ele o deixa cair.

— Vai embora — diz ele a Phil. — Agora.

Phil se empertiga, claramente desesperado para mostrar algum status diante de Jay. É quase trágico. Ted abraça Sally, que agora parece em estado de choque.

— Se você não vier comigo agora, acabou — diz Phil a ela. — Acabou de vez essa merda!

Sally dá um passo à frente, e parece que Ted quase quer segurá-la, mas então ele pensa melhor. Seu braço escorrega dos ombros dela. Por dentro, eu grito: "Não! Não vai com ele!". Mas Sally está andando e olhando para esse cara horrível com um sorriso de simpatia no rosto.

Ela para a alguns metros dele.

— Ah, Phil — diz, o tom quase doce, quase afetuoso. — Já acabou faz muito tempo.

Ele a encara com horror. O horror mais puro. Essas palavras o atingem com mais força do que o soco de Shaun conseguiria.

— Certo — diz ele, se sacudindo e voltando a agir. — Vamos, Jay.

E então se dirige à saída, pousando a mão no ombro do filho. O filho dele. A única pessoa em quem ele pode confiar.

Dessa vez, porém, Jay não se move. Ele se fecha, os ombros curvados, a expressão distante.

— VAMOS, filho! — grita Phil, e mais uma vez põe a mão no ombro de Jay, que, em um movimento desajeitado, o empurra, fazendo o pai cambalear até o saguão.

— Vai se foder — diz Jay. — Eu tenho vergonha de você!

Não vemos a reação de Phil. Apenas ouvimos as portas da frente se abrindo com um silvo e depois fechando.

Enquanto Sally corre para o filho, eu me sento diante de James e entrego a ele um maço de lenços de papel que tirei do bolso. Ele o leva ao nariz. Gentilmente, Shaun se senta ao lado dele e passa o braço pelos ombros de James.

— Mantenha a cabeça baixa — diz ele.

— Esse conselho teria sido útil há alguns minutos — diz James. — Acha que tá quebrado?

Shaun afasta os lenços de papel e olha para James. O nariz está vermelho e pingando sangue, mas não está esmagado no rosto.

— Não — diz Shaun. — Você ainda tá lindo, não se preocupa. — E beija a testa de James.

James desvia o olhar e ri consigo mesmo.

— Acredito em você — diz ele, sacudindo a cabeça.

— O quê? — pergunta Shaun.

— "Aquele babaca é o meu namorado"? Só *você* pra sair do armário logo depois de uma briga de socos.

Sally está abraçada a Jay, falando com ele baixinho, elaborando o que está acontecendo em suas vidas. Ficamos olhando os dois com uma expressão de confusão absoluta estampada em nossos rostos. Ah, meu Deus, isso é tão aleatório.

— Eu não percebi — diz Ted. — Como foi que não percebemos?

Ele vai até Sally e o filho, e, sem dizer nada, James e Shaun o seguem, reunindo-se em torno dos dois de forma protetora.

Aí está, cristalizado para mim em um só segundo, por que esse teatro merece ser salvo.

Hannah

Chegou o grande dia. Bom, ou o grande dia ou um gigantesco megadesastre — acho que vamos descobrir qual deles em algumas horas. Começo a enviar mensagens de texto para Sally às nove da manhã, perguntando se ela está no teatro, o que está acontecendo, se os atores já estão lá, se estão ensaiando... Ela responde minha mensagem, dizendo que eu me acalme, que está tudo sob controle. Tento encontrar uma HQ tranquilizante para ler — faz séculos que pretendo começar *Blankets*, de Craig Thompson —, mas não adianta. Mando mensagens para Jenna e Daisy, perguntando como estão as coisas com elas — a divulgação on-line do evento despertou algum interesse? Alguém se importa? As duas respondem, pedindo que eu relaxe. Dizem que nos vemos no teatro mais tarde. Como posso não me preocupar? Tudo está em jogo.

Ted diz que ainda não receberam nenhuma notícia da prefeitura, então pelo menos temos isso. Talvez eles nos deixem nos divertir e depois derrubem o teatro mesmo assim. Talvez cheguemos lá a tempo de ver o lugar desabar em uma pilha de escombros.

Eu me sinto péssima. Me sinto mal de nervosismo. E então passo mal *de verdade*, e rastejo até o banheiro, pondo o estômago vazio para fora, no vaso. Papai entra imediatamente em pânico. No universo da cardiomiopatia, náusea não é um bom sinal. Bom, me desculpe, coração, seu merdinha murcho, hoje eu não tenho tempo para essa sua baboseira de arritmia.

— Devo ligar pro hospital? — pergunta papai, agitado, ajoelhando-se ao meu lado no chão.

— Não, tá tudo bem — minto. — Só tô preocupada com as coisas da escola.

Sinceramente, estou me acostumando com a exaustão cada vez maior toldando os limites do dia. Estou me acostumando a não conseguir acordar; não me importo de levar três horas para conseguir sair da cama. Comecei a planejar atalhos pela casa, descobrindo o caminho menos cansativo até o micro-ondas. Se saio, vou no meio da manhã e no meio da tarde, quando as coisas estão menos agitadas. Eu não me apresso.

Mas hoje eu quero estar cem por cento. Quero estar acordada e forte. Quero estar lá. Fizemos uma grande aposta no teatro e no quanto ele significa para as pessoas, e preciso ver isso até o fim. Quero ter certeza de que estarei lá com o papai quando descobrirmos o que quer que seja. Eu me levanto, lavo o rosto e digo ao papai que desça e me prepare uma xícara de chá. Então me sento na cama e penso na peça, e em como Sally terá planejado tudo. De repente, lembro das luzes. Eu fiz muitas marcações de cena e elas não funcionam sem as luzes cênicas. Envio outra mensagem para ela, e de novo ela me responde quase imediatamente.

"Eu disse pra você não se preocupar.", diz a mensagem dela. "Algo surgiu. Espera pra ver."

Tom

Era uma manhã de sábado fresca e ensolarada — o tipo de dia que em outros tempos nós dois teríamos curtido. Teríamos saído de casa e ido para a cidade comer *croissants* quentinhos com chá e ler jornais e HQs. Às vezes passávamos dias inteiros no café, indo e voltando para a companhia do outro. Eu corria até o teatro para verificar a bilheteria; ela ia com Jenna, Jay ou algum outro amigo fazer o circuito das lojas ou ficar batendo papo no parque, tremendo de frio. Às vezes nos encontrávamos novamente mais tarde no Willow Tree, se houvesse trabalho a fazer ou uma apresentação interessante para assistir. Esses eram os melhores dias.

Hoje de manhã, eu estava abaixado ao lado de Hannah enquanto ela vomitava, na primeira vez que deixava o quarto em muitas horas. Estava pálida; o cabelo desalinhado preso no alto da cabeça, ralo e oleoso. Quando a ajudei a se levantar, senti os ossos de suas costas. Quis ligar para o hospital, mas ela disse que não era nada. Eu me sentia encurralado entre o desespero para assumir o controle da situação, fazer *alguma coisa*, e o respeito ao direito dela de administrar a própria saúde. Fui ao seu quarto para arrumá-lo um pouco para ela, e, quase instintivamente, verifiquei a lixeira. O questionário da escola estava lá dentro. Sentei-me na cama com a cabeça entre as mãos e fiquei olhando para o papel por um longo tempo. Estendi a mão na direção dele, mas me detive e recolhi o braço. Dessa vez, embora isso fizesse minhas entranhas se retorcerem de dor, eu o deixei onde ela o jogara.

Havia, é claro, um problema a mais a enfrentar. Hannah me contou sobre Phil. Ele e Sally tinham discutido no dia da farsa dos anos 1970; ele havia saído intempestivamente, entrado na sala da caldeira, apanhado um tubo de andaime e destruído totalmente o lugar. Eu achava que Phil tinha ciúmes da nossa amizade, mas ele sentia ciúme simplesmente de tudo que Sally tinha que não tivesse sido dado por ele. Ele vinha sabotando o relacionamento deles durante anos. No fim, acabou por destruí-lo e levou o teatro junto. Não havia como dar queixa dos danos à polícia agora. Que efeito isso teria em Sally? Em Jay? O dinheiro do seguro estava perdido. Eu me recriminei pelo meu egoísmo. Que importância tinha o teatro diante de todo o resto? Tudo estava desmoronando.

Quando a campainha tocou naquela tarde, não fiquei surpreso ao ver que era Sally.

— Oi, Tom — disse ela. — Tá ocupado?

— Sally! Hannah me contou tudo. Eu sinto muito, eu...

— Phil foi embora. Fez a mala e saiu.

— Ah, meu Deus.

— Tô me sentindo estranhamente calma.

E o mais esquisito era que ela parecia mesmo calma. Serena.

— Como o Jay tá? — perguntei.

— Não sei. Não conversamos muito. Mas vamos conversar.

— Se precisar de companhia, se precisar de um lugar pra ficar...

Sally colocou o dedo nos lábios.

— Outra hora — disse ela. — Pode ir comigo ao Willow Tree? Agora?

— Ah, Sally, não se preocupa com o teatro.

— É importante. Eu garanto. Ted tá lá, assim como os outros.

— Não sei o que tá acontecendo, mas não posso ir — eu disse. — Hannah tá passando mal lá em cima e...

— *Quem* tá passando mal lá em cima? — disse uma voz atrás de mim.

Virei-me e ali estava Hannah, no quarto degrau, vestindo jeans e um suéter preto largo, seu batom vermelho-vivo brilhando sob a lâmpada nua do corredor.

— Todos prontos? — perguntou ela a Sally.

Muito sutilmente, Sally fez um gesto afirmativo.

— O que... o que vocês tão fazendo? — perguntei, enquanto Hannah se dirigia aos cabides de casacos para pegar sua jaqueta de couro.

— Vou ao teatro — respondeu ela.

— Mas, quer dizer, acho que Sally precisa apenas que eu vá falar com Ted. Imagino que seja alguma coisa sobre retirar tudo de lá... Embora eu não entenda por que isso não pode esperar até segunda-feira.

— Não pode — disse Sally, calmamente. — Aconteceu uma coisa e você precisa ver. Vocês dois.

Fiquei ali olhando para Sally, depois para Hannah, que estava ocupada calçando um par de tênis. Eu não conseguia compreender o que estava acontecendo; minha cabeça tentava encontrar explicações, mas todas eram rapidamente centrifugadas numa espécie de máquina de lavar mental que girava sem parar. Estaria Hannah usando isso como uma desculpa para sair de casa e encontrar os amigos? Ou será que Sally estava sofrendo algum tipo de colapso nervoso? Ou eu é quem estava?

— Vamos, pai — chamou Hannah, pegando minha mão. — Você vai ver quando chegarmos lá.

Então nos esprememos no minúsculo Ford Ka de Sally e partimos em nosso bizarro passeio de sábado à tarde até o teatro fechado, Hannah no banco de trás, digitando furiosamente em seu celular. Eu continuava olhando para Sally, tentando pensar em coisas para dizer, mas sem sucesso — principalmente porque eu não sabia o que diabos estava acontecendo e continuava achando que existia uma chance de que eu tivesse desmaiado na cozinha e isso tudo fosse uma alucinação bem detalhada.

— Então, como você tá? — consegui dizer, finalmente.

— Phil tá hospedado na casa do irmão, em Radstock — contou ela. — Não sei pra onde ele vai depois, e na verdade não me importo.

— Existe uma chance de você voltar pra...

— Não — respondeu ela depressa. — Isso vai parecer besteira, mas o que aconteceu com o teatro nos últimos meses, o que aconteceu com todos nós, com tudo... é só que... sou uma pessoa diferente agora. Às vezes você precisa deixar pra lá.

Assenti, enquanto o carro dobrava na rua principal, e fiquei pensando nas palavras dela enquanto passávamos pelas conhecidas fileiras de casas antigas e bem cuidadas, as janelas pontilhadas de luzes. Pensei em Hannah sentada no banco de trás, em como parecia adulta hoje à noite e em como as grandes decisões por vir caberiam a ela, não a mim. Não mais a mim.

— *Às vezes* você precisa deixar pra lá... — repetiu Sally, quase para si mesma, quando nos aproximávamos do teatro.

O prédio estava começando a surgir além do fim da fileira de casas geminadas. Então, ela se virou brevemente para mim.

— Mas às vezes, não. — Seu sorriso era brilhante no interior escuro do carro. — Às vezes você fica, e luta.

Havia pessoas do lado de fora. Foi a primeira coisa que notei quando nos aproximamos. Pessoas perambulando por ali, muitas, não sei quantas. A princípio achei que era apenas uma multidão aleatória, um estranho encontro espontâneo, pessoas voltando das compras, outras indo para os bares, os grupos colidindo nesse espaço. Mas não era isso. Não era uma multidão.

Era uma fila.

Era uma fila um tanto caótica, começando na rua principal, serpenteando na direção do teatro e entrando pelo estacionamento — que, então me dei conta, estava lotado. Havia famílias — pais, mães e filhos — de casacos e agasalhos corta-vento, caminhando e rindo na penumbra da tarde. Havia pessoas com casacos de alta visibilidade, que pareciam guiar as outras, falando com elas e rindo. Pensei reconhecer um ou dois dos voluntários do teatro. Avançamos devagar, e meus olhos seguiram a fila até seu final. Eu estava quase aquém da compreensão, meus sentidos completamente embotados. A fila se estendia até a entrada principal do teatro.

— O que tá acontecendo? — perguntei.

Eu podia ouvir música, um violino, uma flauta, instrumentos de percussão. Percorri a multidão com os olhos até conseguir identificá-los, sim, um grupo de música *folk*, ao lado das portas principais, por alguma razão todos vestidos com trajes antigos, como músicos em um desfile de contos de fadas. Vi dois funcionários do teatro percorrendo lentamente a fila, distribuindo alguma coisa para as crianças. Quando eles se afastaram, uma luz fraca os seguiu, e me dei conta, com uma onda de emoção e reconhecimento, que eles estavam distribuindo pequenas lanternas. A fila tinha se tornado uma procissão iluminada.

Alguém orientou Sally a estacionar na última vaga livre bem em frente ao prédio. Ela estacionou, puxou o freio de mão e ficamos sentados em silêncio por alguns segundos. Eu me virei para Hannah e vi que ela também estava observando a multidão com espanto, o celular esquecido em seu colo.

— Conseguimos — disse ela.

— Conseguiram o quê? — perguntei.

Ela olhou para fora.

— Isso.

— Vem, Tom — disse Sally. — Vamos sair e ver o que tá acontecendo.

Abri a porta do carro e esperei alguns segundos enquanto duas crianças passavam correndo, antes de descer e entrar na estranha cena que se desenrolava. Sally parou ao meu lado, pegou seu celular e fez uma ligação. Ouvi alguém atender e depois ela me cutucou, indicando com a cabeça a frente ao prédio.

— Agora — disse ela.

Dois grandes refletores posicionados sobre tripés, em ambos os lados da entrada principal, acenderam-se de repente, seus raios ofuscantes convergindo para a frente do teatro. Eles apontavam para a superfície de concreto vazia acima das portas, que agora, porém, não estava mais vazia. Havia uma enorme placa, ocupando quase toda a fachada, o fundo branco brilhante contrastando com o edifício cinza em volta. Ao longo da parte superior estavam as palavras "Salvem o Willow Tree apresenta..." E abaixo delas, em letras maiores, uma linda caligrafia sinuosa anunciava:

Fiquei olhando aquilo por vários e longos segundos, tentando dar tempo à minha mente para se reordenar.

— Se eu tivesse contado, você não teria deixado a gente fazer — disse Hannah, parada do meu lado, os olhos erguidos para mim, esperançosa e um pouco cautelosa também.

— Você escreveu uma peça? — foi tudo que consegui dizer.

— Mais ou menos. Sally ajudou. Mas boa parte já estava escrita.

— Mas a prefeitura...

— Dane-se a prefeitura — disse Sally. — Leia a placa. Criamos um grupo comunitário para salvar o teatro. Vamos lutar, Tom. Vamos lutar contra eles.

Atordoado como um zumbi, eu estava começando a compreender o que estava acontecendo. Meus colegas, meus amigos, minha filha — eles mantiveram a fé. Eles continuaram a acreditar.

— Como... como vocês fizeram isso? — perguntei, hesitante.

— Vem — disse Sally. — Tá quase na hora de abrir. E, como gerente do teatro, você precisa estar na porta pra dar as boas-vindas aos nossos convidados.

Ela segurou meu cotovelo e me conduziu adiante, na direção das portas de vidro. Do outro lado avistei Ted, acenando furiosamente do saguão mal iluminado. Acenei de volta, apreensivo.

— Fica aí — disse Sally — e diga olá quando as pessoas entrarem. Todo o resto tá sob controle.

— Mal consigo acreditar. Será que estou sonhando?

— Vai se acostumando. — Ela sorriu. — Acho que teremos mais surpresas esta noite.

Com isso, as portas se abriram e ela entrou.

Um murmúrio percorreu a multidão, que deu um passo à frente. Eu me recompus, o *showman* inato dentro de mim despertando. Há um público à espera, e ele vem em primeiro lugar.

— Então vocês tão abertos? — indagou uma mulher.

— Sim. Sim, estamos — respondi. — Bem-vindos ao Willow Tree.

Eles entravam em fila, casal após casal, família após família. Hannah ficou ao meu lado, recebendo seus amigos, muitos dos quais nunca haviam estado em um teatro, eu acho, ou pelo menos não fazia anos.

— Eu costumava vir às pecinhas infantis com a minha avó — comentou um dos amigos de Jay ao passar, a calça jeans na metade da bunda, a cueca boxer à mostra.

Ele observou o saguão desconfiado, como se estivesse entrando numa delegacia. A família de Shaun chegou, o marido de Natasha com a mãe dele, o casal que gerencia a loja de quadrinhos, que passou um longo tempo conversando com Hannah e a abraçando. Vi Daisy, Jenna e, surpreendentemente, os pais de Jenna.

— Eles me deixaram sair hoje à noite, Sr. Rose — gritou ela. — Então é melhor que isso seja bom, ou serei banida do teatro, assim como de todo o resto.

Ela correu para falar com Hannah enquanto seu pai a observava se afastar.

— Ela acha que somos ogros — disse ele. — Mas só estamos tentando mantê-la na linha... ao menos por mais três anos. Depois disso... Bom, ela é um furacão, irá aonde quiser. Nós a amamos muito. A gente faz o que pode, né?

Mais para trás na fila, fui confrontado pelos fantasmas do passado recente de encontros via internet. Jocasta, a ambientalista; Oregon, a guru dos cuidados infantis, com as incríveis fofocas de celebridades; e Karen, daquele primeiro e desastroso encontro no restaurante italiano. Ela estava com os filhos e, acho, com a mãe. Parecia feliz e confiante.

— Desculpa por ter saído correndo, e por ter derrubado o vinho — disse ela, oferecendo a mão para que eu a apertasse. — Eu não estava num bom momento. Tô muito melhor agora.

— Que bom. Eu também.

— Leva tempo, né? Pra seguir em frente, deixar alguém sair da vida da gente. É uma habilidade a ser treinada. Como a cestaria.

— É, exatamente igual à cestaria.

Não vi Vanessa, embora a partir daquele momento começasse a procurar por ela.

Depois de umas vinte pessoas, um casal idoso, com seus oitenta e tantos anos, aproximou-se.

— Isso me leva ao passado — disse a mulher, antes de me puxar para um abraço conspiratório. — Eu estava aqui na noite de inauguração, em 1974. *O rei e eu*. Lindos cenários, um belo rei. Vínhamos muito aqui, né, Brian?

O marido, curvado e silencioso, assentiu sob uma boina surrada.

— Não sei por que paramos — prosseguiu ela. — Minhas pernas não estão boas, Brian tem problemas nas costas. É mais fácil ficar em casa e assistir à TV. Mas quando soube que poderia fechar... Bom, não podíamos deixar de participar, né? Tínhamos que demonstrar nosso apoio. Boa sorte pra vocês.

Trocamos um aperto de mão e eles passaram para o saguão, agora iluminado. Vi que lá dentro havia grandes mesas de cavalete repletas de bolos e biscoitos, e refrescos para as crianças. O bar estava aberto e cheio de clientes. Era como se nunca tivéssemos fechado.

Depois de quase todo mundo ter entrado, resolvi seguir a multidão, ansioso para ver a peça que Hannah havia criado. Dei uma última olhada ao redor. Do lado de fora do halo de luz que circundava o teatro, a noite fria caía. O trânsito passava indiferente, como se nada de inacreditável estivesse acontecendo aqui. Instantes antes de eu me virar, vi um carro estacionado do outro lado da rua, e por um segundo meu sangue se transformou em gelo. Era Phil. Ele estava afundado no banco do motorista, olhando na direção do prédio. Seu rosto com a barba por fazer, recortado contra a penumbra, parecia encovado e infeliz. Por um instante nossos olhos se encontraram e ele fez um movimento repentino. Pensei momentaneamente que ele fosse sair do carro para me confrontar, mas na verdade ele estava levando a mão à chave na ignição. O automóvel arrancou e se afastou devagar, lento como um carro funerário, uma nuvem de poeira e lixo rodopiando em seu rastro.

— Nunca mais volte aqui — eu disse.

Hannah

Deixo papai fazendo a recepção e entro, me perguntando se devo descer para a sala dos atores e me certificar de que todos os atores estão prontos. Dá azar ver a escritora antes da primeira apresentação? Provavelmente. Ainda não consigo acreditar que escrevi algo a que as pessoas vão assistir.

Também quero descobrir como Sally resolveu o problema da iluminação, porque, se estiver muito claro no palco, será uma porcaria, faltará alma ao espetáculo, mas, se estivermos contando só com as luzes da plateia, ficará escuro demais. Preciso manter a calma, porque Sally disse que eu deveria subir ao palco e dizer algumas palavras antes da peça começar e não quero desmaiar de novo. Uma vez é engraçado, duas vezes é trágico, vamos combinar. Se bem que talvez ajudasse na arrecadação de fundos...

Esses pensamentos zunem em meu cérebro enquanto eu atravesso a multidão em zigue-zague, me espremendo entre a fila do bar e um grupo de crianças lutando no chão. Avisto James passando em disparada na direção da sala dos atores e aceno, mas então vislumbro outra pessoa, alguém que eu meio que esperava, mas ao mesmo tempo não esperava. Isso faz algum sentido? Ah, meu Deus, estou tão confusa.

— Oi, Hannah — diz ela.

— Oi, mãe.

Mãe? Será que algum dia vou me acostumar a dizer isso?

Ela está incrível. Com um lindo vestido preto curto sem mangas e um penteado sofisticado, parece estar indo ao Royal Opera House, e não a um pequeno teatro local. Vê-la aqui, assim, meio que apaga todo o resto da minha mente por alguns segundos.

— Eu... hã. Que surpresa.

— Eu estava passando aqui perto... Desculpa, piada idiota. Tô nervosa. Não sei se sou bem-vinda. Sou?

— Sim. Sim, com certeza. É óbvio. Obrigada por vir. Papai já viu você?

— Ainda não. Consegui entrar sorrateiramente, sem que ele me visse.

— Com esse *look*?!

Ela sorri pela primeira vez.

— Hannah. Sei que nunca vou... nunca vou poder me redimir do que fiz. Da decisão que tomei. Nunca vai...

— Mãe, olha, agora não. Hoje à noite estamos pensando no futuro, não no passado. Não tenho forças para lidar com as duas coisas ao mesmo tempo. Não sou um senhor do tempo. Eu tô muito feliz por ver você aqui, de verdade. Só... se divirta. Tome uma bebida, doe algum dinheiro. Falo com você depois, tudo bem? Eu preciso me preparar. Tenho que subir no palco e neste momento tô apavorada.

— Você vai subir no palco, diante de todas essas pessoas... vestida assim?

Olho para ela incrédula, subitamente sem palavras.

— O que tem de errado com a minha roupa?

Ela me olha por um segundo, como se reunisse coragem para dizer mais uma coisa. Então, de trás das costas, ela tira uma sacola de papel muito grande e elegante — as alças amarradas com uma bela fita de seda vermelha.

— Eu ia te dar isso de presente — diz ela. — Mas agora tô achando que é uma peça absolutamente essencial.

Pego a sacola da mão dela em uma espécie de transe confuso. Só preciso de uma breve espiada no interior do pacote para saber do que se trata. Vejo o brilho dos paetês; é como uma piscina de diamantes. Desamarro a fita e abro mais a sacola. Ergo o vestido e ele escorre entre os meus dedos.

— Não é *prêt-à-porter*, é feito sob medida — diz ela. Sua voz falha. Ela está mesmo nervosa. — Tive que adivinhar o seu tamanho. Foram muitos telefonemas pra loja. Espero que eu tenha acertado.

— Ah, meu Deus — sussurro, balançando a cabeça. — Eu amei. Ah, mãe. Amei.

Algo em minha reação a encoraja e a tensão em sua expressão parece se dissolver. Ela se inclina para a frente e me dá um beijo na testa, sua confiança restaurada.

— "Você *vai* ao baile" — diz ela.

Eu a deixo me abraçar e também a abraço.

E de repente tenho vontade de chorar; de chorar copiosamente; o tipo de choro que a gente só tem nos nossos piores sonhos. Não é gratidão, não é surpresa, nem tem nada a ver com as centenas de outras coisas que estão acontecendo na minha vida esta noite. É porque, de repente, lembro de algo que aconteceu há muito tempo. Naquele dia em que o táxi veio pegá-la para levá-la ao aeroporto e alguém dizia "desculpa" sem parar. A compreensão me atinge com a claridade de um milhão de watts. Era eu. Era *eu*. Eu é quem estava pedindo desculpas a ela. Eu é quem estava pedindo desculpas para a minha mãe. Porque era tudo culpa minha.

— Eu estava te prendendo — digo.

— Não — responde ela, e me segura pelos ombros, e seu aperto é muito forte. — Não. Nunca. Devíamos ter encontrado uma solução melhor, seu pai e eu. Cometemos um erro. *Eu* cometi um erro.

— Mãe — digo —, não parta o coração dele outra vez.

Ela olha para mim, as mãos ainda nos meus ombros. Sua expressão gradualmente se transforma em uma emoção que não reconheço.

Tom

Entrei no saguão e, em meio à multidão animada, vi Hannah e Elizabeth se abraçando. Essa estava se tornando uma noite de sentimentos complexos. Meu principal pensamento não foi "O que *ela* tá fazendo aqui?". Não, o que me ocorreu foi que eu via naquele abraço algo que nunca tinha visto antes. Elas pareciam mãe e filha. Finalmente, elas pareciam parte de uma família. Eu me perguntei, por uma fração de segundo, se essa era uma visão que eu teria outras vezes. Não conseguia definir o que estava sentindo. Comecei a avançar na direção delas, mas, antes que eu as alcançasse, Hannah se afastou, passando no meio de um grupo de pais tagarelas, em direção à sala dos atores.

— Não esperava te ver — eu disse a Elizabeth.

— Eu tinha que vir. Espero que não se importe.

— É óbvio que não. Vi vocês duas... você e Hannah...

— Ela é uma menina tão inteligente.

— Eu sei. Quando contei pra ela que você estava vindo à Inglaterra, ela disse que eu precisava te dar uma chance. Disse que todo mundo merece isso. Ela estava certa.

Elizabeth baixou os olhos, os dedos brincando com uma bolsa tipo *clutch* que parecia ridiculamente cara. Quando ela tornou a olhar para mim, seus olhos estavam úmidos. Ela disse alguma coisa baixinho, baixo demais em meio ao burburinho à nossa volta.

— Como? — perguntei.

— Meu voo de volta pra Dubai — repetiu ela. — Tá marcado pra amanhã à tarde. Mas posso cancelar, se...

Ela se interrompeu, olhando para mim.

Ficamos em silêncio por um segundo e eu senti os grupos de pessoas se movimentarem ao redor, esbarrando em mim, rindo e conversando. Captei trechos de outras conversas. Ouvi um dos voluntários explicando:

— Ah, não, apresentamos de tudo aqui: música, comédia, dança...

Ouvi Ted relembrando velhas histórias com o crítico de teatro do jornal local. Vi Janice conversando com uma amiga, ou talvez alguém de sua família, uma taça de vinho em uma das mãos, os netos puxando-a pela outra. Levei uma vida para me recompor para a pergunta que eu precisava fazer.

— Só me fala uma coisa — eu disse, sentindo um nó se formando na garganta. — Você voltou porque... — Precisei parar e respirar fundo. — Você voltou porque achou que essa poderia ser a última chance de vê-la?

Lizzie olhou para mim, os olhos e a expressão inabaláveis — como na biblioteca da faculdade há muito tempo, quando ela sabia exatamente por que eu queria me sentar à sua mesa. Ela sempre percebeu todos os meus pretextos e tentativas de flerte; ela sempre foi capaz de corrigir o curso.

— Não — disse ela. — Voltei porque sei que ela vai viver... eu sei disso. Posso sentir lá no fundo. Queria ver vocês dois agora, para que, quando as coisas melhorarem, a gente já tenha os alicerces de algo. Para que possamos ter um começo apropriado. Nos negócios, você investe *antes* da recuperação, não depois. A essa altura, já é tarde demais.

Eu olho para ela, incapaz de esconder meu espanto com sua analogia.

— Meu Deus, Lizzie, essa é a coisa mais "você" que você já disse.

— Tom, se há uma chance de a gente...

Antes que ela pudesse terminar, o sistema de som zumbiu e crepitou, ganhando vida ruidosamente.

— Senhoras e senhores, o espetáculo vai começar em vinte minutos.

Tornei a olhar para Elizabeth.

— Vamos conversar depois — eu disse.

Hannah

O camarim feminino está cheio de vida quando chego. Natasha está ocupada vestindo Ashley, no fim das contas curtindo a empreitada em comum; Rachel e algumas das outras atrizes do grupo de teatro estão sentadas diante dos espelhos que revestem uma das longas paredes nuas, rindo e se maquiando. Há uma arara cheia de roupas, e no sofá velho e rasgado no canto vê-se uma pilha de sacolas e trajes descartados.

— Hannah! — exclama Natasha. — Como você tá? Deve estar apavorada! Quer um pouco de Pinot?

— Obrigada — digo. — Tudo bem a Ashley estar aqui?

— Sabe de uma coisa? Tá, sim. Ela é essa pessoinha engraçada, com uma visão de mundo estranha e completamente inocente, correndo de um lado pro outro fazendo coisas. Tipo um estagiário, só que menos útil. Acho que vou sair mais com ela. Quer dizer, nunca vou ganhar o título de mãe do ano, mas... tô começando a pegar o jeito.

Ela enche um copo de plástico com vinho de uma caixa e o estende em minha direção.

— O que tem nessa sacola? — pergunta ela.

— Um vestido pra hoje à noite — digo. — Minha mãe comprou pra mim, mas...

Natasha já está investigando o conteúdo da sacola.

— Jesus Cristo, Hannah, é fantástico.

— Eu sei, mas não sei se devo usá-lo.

Natasha o tira da sacola e o põe diante do meu corpo. As outras se viraram na nossa direção. Os paetês captam a luz das lâmpadas nuas em torno dos espelhos e quase cintilam.

— Cacete, você *tem* que usá-lo — diz alguém.

— Se você não usar, eu vou — afirma Rachel.

E então elas se reúnem todas à minha volta, implorando para que eu o vista. E eu só penso: foda-se, se vou subir naquele palco talvez pela última vez, posso muito bem causar uma boa impressão. Então, quando vejo, já estou me despindo e elas estão me ajudando, pegando minhas roupas e as jogando no sofá, me guiando com o vestido exótico como amas em torno de uma princesa de conto de fadas. A minha expectativa é de que o tecido seja áspero e desconfortável, mas o forro é tão macio que o vestido desliza como uma luva de seda.

— Bom, você pode ficar sem meias finas, mas precisa de sapatos — diz Natasha. — Quanto você calça?

— Hã... trinta e oito.

Começam a procurar em sacolas e malas, e o armário do provador é devidamente revirado até que alguém joga um par de sapatos pretos de saltinho baixo na minha direção. Ficam meio apertados, mas servem. Quando minha equipe de transformação termina, elas dão um passo atrás e olham para mim, seus olhos me percorrendo de cima a baixo. Sinto-me totalmente constrangida, como todas as vezes que me vi com uma bata hospitalar sendo cutucada por enfermeiras — só que um pouco mais glamourosa. Não sei o que fazer com os braços.

— Você não vai acreditar no que aconteceu agora, Nat... — Sally entra no camarim, o celular na mão. Ela olha para mim e para de repente, a boca se escancarando em uma pantomima ridícula de surpresa.

— Desculpa a linguagem, mas puta que pariu, Hannah!

— Tem certeza? — pergunto. — O decote parece um pouco baixo e...

— Você tá maravilhosa. — Ela se aproxima e me abraça. — Tá maravilhosa — repete. — Você tá pronta?

— Tô, acho que tô.

— Você não tem que ir lá, sabe. Eu posso apresentar, se preferir.

— Não, eu consigo. Tenho um discurso pronto. Quase. Preciso fazer isso.

— Posso dizer que tô orgulhosa de você?

— Sim.

— Então tô orgulhosa de você, garota.

Soa uma batida na porta.

— Todas em trajes decentes? — grita Ted.

— Não! Entra! — grita Natasha.

Risadas preocupantemente bêbadas vêm das outras garotas.

— Vou ao palco anunciar que já vamos começar — informa ele, ainda se escondendo atrás da porta.

— Sua mulher já chegou? — pergunta Sally.

— Sim, e tá muito estranha. Ela disse que tem uma coisa pra me mostrar depois.

Natasha e as outras riem, bebendo o vinho. Ted, constrangido, sai sorrateiramente do camarim, o *walkie-takie* em uma das mãos.

— É melhor você pedir à equipe de iluminação que se prepare — sugere Sally.

— Equipe de iluminação? — repito. Eu tinha esquecido totalmente das luzes. De repente, sou tomada novamente pela preocupação. — Quem são?

— Bom, eu... — Mas, antes que Sally possa finalizar, o alto-falante no canto da sala dá sinal de vida.

— Senhoras e senhores — começa Ted. — Por favor, dirijam-se para o auditório. O espetáculo já vai começar.

Tom

Eu não sabia se deveria seguir para o auditório ou verificar as coisas nos bastidores. Eventos e emoções se desenrolavam fora do meu controle. Eu estava aprisionado em minha própria tragédia da Restauração. Decidi que deveria entrar e encontrar Hannah — desejar boa sorte a ela. Eu não tinha ideia do que iria acontecer no palco, mas queria pelo menos vê-la antes de começar. Quando comecei a andar na direção do corredor, senti alguém tocar meu ombro.

— Sr. Rose?

A voz era fina, oficiosa e tinha um vago tom de censura. Girei o corpo, quase esperando ver um policial. Mas ali estava um tipo diferente de autoridade — e o reconheci imediatamente. Era Bob Jenkins, do comitê de planejamento da prefeitura. Sally estava certa sobre hoje ser uma noite de surpresas. No primeiro instante, meu coração se apertou. Ele estava aqui para fechar o teatro? Ele seria assim tão cruel? Mas algo em sua expressão de presunçosa complacência sugeria o contrário.

— Vejo que vocês organizaram um evento e tanto — disse ele. — Estou surpreso por não termos ouvido falar disso antes.

— Bom, eu...

Ele fez uma espécie de careta mostrando os dentes, e demorei um pouco para perceber que aquilo era um sorriso.

— Vamos contestar o fechamento — eu disse, me preparando para um combate.

— Isso está bem claro.

— Faremos tudo que estiver ao nosso alcance. Isso é apenas o começo. Eu sei que teremos uma luta e tanto.

— Vamos ver — disse ele em um tom enigmático.

Ele começava a se afastar quando o segurei pelo braço.

— Vanessa veio também? — perguntei.

— Não sei, mas acho que sim, considerando o sacrifício que ela fez por esse lugar.

— Sacrifício?

— É. Você não ficou sabendo? Quando ela apresentou a defesa do teatro, sua atitude foi considerada... inadequada por alguns dos funcionários da prefeitura. Então cancelaram o contrato dela.

— Eles a demitiram?

— Tecnicamente não. Ela era terceirizada, e não funcionária da prefeitura. Mas, sim, para todos os efeitos, eles a demitiram. No entanto, naquela noite, ela fez algumas pessoas pensarem. Se a vir, deve agradecer a ela. Ela pagou um preço bem alto.

— Então você não vai nos obrigar a fechar as portas hoje à noite?

— Essa noite não, Sr. Rose. Na verdade, esse evento é bem útil: para avaliar o quanto a comunidade está interessada no teatro. Muito útil mesmo. Se todo mundo sair daqui com cara de paisagem, se o jornal local decidir não publicar uma matéria, se ninguém se inscrever no seu pequeno grupo de protesto... bom, digamos que alguns dos meus colegas mais determinados do comitê de construção ficarão muito endurecidos por uma demonstração pública de indiferença dessa natureza.

E, com isso, ele se soltou da minha mão e se afastou em meio à multidão. Eu o observei por um tempo. O barulho da sala se dissolveu. Não foi sua ameaça de despedida que permaneceu comigo. Foi o que ele disse sobre Vanessa. Pensei naquela manhã diante do teatro — por que ela não me contou? Na ocasião, eu estava secretamente decepcionado com ela, decepcionado por ela não ter feito mais. Que idiota.

Decidi agradecer a ela direito quando a visse — isso era tudo que eu precisava fazer. Afinal, nós só tínhamos tido dois encontros. Não significava nada. Nada mesmo.

Olhei à minha volta, tentando localizar Hannah. Mais uma vez, me peguei tentando compreender essa noite. O que viria a seguir?, pensei. O que seria? De repente, ouviu-se um zunido, seguido por uma explosão de estática do sistema de som.

— Senhoras e senhores — anunciou a voz de Ted. — Por favor, dirijam-se para o auditório. O espetáculo já vai começar.

As pessoas começaram a seguir rapidamente para a porta do auditório. Fui levado pela maré. Eu me sentia confuso e desorientado à medida que a correnteza me empurrava para a frente, mas, no momento que cruzei a porta do auditório, soube que apenas uma coisa importava. Vi Ted na frente do palco com um homem que eu não conhecia e que parecia uma espécie de mecânico. Ted me avistou e ziguezagueou em meio à multidão que chegava, vindo em minha direção.

— Como você tá se sentindo? — perguntou ele.

— Não sei. — Eu ri. — Como você tá?

— Muito bem. Empolgado e nervoso.

Não ouvi de fato suas palavras. Estava olhando ao redor, observando sem acreditar enquanto os assentos eram rapidamente ocupados. Famílias inteiras estavam aqui, bairros inteiros, ao que parecia. Crianças corriam para cima e para baixo nos corredores, idosos se acomodavam calmamente nos assentos das extremidades das fileiras, levantando-se alegremente para deixar as crianças passarem se espremendo. Tentei localizar Vanessa, mas não consegui. O ar zumbia com as conversas.

Eu me virei para Ted.

— É... Uau, é muita coisa pra absorver.

— Espera só até ver a sua filha — replicou ele. — Certo, é melhor eu ir me trocar.

Avancei, descendo os degraus inclinados em direção à primeira fileira. Havia duas poltronas vazias ao lado de Jay, que gesticulava na direção delas e, quando me sentei ao lado dele, me virei para observar o ambiente e vi Elizabeth sorrindo para mim de duas fileiras atrás. Acenei e ela também, em seguida cruzando os dedos. No momento exato — assim como tudo que tinha acontecido hoje à noite —, as luzes da plateia se apagaram. A conversa se reduziu a um murmúrio e depois ao silêncio.

Duas fileiras de refletores foram ligadas, iluminando uma mulher linda que não reconheci, parada sozinha no centro do palco. Nos segundos seguintes, percebi duas coisas. Primeiro, as luzes não eram luzes de teatro. De ambos os lados do palco viam-se torres de andaimes equipadas com as lâmpadas robustas que você encontraria no topo de veículos *off-road*, enquanto ao longo do fundo do palco havia holofotes industriais — do tipo que se usa em oficinas de automóveis.

Em segundo lugar, a mulher linda era Hannah.

Hannah

Sally sussurra boa sorte. Eu caminho ao longo do corredor austero em direção ao palco, e de repente estou lá em cima. Minha mente faz um *flashback* da farsa dos anos 1970 e de como me senti naquela noite — a eletricidade percorrendo toda a minha pele. Quero saber quantas pessoas estão na multidão, mas é difícil ver porque há fileiras de lâmpadas ofuscantes de ambos os lados. Pelo menos sei que isso foi definitivamente resolvido, mas ainda não entendo como. Somente depois de caminhar lentamente até o centro do palco e olhar para baixo, além da borda, é que a ficha cai. Dali, vejo uma mesa de iluminação improvisada, montada um pouco para o lado, com cabos serpenteando em todas as direções. De pé atrás dela estão Callum e o namorado da sua mãe, Joe. Nosso espetáculo, ao que parece, será iluminado pelo conteúdo da garagem e da oficina do Joe.

Eu estou no centro do palco. Sozinha. Ouço sussurros vindos da escuridão à minha frente, alguns choramingos e gritos de crianças pequenas entediadas. Posso sentir meu coração, um baque patético e ofegante contra meu peito; um soquinho de bebê. Só preciso sobreviver aos próximos momentos. Pigarreio.

— Bem-vindos ao Willow Tree Theatre — começo. Minha voz está um pouco falha e rouca. Preciso respirar. Eu me pergunto quanta capacidade pulmonar ainda tenho. — Obrigada por terem vindo. Este teatro foi construído em 1974. Não é um edifício bonito, mas cumpre o seu papel. Meu pai administra este lugar há uma década... ele está ali, na primeira fileira. Ele não sabia sobre esta noite. Desculpa, pai, mas alguém tinha que fazer alguma coisa.

Algumas risadas educadas.

— Espero que alguns de vocês já tenham estado aqui, para assistir a uma peça, um show ou um comediante. Talvez vocês já tenham frequentado as aulas de *breakdance* para pessoas com mais de trinta e cinco anos... Talvez apenas passem aqui na frente às vezes, olhem para a fachada e pensem em vir, um dia. Mas agora vocês estão aqui... vocês estão aqui para a noite mais importante que já tivemos.

"Algumas semanas atrás houve uma inundação nos bastidores e parecia que tudo estava acabado. A prefeitura queria encerrar nossas atividades. Mas não achamos que essa seja uma boa ideia; acreditamos que este lugar é importante. Vocês estão aqui, então eu acho que concordam comigo. Para mim, o Willow Tree não é apenas um lugar onde meu pai trabalhava; foi a minha casa, foi aqui que cresci; eu brincava nos assentos em que vocês estão sentados; aprendi a ler neste palco. Foi aqui que comecei a amar histórias.

"Não sei se consigo expressar o quanto as histórias têm sido importantes para mim. Quando eu tinha cinco anos, recebi o diagnóstico de uma doença cardíaca grave. Recentemente, o problema piorou... piorou muito. Eu sempre soube disso — que as coisas iam ser difíceis, que eu posso não conseguir sobreviver. Eu deveria ter sentido medo a vida toda, mas não senti e ainda não sinto. A peça que vamos apresentar para vocês esta noite é sobre a razão disso.

"Espero que vocês gostem. Vamos receber doações no fim da apresentação. Temos voluntários com baldes perto da porta. Se vocês puderem se inscrever como membros do Comitê Salvem o Willow Tree, seria incrível. E agora, não pela última vez, assim espero, temos uma história para contar a vocês.

Na noite após a visita à casa de Margaret em que destranquei o quarto verde, sentei-me e li os roteiros que ela havia nos deixado.

Algo me ocorreu sobre eles enquanto as memórias voltavam —
qualquer que fosse o conto de fadas que estivéssemos contando,
quaisquer que fossem as ilusões fantásticas que conjurássemos, no
fundo eles falavam sobre a mesma coisa. Quando falei sobre isso
com Sally, ela soube que era o que tínhamos que tentar comunicar.

Desci do palco e me sentei ao lado do meu pai.

Tom

Os holofotes da oficina subiram em uma cena simples, o cenário giratório de Kamil decorado com painéis pintados lembrando grossas paredes de pedra. Diante deles estava Ted, em trajes de conto de fadas majestosos — capa esvoaçante, coroa —, sentado ao lado de uma cama, onde a filha de Natasha, Ashley, estava deitada. Sally surgiu no palco e subiu em um pódio na extrema esquerda.

— "Um rei e sua filha viviam em um lindo castelo" — leu ela. — "Eles levavam a vida felizes e despreocupados até que um dia a filha ficou gravemente doente..."

As lembranças me cercaram como planetas prateados. Lembrei-me de uma ocasião, quando Hannah tinha sete anos, e a encontrei sentada numa das primeiras fileiras, desenhando um cenário de teatro com canetas hidrográficas e um bloco de papel.

"Vai ser cenógrafa quando crescer?", perguntei a ela.

"Papai, eu não vou crescer", foi a resposta que ela me deu.

No entanto, ela cresceu.

Olhei para Hannah e ela pegou minha mão.

— "O rei decidiu encontrar uma cura, por mais que demorasse, não importando a distância que tivesse que percorrer" — continuou Sally. — "Mas a filha implorou que não a deixasse no castelo sombrio."

— Vou morrer de tédio e solidão — lamentou Ashley.

Ela exagerou primorosamente sua fala, e ouviram-se risos da plateia. Olhei em volta e vi fileiras e mais fileiras de famílias, grupos caóticos e bagunçados, com seus casacos, luvas e chapéus espalhados pelo chão do auditório, momentaneamente deixados de lado. Algumas crianças se aconchegavam sob o braço de mães e pais, o polegar na boca, algumas estavam de pé na poltrona, outras, sentadas de pernas cruzadas nos corredores. Há um minuto elas gritavam e berravam, agora assistiam, atentas. Vi Elizabeth, olhando concentrada para o palco, a luz brilhando em seus olhos.

— "O rei, desesperado, teve uma ideia" — contou Sally. — "Havia uma trupe de atores em seu teatro real, um alegre bando de malandros e desajustados, que certamente poderia fazer companhia à princesa enquanto ele estivesse fora."

E agora o restante dos integrantes do clube de teatro estavam no palco — Shaun, James, Natasha, alguns outros — vestidos de maneira espalhafatosa como bobos da corte e acrobatas, saltitando pelo espaço como artistas de circo. Eles estavam acompanhados pela pequena banda *folk* que havia pouco estava na entrada do teatro, tocando levemente desafinada, dando à peça um tom *à la* Monty Python. As crianças na plateia riam e apontavam, especialmente quando Shaun tentou fazer uma estrela e quase caiu do palco. James o segurou, óbvio.

— Vocês vão visitar a princesa o máximo possível? — perguntou Ted. — Vão criar peças e distrações para ela?

Os atores concordaram, com prazer. E, na cabeça, vi minha garotinha correndo para a janela do quarto, abrindo as cortinas, a caravana de fadas lá fora. Estava frio naquela noite, mas todos eles vieram. Meus amigos. Ah, meus amigos, não teríamos conseguido sem vocês. Minha garganta pareceu se fechar. Hannah olhou para mim e apertou minha mão.

— Tô pensando naquela noite do desfile de fadas — sussurrei.
— Eu sei.

— Quando pedi a todos eles, eu não achava que alguém...

— Eu sei, pai. Só assiste.

— "Quando o rei partiu, os atores cumpriram a palavra" — disse Sally. — "No dia seguinte, eles visitaram a princesa no castelo e perguntaram o que deviam encenar."

— *A Pequena Sereia* — gritou Ashley da cama.

E, com um rangido alto, a estrutura giratória de Kamil virou. Ele havia conseguido outra vez. Agora víamos um cenário submarino, as paredes cobertas com folhas de organza de um azul cintilante. Quando o elenco começou a representar a velha história, tudo pareceu muito familiar. Onde eu vira isso? Onde? O elenco girou novamente o cenário e a réplica de madeira de uma velha proa de navio surgiu no palco; no leme, um jovem príncipe.

E então, em um flash de memória fosforescente, compreendi. Essa era a *nossa* versão de *A Pequena Sereia* de tantos anos atrás, a versão que Hannah e eu planejamos e depois perdemos com todas as outras. Eu me virei para ela, perplexo.

— Como? — perguntei.

— Margaret escreveu — replicou ela. — Ela decorou todas elas.

Havia sereias com caudas cintilantes, havia a bruxa do mar, agora interpretada não por Margaret, mas por Natasha (Hannah enxugou uma lágrima). Os anos retrocederam. Para onde quer que eu olhasse no palco, das cortinas ao equipamento de iluminação, aos painéis do cenário, às saídas, eu lembrava de momentos das peças que tínhamos encenado. Vislumbres de atores, cantores, palhaços e comediantes. Mais do que isso, porém, eu pensava no público. Rindo, chorando, gritando. Uma vez eu disse a Hannah que o que você vê no palco é somente seu — porque todo mundo vê algo diferente. Mas o importante é que todos veem juntos.

— "A princesa assistia, encantada" — continuou Sally. — "E, enquanto observava, ela se sentiu um pouco melhor, e sentou-se apenas um pouquinho na cama."

Nenhum movimento de Ashley. Ela estava muito ocupada admirando as roupas das sereias.

— "Enquanto observava" — repetiu Sally —, "ela se sentiu um pouco melhor, e *sentou-se* apenas um pouquinho na cama."

Por fim, alguém cutucou Ashley, que se sentou de um pulo na cama, para a diversão geral. Sally pigarreou e recomeçou.

— "Mas, quando o rei voltou, ele estava abatido."

— Não encontrei uma cura — informou Ted. — Vou partir novamente ao amanhecer.

— "E, mais uma vez, ele partiu sozinho" — leu Sally. — "E mais uma vez ele pediu aos atores que fossem ao castelo e distraíssem a princesa."

Dessa vez, o cenário girou e revelou um deserto gelado, a nossa *Rainha da Neve*, a história que Hannah amava quando tinha oito anos. Sempre lembrei dela como a peça do Ted, e, quando ele estava no palco como o chefe dos ladrões, pensei em como ele havia chegado aqui com a certeza de que não teria nada a oferecer, e no quanto ele estava errado. Eu não teria conseguido sem ele.

— "O heroísmo demonstrado por Gerda deixou a princesa um pouco mais forte" — disse Sally. — "A cor começou a retornar às suas bochechas. Ela sentou-se ereta na cama."

Com a estrutura estabelecida, a peça prosseguiu. Cada vez que o rei partia, os atores encenavam outra de nossas antigas produções de aniversário, e a princesa melhorava. A cada cena, coisas que eu tinha esquecido me retornavam. O casco daquele navio, o brilho da aurora boreal, a princesa lutando para chegar ao Belo Adormecido.

— "Por fim, os atores montaram uma produção de *Chapeuzinho Vermelho* para a princesinha" — leu Sally.

As luzes baixaram um pouco, e o palco giratório virou, mostrando uma floresta de árvores de pau-de-balsa enegrecidas. Uma máquina no fundo do palco soprou um vapor, formando uma névoa baixa em torno da cama de Ashley. Ela se encolheu teatralmente sob os lençóis quando o lobo entrou. Ouviu-se um coro alto de vaias vindo das crianças na plateia.

— "Desta vez a princesa não ficou encantada, ficou com medo. Ela viu no lobo a sombra de sua doença. E soube, naquele instante, que não poderia escapar; soube que seu pai nunca encontraria uma cura.

"Mas aí é que estava. Os atores mostraram-lhe tantos encantos que ela teve certeza de que teria forças para sobreviver, independentemente do que acontecesse."

Com a ajuda do elenco, Ashley levantou os cobertores e se pôs de pé no chão de pedra fria. Eu olhei para Callum, seu rosto tenso e concentrado sobre a frágil mesa de iluminação que claramente ele mesmo construíra. Eu não sabia como ele havia sido atraído para esse esforço coletivo, mas sabia por quê. Hannah tinha visto algo nele, e agora ele também vira. Ele olhou para o palco no momento em que Ashley se levantava.

— "Foram as histórias" — prosseguiu Sally. — "As histórias a fortaleceram."

Callum apertou um botão e as árvores começaram a se virar. Com isso, vimos que, do outro lado, estavam cobertas de minúsculos espelhos. Naquele instante, como se suspensa no tempo, Hannah se inclinou para mim e sussurrou em meu ouvido.

— Obrigada — disse ela. — Sempre houve magia e encantamento na minha vida.

Um poderoso refletor de palco — claramente o último que nos restava — acendeu e lançou um raio diretamente para as árvores. O público arquejou.

A luz foi capturada e refletida mil vezes, ricocheteando de superfície em superfície. Brilhou em nossos olhos, lançando alguns arco-íris através da poeira suspensa no ar.

Esse sempre foi o dom de Hannah para mim. Nas últimas semanas, comecei a apagar o passado; foi no passado que minha filha adoeceu. Mas essa não era a história completa. O tempo todo houve luz. Ela esteve conosco no caminho, esteve presente em tudo que fizemos juntos — cada peça, cada aventura boba. Tínhamos amor e diversão, e o medo no horizonte, a escuridão nos limites da cidade, só tornavam tudo mais vibrante e precioso.

Minha visão estava turva e achei que fosse a luz, mas eram lágrimas. Eu via o palco através do prisma das nossas vidas — uma joia imensa.

— "Cego pela luz, o lobo se escondeu" — Sally continuou lendo. — "Quando o pai voltou, encontrou a filha acordada e de pé. Ela parecia muito bem, como ele não a via fazia anos."

— Mas eu falhei — disse o rei. — Não consegui encontrar a cura que você precisava.

— Não — replicou a princesa. — Você me trouxe a cura. Você me trouxe a cura muitos anos atrás. Você só não sabia disso.

— Não estou entendendo — disse o rei.

— Bom, então, como a narradora desta história, vou lhe explicar — disse Sally ao rei. — Qualquer que fosse o conto de fadas que os atores contassem, quaisquer que fossem as ilusões fantásticas que conjurassem, eram todos sobre o mesmo tema: sobre um pai que salvou sua filha com histórias.

E com isso, as lâmpadas se apagaram e o palco escureceu.

Quando as luzes da plateia se acenderam, o elenco se postou lado a lado e se curvou. Fez-se aquele momento de silêncio; o momento da verdade que todo ator conhece. Quando você aguarda e tem esperança.

Uma onda de aplausos percorreu a primeira fileira — quase cautelosa, quase tímida. Mas então se espalhou para trás, como uma onda, ganhando força. Grupos irrompiam em aplausos por toda parte no auditório. O barulho foi ficando mais alto e então pareceu explodir. Soavam assovios, vivas. Olhei ao redor e algumas pessoas estavam de pé; poucas a princípio, mas a cada momento mais e mais, até que parecia que todos haviam se levantado. Vi Bob Jenkins se levantar. Achei que ele fosse sair, mas não, ele aplaudia. Ele estava aplaudindo também. Eu nunca ouvira aplausos tão sonoros. Virei-me para a minha filha.

— Tô muito orgulhoso — disse a ela. — Ah, meu bem, tô tão orgulhoso de você.

Eu a abracei, chorando, e ela disse:

— Shhh, papai. Ainda não terminamos.

Sally avançou até a boca de cena e fez um gesto pedindo silêncio. Demorou para seu pedido ser atendido.

— Muito obrigada. Espero que tenham gostado da nossa peça. Creio que todos nós neste palco fomos transformados por este lugar... eu, inclusive. Dez anos atrás eu não tinha nenhuma confiança, era tímida, quieta e um pouco atormentada. Mas o grupo de teatro me acolheu como cenógrafa, depois gerente de palco e finalmente diretora de criação, e eles confiaram e acreditaram em mim. Vocês sabem como é isso? Alguém acreditar em você quando ninguém mais acredita? Isso muda a sua vida. Te dá força para seguir em frente. O Willow Tree me salvou.

"Mas acho que a palavra final deve ser da Hannah, que organizou todo esse evento e talvez seja mais próxima do Willow Tree do que qualquer outra pessoa. Hannah?"

Hannah se levantou e, com a ajuda de James e Shaun, subiu ao palco. Minha filha tirou um pedaço de jornal amassado do bolso e encarou a plateia.

— Recentemente, o grupo de teatro perdeu uma de suas veteranas, Margaret Chevalier, a melhor atriz e amiga que já conheci. — Ela fez uma pausa de alguns segundos, respirando pesadamente. Sally passou o braço por sua cintura. — Fiquei algum tempo vasculhando os pertences dela... Foi ela quem me pediu para fazer isso, aliás, não fui lá saquear a casa dela... e encontrei um recorte de um antigo jornal de teatro que quero compartilhar com vocês. É uma entrevista com Margaret sobre um papel que ela encenou em alguma peça. Trata-se na maior parte de um monte de histórias de atores e atrizes... Margaret era boa nisso. Mas, quando o entrevistador perguntou algo sobre o significado da peça, eis o que ela disse: "Querido, eis uma coisa que aprendi durante toda a vida, como estudante esforçada, como amante, como esposa, como atriz de televisão. Todas as histórias são verdadeiras. Elas são a maneira como damos sentido ao mundo, a maneira como nos lembramos e comunicamos as coisas que nos acontecem. Nós as preservamos e as passamos entre nós como presentes. São receitas. São feitiços. As histórias falam de sobrevivência. E onde há vida, meu querido, há histórias."

"Por favor, nos ajudem a manter este prédio em segurança para que as histórias possam viver aqui para sempre."

Aplausos novamente. Agora começava a parecer uma celebração, não apenas da peça, mas do próprio teatro. Parecia um desafio. James abraçou Shaun, Natasha abraçou Ashley, Ted abraçou Sally.

Olhei para minha filha. Eu administrei esse lugar por uma década, mas talvez ela tivesse acabado de salvá-lo. Se ele ainda estiver de pé daqui a uma década, daqui a cem anos, será graças a ela. Eu também me levantei e aplaudi; ela me viu e acenou. Então fingiu desmaiar, mas não desmaiou. Cruel demais, essa garota. As pessoas estavam se juntando à minha volta; havia uma multidão em um semicírculo, me abraçando, apertando a minha mão. Eu queria subir ao palco, ir até Hannah. Mas não consegui. Ela já estava se encaminhando para o canto, para a mesa de iluminação. Eu queria dizer que ela havia entendido a história ao contrário.

Não foi o rei que, com histórias, salvou a garota — foi a garota que salvou o rei.

Hannah

Em meio a todo o barulho, a empolgação e a confusão, enquanto papai está cercado de gente, sei exatamente quem eu preciso ver primeiro. Desço com cuidado a escada ao lado do palco que leva à plateia.

As pessoas abrem passagem para mim, mas não o avisto de imediato. Em vez dele, vejo Joe puxando tomadas e cabos do equipamento de iluminação improvisado. Quando me aproximo, ele solta os cabos no chão para poder me estender a mão. Eu a aperto timidamente.

— Oi, Joe. Nem sei o que dizer sobre tudo isso... Quer dizer, como você entrou nisso? Por quê?

Ele sorri para mim.

— Todas essas luzes são lá da oficina — diz ele. — Aparentemente não são tão potentes quanto as do teatro, mas deram conta do recado.

— Mas por quê? Por que você fez isso? Você não é...

— Fã de teatro? Vi um comediante aqui faz alguns anos, não sou um completo idiota. Mas, é, realmente não é a minha praia, pra ser sincero.

— Então por quê? Por que fez isso?

Ele suspira e apoia o corpo na mesa.

— Porque Callum pediu a minha ajuda — diz ele. — É a primeira vez que aquele garoto me pede alguma coisa. Eu tinha que agir, não tinha? Você conhece o pai dele? Não o ex-marido da Kerry, mas o pai verdadeiro?

Balanço a cabeça.

— Bom, é melhor não. É um idiota. O ex da Kerry é outro, mas não fala pra ela que eu disse isso. Aquele garoto passou a vida toda cercado de idiotas, não precisa de mais um. Não sei muito sobre o que há de errado com ele, mas sei que isso parte o coração da mãe dele. E ele é um bom garoto. Mesmo que não saiba porra nenhuma sobre carros. Ele te contou que recebeu um e-mail de um cara dos quadrinhos que ele conheceu naquela coisa lá em Bristol? Parece que esse cara tá começando a própria empresa e queria que Callum enviasse uma amostra da arte dele, com uma história decente.

— Merda — digo. — Callum queria que eu escrevesse essa história.

— Ele estragou tudo, não foi?

— Arrã.

— Aquele garoto... tudo com ele é uma luta. Ele acha que não se encaixa em lugar nenhum. Talvez não se encaixe mesmo. Mas isso é uma coisa boa, né? Se você olhar pra onde o mundo tá indo, são as pessoas que não se encaixam que vão ficar bem, e não os burros como eu.

— Não acho que você seja burro, acho você maravilhoso — digo. — Obrigada por nos ajudar.

— Não foi nada. Espero que dê certo. Continue lutando.

— Vou continuar. Quer dizer, preciso continuar.

Vejo Callum se aproximar. Ele está segurando dois refletores enormes, a camiseta salpicada de óleo e sujeira, e o cabelo todo bagunçado. Parece uma imagem viva, saída de um ensaio fotográfico de uma *boy band*. Joe sorri e discretamente se afasta, enfiando-se sob a mesa e fingindo vasculhar uma caixa de ferramentas grande. Ando até Callum e ele olha para mim com aqueles olhos grandes e tristonhos.

— Oi — diz ele.
— Oi.
— Desculpa — diz ele. — Desculpa pelo que fiz.
— Pelo que você fez? — pergunto. — Tá se referindo a terminar comigo por uma mensagem de texto? Justo quando eu mais precisava de você?

Ele abaixa os olhos e faz que sim com a cabeça. Sua expressão é de tanta vergonha que na verdade até dói ver.

— Por quê? Por que você fez isso?
— Eu não sei. Eu... eu estava com medo. E não achei que você precisasse lidar com os meus problemas, além dos seus.
— Essa era uma decisão minha, não era?
— Não sei. Acho que sim. Só que você...
— Continua.
— Você merece coisa melhor. Merece alguém forte o bastante pra te ajudar. Eu não conseguia pensar em te ver piorando e não saber se seria capaz de ajudar. Mas isso foi egoísta, fraco e babaca. Sei que não tem nada que eu possa fazer agora pra consertar isso.

Olho para ele e *realmente* penso no que está por vir, penso no que vou precisar. Penso em como me senti insegura durante todo o verão. Todo o tempo que passamos juntos eu me perguntava por que estava passando meu tempo com ele e se valia a pena. Mas então me lembrei da exposição de quadrinhos e de como ajudamos um ao outro. Foi tão natural. Não foi um esforço. As coisas de que precisávamos, nós as dávamos ao outro. As coisas que nos mantêm separados são as mesmas que tentam nos destruir. Nesse momento, em meio ao trânsito de pessoas amigáveis, sob faróis brilhantes, penso que talvez seja preciso nós dois juntos para derrotá-las.

— Então por que você fez tudo isso? — pergunto. — Se achou que era inútil. Por que se dar ao trabalho?

Finalmente, ele põe os refletores no chão e se aproxima um pouco mais de mim.

— Não sou bom o suficiente — responde ele. — Mas você é. Você é muito boa. Você é a melhor pessoa que eu já conheci, ou que vou conhecer. Nunca vou esquecer desse verão. Não tenho muito, mas tenho isso. Pelo menos pude mostrar uma coisa a você hoje à noite. Hannah, quando você precisar de ajuda, posso ficar na escuridão e te dar uma luz. Isso eu posso fazer.

Uma música baixa vem do saguão. É quase imperceptível sob o burburinho no auditório e não consigo reconhecer o que é. Mas tem uma batida enérgica. Uma batida forte. *Bomp, bomp, bomp.* O baixo é tão grave que eu o sinto em meu peito. Eu o sinto mais do que ouço.

— Você é um idiota — digo a ele. — Você ensaiou essa fala?

— Sim — responde ele. — Por uns três dias. Tinha outras prontas; essa foi a melhor.

— É mesmo? *Essa* foi a melhor?

— Não sou escritor — diz ele.

Ele desvia o olhar por um minuto, envergonhado com a intimidade que estamos criando. Mas ele ainda está triste, muito triste e perdido. E também irritantemente fofo. Estupidamente fofo.

— Você precisa de um incidente incitante — digo.

— Quê?

— Um incidente incitante. Sua personagem... ela não pode simplesmente ficar deprimida sem um motivo. Pelo menos não em uma HQ. Alguma coisa tem que acontecer com ela. Um crime terrível. Sabe, Batman e os pais, o Demolidor e a visão. É preciso que ela esteja em busca de vingança.

— Certo — diz ele. — Eu devia ter pensado nisso.

— Devia.

— Aquele cara da DC...

— Eu sei. Joe me contou.

— Ah.

— Foi por esse motivo que você fez tudo isso? Porque queria que eu escrevesse essa maldita história?

Ele parece chocado por um segundo, verdadeiramente horrorizado, como se o teatro inteiro estivesse desmoronando, assim como o mundo em torno dele. Mas não consigo impedir que um sorriso malicioso se espalhe pelo meu rosto. Nunca consegui deixar de sorrir para ele.

— Foi — responde ele, compreendendo. — Eu admito. Fiz isso porque preciso que você me faça famoso.

— Callum, eu tenho um problema sério com planos pro futuro.

— Já percebi.

— É um mecanismo de defesa. Contra, sabe, a morte.

— Não é um mecanismo muito bom.

— Só... só tenha um pouco de paciência comigo, pode ser? Tô aprendendo a enxergar além das próximas duas semanas, mas é difícil.

— Se você puder lidar comigo desmoronando de vez em quando, posso lidar com a sua obsessão pela própria morte.

— Nesse caso — digo —, tô dentro.

E estendo meu braço para o segundo aperto de mão da noite.

— Por sinal — diz ele —, gostei daquela parte no final da sua peça. Quando as árvores se viram e a luz cega todos os espectadores. De onde você tirou aquela ideia?

— Ah, sabe, foi um cara aí. A ideia dele estava um pouco crua. Ele precisava de um bocado de ajuda.

— Sei como ele se sente.

Ouvimos alguém pigarrear bem alto e nos viramos para ver quem é.

— Ah, então vocês dois finalmente fizeram as pazes.

Jay está parado a poucos metros de nós, no auditório agora quase deserto, parecendo mais desengonçado e esquisito do que nunca.

— É melhor eu ir ajudar Joe a tirar o restante dessas luzes — diz Callum, e se afasta na direção do palco.

— Você contou pro Callum sobre as luzes do teatro — digo.

— Contei — diz Jay. — Alguém tinha que salvar a pátria.

— Você é um cara legal, Jay. Não importa o que as outras pessoas digam.

De repente tudo fica silencioso. As pessoas finalmente seguiram para o saguão, para as ruas, para suas vidas e casas. Ainda estamos parados aqui, Jay e eu, onde crescemos, onde brincamos juntos quando éramos crianças. Ele pigarreia outra vez, como se me chamasse de volta das lembranças que rodopiam por esse lugar.

— Não sou, não — diz ele. — Não sou um cara legal. Minha mãe botou meu pai pra fora de casa. Tinha muita coisa acontecendo. Eu sou muito burro, Hannah.

— Não é culpa sua. Você não sabia.

— Mas eu sabia. Eu ouvi os dois um monte de vezes. Ouvia meu pai gritar quando ele achava que eu estava na cama dormindo. Agora, tudo em que consigo pensar é que eu devia ter feito alguma coisa. Mas eu realmente ferrei com tudo.

— O que você poderia ter feito?

— Eu não sou igual a ele, sou? Por favor, fala que não sou igual a ele.

— Eu seria sua amiga se você fosse?

— Você é minha amiga?

— Óbvio, seu tonto.

— Você acha que minha mãe vai me perdoar?

— Ela não te culpa, Jay.

— Eu não sei o que vai acontecer.

— Acredita em mim, eu sei como é. Então a gente tem que se ajudar. Como a gente sempre fez.

Ele assente lentamente.

— Na loja de HQs, você disse que eu tinha que conversar com você quando achasse que estava tudo dando errado — diz ele. — Em algum momento, em breve, eu quero conversar, se você quiser. Se você ainda quiser.

— Jay, sim. Quero sim.

Ele obviamente sabia mais sobre os problemas na vida dos pais do que se imaginava. Ele só não sabia lidar com isso. Ele sempre foi um criação, pulando de um lado para outro, se metendo em confusão. Agora, hoje à noite, nesse minuto, percebo alguma coisa na expressão dele, alguma coisa em sua postura que o deixa muito diferente, mais velho.

— As coisas vão ficar difíceis, né? — pergunta ele.

— Vão mesmo. Mas, ei, é pra isso que servem as HQs e os videogames.

Sorrio e olho em seus olhos, e vejo aquele velho brilho — vejo o garoto com quem eu brincava de pique, com quem brigava e com quem me escondia entre os assentos e nos corredores desse teatro. Sinto um alívio tão grande que quase choro. Porque vou precisar dele, e de Jenna, de Daisy e de Callum. Vou precisar deles para ter a sensação de que tudo está funcionando, de que sou parte do mundo deles, de que posso ajudá-los. Mesmo que seja mentira. Mesmo que seja só teatro.

Tom

Fui carregado pela onda de pessoas que se acotovelavam em direção aos baldes de doações, e fui meio cuspido no saguão quando elas correram para assinar a petição. Aqui, finalmente, avistei Sally e Ted, emergindo com o restante dos atores do corredor que levava aos bastidores.

— Não sei o que dizer — dirijo-me a eles, os braços erguidos em um gesto de rendição perplexa. — Não há palavras para expressar como me sinto. O que vocês fizeram aqui... é um milagre.

— Peço desculpa pelos subterfúgios que criei — disse Ted. — É que, se a prefeitura ficasse sabendo disso, se nos denunciassem ou nos fechassem, não queríamos que você fosse envolvido. Você já tem preocupações suficientes, meu amigo. Só queríamos tentar salvar esse lugar. Pra ser sincero, no começo, parecia impossível. Mas agora...

— Tem que funcionar — disse Sally. — Além de todas as outras coisas, quero que Phil veja que tudo vai continuar... apesar dele.

— Você viu quantas pessoas tão fazendo doações? — perguntei.
— Bom, pode até não ser suficiente pra pagar os reparos, mas, Ted, quem sabe não nos garanta um empréstimo ou algo assim?

— Vou cuidar disso na segunda de manhã.

Estávamos todos em silêncio, refletindo sobre a virada radical em nossa sorte, quando Shaun e James apareceram, os rostos ainda manchados com a maquiagem cênica. Ambos tinham garrafas de espumante abertas nas mãos, o conteúdo borbulhando acima de seus dedos.

— Meu Deus, o que há com vocês? — perguntou Shaun. — Não acabamos de salvar o teatro?

— Bom, ainda temos que esperar pra ver o que a prefeitura pensa de tudo isso e...

— Ah, dane-se a prefeitura — disse Shaun com a voz arrastada. — Olha ali.

Em meio à multidão que ainda estava ali, relutante em se despedir do calor da noite, vimos uma mulher com um gravador apontado para um grupo de pessoas perto do bar. Atrás dela, um fotógrafo tirava fotos do grupo sorridente.

— O jornal do condado — disse James. — Que história, hein? "A comunidade se mobiliza para ajudar o teatro ameaçado"? Meu Deus, a história praticamente se escreve sozinha. Essa mulher vai buscar um Pulitzer. A prefeitura não vai mais poder mexer com a gente depois disso.

— Vem, temos que ir — disse Shaun, o braço nas costas de James. — Estamos indo comer uma pizza. Nossas famílias vão se encontrar pela primeira vez. Vai ser um puta pesadelo.

James estremeceu com força histriônica.

— A peça pode ter acabado, mas, pra gente, o drama tá só começando — disse ele. — As coisas que fazemos por amor... Ah, Tom, uma mulher chamada Vanessa estava procurando por você mais cedo.

— Ela estava aqui?

— Estava, em algum lugar. Não sei se ainda está.

— Estamos sempre à sua disposição — disse Shaun. — Se precisar de conselhos de relacionamento.

Ele pegou James pela lapela do casaco caro, gritou: "À brecha novamente, meu amigo" e o puxou, passando pelas portas deslizantes e saindo para a noite. A lacuna que deixaram no pequeno círculo foi rapidamente preenchida por Jay, vindo do auditório. Sally o recebeu passando o braço por suas costas e ele retribuiu o gesto.

— Preciso de uma cerveja — disse ele.

— Você tem quinze anos! — exclamou Sally. — Mas sabe de uma coisa? Você tem razão. Nós dois precisamos. Vem, vamos pra casa. Acho que tem umas latas na geladeira. Temos algumas coisas pra conversar.

Ela se virou para Ted e para mim.

— Vejo vocês dois na segunda? Temos muito que planejar.

— Eu trago os biscoitos — replicou Ted. — Talvez até bolo. Vamos ver.

— Olha só pra ele — disse Sally. — Já tá gastando nosso fundo "salvem o teatro". E agora tá no celular. Tá mandando mensagem pra quem, Ted? Pro gerente do seu banco?

— Não, desculpa, é que acabei de receber uma mensagem da Angela me dizendo para encontrá-la lá fora agora. — Ele deu de ombros e tornou a guardar o celular no bolso.

— Obrigada — eu disse a Sally uma última vez. — Nunca vou poder pagar o que você fez. Todos vocês.

— Não existem dívidas — disse ela. — Era essa a moral da nossa história hoje à noite, né? Se devemos tudo uns aos outros, não existem dívidas a serem pagas. Muito bem, vem, Jay, vamos pegar uma pizza no caminho de casa.

Enquanto observávamos os dois se afastarem, eu me preparava para pedir licença e finalmente ir procurar Hannah — mas, antes que eu pudesse falar, do estacionamento veio um rugido poderoso, o ruído inconfundível de uma motocicleta se aproximando.

— Meu Deus — eu disse. — Será que os Hells Angels vieram nos apoiar agora? Será que Somerset tem uma gangue de motoqueiros aficionados do teatro que eu não conhecia?

Virei-me para Ted, mas ele não estava olhando para mim; fitava, de olhos arregalados, algo além da porta.

— Isso não é uma gangue de motoqueiros — disse ele. — É a Angela.

Durante alguns segundos essas palavras não fizeram nenhum sentido, até as portas tornarem a se abrir e a mulher de Ted entrar vestida com uma jaqueta de couro surrada sobre o vestido de estampa floral. E também um capacete de motociclista. Ela levou alguns segundos para soltar a correia do queixo e conseguir tirá-lo. Seus cabelos estavam despenteados, o rosto corado.

— Era pra você estar lá fora — disse ela.

— Eu... eu... — respondeu Ted. Ele olhou para a mulher, e então seu olhar seguiu para o lado de fora, para a moto Triumph Bonneville amassada e enferrujada, mas aparentemente em condições de rodar, descansando diante das portas com seu *sidecar*.

— Ah, *isso* — disse ela. — Estava conversando com um dos enfermeiros que cuida da minha irmã e descobri que ele é um entusiasta de motocicletas. Ele se ofereceu pra ajudar no conserto quando soube que era uma Bonneville antiga. Tá tudo em bom estado, aparentemente. A maior parte do trabalho era cosmética, seu velho tolo.

— Você... você consertou a minha moto?

— *Nossa* moto. Ainda tá vazando um pouco e a engrenagem tá meio frouxa. Aparentemente, parte da carroceria não dá pra consertar. Mas ela anda. De qualquer forma, fiz um daqueles cursos intensivos de treinamento em moto. Foi muito útil esse negócio com o teatro, manteve você ocupado enquanto eu saía escondida. Eu ia te contar na próxima semana, no seu aniversário, mas não resisti a trazê-la aqui hoje à noite. Pensei em aproveitar toda a emoção. Por que você nunca me contou a sensação que é pilotá-la?

— Não achei que estivesse interessada.

— Talvez não estivesse. Mas agora eu tô. Vem, quer levar a velha garota pra dar uma volta? Tô com seu capacete lá fora. Talvez pudéssemos viajar. Ouvi dizer que a Escandinávia tem algumas rotas maravilhosas. A Lapônia é linda, dizem.

— Eu gostaria muito. Mas, Angela, e a sua irmã?

— Ela tá em segurança, tá sendo bem cuidada. Não faz muito tempo, uma jovenzinha muito inteligente me disse que a Julia que eu conhecia iria querer que eu vivesse, que fosse feliz. Ela tá certa. Devo à minha irmã usar o tempo que ainda tenho, e não perder nem mais um segundo. Ted, nós temos um ao outro, temos a nossa saúde, e agora temos uma moto com o tanque cheio de gasolina. Vamos pegar a estrada e ver aonde ela nos leva. Hoje, acho que vai ser pro restaurante de peixe com fritas e depois pra casa.

Sem dizer nada, Ted foi até sua mulher e a beijou, e os dois deixaram o prédio juntos, de braços dados. Ouvi a moto dar a partida e se afastar noite adentro, mas não vi quem estava pilotando e quem estava no *sidecar*. Eu me virei e procurei Elizabeth, porque sabia o que tinha que fazer.

O teatro estava se esvaziando. Família a família, casal a casal. As mesas postas para os bolos estavam vazias e os voluntários limpavam a área perto do bar. Ajudei Natasha e Seb a arrastar os baldes com as doações até o meu escritório; estavam cheios de notas e também de moedas. Tínhamos oito páginas de nomes e endereços em nossos formulários. Teríamos argumentos sólidos para levar à prefeitura; teríamos a comunidade e a mídia do nosso lado. Mas isso era um pensamento para outro dia. Fechei a porta do escritório e a tranquei ao sair. De volta ao saguão, restavam apenas alguns atrasados. E, óbvio — este sendo um teatro, um lugar de drama, de surpresas, de revelação —, havia apenas duas pessoas que reconheci no bar. Elizabeth estava ali, parecendo bacana, distante e ligeiramente deslocada. E perto dela, com uma caneca de cerveja na mão, estava Vanessa. Eu me aproximei. Aqui vamos nós, pensei. Para o momento da verdade.

— Olá — eu disse. — Obrigado por vir. Para mim, significa muito o fato de ter vindo. De verdade.

— Fico feliz de ter vindo... foi incrível — respondeu Elizabeth.

— Quando fui vê-la no Gatwick, achei que seria um completo desastre. Faz tanto tempo, Lizzie.

— Eu sei.

— Tanta coisa aconteceu.

— Eu sei.

— Aquele dia que você foi lá em casa, e que saímos para andar... de repente, era como... era como se fôssemos uma família. Parece tão bobo, mas foi a sensação que tive.

Ela fez uma pausa de um segundo. Apenas um segundo.

— Eu também tive.

O sol atravessando as árvores, o tom alaranjado da luz; as folhas aos nossos pés. Nós três andando em fila.

— Elizabeth — eu disse.

Nem todas as histórias são lineares. Um começo, um meio, um fim, mas não necessariamente nessa ordem; às vezes, elas giram sobre si mesmas, como um redemoinho.

— Sim? — Seu sorriso me era tão familiar quanto o meu próprio.

— Você e eu — falei. — Você, eu e Hannah. Não vai funcionar de novo.

A porta da frente. O táxi. Foi Hannah quem pediu desculpas. A minha garotinha.

— Lizzie, você pode entrar em qualquer sala de reunião, em qualquer lugar do mundo... Dubai, Xangai, São Francisco... e em trinta segundos vai saber quem é importante e quem não é, quem tem coisas com que contribuir, quem é o peso morto, e como lidar com cada pessoa à sua volta. Mas você entrou na nossa casa e ficou perdida. Você não sabia o que fazer ou quem você era, ou como fazer ou dizer a coisa certa. Foi tão tocante, tão intenso, mas você não pertence a esse lugar. Você não precisa se desculpar, não precisa acertar as contas conosco. Você precisa ser você. Precisamos seguir em frente.

Ela baixou os olhos para a bolsa, depois para o relógio em seu pulso.

— Você tem... existe outra pessoa? — perguntou ela. Seu tom era quase casual, como se estivesse indagando sobre uma pequena tarefa doméstica.

Ergui os olhos e eles seguiram para mais adiante no bar — lá estava Vanessa, conversando com Bob Jenkins. Ele estava dizendo algo; ela balançava a cabeça. Então se virou, encostou-se no bar e olhou para mim.

Eu não sei explicar, mas foi como se a luz de cem holofotes me atingisse de uma vez, uma supernova de luz. A estática zumbiu no ar. Parecia a estática entre o final de um espetáculo e os aplausos.

— Tem alguém, sim. Mas eu não sei. Tá muito cedo. Pode não ser nada. Tenho que falar com ela. Preciso descobrir. Preciso mesmo descobrir.

Lizzie abriu seu sorriso largo e sábio.

— Bom — disse ela —, é melhor eu ir. Meu voo é amanhã cedo. Muita coisa pra fazer.

— Adeus — me despedi.

Nós nos abraçamos, o cabelo dela no meu rosto.

— Tom, cuide bem da nossa menina.

— Sempre cuidei.

— Eu sei, eu sei. Mas, se você me permite dar um conselho, por favor, escuta o que ela diz; deixe-a falar do que precisa. Pode não ser o que você pensa.

Com isso, ela foi embora. Eu a observei se afastar, passando pelas portas deslizantes, saindo na escuridão da noite. Então tornei a olhar para o bar, para onde Vanessa estava.

No entanto, ela tinha ido embora.

Isso era tão típico de nós dois. Justamente quando pensei que tinha resolvido tudo, não tinha.

Empurrei as portas do auditório, onde eu sabia que finalmente encontraria Hannah.

Ela estava sentada na frente do palco, as pernas penduradas, observando Callum guardar cabos e equipamentos. Ela estava novamente de jeans e suéter, o vestido dobrado no colo, os paetês ainda capturando as luzes e refletindo-as no chão ao seu redor. Parecia pálida, quase translúcida, o cabelo preso todo bagunçado. Eu nunca saberia o que tudo isso havia custado a ela, aquelas semanas de planejamento e organização. Eu tinha desistido da luta, mas ela não quis ou não pôde. No meio de tantas coisas, ela estava determinada a salvar esse lugar ou — como o ditado cruelmente diz — morrer tentando. Foi só quando a porta se fechou atrás de mim que os dois ali presentes ergueram os olhos.

— Preciso brigar com este jovem, ou nós o perdoamos? — perguntei.

— Humm, acho que ele já sofreu o bastante — disse Hannah.

— Apanhar de você seria muita humilhação.

— Eu vou, hã, levar um pouco dessas coisas pra van — disse Callum, rapidamente pegando uma caixa de plástico carregada de lâmpadas automotivas e ferramentas.

Ele saiu apressado, subindo os degraus e passando para o palco em direção à entrada lateral.

— Callum! — gritei.

Ele parou e se virou, culpado, como um ator que recebesse a deixa para uma fala que esqueceu.

— Obrigado — eu disse em um tom mais apaziguador. — Você fez um bom trabalho esta noite.

Ele assentiu e saiu, apressado.

Desci os degraus inclinados em direção ao palco. E, a cada passo, as imagens passavam na minha cabeça: da garotinha que eu trazia aqui dia após dia, das vezes que viemos depois das consultas hospitalares e, óbvio, das peças que encenávamos em seus aniversários

— as peças que eram alegres, mas também desafiadoras, porque eram concebidas para desafiar a memória daquele diagnóstico e das ameaças que ele representava. Na penumbra do auditório me ocorreu com muita clareza que nossos dias juntos foram maravilhosos e plenos, porque entendíamos a fragilidade de tudo isso, mesmo que esse entendimento não fosse consciente. Mas o tempo nos força a reconhecer tudo no fim. O sol mais luminoso lança as sombras mais escuras e, enquanto caminhava em direção a Hannah, temi o futuro mais do que em qualquer outra ocasião. Assim como o amor incalculável, eu sentia a escuridão sobre mim — e sabia por quê.

— Eu já te disse como tô orgulhoso? — finalmente consegui dizer.

Hannah deu de ombros.

— Eu só peguei as peças antigas e as reuni. Sally ajudou. Sally fez a maior parte.

— Eu não me refiro à peça. Foi linda, óbvio, uma surpresa incrível... eu nunca vou esquecer dela. Mas esse lugar, por mais importante que seja, sempre foi apenas o espaço, o cenário. A magia tá em você. Desde o momento em que você nasceu, sempre foi você. Tô muito grato e maravilhado por você ter feito isso, mas não precisava arriscar sua saúde pra salvar esse lugar.

— Precisava, sim — disse Hannah. E deslizou lentamente do palco para o chão. — Eu precisava, sim, salvá-lo.

— Por quê?

— Porque você vai precisar dele, você vai precisar de alguma coisa.

— Hannah...

— Pai, escuta... o que quer que aconteça, você precisa desapegar de mim. Só um pouco.

— Não posso, meu bem.

— Você precisa. O verão todo eu venho tentando... venho tentando te dizer. Quando desmaiei e caí da escada, na manhã seguinte, eu estava no hospital e soube que, ah, meu Deus, eu soube que não podia mais fazer isso com você.

— Fazer o quê?

— Depender de você pra nos manter em segurança, pra manter os problemas longe. Acontece que aquilo de que estávamos fugindo tá aqui agora, e eu tenho que enfrentar isso. Você tem que se afastar. É a minha cena, o meu solilóquio.

— Não tô entendendo — eu disse. Mas entendia. No fundo, eu entendia.

— Não consigo encontrar as palavras certas, então vou dizer de qualquer jeito — prosseguiu ela. — Eu tenho uma batalha pela frente, a maior batalha que enfrentarei. Se eu quiser ganhar, vou precisar que tudo ao meu redor esteja normal... ou pelo menos a nossa versão do normal. Preciso que a vida continue... porque é isso que a vida faz. Não me entenda mal, mas, às vezes, preciso que você não esteja a postos. Preciso que você me diga: Hannah, não posso sentar e assistir a essas porcarias de DVD com você hoje porque tenho um encontro, ou tenho trabalho, ou tô levando o grupo de teatro a um festival de artes de merda em um campo onde Judas perdeu as botas. Porque esse é *você*. Não quero perder quem você é, pai. Não quero que você coloque tudo em espera por minha causa, não quero que você fique me rondando como a Ceifadora. Eu preciso que você seja você. É assim que vamos vencer. Você entende? Nós vencemos vivendo.

— Vem aqui — eu disse.

Nós nos abraçamos e ela parecia frágil e cansada em meus braços. Mas eu sabia que ela era muito forte.

— Me promete — pediu ela. — Promete que, se alguma coisa acontecer, você não vai só ficar sentado em casa olhando álbuns de fotos antigos, como um completo idiota. Você vai sair, vai produzir peças, vai viver.

— Prometo — eu disse.

— Ótimo — replicou ela. — Agora vou procurar meu namorado, e você não vem comigo.

— Hannah, eu... Esteja em casa às dez e meia ou vai ficar de castigo.

Ela subiu de volta no palco e avançou além do cenário. Ouvi seus passos descendo a escada e desaparecendo pela passagem na direção dos camarins e da entrada dos bastidores.

Sozinho no teatro novamente, o silêncio me pareceu palpável — embora, óbvio, nunca haja silêncio de verdade aqui. No auditório de um teatro há sempre um zumbido, uma carga elétrica, que guarda cada momento de tensão, cada gargalhada que já aconteceu ali — esses momentos permanecem como estática, como memórias. Em algum lugar nesse zumbido perpétuo estão os sons de Hannah quando criancinha, correndo ao longo dos corredores e descendo a rampa do auditório. O som estaria aqui enquanto o prédio continuasse existindo. Sempre. Tudo que eu precisava fazer era escutar com atenção.

Comecei a subir a longa passagem até as portas dos fundos e pensei que, se realmente nos foi concedido um adiamento aqui, devemos fazer algo a respeito. Devemos apresentar novas peças, obras desafiadoras, devemos fornecer algo mais além dos musicais, das farsas picantes, dos textos do programa de certificação do ensino médio e dos comediantes de *stand-up*. Tudo está mudando; a internet está revolucionando a maneira como as pessoas veem as coisas, como vivenciam as histórias. O responsável pelo teatro deve entender para onde tudo isso está indo, de modo que a gente possa acompanhar, pensei comigo mesmo.

Apaguei as luzes da plateia e entrei no saguão. Um dos voluntários fecharia tudo hoje. As portas de vidro se abriram e eu coloquei os pés na noite envolvente. A multidão tinha partido havia muito, o estacionamento estava vazio. Nuvens pairavam sobre a lua como grandes cortinas em um palco. Eu olhei para a placa acima da entrada. Uma peça de Hannah Rose. Haveria outras?

Quando a voz soou, levei um susto.

— Você esqueceu de onde estacionou o carro?

Ela estava com o mesmo vestido que usou em nosso primeiro encontro, combinado com uma longa e elegante capa de chuva. Seu rosto, banhado pelo brilho pós-holofotes, estava incrivelmente belo.

— Vanessa — disse eu, estupidamente.

Eu tinha tanto a dizer — obrigado por ter vindo, obrigado por sua ajuda, obrigado por me tirar de mim mesmo por algumas horas em uma noite quente de agosto. Mas nada disso conseguiu sair da minha boca, embora Vanessa assentisse de qualquer maneira, aparentemente capaz de ler meus pensamentos truncados.

— Então, um restaurante temático novo está abrindo perto do cinema — disse ela. — O nome é Go Go Sushi. Parece que os pratos deslizam por uma pequena esteira rolante e você tem que tentar pegá-los quando passam. Pensei que, se fôssemos comer lá juntos... o que poderia dar errado?

— Não consigo pensar em nada que possa nos levar a sair fugidos de um lugar assim — respondi.

— Estou disponível nessa sexta... seria uma forma agradável de finalizar a primeira semana do meu novo emprego.

— Então temos um encontro — eu disse.

Ficamos parados meio sem jeito por alguns segundos, o que provavelmente era uma boa prévia do que estava por vir na sexta-feira.

— Como está o teatro? — perguntou ela. — Como Hannah está?

Eu sorri.

— Temos uma batalha pela frente — respondi. — Vamos lutar e vamos vencer. De uma forma ou de outra, vamos vencer.

Hannah

Quando chego em casa nessa noite, me deito na cama e olho o celular; há dezenas de mensagens do pessoal da escola dizendo coisas legais sobre o evento. A melhor é a de Jenna: Meu Deus! Mamãe e papai ficaram tão comovidos com a peça q vão me deixar entrar no grupo de teatro! Talvez até me deixem fzr teatro p *A-levels*. Vc é uma estrela. Bj.

Talvez seja assim que a vida funcione. Pequenos atos de amor se propagam. Eles dizem às pessoas que é aceitável ter esperança. Pego o questionário dos *A-levels* na lata de lixo, o coloco na mesa e aliso o melhor que posso. Pego uma caneta. Na linha da pergunta sobre quais disciplinas quero cursar, escrevo Inglês, Teatro e Psicologia. Então olho a pergunta seguinte: Onde você estará daqui a cinco anos?

Penso no assunto durante alguns segundos, e isso me lembra de outra coisa, algo que aprendi uma vez.

Em um transplante de coração, a equipe cirúrgica precisa levar o órgão do doador ao receptor em quatro horas. Quatro horas. Quando chega a hora, eles não transportam o coração em um recipiente sofisticado e de alta tecnologia — ele vai em uma caixa cheia de gelo. Uma caixa térmica usada em piqueniques. Que então é levada às pressas para o hospital em uma moto ou avião. Em seguida, o coração precisa ser trazido de volta à vida na outra ponta. Venkman me contou tudo isso há alguns anos, antes mesmo de cogitarmos um transplante para mim. Lembro da conversa que tivemos.

— Por que ele começa a bater de novo? — perguntei a ele.

— Bom, eles passam uma corrente elétrica pelo...

— Não, eu não me refiro a como... Conheço o processo médico. Quero dizer por quê? É só um pedaço de carne que foi arrancado de um corpo, enfiado numa caixa de gelo e então eletrocutado com um aguilhão para gado. Tá totalmente avariado e... sozinho. Então, por que ele volta? Por que ele se dá ao trabalho?

Venkman pensou na minha pergunta por muito mais tempo do que eu esperava. Ficou batendo a caneta na prancheta, os olhos vidrados fixos além da janela. Por fim, ele se virou e me olhou direto nos olhos.

— Todas as coisas querem estar vivas — disse ele.

E é isso, é realmente isso. Margaret me disse que é preciso medir a vida em momentos — porque, ao contrário das horas, dos dias, das semanas ou dos anos, os momentos duram para sempre. Eu quero mais deles. Estou determinada. Vou agarrar tantos quantos eu puder.

"Onde você estará daqui a cinco anos?", pergunta o formulário. Pouso a caneta no papel e escrevo "Viva".

Willow,

Prometi a você que um dia contaria o que aconteceu no final de A Pequena Sereia, *a peça que encenamos no meu sexto aniversário. Bom, aqui vamos nós.*

Você lembra que, na história, a Pequena Sereia tinha uma escolha: ela poderia matar o príncipe ou permitir que seu casamento fosse adiante; nesse último caso, ela mesma morreria. Por mais que quisesse viver, a sereia não conseguiu ferir o homem que amava; em vez disso, ela mergulhou nas ondas de organza, deslizando para o fundo do oceano.

E lá estava Rachel, deitada no palco com seu lindo traje, os olhos fechados, o teatro todo em silêncio. Mas, de repente, algo naquela cena não me pareceu certo. Não era como deveria ser.

— Não! — gritei. Então me afastei dos meus amigos e, antes que alguém pudesse me impedir, eu subi correndo ao palco, na direção da Pequena Sereia. Porque não se tratava mais de uma peça, não na minha cabeça. Era outra coisa... acho que o choque e a preocupação com o meu diagnóstico voltaram de repente. Eu me abaixei ao lado de Rachel.

— Você pode vencer a maldição da bruxa, pode continuar viva — eu disse.

Rachel abriu um olho, o fixou em mim e depois observou tudo à sua volta, claramente pensando: "Meu Deus, que diabos eu faço agora?"

Mas, para seu crédito, ela permaneceu no personagem. Ela viu que eu estava chorando, porque agora eu estava chorando de verdade, e continuou com a história.

— Você acha mesmo que eu posso viver? — perguntou a sereia.

— Acho — respondi. — Você pode viver. Você consegue.

— Mas... mas meu coração está destruído.

Eu coloquei meu braço em volta dela.

— Tá tudo bem — eu disse. — O meu também.

Agora Rachel também tinha lágrimas nos olhos. Lembro que sua maquiagem estava escorrendo e o glitter de seu delineador cintilava sob as luzes. Então, me inclinei, chegando ainda mais perto dela, e disse:

— Mas eu vou viver.

Lembro que as outras sereias ouviram isso e se reuniram em torno da amiga. Elas a pegaram pelos braços e a ergueram; elas a ergueram do fundo do oceano. E sussurraram palavras encorajadoras. Hesitante e insegura a princípio, enfraquecida por semanas de tormento, ela começou a mover a cauda. Suave e lentamente, as amigas a soltaram, e então, com um forte movimento da cauda, lá estava ela nadando novamente. Pelo menos foi assim que me pareceu.

Willow, um dia você pode sentir que se perdeu, pode ter o coração partido — isso pode acontecer, por mais cuidadosos que sejamos. As pessoas podem ser cruéis, a vida pode ser difícil. Mas sempre haverá algum lugar para onde você pode escapar; pode ser a música, ou a arte, ou histórias em quadrinhos ou contos de fadas; pode ser uma cidade, pode ser um amigo. Mas lembre-se: você escreve a sua história, você escolhe o cenário e o roteiro. Não permita que ninguém mais faça isso.

Além dos espinhos, além da floresta sombria, além dos mares revoltos, além dos lobos e das bruxas, existe um lugar para você. A história é como você o encontra.

Epílogo

27 de setembro de 2025

É difícil de acreditar que hoje faz vinte anos da noite em que Hannah, Ted e Sally salvaram o velho Willow Tree Theatre da revitalização imobiliária. Tudo era tão incerto, tão desconcertante, minhas lembranças daquele momento ainda são nebulosas e disformes — eu tento agarrá-las, mas elas me escapam. Não sabíamos naquela noite que o jornal local iria iniciar uma campanha de apoio ao prédio, que Margaret tinha deixado em seu testamento uma quantia para o teatro — e outra para Hannah. Não sabíamos que o futuro do teatro estava garantido — mesmo depois da recessão e dos cortes do Conselho de Artes que aconteceriam apenas cinco anos depois.

Não sabíamos que dali a seis meses, em uma bela manhã de primavera, Hannah receberia uma ligação do hospital — havia um coração de doador disponível. Fomos levados de carro ao aeroporto de Bristol e dali pegamos um avião particular para Londres. Callum seguiu de carro. Joe o levou. A operação durou seis horas e meia e, durante dias, Hannah foi uma presença grogue em meio a máquinas e tubos. Porém, ela superou. Com um salto. Mal se passaram duas semanas e ela saiu da UTI e, em seguida, da enfermaria e logo estava em casa. Sua cor e sua força voltaram. Ela estava formidável. Quase não conseguíamos acompanhar. Acho que nunca mais consegui.

Hannah passou nas provas do fim do secundário, tirou um ano sabático e visitou a mãe; estudou inglês e teatro na Queen Mary

University em Londres. Ela e Callum escreveram sua história em quadrinhos. *Uma escuridão* foi lançada em uma tiragem pequena, e foi aclamada pela crítica. Callum fez uma parceria com um escritor conhecido da Marvel e se tornou uma estrela. Hannah escreveu peças — peças sombrias, engraçadas, estranhas e emocionantes sobre mitologia e heroísmo. Fui assistir à sua estreia profissional no teatro de um pub em Londres. Meses depois, a peça foi levada para um importante espaço alternativo. Eu também escrevi peças, mas nunca tão boas.

Deixei o teatro logo depois daquela noite; Sally assumiu tudo. Eu tinha outras coisas para ver e fazer. Escrevi, atuei, voltei a fazer turnês. Levei um espetáculo para Edimburgo — onde encontrei Ted e Angela uma última vez. Vanessa até me convenceu a levar uma produção modesta de Shakespeare a um festival na Tailândia — e seu filho e sua filha ficaram comigo enquanto ela passava algum tempo viajando. Quando ela voltou, pôde remover dezesseis alfinetes de seu mapa-múndi.

Dez anos depois, levamos um susto com a saúde de Hannah. Foi um mês tortuoso, porém mais uma vez ela se recuperou. Ela decidiu que deveria se casar com Callum. Foi outro marco com o qual não havíamos ousado sonhar. A recepção foi no Willow Tree, óbvio. Vanessa e eu conseguimos não ser expulsos.

O tempo se expandiu, aproveitamos todas as oportunidades que nos foram dadas, deixamos os dias passarem; verões lânguidos se transformaram em invernos longos e rigorosos. Fomos gratos por todos esses momentos. Fomos pacientes, tivemos sorte. Demorou muitos meses, mas Callum e Hannah adotaram uma bebê. Um presente surpreendente. Naturalmente, eles a batizaram de Willow.

Na noite da peça, aquela que salvou o teatro, Hannah me disse que uma batalha estava por vir e que a venceríamos vivendo. Ela viveu por mais dezoito anos. Na noite de 12 de julho de 2024, ela faleceu. As janelas estavam abertas, uma brisa suave trazia o perfume de jasmim do jardim abaixo. Callum diz que a ouviu sussurrar algo para ele, os lábios em seu ouvido. "Roube o futuro", suspirou ela, e depois não suspirou mais.

Hannah tinha lido para Willow todas as noites da sua vida; ela pegava os contos de fadas de sua própria estante, um de cada vez, e ia avançando por eles. Ninguém conseguia contá-los como ela. Isso aproximou as duas. Ao longo da vida de Hannah, ela também escreveu cartas para Willow sobre a sua própria infância. Ela não sabia quanto tempo teria para contar a história. E escondeu as cartas em uma pasta; nós as encontramos logo depois que ela morreu. Na pasta também havia um anel de noivado de safira.

E agora a Willow vai passar este final de semana comigo — no antigo quarto de sua mãe. Mais cedo, li para ela e ela se sentou na cama e fez perguntas que já ouvi antes, perguntas que respondi para outra pessoa há muito tempo. Mais uma vez, eu estava pronto.

— A magia é de verdade, vô?
— Sim, óbvio. Não é como nos livros, mas é de verdade.
— As fadas existem mesmo?
— Shhhh, isso é um segredo e nem todos podem vê-las.
— Quem pode?
— Pessoas especiais.
— Eu sou especial?
— Ah, é, com certeza.
— Eu posso ver as fadas?
— Eu não sei. Se você olhar pela janela mais tarde, talvez consiga ver. Se tiver muita sorte.

Então lhe dei um beijo de boa-noite e me dirigi à porta. Mas não saí. Esperei em silêncio, porque sabia o que estava por vir. Foi difícil me controlar; as lembranças ainda me faziam chorar às vezes. Todas as boas lembranças guardam um pouco de tristeza — elas nos dão um vislumbre do que um dia já tivemos, mas, se você estiver preparado para aproveitar os momentos de magia quando eles vêm, há sempre a chance de criar mais deles.

Então eu fiquei ali parado, entre o quarto e o corredor, enquanto um brilho suave surgia na borda da janela do quarto, e o som de uma música distante ia ficando cada vez mais alto.

Agradecimentos

Escrever um livro que fala de uma condição médica rara em sua trama central é uma tarefa complicada e intimidante. Felizmente, pude contar com a ajuda inestimável da equipe de cardiologia do Great Ormond Street Hospital (GOSH). Gostaria de agradecer especialmente ao Dr. Matthew Fenton, que esteve envolvido neste projeto desde o início, fornecendo-me informações médicas detalhadas, apresentando-me a enfermaria e respondendo a centenas de perguntas sobre doenças cardíacas. Muito, muito obrigado, Matthew, você é uma grande inspiração para mim. Também gostaria de agradecer à especialista em enfermagem clínica Jane Crook, que me deu uma visão crucial dos efeitos emocionais e psicológicos das doenças cardíacas, assim como informações intermináveis sobre medicamentos e uma miríade de outros aspectos da cardiologia. Minha irmã Catherine, que trabalha no GOSH, também ajudou enormemente, pondo-me em contato com a equipe do hospital e me encontrando para um café depois. Muitos cafés.

Obrigado, Sarah Ryrie, que se sentou comigo e me contou sobre sua experiência de viver com um problema cardíaco. Obrigado, Pippa Goldfinger, que me deu informações muito úteis sobre a infraestrutura e as maquinações das prefeituras e dos conselhos municipais; obrigado, Claudia Pepler, que me explicou como dirige o Merlin Theatre, em Frome. O experiente diretor de iluminação Malcolm Rippeth guiou minha compreensão da iluminação cênica.

Kieron Gillen, Emma Vieceli e Kev Sutherland foram imensamente generosos com seu conhecimento sobre HQs, sua história e eventos do assunto.

Muito obrigado a Chris e Caitlin Mosler, a Ruth Price e Poppy Andrews e a Harris West, que me ajudaram a compreender a vida das jovens e de seus pais no século XXI. Lisa Merryweather-Millard me mostrou o Frome College e respondeu a muitas perguntas sobre adolescentes modernos.

Obrigado aos meus colegas do *Guardian*, Jonathan Haynes, Alex Hern e Samuel Gibbs. Obrigado aos meus amigos maravilhosos Simon Parkin, Will Porter, Christian Donlan, João Diniz Sanches, Simon Attfield e Kat Brewster. Agradecimentos especiais à minha parceira no crime, Jordan Erica Webber, por sua ajuda, sabedoria, orientação e amizade. Obrigado a Jules May-Brown e Brigid Moss, por nossas reuniões altamente inspiradoras no clube de escrita.

Grande parte deste livro foi redigida em *pubs* e cafés na área de Frome. Eu gostaria muito de agradecer à equipe do café River House, do Talbot Inn, da Sam's Deli e da Babington House por serem tão acolhedores e pacientes.

Não posso expressar o quanto sou grato à equipe maravilhosa e apaixonada da Little, Brown, especialmente meu editor, Ed Wood, minhas editoras, Cath Burke e Thalia Proctor, a divulgadora Clara Diaz e as estrelas dos direitos internacionais Andy Hine, Kate Hibbert, Sarah Birdsey e Joe Dowley.

Obrigado às pessoas mais importantes da minha vida: meus filhos, Zac e Albie, e minha mulher, Morag, que leu cada palavra deste livro à medida que ele ia sendo escrito, que me aconselhou, colaborou com ideias brilhantes e me fez acreditar que eu seria capaz de escrevê-lo mesmo quando parecia que não. Obrigado por tudo.

Sobre o autor

Keith Stuart é escritor e jornalista. Seu comovente romance de estreia, *O menino feito de blocos*, inspirado no relacionamento real de Keith com o filho autista, foi selecionado pelo *Richard and Judy Book Club* e se tornou um best-seller. Keith colaborou com publicações como *Empire*, *Red* e *Esquire*, e foi editor de jogos do *Guardian*. Ele mora com a mulher e os dois filhos em Frome, Somerset.

Este livro foi composto na tipografia
ITC Galliard Pro, em corpo 11/15,5, e impresso
em papel off-white no Sistema Cameron da
Divisão Gráfica da Distribuidora Record.